DANYA KUKAFKA

Danya Kukafka est née en 1993 dans le Colorado. Elle écrit une première version de son roman *Dans la neige* à seulement 19 ans. Cinq ans plus tard, alors qu'elle est assistante éditoriale chez Riverhead Books à New York, elle envoie son manuscrit qui est immédiatement publié. Ce premier titre, traduit dans une dizaine de pays, la propulse dès 24 ans sur le devant de la scène littéraire internationale. Il paraît chez Sonatine en 2019 puis chez Pocket en 2020. Son nouveau roman, *Une exécution*, est publié aux Éditions Buchet Chastel en 2023.

Retrouvez toute l'actualité de l'autrice sur son site : https://www.danyakukafka.com/
Twitter : https://twitter.com/danyakukafka

UNE EXÉCUTION

ÉGALEMENT CHEZ POCKET

Dans la neige
Une exécution

DANYA KUKAFKA

UNE EXÉCUTION

Traduit de l'anglais (États-Unis)
par Isabelle Maillet

BUCHET • CHASTEL

Titre original :
NOTES ON AN EXECUTION

Éditeur original : William Morrow

ISBN : 978-2-266-33789-2
Dépôt légal : mars 2024

Pour Dana Murphy

J'ai les yeux grands ouverts en ce lieu
où meurent les femmes.

JENNY HOLZER, 1993

12 HEURES

Tu es une empreinte digitale.

Lorsque tu ouvres les yeux en ce dernier jour de ta vie, tu vois ton pouce. Dans la lumière jaunâtre de la prison, la pulpe creusée de sillons ressemble au lit d'une rivière asséchée, un fond sableux où se dessinent des spirales modelées par le mouvement de l'eau – une eau présente hier et aujourd'hui disparue.

L'ongle est trop long. Ça te rappelle cette vieille croyance enfantine : après la mort, les ongles continuent de pousser jusqu'à se recourber sur les os.

•

Détenu, nom et matricule.

Ansel Packer, réponds-tu. 999631.

Tu te retournes sur ton lit. Le plafond offre son aspect habituel : un semis de taches d'humidité. Si tu inclines la tête de façon à la regarder sous le bon angle, celle dans le coin prend l'apparence d'un éléphant. C'est le grand jour, annonces-tu en pensée à la cloque de peinture qui forme la trompe. Le grand jour. L'éléphant sourit comme s'il connaissait un terrible secret. Tu as passé un nombre incalculable d'heures à t'exercer pour reproduire cette expression à l'identique, pour pouvoir rendre sourire pour sourire à l'éléphant au plafond. Aujourd'hui, elle te vient tout naturellement. L'éléphant et toi, vous vous souriez jusqu'au moment où la réalité de cette matinée établit entre vous une complicité exaltante, où vous avez l'air aussi cinglés l'un que l'autre.

Tu poses les pieds par terre, soulèves ton corps du matelas et enfiles les chaussures réglementaires, des espèces de pantoufles noires trop larges qui ne tiennent pas aux pieds. Tu fais couler l'eau du robinet en métal sur ta brosse à dents, étales dessus une couche de dentifrice en poudre granuleux, puis mouilles tes cheveux devant le petit miroir dont la surface polie n'est pas du verre mais un rectangle d'aluminium balafré, criblé de trous, qui ne volerait pas en éclats s'il se brisait. L'image qu'il te renvoie est floue, toute gondolée. Tu te mordilles les ongles au-dessus du lavabo, l'un après l'autre, arrachant avec soin le blanc jusqu'à ne laisser sur chacun qu'une même bordure déchiquetée au ras de la peau.

C'est souvent le compte à rebours qui est le plus difficile à supporter, a dit l'aumônier quand il est venu te voir hier soir. Tu l'aimes bien, cet homme dégarni qui se tient voûté comme sous le poids d'un sentiment accablant – peut-être la honte. Arrivé depuis peu dans l'Unité Polunsky, il a un visage mou, malléable, si ouvert que, pour un peu, on plongerait la main dedans. Il a parlé de demander pardon, de se soulager d'un fardeau, d'accepter ce qu'on ne peut pas changer. Et pour finir, la question.

Votre témoin, a-t-il dit à travers la vitre du parloir. Cette femme, elle va venir ?

Tu t'es représenté la lettre posée sur l'étagère dans ta cellule exiguë. L'enveloppe crème – une invite. Dans le regard de l'aumônier se lisait une sorte de pitié sans fard. Tu as toujours pensé que la pitié était le plus insultant des sentiments. La pitié, c'est une force destructrice dissimulée derrière un masque. Elle te dépouille de tout. Te ratatine.

Oui, elle vient, as-tu répondu. Puis : Vous avez un truc coincé entre les dents.

Tu l'as vu porter vivement une main à sa bouche.

En vérité, tu n'as pas beaucoup pensé à cette fin de journée. C'est trop abstrait, trop facile à contourner. Inutile d'écouter les rumeurs qui circulent dans le Quartier 12, elles n'en valent jamais la peine : un des gars, gracié dix minutes seulement avant l'injection, alors qu'il était déjà sanglé sur le brancard, a raconté quand il est revenu qu'on l'avait torturé pendant des heures en lui enfonçant des tiges de bambou sous les ongles, comme s'il était le héros d'un film d'action. Un autre a affirmé qu'on lui avait offert des donuts. Tu préfères ne pas t'interroger. C'est normal d'avoir peur, a dit l'aumônier. Mais ce n'est pas de la peur que tu éprouves – plutôt une sorte d'émerveillement vertigineux. Ces derniers temps, tu rêves parfois que tu t'envoles dans un ciel d'un bleu limpide, loin au-dessus de vastes étendues de cultures concentriques. En altitude, tes oreilles se débouchent.

•

Tu as avancé de cinq minutes la montre dont tu as hérité dans le Module C. Tu n'aimes pas être pris au dépourvu. Elle te révèle qu'il te reste onze heures et vingt-trois minutes à vivre.

On t'a assuré que ça ne ferait pas mal. Que tu ne sentirais rien. Un jour, une psy en tailleur-pantalon impeccable, lunettes coûteuses sur le nez, s'est assise en face de toi au parloir. Elle t'a dit des choses que tu soupçonnais depuis longtemps et que tu ne peux pas oublier, des choses que tu aurais préféré ne jamais entendre formuler à voix haute. Compte tenu de ton expérience, son visage aurait dû t'en dévoiler plus ; en général, tu es capable d'évaluer à sa juste mesure le niveau de tristesse ou de compassion. Mais le sien était totalement inexpressif, à dessein, et tu lui en as voulu. Que ressentez-vous ? a-t-elle demandé. La question n'était pas pertinente. Les émotions ont si peu de valeur. Alors tu as haussé les épaules et opté pour la vérité. Je ne sais pas. Rien.

•

À 6 h 07, ton matériel est disposé autour de toi.

Tu as fait ta préparation hier soir, comme Froggy te l'a appris, là-bas, dans le Module C. Tu t'es servi d'un gros bouquin pour écraser des crayons de couleur, puis tu as mélangé la poudre ainsi obtenue à un pot de vaseline acheté au magasin de la prison. Tu as trempé dans l'eau trois bâtonnets en bois – ceux d'esquimaux que tu as troqués contre des dizaines de sachets de nouilles japonaises –, puis malaxé leur extrémité jusqu'à ce que les fibres se désagrègent et se déploient tels les poils d'un pinceau.

Tu t'installes sur le sol près de la porte de ta cellule. Tu t'assures que les bords du carton dont tu te sers comme d'une toile se logent parfaitement dans la bande de lumière en provenance du couloir. Tu n'as même pas un regard pour le plateau du petit déjeuner posé par terre, auquel tu n'as pas touché depuis qu'on te l'a apporté à 3 heures du matin : sauce brune à présent figée, fruits au sirop grouillant déjà de fourmis. On est en avril mais on se croirait en juillet. Les radiateurs fonctionnent encore au printemps et la noix de beurre n'est plus qu'une petite flaque de graisse.

On ne t'autorise qu'un seul appareil électronique, alors tu as choisi une radio. Tu tournes le bouton, libérant un jaillissement de parasites. D'habitude, les hommes dans les cellules voisines te braillent leurs requêtes, R'n'B ou standards du rock, mais pas aujourd'hui. Aujourd'hui, ils savent ce qui va arriver. Ils ne protestent pas quand tu sélectionnes ta station préférée : du classique. La symphonie fait une irruption soudaine, brutale, dans ton rectangle en béton, dont elle envahit chaque recoin. Symphonie en *fa* majeur. Tu t'adaptes à l'existence du son, tu lui ménages de l'espace.

Vous peignez quoi ? a voulu savoir un jour Shawna au moment de glisser le plateau de ton déjeuner à travers la fente dans la porte. Elle a incliné la tête pour examiner ta toile.

Un lac, as-tu dit. Un endroit que j'aimais bien.

Elle n'était pas encore Shawna à l'époque. Pour toi, c'était toujours l'agent Billings, avec ses cheveux rassemblés en un chignon serré, porté bas sur la nuque.

Elle n'est devenue Shawna que six semaines plus tard, lorsqu'elle a plaqué sa paume sur ta vitre. Tu as reconnu l'expression dans ses yeux pour l'avoir vue chez d'autres filles dans des vies différentes. Ça t'a arraché un tressaillement de surprise. Elle t'a rappelé Jenny, à cause de cette impression de manque criant qu'elle dégageait, de ce côté vulnérable, brouillon. Dites-moi votre prénom, agent Billings, as-tu demandé. Elle est devenue toute rouge. Shawna. Tu l'as répété d'un ton révérencieux, comme si tu récitais une prière. Tu as imaginé les battements nerveux de son cœur, qui faisaient palpiter une veine bleue dans son cou gracile et pâle, et tu t'es senti grandir, devenir une nouvelle version de toi-même qui se surimposait déjà sur tes traits. Shawna a souri, révélant l'espace entre ses dents. Penaude, affamée.

Après son départ, Jackson, dans la cellule d'à côté, a manifesté son approbation par des huées et des sifflements, cherchant à te provoquer. Tu as effiloché un bout de drap élimé, attaché un Snickers miniature à l'extrémité et tu l'as lancé sous la porte de Jackson pour le faire taire.

Tu as essayé de peindre quelque chose de différent, pour Shawna. Tu as trouvé la photo d'une rose logée entre deux pages dans un des ouvrages de philosophie que tu avais demandés à la bibliothèque. Tu as peaufiné ton mélange de couleurs jusqu'à obtenir la nuance parfaite, mais impossible de rendre correctement les pétales. La rose n'était qu'une tache informe d'un rouge ardent, tout en angles maladroits, et tu as fini par jeter la toile avant que Shawna puisse la voir. Quand elle a déverrouillé la porte de ta cellule la fois suivante pour t'escorter dans le long couloir gris jusqu'aux douches, il t'a semblé qu'elle savait : elle a effleuré tes menottes et appuyé son pouce sur l'intérieur de ton poignet – un test. Le gardien de l'autre côté respirait bruyamment par le nez, indifférent aux frissons qui te parcouraient. Ça faisait si longtemps que tes sensations tactiles se limitaient aux bras qui t'entraînaient sans ménagement de cage en cage, aux bords frais d'une fourchette en plastique, au plaisir morne procuré par ta main dans le noir. Ce frôlement délicieux de la peau de Shawna contre la tienne, il t'a fait l'effet d'une décharge électrique.

Depuis, tu as perfectionné votre échange.

Des petits mots, dissimulés sous le plateau du déjeuner. Des moments volés entre ta cellule et la cour de promenade. La semaine dernière, elle t'a glissé un trésor par la fente de la porte : une des épingles à cheveux noires qui parsèment son chignon lisse.

Tu trempes à présent le bâtonnet dans une petite nappe de bleu en guettant le bruit de ses pas. Ta toile est toujours disposée à côté de la porte, bords alignés. Ce matin, Shawna va te donner une réponse. Oui ou non. Après la conversation que vous avez eue hier, la balance peut pencher dans un sens comme dans l'autre. Tu es doué pour ignorer le doute et te concentrer plutôt sur l'attente, que tu imagines comme une créature vivante nichée sur tes genoux. Une nouvelle symphonie succède à la précédente, qui commence tout en douceur avant de former une ligne mélodique et de prendre de l'ampleur – et tu t'immerges dans le déchaînement du violoncelle en songeant à quel point les choses ont tendance à accélérer, à se nourrir les unes des autres pour converger immanquablement vers un crescendo spectaculaire.

•

Tu étudies le formulaire en même temps que tu peins. Inventaire des effets personnels du détenu. Quelle que soit la réponse de Shawna, il va falloir que tu emballes tes affaires. Trois filets rouges sont posés au pied de ton lit ; ils seront transférés à l'Unité Walls, où tu passeras encore quelques heures en compagnie de tes possessions terrestres avant qu'on te les enlève. Tu les remplis sans te presser de tous les objets que tu as accumulés durant ces sept dernières années à Polunsky : les sachets de chips à l'oignon, la sauce pimentée, les tubes de dentifrice de réserve. Tous inutiles désormais. Tu les laisseras à Froggy, du Module C, le seul détenu à t'avoir jamais battu aux échecs.

Ta Théorie en revanche demeurera ici. Les cinq cahiers. Ce qu'il adviendra d'eux dépendra de la réponse de Shawna.

Reste le problème de la lettre. Et de la photo.

Tu t'es promis de ne pas la relire. Quoi qu'il en soit, tu la connais pratiquement par cœur. Mais Shawna est en retard. Alors, après avoir vérifié que tu avais les mains propres et sèches, tu te redresses, chancelant, tends le bras vers l'étagère du haut et saisis l'enveloppe.

La lettre de Blue Harrison est brève, laconique. Une seule feuille arrachée à un cahier. Elle a imprimé l'adresse en caractères penchés : Ansel Packer, Q 12, Module A, Couloir de la mort. Un long soupir. Tu places délicatement l'enveloppe sur ton oreiller, avant de décaler une pile de livres pour révéler la photo cachée, scotchée entre l'étagère et le mur.

C'est la partie de la pièce que tu préfères, parce qu'on ne la fouille jamais et qu'il y a le graffiti. Tu occupes cette cellule du Module A depuis qu'on t'a signifié la date officielle. Avant toi, un autre détenu a gravé laborieusement dans le ciment : On est tous enragés. Tu souris chaque fois que tu vois ces mots. C'est tellement bizarre, tellement absurde, tellement différent des autres graffitis de la prison (surtout des versets de la Bible et des dessins de parties génitales). L'inscription exprime une sorte de vérité tranquille que tu qualifierais presque de comique, vu le contexte.

Tu détaches le bout de scotch au coin de la photo, en faisant attention à ne pas la déchirer. Puis tu t'assieds sur le lit, photo et lettre sur tes cuisses, en pensant : Oh oui. On est tous enragés.

•

Jusqu'à cette lettre, arrivée il y a quelques semaines, la photo était le seul objet que tu gardais pour toi. Avant l'annonce du verdict, quand elle croyait encore à des aveux extorqués sous la contrainte, ton avocate t'a accordé une faveur. Il lui en a coûté quelques coups de fil mais, en fin de compte, elle a réussi à te faire envoyer la photo par le bureau du shérif de Tupper Lake.

Sur celle-ci, le Blue House semble petit. Délabré. Si les volets du côté gauche sont hors cadre, tu te rappelles bien la profusion d'hortensias devant. Ce serait facile de ne voir sur l'image qu'une maison bleu vif à la façade écaillée. Les signes indiquant qu'il s'agit d'un restaurant sont discrets. Un drapeau flottant sur le perron : OUVERT. L'allée de gravier qui a été élargie afin de créer un semblant de parking pour les clients. De l'extérieur, les rideaux paraissent d'un blanc uni mais tu sais qu'ils s'ornent de petits carreaux rouges à l'intérieur. Tu te souviens de l'odeur : frites, désinfectant Lysol, tarte aux pommes. Du claquement métallique des portes battantes donnant sur la cuisine. Vapeur, bris de verre. Le jour où la photo a été prise, le ciel présageait de la pluie. Tu peux presque sentir les émanations âcres du soufre.

La partie que tu affectionnes le plus montre la fenêtre de l'étage. Le rideau est légèrement écarté et, si tu l'examines de près, tu distingues dans l'ouverture l'ombre d'un bras, de l'épaule au coude. Le bras nu d'une adolescente. Tu aimes imaginer ce qu'elle faisait au moment exact où on a appuyé sur le déclencheur : elle devait parler à quelqu'un qui se tenait près de la porte de sa chambre ou se regarder dans la glace.

Elle a signé la lettre de son surnom, Blue. Son vrai prénom est Beatrice, mais ni toi ni les personnes qui la connaissaient à l'époque ne l'avez jamais appelée comme ça. Elle a toujours été Blue. Blue, avec sa tresse rejetée sur une épaule. Blue, en sweatshirt marqué *Tupper Lake Track & Field*, aux manches nerveusement tirées jusque sur ses mains. Quand tu repenses à Blue Harrison et à ces heures partagées avec elle au Blue House, tu te souviens qu'elle ne pouvait jamais approcher d'une fenêtre sans couler un regard furtif, inquiet, à son reflet.

Tu ne sais pas comment qualifier ce que tu ressens devant cette photo. Ça ne peut pas être de l'amour, parce qu'on t'a fait passer des tests : tu ne ris pas au bon moment, tu ne grimaces pas non plus quand il le faudrait. Il y a des statistiques, des trucs en rapport avec la reconnaissance des émotions, l'empathie, la douleur. L'amour dont on parle dans les livres, tu ne le comprends pas, et tu apprécies les films surtout parce qu'ils te donnent la possibilité de les étudier, d'admirer l'art de contorsionner un visage pour le transformer en un autre. N'empêche, quoi qu'ils disent sur ce que tu es capable d'éprouver – et ça ne peut pas être de l'amour, ce serait impossible sur le plan neurologique –, la seule vue du Blue House te transporte là-bas. Dans cet endroit où les cris cessent enfin. Où le silence est merveilleux – un soulagement pareil à une bouffée d'oxygène.

•

Un son, enfin, au bout du long couloir. Le bruit familier des pas traînants de Shawna.

Tu te rassois par terre et imprimes à ton pinceau un mouvement retenu : tu dissémines dans l'herbe de minuscules fleurs rouges. Tu t'efforces de te concentrer sur le point à former à l'extrémité, sur la senteur cireuse des crayons écrasés.

Détenu, nom et matricule.

La voix de Shawna semble toujours sur le point de se briser. Aujourd'hui, un gardien viendra toutes les quinze minutes vérifier que tu respires toujours. Tu n'oses pas détacher ton regard de ton tableau, même si tu sais que Shawna présentera son habituel visage à nu, où se lira l'évidence d'un désir teinté d'excitation ou peut-être de tristesse, en fonction de sa réponse.

Il y a des choses qu'elle aime chez toi, qui n'ont cependant pas grand-chose à voir avec ta personne. C'est ta position qui la fascine, l'idée de ton pouvoir enfermé dans une cage dont elle détient littéralement la clé. Shawna n'est pas du genre à enfreindre les règles. Elle se détourne dûment quand ses collègues masculins procèdent à la fouille au corps avant chaque douche et chaque promenade. Tu passes vingt-deux heures par jour dans cette cellule de deux mètres sur trois, d'où il t'est impossible de voir un autre être humain, et Shawna en a parfaitement conscience. Elle est de ces femmes qui lisent des romans d'amour avec de grands costauds sur la couverture. Tu perçois son odeur, mélange de lessive et de ces sandwichs œuf-mayo qu'elle apporte de chez elle pour le déjeuner. Elle t'aime parce que vous ne pouvez guère vous rapprocher plus, parce que cette porte en acier entre vous garantit à la fois la passion et la sécurité. En ce sens, elle ne ressemble pas du tout à Jenny. Jenny, qui ne te laissait jamais tranquille, qui essayait sans cesse de voir à l'intérieur. Dis-moi ce que tu ressens, te pressait-elle. Dis-moi tout de toi. Mais Shawna, elle, s'épanouit dans la distance, ce territoire inconnu grisant qui sépare toujours deux êtres. Et maintenant, elle se tient juste au bord de cet espace. Tu dois mobiliser toute ta volonté pour ne pas lever les yeux et obtenir la confirmation de ce que tu sais déjà. Elle t'appartient.

Ansel Packer, répètes-tu calmement. 999631.

L'uniforme de Shawna crisse quand elle se penche pour renouer ses lacets. La caméra dans l'angle de ta cellule ne couvre pas la zone devant la porte et ta peinture est parfaitement positionnée. Lorsqu'il arrive, c'est sous la forme d'une traînée blanche à peine entrevue, presque inexistante, un frémissement de papier – le mot que Shawna glisse sous le battant et qui va se cacher sans un pli sous le coin de ta toile.

•

Shawna croit en ton innocence.

Tu ne pourrais jamais faire ça, a-t-elle chuchoté une fois, arrêtée devant ta cellule lors de sa longue ronde nocturne. Jamais.

•

Elle sait, bien sûr, comment on t'appelle dans le Quartier 12.

Le Tueur de gamines.

L'article du journal n'a pas lésiné sur les détails. Il a été publié après ton premier recours en appel, et le surnom s'est répandu dans le Quartier 12 telle une traînée de poudre. Le journaliste les a groupées, comme si tu en avais toi-même eu l'intention, comme s'il y avait un lien entre elles – les filles. Il a aussi utilisé ces mots que tu hais. Tueur en série, c'est une étiquette pour une catégorie d'hommes différents de toi.

Tu ne pourrais jamais. Shawna en est convaincue, bien que tu n'aies toi-même rien dit de tel pour ta défense. Tu préfères la laisser se répéter en boucle, céder à l'indignation. C'est infiniment plus facile que d'affronter les questions. Est-ce que tu te sens coupable ? Est-ce que tu regrettes ? Tu ne sais pas trop quel sens leur donner. Oui, bien sûr, tu regrettes. Ou, plus exactement, tu regrettes d'être ici. Les remords n'ont jamais aidé personne, te semble-t-il, pourtant c'est là-dessus qu'on t'a interrogé pendant des années, tout au long de ton procès et à l'occasion de tes nombreux appels infructueux : en êtes-vous capable ? Êtes-vous physiquement capable de ressentir de l'empathie ?

Tu glisses le mot de Shawna derrière la ceinture de ton pantalon puis considères l'éléphant au plafond. Son sourire est celui d'un psychopathe – radieux un instant, vague le suivant. Au fond, cette question-là est absurde, presque aberrante ; ce n'est pas comme s'il y avait une ligne à franchir, une alarme à déclencher, un choix à mettre dans la balance. Le problème, en as-tu conclu, ce n'est pas vraiment de savoir si tu es capable d'empathie, mais plutôt comment tu peux être humain.

Et pourtant. Tu lèves ton pouce vers la lumière pour l'étudier avec attention. Il est bien présent, sous cette même empreinte digitale, indiscutable et insistant : le battement léger, quasi imperceptible, de ton pouls.

•

Il y a ton histoire telle que tu la connais et il y a celle que tout le monde connaît. Alors que tu récupères le mot de Shawna, tu te demandes comment cette histoire-là a pu être déformée à ce point – comment il est possible qu'elle ne retienne aujourd'hui que tes plus grands moments de faiblesse, qu'ils aient effacé tous les autres.

Tu arrondis le dos pour que la caméra dans l'angle de la cellule ne puisse pas voir le papier. Voilà, tu l'as, ta réponse, rédigée de l'écriture tremblotante de Shawna. Deux mots.

C'est fait.

L'espoir déferle – un flash d'un blanc aveuglant, qui consume toutes les fibres de ton être tandis que le monde s'ouvre et saigne. Tu as devant toi onze heures et seize minutes, ou peut-être, si Shawna tient sa promesse, une vie entière.

•

Il a bien dû y avoir une époque où vous n'étiez pas comme ça, t'a dit un jour un journaliste.

S'il y en a eu une, tu donnerais cher pour t'en souvenir.

LAVENDER
1973

S'il y eut un avant, il commença avec Lavender.

Elle avait dix-sept ans. Elle savait ce que signifiait donner la vie. En mesurait tout le poids. Elle savait que, si l'amour pouvait vous emmailloter étroitement comme dans un lange douillet, il était aussi capable de meurtrir. Mais, jusqu'à ce qu'elle y soit confrontée, elle n'aurait jamais pu imaginer ce que signifiait quitter un être qu'elle avait nourri dans ses entrailles.

•

— Raconte-moi… une histoire, haleta Lavender entre deux contractions.

Elle était affalée sur une couverture dans la grange, le dos appuyé contre une meule de foin. Johnny se tenait accroupi près d'elle, une lanterne à la main, son souffle formant des volutes blanches dans l'air glacial de la fin de l'hiver.

— Le bébé…, reprit-elle. Parle-moi du bébé.

Il lui paraissait de plus en plus évident que ce bébé risquait de la tuer. Chaque nouvelle contraction lui prouvait à quel point ils étaient mal préparés, Johnny et elle. Il avait beau se donner des airs bravaches et citer des passages lus dans les ouvrages médicaux que son grand-père avait laissés, aucun d'eux ne savait grand-chose de l'accouchement. Les livres ne mentionnaient pas ça – le sang, en flots apocalyptiques. La douleur, incandescente, qui la consumait, l'inondait de sueur.

— Quand il sera grand, il sera président, dit Johnny. Il deviendra roi.

Lavender gémit. Elle sentait la tête du nourrisson, à moitié sortie, grosse comme un pamplemousse, la déchirer.

— Tu sais même pas si… si c'est un garçon, hoqueta-t-elle. Et puis, c'est… c'est fini, les rois.

Elle poussa, encore et encore, jusqu'au moment où les murs de la grange virèrent au pourpre. Il lui semblait que son corps était rempli d'éclats de verre tranchants, que ses organes se tordaient à l'intérieur. Quand survint la contraction suivante, elle s'y abandonna, tandis qu'un hurlement montait de sa gorge.

— Ce sera un bon petit gars, reprit Johnny. Courageux, intelligent, fort. Je vois sa tête ! Vas-y, Lav, il faut que tu continues à pousser.

Trou noir. Toutes les cellules de son être convergèrent vers cette plaie ouverte en elle. Puis le cri s'éleva – une sorte de piaulement. Johnny était couvert jusqu'aux coudes d'une substance gluante. Lavender le vit saisir les cisailles qu'il avait désinfectées avec de l'alcool, et ensuite couper le cordon. Quelques secondes plus tard, elle le serrait contre elle. Son enfant… Luisant de placenta, le crâne recouvert d'une écume mousseuse, il n'était qu'un enchevêtrement de membres s'agitant furieusement. À la lueur de la lanterne, ses yeux paraissaient presque noirs. Il n'avait pas l'air d'un bébé, se dit-elle. Plutôt d'une petite créature extraterrestre violacée.

Le souffle court, Johnny se laissa tomber à côté d'elle dans le foin.

— Regarde, lâcha-t-il d'une voix sourde. Regarde ce qu'on a créé, princesse.

L'émotion déferla alors en elle : un amour si fort, si ravageur qu'il lui fit l'effet d'une crise de panique. La sensation fut immédiatement suivie par une vague de culpabilité nauséeuse. Parce qu'elle avait compris, à la seconde où elle avait posé les yeux sur le bébé, qu'elle ne voulait pas d'un amour pareil. C'était trop intense. Trop vorace. Mais il avait grandi en elle durant tous ces mois, et désormais il s'était incarné, il avait des doigts, des orteils. Il avalait de grandes goulées d'oxygène.

Johnny essuya le nourrisson avec une serviette avant de le caler contre le sein de Lavender. Alors qu'elle regardait ce petit être à la peau fripée et squameuse, elle accueillit comme une bénédiction la pénombre dans la grange et le voile de sueur sur son visage. Johnny ne supportait pas de la voir pleurer. Elle posa sa paume sur le crâne du bébé, regrettant déjà ses premières pensées traîtresses. Elle les étouffa sous des promesses chuchotées contre la peau humide de l'enfant. « Je t'aimerai autant que l'océan aime le sable. »

Ils l'appelèrent Ansel, en mémoire du grand-père de Johnny.

•

Johnny lui avait promis, entre autres :

La tranquillité. Les grands espaces. Une maison entière à leur disposition, un jardin dont elle pourrait s'occuper. Pas d'école, pas de professeurs dépités. Aucune règle. Une vie à l'abri des regards. Ils seraient seuls à la ferme, complètement seuls : le plus proche voisin habitait à quinze kilomètres. Parfois, quand Johnny partait chasser, Lavender allait se poster dans la véranda de derrière et s'égosillait jusqu'à se casser la voix pour voir si quelqu'un allait finir par accourir. Jusque-là, personne ne s'était manifesté.

Un an plus tôt, elle était encore une adolescente de seize ans comme les autres. Durant cette année 1972, elle avait passé ses journées à somnoler pendant les cours de maths, d'histoire et d'anglais, quand elle ne gloussait pas avec sa copine Julie près de la porte du gymnase en fumant des cigarettes chapardées. Elle avait rencontré Johnny Packer dans un bar où elles s'étaient introduites en douce un vendredi soir. Il était plus âgé qu'elles. Beau comme John Wayne jeune. Julie avait pouffé la première fois où il était arrivé après les cours au volant de son pick-up. Lavender adorait la tignasse de Johnny, sa collection de chemises en flanelle, ses grosses bottes de travail. À force de trimer à la ferme, il avait toujours les mains sales, mais elle se grisait de son odeur, qui évoquait le cambouis et le soleil.

La dernière fois qu'elle avait vu sa mère, celle-ci était avachie à la table de jeu pliante, une cigarette fichée entre les lèvres. Elle avait tenté de se crêper les cheveux pour faire une choucroute, mais le résultat, plat et bancal, ressemblait à une baudruche dégonflée.

« C'est ça, t'as raison, avait-elle dit à sa fille. Laisse donc tomber le lycée et va t'installer dans cette ferme minable. »

Sourire satisfait, mauvais.

« Tu perds rien pour attendre, ma belle. Les hommes sont des loups, et certains loups sont patients. »

En partant, Lavender lui avait fauché son médaillon ancien posé sur la commode. Ce n'était qu'un cercle de métal rouillé avec une plaque vide à l'intérieur mais, du plus loin qu'elle s'en souvînt, il avait toujours trôné au centre de la boîte à bijoux abîmée de sa mère – la seule preuve que cette dernière était capable de choyer quelque chose.

En attendant, elle devait bien admettre que la vie à la ferme ne s'était pas révélée tout à fait à la hauteur de ses espérances. Elle y avait emménagé six mois après avoir rencontré Johnny. Auparavant, il y habitait seul avec son grand-père. Sa mère était morte, son père avait pris la tangente, et il ne parlait jamais d'eux. Le vieil Ansel était un vétéran à la voix geignarde qui avait obligé Johnny dès sa plus tendre enfance à accomplir toutes sortes de corvées pour mériter ses repas. Il toussait sans arrêt, le vieil Ansel, et il avait passé l'arme à gauche quelques semaines seulement après l'arrivée de Lavender. Johnny et elle l'avaient enseveli dans la cour, sous l'épicéa. Elle n'aimait pas passer à cet endroit, où la terre formait encore une bosse. Elle avait appris à traire la chèvre, ainsi qu'à tordre le cou des poulets, à les plumer et à les vider. Elle s'occupait aussi du jardin. Dix fois plus grand que le petit carré qu'elle avait cultivé derrière la caravane de sa mère, il menaçait toujours de la déborder. Elle avait renoncé à prendre des douches quotidiennes, c'était trop compliqué avec le robinet extérieur, et ses cheveux s'étaient transformés en une crinière constamment emmêlée.

Johnny chassait. Purifiait l'eau. Se chargeait des réparations dans la maison. Certains soirs, au terme d'une longue journée dehors, il l'appelait, et Lavender le trouvait debout près de la porte, la braguette ouverte, le sexe en érection, un rictus aux lèvres. Il la plaquait alors contre le mur. La joue pressée contre les lambris de chêne pleins d'échardes, les grognements avides de Johnny résonnant dans son cou, elle savourait l'essence même du moment. Les coups de boutoir. Ces mains calleuses, qui exaltaient ses sens. « Ma princesse, ma princesse... », répétait-il. Elle ne savait pas si elle se délectait de la brutalité de Johnny ou de sa propre capacité à l'adoucir.

•

Comme ils n'avaient pas de couches, Lavender enveloppa Ansel dans un torchon propre dont elle noua les coins en haut de ses cuisses. Puis elle l'emmaillota dans une des couvertures de la grange, se releva et boitilla derrière Johnny.

Elle se traîna pieds nus jusqu'à la maison. La tête lui tournait. Elle s'était sentie si mal avant l'accouchement qu'elle ne se rappelait même pas avoir fait le trajet jusqu'à la grange – juste que Johnny l'avait soutenue –, et à présent elle n'avait plus de chaussures. Le froid de cette fin d'hiver était mordant, et elle serra contre sa poitrine le bébé qui crachotait. Il devait être près de minuit, devina-t-elle.

Le corps de ferme avait été bâti au sommet d'une colline. Même dans le noir, il paraissait bancal, dangereusement penché vers la gauche. C'était un chantier permanent. Le grand-père de Johnny leur avait légué des canalisations percées, un toit qui fuyait, des vitres manquantes. En général, Lavender s'en fichait. Pour elle, ces désagréments étaient largement compensés par les heures qu'elle passait seule dans la véranda, à contempler la vaste étendue des champs. L'herbe ondoyante qui se teintait de reflets argentés le matin et orangés le soir. Au-delà des pâturages, elle apercevait les sommets déchiquetés des Adirondacks. La propriété se situait juste à la sortie d'Essex, dans l'État de New York, à une heure en voiture du Canada. Par temps clair, Lavender aimait scruter l'horizon ensoleillé en imaginant une ligne invisible dans le lointain, au-delà de laquelle s'étendait un tout autre pays. Cette pensée exotique la ravissait, elle qui n'avait jamais quitté la région.

— Tu veux bien faire du feu ? demanda-t-elle à Johnny une fois rentrée.

La maison était glaciale. Il ne restait dans le poêle à bois que les cendres froides de la nuit précédente, balayées par les courants d'air.

— Il est tard, répondit Johnny. T'es pas fatiguée ?

Craignant de déclencher une dispute, elle n'insista pas. Après avoir péniblement gravi l'escalier, elle épongea le sang sur ses jambes avec un gant de toilette puis se changea. Aucun de ses anciens vêtements ne lui allait plus. Le pantalon pattes d'eph en velours côtelé qu'elle avait acheté dans une friperie avec Julie était rangé au fond d'un carton, où elle avait mis aussi ses plus beaux chemisiers, devenus trop étroits pour son gros ventre. Quand elle se glissa enfin dans leur lit, vêtue d'un des vieux T-shirts de Johnny, celui-ci dormait déjà, et Ansel, toujours emmailloté, s'agitait sur son propre oreiller. La peau du cou tiraillée par la sueur séchée, elle somnola assise, le bébé dans les bras, inquiète, rêvant à moitié.

Au matin, le torchon faisant office de couche était trempé, et Lavender sentit une diarrhée tiède couler sur son ventre dégonflé. Réveillé par l'odeur, Johnny sursauta, et le nouveau-né, surpris, poussa un cri perçant.

Johnny se leva, tâtonna dans la pièce et récupéra un T-shirt miteux qu'il lança à Lavender. Le vêtement tomba sur le lit, mais hors de sa portée.

— Si tu pouvais prendre le bébé une seconde…, commença-t-elle.

Oh, l'expression de Johnny en cet instant… La frustration n'avait pas sa place sur ce visage ; c'était quelque chose de laid qui devait sûrement venir d'elle, du regard qu'elle portait sur lui. « Excuse-moi », eut-elle envie de dire, sans même savoir pourquoi. Alors qu'elle écoutait les pas de Johnny faire grincer les marches de l'escalier, elle posa les lèvres sur le front du nourrisson toujours hurlant. Au fond, il en avait toujours été ainsi, non ? Toutes ces femmes qui l'avaient précédée, dans des grottes, des tentes et des chariots bâchés… Elle s'étonna de ne jamais avoir vraiment réfléchi à cette vérité universelle, aussi vieille que le monde : la maternité était, par essence, une tâche solitaire.

•

Parmi les choses que Johnny avait aimées un jour chez elle, il y avait le grain de beauté sur sa nuque, qu'il embrassait avant de s'endormir. Ses doigts fuselés, dont il jurait sentir chaque os délicat. Et ses dents de devant qui se chevauchaient légèrement.

Désormais, Johnny ne voyait plus ses dents, mais seulement les griffures sur son visage, laissées par les ongles minuscules d'Ansel.

— Oh, bon sang ! s'écriait-il quand le bébé pleurait. Tu peux pas le faire taire ?

Ce jour-là, assis à la table abîmée, il guidait l'index potelé d'Ansel dans la graisse figée sur son assiette pour dessiner des silhouettes d'animaux. « Chien, dit-il d'une voix éraillée par la tendresse. Poule. » Le visage joufflu du bébé reflétait l'incompréhension. Quand il se mit à pleurer, Johnny le tendit à Lavender avant de se lever pour aller fumer son cigare du soir. De nouveau seule, et alors que les doigts de l'enfant maculaient son T-shirt de traînées grasses, Lavender tenta de retenir l'image de la scène. L'intensité avec laquelle Johnny avait contemplé son fils durant ces quelques minutes aussi brèves que parfaites, comme s'il voulait lui transmettre tout ce qu'il était. Comme si l'ADN ne suffisait pas. Alors qu'il couvait du regard Ansel installé sur sa cuisse, il était redevenu l'homme qu'elle avait rencontré au bar. Elle avait encore l'impression d'entendre Julie lui chuchoter de son timbre voilé, dans un souffle aux relents aigres de bière :

« Je parie que c'est un tendre à l'intérieur. Qu'on peut le croquer. »

•

Lorsque Ansel fut capable de s'asseoir tout seul, Lavender ne se souvenait même plus des contours du visage de Julie – juste de ses sourcils et de son petit sourire en coin, malicieux. De ses jeans au bas effiloché et de son collier ras-du-cou, de l'odeur du tabac sur elle et de son baume à lèvres fait maison. De sa voix fredonnant une chanson des Supremes. « Et la Californie, alors ? avait-elle lancé, dépitée, quand Lavender lui avait annoncé son intention de s'installer à la ferme. Et les manifs ? Ce sera pas pareil sans toi. » Lavender se rappelait la silhouette de son amie derrière la vitre du car qui démarrait, emportant aussi la pancarte artisanale qu'elle avait dû fourrer entre ses pieds : « Stop à la guerre au Viêtnam ! » Julie avait agité la main tandis que le Greyhound s'éloignait avec un grondement de moteur, et à aucun moment Lavender ne s'était demandé si les conséquences d'un choix pouvaient être dévastatrices.

•

Chère Julie...

Lavender rédigeait les lettres dans sa tête, car elle n'avait pas l'adresse de son amie ni aucun moyen de se rendre au bureau de poste. Elle ne savait pas conduire et Johnny ne prenait le pick-up qu'une fois par mois, seul, pour aller acheter des provisions. Il y avait tant à faire à la ferme, disait-il, pourquoi aurait-elle besoin d'aller en ville ? Il était toujours de mauvaise humeur quand, à son retour, il déchargeait les boîtes de conserve, maugréant d'une voix qui rappelait celle de son grand-père : « Vous me coûtez rudement cher, tous les deux. »

•

Chère Julie,

Parle-moi de la Californie.

Je pense à toi souvent. Je t'imagine sur une plage quelque part, en train de te faire bronzer au soleil. Ici, tout va bien. Ansel a maintenant cinq mois. Il a un regard des plus étranges, comme s'il voyait à travers toi. En tout cas, j'espère que tu as beau temps. Un jour, quand Ansel sera plus grand, on ira te retrouver. C'est un gentil garçon, tu l'aimeras. On s'installera tous les trois sur le sable.

Chère Julie,

Aujourd'hui, Ansel a huit mois. Il est tellement grassouillet... Les bourrelets de ses cuisses ressemblent à de la pâte à pain. Il a maintenant deux dents espacées en bas, figure-toi, comme deux petits bouts d'os qui pointent.

Je n'arrête pas de repenser à cet été, quand on est partis tous les trois en promenade jusqu'à la limite de nos terres, là où poussent les framboises sauvages. Johnny les mettait dans la bouche d'Ansel, qui avait les mains tachées de jus. On aurait dit une image de carte postale, la famille heureuse. En les regardant jouer, j'ai eu l'impression d'être sortie de mon corps. Comme si j'étais un oiseau perché sur une branche. Ou un des lapins de Johnny, suspendu par les pattes.

Chère Julie,

Je sais, je sais, j'ai laissé passer trop de temps. Le printemps est revenu. Ansel marche, il se cogne dans tout. Il s'est écorché le bras sur un morceau de ferraille dans la cour, et bien sûr la blessure s'est infectée. Il a eu de la fièvre, mais Johnny a dit : pas d'hôpital. Tu te rappelles sûrement que je ne crois pas en Dieu ni rien, mais je n'ai jamais été si près de prier. L'été sera bientôt là, le temps file si vite. Je ne me souviens même pas de ces dernières semaines. C'est comme si j'avais dormi durant tout ce temps.

Chère Julie,

As-tu appris à conduire, finalement ? Je sais, on s'était promis qu'on prendrait des leçons ensemble. On aurait dû le faire quand on en avait encore l'occasion. Je n'ai pas quitté la ferme depuis la naissance d'Ansel, et il a presque deux ans. Incroyable, non ?

Hier, Johnny l'a emmené à la chasse dans la forêt. Je lui avais dit qu'il était trop jeune. Quand ils sont rentrés, Ansel avait des bleus sur les bras.

Si tu avais vu leur forme, Julie... Ils ressemblaient à des marques de doigts.

•

C'était ainsi que ça avait commencé. Par des petits riens, faciles à ignorer. Un grognement dans la gorge de Johnny, une porte claquée avec colère. Un poignet serré comme dans un étau, une pichenette sur l'oreille. Une gifle sur la joue, pour rire.

•

Quand Lavender rouvrit les yeux, Ansel avait trois ans. Jusque-là, leurs jours et leurs nuits n'avaient formé qu'une longue suite répétitive, le temps ayant été aspiré dans le néant solitaire de la ferme.

Ce fut au plus fort de l'été, par un après-midi étouffant, qu'Ansel s'aventura dans la forêt. Lavender était à genoux dans le jardin. Lorsqu'elle se redressa au milieu des dahlias fanés, la cour était vide sous un soleil haut. Elle ignorait depuis combien de temps il était parti.

Il n'était pas beau, ni même mignon. Son front était immense et il avait des yeux globuleux. Depuis peu, il jouait des tours à sa mère. Cachait la spatule quand elle faisait la cuisine, lui remplissait son verre avec l'eau des toilettes… Mais là, c'était différent. Il n'était jamais allé plus loin que la bordure du champ.

La panique la submergea. Elle s'avança vers la lisière du bois en criant le prénom de son fils jusqu'à s'érailler la voix.

Johnny s'accordait une sieste à l'étage. Il grommela quand elle le fit rouler vers elle.

— Quoi ?

— C'est Ansel, expliqua-t-elle, essoufflée. Il est parti dans les bois. Il faut que tu le retrouves, Johnny.

— C’est bon, calme-toi, répliqua-t-il, lui envoyant au visage son haleine fétide.

— Il n’a que trois ans ! Et il est tout seul dans la forêt.

Le son de sa voix, rendue stridente par l’affolement, lui fut insupportable.

— Pourquoi t’y vas pas, toi ? lança-t-il.

Son sexe en érection dépassait de la fente de son caleçon. Une menace.

— Tu connais les bois bien mieux que moi, Johnny. Et tu vas plus vite.

— Qu’est-ce que tu me donneras en échange ?

Il blaguait, pensa-t-elle. Un large sourire plaqué sur le visage, il glissa la main sous la ceinture élastique de son caleçon.

— C’est pas drôle, Johnny. Pas drôle du tout.

— Je me marre, là ?

Toujours souriant, il commença à se caresser. Ce fut plus fort qu’elle, elle ne put retenir les larmes qui lui obstruaient la gorge, épaisses et douloureuses. Lorsqu’elle se mit à pleurer, le bras de Johnny s’immobilisa et son sourire se mua en grimace.

— D’accord, dit-elle. Mais promets-moi que tu iras le chercher après.

Elle grimpa sur le lit, les larmes imprégnant sa bouche d’un goût salé tandis qu’elle se contorsionnait pour enlever son pantalon en lin. Au moment de prendre Johnny en elle, elle imagina son bébé effrayé dégringolant dans un ruisseau. Visualisa l’eau qui emplissait ses petits poumons. Le vautour qui tournoyait au-dessus. Un profond ravin. Elle se mit à aller et venir mécaniquement, tous les sens anesthésiés. Lorsque le membre de Johnny redevint enfin flasque, le rictus sur ses traits l'avait totalement métamorphosé.

« Je pense qu'on ne voit jamais tout d'une personne », disait souvent Julie. Quand Johnny la repoussa, le sexe inerte et la poitrine se soulevant au rythme de son souffle saccadé, Lavender fut frappée par le mépris sur son visage – ce visage qui, pareil à la lune, révélait sa face cachée, creusée de cratères.

•

L'après-midi céda la place au crépuscule. Lavender, au bord de la crise de nerfs, arpentait toujours la cour. Johnny était sorti de la maison en trombe – pour aller chercher leur fils, espérait-elle. Elle finit par s'asseoir sur la première marche de la véranda, les genoux plaqués contre la poitrine, en se balançant d'avant en arrière. Quand elle entendit enfin un bruissement en provenance de la forêt, la nuit était tombée et son angoisse s'était accentuée, formant en elle une boule de terreur pure.

— Maman ?

C'était Ansel, accroupi dans la pénombre à la lisière du bois. Il avait les pieds sales et de la terre avait séché tout autour de sa bouche. Lavender se précipita vers lui. Il était couvert de rouge, découvrit-elle en le rejoignant, et il dégageait une odeur de ferraille rouillée. Du sang… Elle le palpa frénétiquement, tâtant chacun de ses os d'enfant à la recherche d'une fracture.

Elle finit par s'apercevoir que le sang provenait de sa main. Ansel serrait entre ses doigts un tamia sans tête qui, dans l'obscurité, ressemblait à un animal en peluche mutilé, une poupée décapitée. Ça n'avait pas l'air de le troubler. Comme si c'était juste un autre de ses jouets auquel il ne pensait déjà plus.

Un cri monta dans la gorge de Lavender, mais elle était trop épuisée pour le laisser s'échapper. Elle souleva son fils, le cala sur sa hanche et se dirigea vers la maison. À la lumière de l'unique ampoule électrique, autour de laquelle voltigeaient des nuées d'insectes, elle le posa près du robinet extérieur et lui nettoya les pieds avec l'éponge tachée, embrassant chacun de ses orteils l'un après l'autre pour s'excuser de lui infliger la morsure de l'eau glacée.

— Allez, viens, murmura-t-elle en l'essuyant avec une serviette. Je vais te donner à manger.

Le silence régnait dans la maison. Johnny n'était pas revenu. Mais pendant qu'elle guettait dehors, il était allé chercher dans la remise les vieux cadenas poussiéreux de son grand-père. Il en avait installé un sur la porte du cellier, interdisant l'accès aux boîtes de conserve, ainsi que sur celle du frigo, et avait même percé un trou dans le placard au-dessus de l'évier, où se trouvaient les pâtes et le beurre de cacahouète, pour en mettre un troisième.

Lavender avait l'impression d'entendre ses paroles, en un écho qui se répétait à l'infini dans sa tête : « Va falloir que vous appreniez à gagner votre croûte, ton môme et toi. » Comme si les longs après-midi durant lesquels elle trimait dans le jardin, à essayer de faire pousser des tomates, ne comptaient pas. Ni les matins où elle s'occupait d'Ansel et lui apprenait des mots piochés dans le dictionnaire relié de cuir. Ni les soirées passées à récurer la crasse sur les vieilles bottes de chasse de Johnny. Il avait été on ne peut plus clair : son travail à lui consistait à assurer leur subsistance. Quant à elle,

elle ne savait plus trop ce qu'était devenu le sien, mais, de toute évidence, elle le faisait mal.

OK, songea-t-elle en balayant du regard les réserves de nourriture cadenassées. Tout se mélangeait dans sa tête. *OK*. Ils mangeraient le lendemain matin.

Ce soir-là, elle n'osa pas dormir dans son propre lit. Ne sachant pas à quoi s'attendre, elle ne pouvait envisager d'affronter Johnny. Alors elle étala une vieille couverture sur le plancher de l'autre chambre et s'y recroquevilla avec Ansel. « Faim… », babilla l'enfant dans la nuit, quand le bruit des pas de Johnny s'éleva enfin dans l'escalier. Comme il frissonnait contre elle, Lavender ôta le peignoir qu'elle avait enfilé pour le laver et l'en enveloppa. Nue sur le sol, tournée vers la fenêtre, elle vit luire entre ses seins le médaillon de sa mère – sa seule possession personnelle – dans le reflet de la vitre. Elle ouvrit délicatement le fermoir, puis passa la chaîne du bijou au cou de son fils.

— Il est à toi, maintenant, déclara-t-elle. Il te protégera toujours.

Sa voix tremblait, pourtant ses paroles agirent comme une berceuse sur le petit garçon, qui s'endormit.

Lavender attendit que le silence soit complètement revenu dans la maison avant de descendre sur la pointe des pieds et de prendre une des vestes de Johnny dans la penderie de l'entrée. Jusque-là, elle n'avait pas vraiment eu de raison de s'inquiéter de son comportement. Il n'avait jamais rien fait de tel, se bornant parfois à lui agripper les poignets un peu trop fort ou à l'écarter de son chemin lorsqu'il montait l'escalier. Mais les provisions sous clé, c'était à la fois une promesse et une menace résultant de sa propre incapacité à accomplir la tâche la plus fondamentale de toutes : la maternité.

La forme massive du pick-up se dessinait en bordure du champ. Lavender s'avança pieds nus dans les hautes herbes humides. La nuit était si noire… Il n'y avait pas de lune. Elle se sentait faible, chancelante. Elle n'avait rien mangé depuis le petit déjeuner. La clé s'inséra aisément dans la serrure de la portière, qui s'ouvrit en grinçant.

Lavender s'assit au volant.

C'était une tentation irrésistible : la possibilité. La possibilité de mettre le contact. De rouler toute la nuit, jusqu'à atteindre l'océan. Mais la vue du levier de vitesse lui rappela une réalité encore plus dévastatrice en cet instant qu'elle ne l'avait été auparavant : elle ne savait pas conduire. Elle ne savait pas non plus s'il y avait de l'essence dans le véhicule et, de toute façon, elle ignorait comment le remplir. Elle n'était même pas habillée et ne pouvait pas aller chercher ses vêtements rangés dans la chambre où dormait Johnny. C'était perdu d'avance. Désespéré. Elle n'y arriverait jamais.

Elle posa son front sur le volant et laissa libre cours à ses larmes. Elle pleura pour Ansel, pour le tamia, pour son estomac vide. Elle pleura pour toutes ces choses dont elle avait eu envie et qu'elle ne parvenait même plus à se représenter, comme si elle avait tenu trop longtemps ses rêves au creux de sa main, et qu'ils n'étaient désormais plus que des objets dépourvus de sens, inutiles et encombrants.

•

Elle fut réveillée le lendemain matin par une bonne odeur de lard grillé.

Elle était seule sur le plancher de la chambre d'Ansel. La couverture était entortillée à ses pieds et le soleil pénétrait à flots par la fenêtre, baignant la pièce d'une vive clarté. Elle enfila le peignoir abandonné par terre puis descendit au rez-de-chaussée.

Johnny se tenait devant la cuisinière, comme à son habitude. Silhouette familière, massive. Lavender connaissait si bien ce corps qu'elle avait l'impression d'en être elle-même une partie. Au souvenir de ses pensées de virée nocturne sur l'autoroute, elle se sentit idiote. Johnny lui tendit une assiette. Œufs brouillés fumants et deux fines tranches de lard croustillant – ce lard qu'ils gardaient au congélateur pour les occasions spéciales. Un rapide coup d'œil lui révéla que les provisions avaient été remises dans les placards, lesquels étaient de nouveau cadenassés.

Ansel, assis à table, avalait gaiement un verre de lait.

— S'il te plaît, dit Johnny, tout sucre et tout miel. Viens manger, mon amour.

Lavender ne se souvenait même plus de ce que Johnny lui avait promis, mais elle reconnut la douceur de sa voix dans ces moments-là. Alors elle le laissa glisser les doigts dans ses cheveux. Et aussi embrasser la courbe de sa hanche en murmurant « Je suis désolé », encore et encore, jusqu'à ce que les mots perdent leur sens, comme s'ils étaient prononcés dans une langue étrangère.

Pendant qu'il faisait la sieste, elle s'installa dans le rocking-chair avec Ansel. La chaîne du médaillon avait laissé de légères traces verdâtres autour du cou de l'enfant, et Lavender sentit sa peur se muer en un bref accès de panique tant elles ressemblaient à des hématomes. Ils allèrent ensuite passer en revue tous les livres sur les étagères, les manuels techniques et les cartes de différents pays – Philippines, Japon, Viêtnam… Quand ils en trouvèrent une des Adirondacks, Lavender réinstalla Ansel sur ses genoux et étala le papier devant eux.

— On est là, chuchota-t-elle.

Elle guida la main du petit garçon le long du tracé de l'autoroute. De la ferme à la ville, puis de la ville jusqu'à la bordure de la carte.

•

C'était d'une violence particulière, la vue de ses sous-vêtements qui restaient désespérément blancs. Quatre semaines de retard, puis six. Lavender priait pour découvrir une tache de sang. Tous les matins, son corps la trahissait en se transformant lentement sans son autorisation. Elle vomissait dans la cuvette encrassée des toilettes, et la terreur enflait en même temps que son ventre, la laissant pétrifiée.

•

Chère Julie,

Tu te rappelles à quel point on admirait les filles de la bande de Charles Manson ? Quand on suivait le procès à la télé comme si c'était un feuilleton ? Aujourd'hui, il m'arrive de rêver d'elles, de ce qui les a poussées vers ce final sanglant. Je me demande si Susan Atkins avait déjà ressenti ça.

S'il y avait une petite voix qui, dans les recoins les plus sombres de son esprit, lui soufflait : « Va-t'en. » Ça m'envahit, Julie. Je ne peux rien y faire.

•

Lavender dénicha un sac de toile de jute dans la grange. À l'intérieur, elle plaça la petite boîte de maïs qu'elle avait glissée sous son T-shirt un jour où Johnny lui tournait le dos – une bosse révélatrice –, l'audace de son geste précipitant ses battements de cœur. Elle y fourra aussi un vieux manteau qui, même s'il n'allait plus à Ansel, lui tiendrait chaud au besoin. Enfin, elle ajouta le couteau de cuisine rouillé qui était tombé derrière l'évier. Elle cacha le sac au fond du placard dans la chambre de l'enfant, certaine que Johnny ne l'ouvrirait jamais.

Ce soir-là, pendant qu'il ronflait comme à son habitude, Lavender posa une main sur son ventre, qui lui semblait distendu, étranger. Elle songea au sac dans le placard, riche de promesses. Quand elle avait parlé du bébé à Johnny, en se préparant déjà à une explosion de colère, il s'était contenté de sourire. « Notre petite famille », avait-il dit. Elle avait senti une bile traîtresse affluer dans sa gorge.

Lorsqu'elle commença à grossir, elle établit ses quartiers dans le rocking-chair près de la porte de derrière. Elle s'y asseyait dès le matin et ne le quittait que pour aller aux toilettes. Son cerveau était vide, il ne lui appartenait plus. Le nouveau bébé dévorait toutes ses pensées sitôt qu'elles se formaient. Elle-même lui servait juste de coquille, de vaisseau zombie.

Ansel restait toute la journée accroupi à ses pieds. Il écrasait des insectes entre ses doigts et les lui présentait comme des offrandes. Cassait des glands entre ses dents de bébé et lui tendait les moitiés. Quand Johnny s'absentait, parfois plusieurs jours d'affilée, laissant à leur intention des boîtes de soupe sur le plan de travail, le petit garçon les lui apportait. Leurs rations… Ils les avalaient sans les faire réchauffer, léchant à tour de rôle la cuillère froide. Lorsqu'il rentrait, Johnny était toujours d'humeur rageuse, et Lavender pensait alors au sac dans le placard, au manteau, au couteau. Elle était devenue trop grosse pour monter l'escalier.

•

Chère Julie,

Je m'interroge sur nos choix. Sur le ressentiment ou les regrets qu'ils nous inspirent, alors même que leurs conséquences se développent sous nos yeux.

•

Les contractions débutèrent tôt. Un élancement fulgurant, dans la froide lumière du jour naissant.

— Pas dans la grange, supplia Lavender. S'il te plaît, on va faire ça ici, d'accord ?

Johnny étala une couverture à côté du rocking-chair. Ansel et lui restèrent debout à côté d'elle tandis qu'elle criait, saignait, poussait. Ce fut différent cette fois, comme si elle n'était pas à l'intérieur de son corps, comme si la douleur l'en avait chassée, la transformant en simple spectatrice. Alors qu'elle était en plein travail, Ansel se jeta sur elle, affolé, et lui plaqua sa paume moite sur le front. Lavender fut alors submergée par un instinct primaire qui la ramena brièvement en elle-même, un élan d'amour si intense et désespéré qu'elle ne fut pas certaine de pouvoir y survivre.

Ensuite, le calme.

Elle aurait voulu que le sol s'ouvre sous elle pour la plonger dans une existence différente. Elle était sûre que son âme avait quitté son corps en même temps que le bébé. Quand Johnny confia le nourrisson à Ansel puis tenta de la faire se lever, il lui vint à l'esprit que la réincarnation était un ultime recours. Il y avait d'autres vies possibles, dans ce même monde. La Californie. Elle répéta le nom dans son esprit, le savoura comme un bonbon fondant sur sa langue.

Elle ne pouvait regarder aucun de ses enfants. Ni Ansel, avec son étrange visage de monstre, ni le nouveau-né, un paquet de peau tiède qui, elle en était persuadée, lui transmettrait une maladie si elle le touchait. Laquelle, elle n'aurait su le dire. Mais ce mal la piégerait à la ferme.

Elle s'affaissa de nouveau sur le plancher. Elle aurait aimé n'être qu'un grain de poussière au plafond.

•

Les semaines passèrent. Le bébé n'avait toujours pas de nom. Un mois s'écoula, puis deux. « P'tit Packer », roucoulait Ansel en jouant avec le nourrisson installé par terre près de la cheminée. Il chantonnait d'une voix de fausset une berceuse de son invention : « P'tit Packer mange, P'tit Packer dort, ton frère t'aime, P'tit Packer, ton frère t'aime… »

•

Il arrivait à Johnny de se laisser aller à une démonstration de tendresse envers elle, sans réelle conviction, dans une vague tentative pour la ramener à la vie. Il lui massait les pieds, agenouillé au bout du matelas. Il nettoyait ses plaies avec une éponge, passait une brosse dans ses cheveux emmêlés. Lavender demeurait blottie dans leur lit pendant qu'il lui amenait le bébé à nourrir. Le reste du temps, P'tit Packer s'agitait sous l'œil vigilant d'Ansel, quatre ans.

Durant les quelques minutes par jour où Lavender serrait le bébé contre elle, elle se demandait souvent comment il était arrivé là, comment il était possible que cette adorable créature affamée soit son enfant. Avec Ansel, elle avait éprouvé la même chose, sauf que son amour était à l'époque encore tout nouveau, et farouche. Elle en venait désormais à redouter d'avoir épuisé ses réserves.

— Reprends-le, disait-elle d'une voix atone quand le bébé avait fini de téter. Je ne veux pas de lui ici.

La frustration de Johnny était de plus en plus palpable. Lavender la sentait bouillonner en lui comme de la lave en fusion, mais cette tension entre eux ne faisait que l'affaiblir encore plus. L'engourdir. Elle n'avait droit qu'à une seule boîte de maïs ou de haricots blancs par jour, et les spasmes douloureux de son ventre vide étaient devenus comme des parasites permanents en arrière-fond.

— T'auras plus à manger quand tu recommenceras à faire ta part de boulot, déclara-t-il, d'un ton rendu amer par le dégoût et l'irritation, avant de répéter les mots qui étaient devenus pour lui une obsession : Tu dois apprendre à gagner ta croûte.

Le jour où il se campa au pied du lit, fou de rage, Lavender était si mal en point qu'elle ne trouva même pas l'énergie de s'alarmer. Elle leva les yeux vers la silhouette massive qui écumait en face d'elle et tenta de se remémorer l'homme qui ramassait des framboises sauvages. Elle n'avait pas l'impression qu'il avait été remplacé par cet inconnu effrayant, mais plutôt qu'il avait évolué, révélé sa vraie nature dans sa propre ombre.

— Lève-toi, ordonna-t-il.

— Je peux pas.

— Lève-toi, bordel ! Sors de ce lit tout de suite.

— Je peux pas, répéta-t-elle.

Il lui sembla qu'elle avait déjà accepté ce qui se produisit ensuite. Comme si l'intrigue avait déjà été écrite pour elle, et qu'elle n'avait plus qu'à jouer son rôle. Elle comprit qu'elle anticipait ce moment depuis des mois. Les provisions sous clé, les petits bleus – autant d'avertissements qu'elle avait enregistrés mais dont elle n'avait pas tenu compte.

Juste avant qu'il se jette sur elle, elle s'attendit à le voir se changer en une version cauchemardesque de lui-même, une personne qu'elle n'avait jamais rencontrée. Mais non. Durant les quelques millisecondes qui précédèrent le premier coup, elle eut toujours devant les yeux l'homme rude qu'elle connaissait, et elle se dit, avec une clairvoyance teintée de compassion : *Tu aurais pu devenir qui tu voulais, Johnny. Tout sauf ça.*

•

Une poignée de cheveux arrachée. Un cri, une supplique, quand Lavender sentit ses os percuter le sol. Une explosion de douleur alors que la plaie se rouvrait entre ses jambes. La botte à pointe métallique de Johnny s'élevant devant elle, tel le sabot d'un cheval qui se cabre, avant de s'écraser sur son ventre. Le choc, le voile rouge luisant devant ses yeux.

Lorsque le son lui parvint, à l'entrée de la pièce, Lavender vit en double la silhouette chancelante d'Ansel. Il tenait le bébé comme elle le lui avait appris, un bras passé sous sa tête. Même s'il n'était pour elle qu'une forme floue, il avait l'air bien trop jeune – sans pantalon, avec ses jambes grêles pareilles à des pattes de poulet – pour avoir un nourrisson dans les bras. Tous deux pleuraient, paniqués. Quand elle voulut tendre la main vers eux, son corps fut parcouru d'élancements révélateurs d'autres blessures qu'elle n'avait pas encore recensées. Dans sa bouche s'accumulait un épais mélange de sang et de poussière.

— Ansel…, articula-t-elle, sans pouvoir émettre le moindre son. Va-t'en.

Le temps parut ralentir.

— Non ! voulut-elle crier. Johnny, s'il te plaît…

Le geste fut trop rapide. Trop instinctif. D'une main énorme, Johnny tira en arrière la tête d'Ansel, qui heurta l'encadrement de la porte avec un craquement sinistre.

Après, le silence.

Un silence qui, seulement ponctué par les halètements bruyants de Johnny, prit une résonance assourdissante aux oreilles de Lavender. Même le bébé, surpris, avait cessé de pleurer. Tout s'était figé dans la chambre. Hébétée, Lavender vit Johnny prendre soudain conscience de son geste. Son corps de géant se mit à trembler tandis qu'il reculait hors de la pièce. Ils l'entendirent dévaler l'escalier, puis claquer la porte-moustiquaire. Ansel, encore tout étourdi, cligna lentement des yeux.

Lavender se traîna sur le plancher. Un mouvement au ralenti, accompagné par le grincement des lattes du plancher. Quand elle eut rejoint ses enfants, elle les attira contre elle en sanglotant.

Johnny ne revint pas ce soir-là. Lavender s'était blottie dans le lit avec les garçons, vigilante, aux aguets. Elle berça le bébé jusqu'à ce qu'il s'endorme, et lorsque Ansel, affaibli par la faim, réclama à manger, elle se borna à faire non de la tête en guise d'excuse. Pas assez de lait. Le garçonnet la regarda sous ses longs cils humides, ses yeux creusés d'ombre lui donnant l'air d'un petit fantôme effrayé.

•

Aux premières lueurs de l'aube, Lavender se coula hors du lit. Les hématomes sur ses jambes et son ventre viraient déjà au violet. Les deux garçons dormaient toujours sur le vieux matelas, leur respiration était régulière. Une bosse de la taille d'une balle de golf était apparue sur le crâne d'Ansel.

Lavender entrouvrit la fenêtre et passa la tête dehors, dans l'air frais du matin. La brise lui fit l'effet d'un souffle apaisant sur ses joues, l'air humide de rosée semblait chargé de nouvelles promesses. Au-delà, les champs se teintaient de jaune sous le soleil. Au-delà, au-delà… Au-delà, c'était un endroit dont elle ne gardait presque aucun souvenir. Au-delà de cette pièce, de cette maison, il y avait des mères qui préparaient des rôtis à la cocotte pour leurs enfants. Il y avait des petits garçons qui regardaient des dessins animés à la télé le samedi matin, innocents et insouciants. Du pop-corn luisant de beurre dans les cinémas, des boîtes de céréales, du vrai dentifrice. Il y avait des téléviseurs, des journaux et des radios, des écoles, des bars et des cafés. Avant qu'elle vienne s'installer à la ferme, un homme avait marché sur la Lune ; qui sait si, depuis, on n'avait pas bâti une ville entière là-haut ?

Johnny ne rentra qu'à midi, des brindilles dans les cheveux. Il avait dormi dans la forêt. Son expression le faisait paraître beaucoup plus petit ; on aurait dit un homme complètement différent, courbé sous le poids de la honte. Tout son corps, tassé sur lui-même, était une supplique, un appel désespéré au pardon.

Lavender ne pouvait même pas concevoir de le lui accorder. Pourtant, elle allait le faire quand même. Pour le ciel bleu au lever du soleil, pour cet horizon tentateur au-delà de la ferme – pour que ses enfants puissent un jour voir le monde extérieur.

— S'il te plaît, dit-elle.

Elle retroussa les lèvres pour lui montrer l'incisive qu'il avait ébréchée.

— Emmène-moi faire un tour en voiture.

•

Elle enfila de vrais vêtements pour la première fois depuis des mois. Se peigna, aspergea d'eau fraîche ses joues gonflées et noua autour de sa taille les manches du pull qu'elle avait passé tout l'hiver à tricoter.

— On va dans la grange ? demanda Ansel en la voyant glisser ses pieds dans ses plus belles chaussures, des mocassins qu'elle n'avait pas remis depuis le lycée.

Johnny l'attendait déjà dans la voiture. À sa grande surprise, elle n'avait pas eu de mal à le convaincre : il lui avait suffi de jeter un regard appuyé aux marques sur ses cuisses et de lui donner l'assurance que les garçons se débrouilleraient très bien tout seuls pendant une heure ou deux. Elle n'avait même pas de plan. Mais si elle voulait aller de l'avant, il lui fallait d'abord partir. Elle ne voyait pas d'autre possibilité.

— Papa et moi, on va se promener, dit-elle. On n'en a pas pour longtemps.

Assis par terre, Ansel lui tendit les bras, et elle le souleva. Il était trop lourd à présent pour qu'elle puisse le caler sur sa hanche, mais son poids lui était familier. La bosse sur la tête du petit garçon saillait, grosse comme un œuf, et elle dut résister à l'envie de l'effleurer. Elle se contenta d'embrasser les cheveux tout autour, puis s'accroupit devant le bébé installé près de la cheminée. Enveloppé dans l'une des vestes de Johnny, P'tit Packer gigotait en babillant. Son frère et lui avaient joué avec de vieilles cuillères dont le métal oxydé avait noirci ses paumes. Lavender appuya son nez contre le crâne de l'enfant en humant sa douce odeur musquée.

Puis elle se tourna de nouveau vers son aîné et posa les mains sur ses joues.

— Tu t'occuperas de ton petit frère, d'accord ? Je peux te faire confiance, Ansel ?

Il hocha la tête.

— S'il pleure, où est-ce qu'on le met ?

— Dans le rocking-chair.

— C'est bien, dit Lavender d'une voix soudain étranglée. Tu es un bon garçon.

Elle ne pouvait plus reculer. Elle n'avait cependant pas l'impression de prendre des décisions, juste de se laisser porter par les événements. Elle entendait vrombir le moteur du pick-up garé en bordure du champ. Sentait la présence de Johnny, constante et menaçante.

Elle ne se risqua même pas à jeter un ultime coup d'œil à ses enfants. Une part d'elle-même, enfouie au plus profond, savait que la dernière fois où elle les voyait était déjà derrière elle, et elle n'avait plus la force de regarder leur visage innocent, leur bouche en bouton de rose, leurs petits ongles qu'elle avait créés à partir de rien. Alors elle se détourna et marcha vers la lumière du dehors.

— Soyez sages, dit-elle encore.

Puis elle ferma la porte.

•

Lavender n'avait pas quitté la ferme depuis plus de cinq ans. Au début, l'isolement lui était apparu comme une bénédiction et la nature, comme un antidote à la détresse médicamenteuse de la caravane maternelle.

Elle n'aurait su dire à quel moment l'endroit était devenu sa prison.

Le monde se déployait à présent derrière le pare-brise, à la fois familier et étrange : stations-service grouillant d'animation, fast-foods d'où s'échappait l'odeur étourdissante de la viande grillée… Un bras passé par la vitre ouverte, le vent tourbillonnant dans ses oreilles, Lavender en arrivait presque à oublier le désastre de sa vie. Elle dut compter sur ses doigts pour calculer qu'elle avait vingt et un ans. Ses copines de lycée avaient probablement un travail, un mari, des enfants… Elle s'aperçut soudain qu'elle ignorait qui était le président ; elle avait manqué l'élection de 1976. Alors que Johnny accélérait encore, dépassant la limite de vitesse, elle songea qu'elle avait faim, mais aussi qu'elle était libre, loin de ses fils. C'était grisant. Elle en avait la tête qui tournait.

— Vers le sud, répondit-elle quand Johnny lui demanda où elle voulait aller.

Il conduisait en silence, irradiant la honte. Le volant paraissait tellement insignifiant, tellement minuscule entre ses mains… Ils roulaient au moins à cent trente kilomètres/heure. Elle aurait pu agir, les précipiter au-devant des voitures qui arrivaient en sens inverse ou dans le fossé sur le bas-côté. C'était l'idée qu'elle avait vaguement en tête depuis le début. Mais l'air frais sentait si bon et le son de la radio était si agréable… Elle comprit brusquement, à sa grande surprise, qu'elle ne voulait pas mourir.

Ils s'arrêtèrent prendre de l'essence à la sortie d'Albany, à deux heures de la ferme et à mi-chemin de la frontière de l'État de New York. Alors que Johnny dirigeait le pick-up vers la station-service, Lavender sourit à la pensée des centaines de kilomètres qui le séparaient désormais de leurs enfants.

— Qu'est-ce qu'il y a de drôle ? questionna-t-il, toujours penaud.

— Rien. Il faut que j'aille aux toilettes.

Quand il ouvrit la portière, elle étudia les cheveux qui lui descendaient dans la nuque. Le renflement de ses vertèbres, la largeur de ses épaules, le creux délicat entre son oreille et son crâne. À quoi ça tenait ? songea-t-elle. Un petit bout de peau tendre et vulnérable. Si seulement toute sa personne avait été à cette image. Tout aurait été tellement plus facile s'il avait été gentil…

Elle récupéra les quelques pièces de monnaie qui traînaient sur le tableau de bord pendant qu'il remplissait le réservoir. Puis elle marcha vers la boutique, le cœur cognant à grands coups sourds. En entendant la clochette de la porte tinter pour signaler son arrivée, elle se rendit compte qu'elle n'était plus allée nulle part seule depuis ses seize ans.

La caissière, une femme d'un certain âge, la gratifia d'un regard soupçonneux. Des rangées de snacks dans leurs emballages de couleurs vives garnissaient les rayons. Tout au fond du magasin, entre le distributeur de sodas et un congélateur rempli de crèmes glacées, se trouvait un téléphone payant.

Oui, c'est ça, se dit-elle, le sang lui martelant les tempes.

Sa chance.

Elle aurait donné cher pour avoir du temps. Elle aurait voulu s'asseoir pour réfléchir, prendre la mesure de tout ce qu'elle s'apprêtait à abandonner. Mais elle voyait déjà derrière la vitre crasseuse Johnny secouer le pistolet de la pompe dans le réservoir, et elle avait encore l'impression de sentir la bosse à l'arrière du crâne d'Ansel – une pulsation fantôme sous ses doigts. Le temps ne lui appartenait pas. Elle ne possédait rien.

— Police secours, j'écoute ?

Lavender se força à regarder l'étiquette sur un sachet de chips pendant qu'elle indiquait l'adresse de la ferme.

— Madame ? Il va falloir parler un peu plus distinctement.

— Un enfant de quatre ans et un bébé, répéta Lavender. Vous devez y aller tout de suite, avant que Johnny retourne là-bas. Il leur a fait du mal. On est à deux heures de route. Je vous en prie, dépêchez-vous.

Elle pleurait à présent, ses larmes coulaient sur le combiné en plastique. Elle redonna l'adresse. Deux fois valaient mieux qu'une.

— J'envoie une voiture, madame. Restez en ligne. Êtes-vous la mère ? Nous avons besoin de savoir…

Derrière la vitre, Johnny tendit le cou pour essayer de voir à l'intérieur. Prise de panique, Lavender raccrocha.

L'employée derrière le comptoir ne la quittait pas des yeux. Elle avait peut-être la soixantaine. Cheveux gris frisés, polo taché, ongles rongés jusqu'au sang. Son regard alla de Johnny au téléphone sur son socle, inutile. Puis elle pointa le doigt vers une porte ouverte après les toilettes – celle d'un placard à fournitures.

Avec un hochement de tête reconnaissant, Lavender s'y précipita.

Il n'y avait pas de lumière dans le réduit. Des produits d'entretien s'empilaient haut sur les étagères, formant des colonnes à peine éclairées par la bande de lumière jaune qui passait sous la porte. Lavender s'adossa aux rayonnages métalliques, le souffle court, encore choquée par ce qu'elle venait de faire. La femme de l'autre côté appuya quelque chose contre la serrure, la barricadant de l'extérieur. La peur qui l'habitait depuis si longtemps s'était muée en une force nouvelle. Une sorte de courant qui circulait en elle, stimulant, électrisant.

Lavender colla son oreille contre le battant, aux aguets. Mais il était trop épais, elle n'entendit rien. En attendant que le tremblement de ses mains s'apaise, elle tenta de se remémorer la voix de la régulatrice au téléphone.

Elle lui avait paru si calme, si sûre d'elle... Lavender imagina une foule de civils bien habillés débarquant à la ferme, s'interpellant d'un ton professionnel, adulte. Ils trouveraient les enfants, les envelopperaient tous les deux dans de grandes couvertures chaudes et leur donneraient à manger autre chose que des haricots en boîte. Elle se représenta une policière en uniforme, les cheveux rassemblés en un chignon strict, prenant le bébé dans ses bras, plus solide et compétente qu'elle-même ne l'avait jamais été.

Le cœur battant dans la pénombre, Lavender patienta, respirant des odeurs d'eau de Javel, de poussière et de vinaigre. Dans une boîte sur une étagère basse, elle découvrit des dizaines de gâteaux au chocolat dans leur emballage individuel – le genre de petits cakes industriels carrés qu'elle n'avait pas revus depuis son enfance. En dépit des circonstances, son estomac gargouilla. Elle se mit à sangloter en déballant un premier gâteau, puis un autre, qu'elle fourra en entier dans sa bouche. La pâte trempée de salive, qu'elle avait à peine mâchée, forma de merveilleuses petites boules dans sa gorge quand elle avala. Entourée d'emballages en plastique qui crissaient, les doigts poisseux de sucre, elle se demanda si elle n'avait pas fait la plus grosse erreur de sa vie. Peut-être. Pourtant, au-delà du doute, il y avait autre chose, un soupçon de certitude auquel se raccrocher. Elle avait toujours entendu dire qu'il n'y avait rien de plus fort que l'amour d'une mère. Pour la première fois depuis qu'elle l'était elle-même devenue, elle voulait bien le croire.

•

La femme de la station-service vint la libérer, et une lumière aveuglante inonda le placard. Elle s'appelait Minnie, lui dit-elle en l'aidant à se relever. Les yeux plissés, Lavender regarda les rayons de confiseries, de chewing-gums et de cigarettes.

— Je lui ai dit que vous aviez prévenu les flics, déclara Minnie en lui tendant une tasse de café.

Elle ne fit aucun commentaire sur les emballages de biscuits, ni sur les traces de chocolat salissant la joue de Lavender. Il faisait nuit à présent et des nuées d'insectes voltigeaient autour des lampes qui éclairaient les pompes à essence.

— Je ne l'ai même pas laissé entrer, poursuivit-elle. Il a passé un long moment à tourner autour des pompes en hurlant et en gesticulant. Il a même balancé des coups de pied dans son pick-up. Mais il a fini par partir.

— Dans quelle direction ? s'enquit Lavender.

Elle avait mal à la tête, mais la première gorgée de café, amère sur sa langue, lui fit un bien fou.

Minnie pointa le doigt vers le sud. Loin de la ferme.

Plus tard, Lavender chercherait le numéro des services sociaux. Elle téléphonerait, encore et encore, pour avoir des informations, jusqu'au moment où son interlocutrice prendrait pitié d'elle et lui apporterait la confirmation tant attendue : les garçons avaient été placés dans des foyers d'accueil. Leur père n'était pas revenu.

•

Cette nuit-là, Lavender dormit assise dans la réserve, serrant dans sa main la barre métallique d'un dérouleur d'essuie-tout en guise d'arme.

En prenant son pull, elle avait retrouvé le médaillon qu'elle avait donné à Ansel – un petit cercle métallique niché dans sa chaîne enroulée au fond de la poche de poitrine. Elle le lui avait ôté la dernière fois qu'elle lui avait fait prendre un bain et l'avait empoché sans y penser. « Il te protégera toujours », lui avait-elle assuré. Il lui parut terriblement cruel de l'en avoir privé par mégarde après lui avoir fait une telle promesse. La vérité s'imposa alors à elle, suffocante dans l'obscurité de la pièce : rien ne pouvait garantir la sécurité de quelqu'un. Ni une babiole ni l'amour, aussi immense soit-il.

•

Le lendemain matin, Minnie lui offrit un sandwich aux œufs ainsi qu'un billet de vingt dollars avant de la conduire à l'arrêt de bus.

— Bon vent, ma belle, dit-elle en la déposant. Tâchez d'aller le plus loin possible.

Assise sur le banc, Lavender se demanda où était Ansel. Elle espérait que quelqu'un lui avait donné de vrais vêtements, car il avait passé toute sa vie à se promener en caleçons d'homme maintenus par des épingles au niveau des hanches. Elle l'imagina dans un pyjama propre, devant un bon petit déjeuner. Elle avait oublié de parler à la police du sac qu'elle avait préparé, avec le maïs, le couteau et le manteau, mais elle ne le regrettait pas. C'était trop pathétique, ces objets dérisoires dans lesquels elle avait placé tant d'espoir.

Chère Julie..., songea-t-elle en montant dans le premier d'un grand nombre de cars. La peur dans son cœur se teintait déjà d'une autre sensation. Une sorte de pulsation sourde, euphorisante. Pas un sentiment de liberté – elle était encore trop anéantie –, mais quelque chose d'approchant.

Chère Julie,

Attends-moi, j'arrive.

•

Lorsque Lavender atteignit enfin l'océan, l'odeur fut à la hauteur de ses espérances.

Il lui avait fallu des semaines pour arriver à San Diego. Elle avait fait du stop, volé des portefeuilles, mendié pour se payer le car. Quand elle avait trouvé un couteau de chasse dans un caniveau à la sortie de Minneapolis, elle s'était rappelé la façon dont Johnny éviscérait un cerf, en lui fendant l'abdomen. Elle avait passé quatre jours à voyager sur le siège passager d'une camionnette de livraison de bière, la main posée en permanence sur la garde de ce couteau fourré derrière la ceinture de son jean.

Elle se débarrassa de ses chaussures sur le ponton en bois et savoura la chaleur des planches sous ses pieds meurtris. L'air sentait les hot dogs, les algues, les fumées d'échappement. La plage grouillait de familles qui se reposaient, s'amusaient, sautaient dans les vagues. Lavender laissa derrière elle le sac en plastique contenant ses achats (brosse à dents, peigne, cigarettes) et s'avança d'un pas mal assuré sur le sable brûlant.

L'eau était glacée, délicieuse. Elle s'en aspergea le visage, la laissa couler en longs filets froids jusque dans sa bouche, puis se déshabilla et, en soutien-gorge et culotte, s'immergea jusqu'aux genoux.

La culpabilité ne la quittait jamais. Elle l'étouffait parfois la nuit, comme si on lui plaquait un oreiller sur la figure, et parfois aussi lui faisait l'effet d'un coup de poignard en plein cœur. Lavender était hantée par le même cauchemar depuis des semaines : Ansel creusait dans la cour, sous l'épicéa où ils avaient enterré le grand-père de Johnny, sauf que ce n'était pas lui qu'il découvrait dans le sol. C'était elle-même. « Regarde, maman, disait-il en soulevant une des mains raides et grises de la dépouille. Regarde ce que j'ai trouvé. »

Quand elle était éveillée, la culpabilité frémissait en elle, à petits bouillons, créant une sensation constante d'inconfort. Ses seins, toujours gonflés de lait, lui rappelaient en permanence ce qu'elle avait abandonné. Mais elle éprouvait aussi, elle n'aurait pu le nier, un sentiment de pur soulagement, pareil à une grande goulée d'air frais. La joie procurée par la solitude, par toutes ces longues heures passées en sa propre compagnie. Et sa peur refluait petit à petit.

Elle ne savait pas où elle irait ensuite. Peu importait. Elle ferma les yeux, éblouie par le soleil, tandis que l'eau montait jusqu'à ses cuisses, ses hanches, ses côtes, puis elle inspira à fond. Avant de céder à l'attraction de la fraîcheur, elle pensa à ses enfants.

Elle avait créé deux êtres vivants, appelés à devenir des personnes. Elle se plaisait à imaginer que le mystère de leur avenir leur réservait cette même expérience : sable râpeux, bras couverts de chair de poule, vagues venant se briser sur leurs épaules parsemées de taches de son. Elle se remémora la fenêtre de sa chambre à la ferme, l'appel de la brise. C'était le cadeau qu'elle leur avait fait : au moins, elle avait offert à ses garçons un monde de possibles.

Un jour, espérait-elle, eux aussi pataugeraient dans l'océan. À ce moment-là, ils sentiraient leur mère. Son odeur, son goût.

Son amour, dans une gorgée d'eau salée.

10 HEURES

Tu as vu des rivières, et aussi des lacs, mais l'océan, tu ne l'as vu qu'une fois.

C'était sur la côte du Massachusetts, il y a des années. Jenny et toi aviez pris la route pour aller rendre visite à ses grands-parents, et elle avait insisté pour que tu fasses quelques kilomètres de plus. Tu avais alors vingt-cinq ans et vous n'étiez pas encore mariés.

Je ne peux pas croire que tu n'aies jamais vu la mer, avait dit Jenny, qui s'agitait sur son siège. Dès que tu avais découvert l'Atlantique, tu t'étais arrêté dans une crique où, à force de cajoleries, elle t'avait convaincu d'entrer dans l'eau jusqu'aux genoux. Ses cheveux soulevés par le vent lui fouettaient le visage. Elle riait aux éclats, la bouche grande ouverte, révélant le gouffre d'un rouge obscène au fond de sa gorge. Tu avais même aperçu les plombages sur ses molaires.

Aujourd'hui, si tu te concentres suffisamment, tu parviens presque à remplacer le mur en béton de ta cellule par cette immense étendue bleue rugissante. À imaginer le piaillement des mouettes, le vrombissement du moteur de la voiture, la douceur du sable s'affaissant sous tes pieds nus. En dépit de tout, tu es heureux de disposer de ce souvenir, de cette image de l'océan moutonnant au loin.

Il est possible, en le regardant, de croire qu'il n'a pas de fin.

•

Le message de Shawna est là, à l'avant de ta chaussure. Une petite boule de papier contre ton gros orteil. Sensation d'une pression qui t'amène à boitiller quand tu marches. Une bombe, qui va tout faire éclater de l'intérieur, dans une magnifique explosion.

•

Tu es en train de rincer tes pinceaux dans le lavabo quand deux gardiens apparaissent. Ils montrent tes mains, que tu leur tends à travers l'ouverture dans la porte. Pour être menotté, tu dois leur tourner le dos, te pencher en avant et t'agenouiller, les bras derrière toi. Tu es fouillé au corps chaque fois.

Une visite, disent-ils.

Le parloir est une longue succession de petits box en béton blanc. Tu te frottes les poignets en prenant place sur le siège. Ton avocate est déjà là, assise de l'autre côté de la vitre, offrant son apparence habituelle.

Tina Nakamura plaque ses paumes sur une chemise cartonnée. En un jour pareil, les détenus n'ont pas le droit de voir leur avocat en personne, mais le directeur t'a toujours eu à la bonne. Autorisation spéciale. Tina a appliqué son rouge à lèvres mauve d'une main experte, soulignant les contours de sa bouche fine, et ses cils ont été savamment allongés à l'aide d'un mascara. C'est le genre de maquillage censé faire croire aux hommes qu'elle n'en a pas mis. Tu n'es cependant pas dupe. Tina doit avoir ton âge – dans les quarante-cinq ans – et elle a rassemblé ses cheveux en une queue-de-cheval haute, soyeuse. Son tailleur-pantalon bleu marine à la coupe impeccable est parfaitement ajusté. Quand elle s'en ira, tu jetteras un coup d'œil à ses chaussures. Elles la trahissent toujours. Tu en as conclu qu'elle avait des problèmes de genoux, ou peut-être des oignons, car, au lieu des escarpins brillants auxquels on s'attendrait, elle porte des sandales orthopédiques à semelles ergonomiques comme celles des serveuses d'un certain âge.

Mon équipe a déposé un nouveau recours ce matin, annonce-t-elle. Il ne nous reste plus qu'à attendre le coup de téléphone. Nous devrions savoir dans l'après-midi si la cour accepte de le prendre en compte.

Tina n'a jamais eu peur d'affronter ton regard. Le sien, sévère, ne vacille jamais. En général, la force qu'il dégage te rend furieux, mais pas aujourd'hui. Aujourd'hui, Tina est petite. Insignifiante. Tu appuies ton gros orteil contre le message chiffonné de Shawna – un rappel de ce secret brûlant entre vous.

Le directeur m'a dit que vous aviez invité un témoin, déclare Tina.

Un témoin de quoi ? demandes-tu, comme si tu l'ignorais.

De l'exécution, précise Tina.

De l'exécution, répètes-tu.

Tu apprécies son tressaillement. Le léger tremblement de sa narine quand elle prononce le mot.

Tu n'es pas près d'oublier son expression lorsqu'elle a découvert ce que tu avais fait. Elle était venue te rendre visite à la prison de Houston, avant le procès et le verdict. L'un de ses assistants lui avait remis le classeur contenant les photos de la scène de crime. Son teint avait viré au gris cendreux et son regard embué, choqué, avait reflété la plus profonde compassion. Depuis le temps, tu t'es habitué à cette altération de la physionomie. Tu l'as vue sur le juge. Sur les jurés. Sur le public dans la salle d'audience, lorsque l'accusation a projeté les clichés sur un écran, agrandissant dix fois les détails.

Tu n'aimes pas ces photos. Elles ne correspondent pas au souvenir que tu gardes de ces moments.

Vous serez là, Tina ?

Tu as posé la question de ta voix la plus douce, celle qui touche la corde sensible chez les autres. Mais Tina se contente de t'opposer cette expression que tu connais bien. Parfois, campé devant le miroir métallique de ta cellule blanche plongée dans la pénombre, tu t'exerces à la reproduire : front plissé, œil humide, chargé de tristesse. L'image de la stupeur horrifiée. De l'incompréhension. De la forme de pitié la plus insupportable, celle qui se méprise elle-même

Oui, j'y serai, répond-elle – et c'est plus fort que toi, tu ébauches un sourire.

Dans quelques heures à peine, tu seras en train de courir. Les muscles de tes jambes se contracteront, tes poumons réclameront de l'oxygène. Tu plaques sur ton visage le masque escompté (celui de la résignation solennelle), mais la pensée de ton secret te gonfle la poitrine, fait monter en toi une joie proche de l'extase qui te coupe le souffle. Quand tu ravales ton envie de rire, tu éprouves une sensation de brûlure, comme si tu avais retenu trop longtemps de la fumée dans ta gorge.

•

Ça se passera dans le fourgon du transfert, à midi.

Et s'ils me voient ? avait demandé Shawna devant ta cellule un soir tard. Pendant trois jours, tu lui avais exposé ton plan sur des messages glissés sous le plateau-repas. Elle en serrait un dans son poing en se rongeant les ongles – l'équivalent pour elle d'un bredouillement angoissé, inintelligible.

Tu l'avais dévisagée en lui offrant ta meilleure imitation d'une expression peinée.

Shawna, mon amour. Tu ne me fais pas confiance ?

•

C'est déjà arrivé. Une prise d'otages dans les années 1970 : deux détenus se sont échappés de l'Unité Walls en pointant une arme sur la tête des bibliothécaires de la prison. Il y a quelques années seulement, à Polunsky, trois hommes se sont enfuis de la cour de promenade. Ils ont été blessés par balles, rattrapés et ramenés dans l'établissement. Une rumeur circule, selon laquelle un homme aurait réussi à s'évader en se servant d'un surligneur vert pour colorer sa tenue carcérale blanche et se faire passer pour un médecin. Toi, tu choisirais plutôt de te sauver par une bouche d'aération, comme Ted Bundy, sauf qu'il n'y en a pas. Tu ne peux compter que sur Shawna et ces quarante minutes de trajet dans un fourgon entre Polunsky et l'Unité Walls.

De retour dans ta cellule, tu contemples la forme de tes cahiers dans l'un des filets rouges étalés sur le lit.

Cinq blocs-notes grand format, le résultat de sept années d'incarcération passées à réfléchir et à coucher tes pensées sur du papier jaune réglé. Ainsi posés sur ton matelas, ils ressemblent juste à une pile de pages manuscrites. Rien ne laisse supposer, à première vue, qu'il s'agit de ton chef-d'œuvre. Tu as toujours imaginé que tu en enverrais par courrier des exemplaires dédicacés, que tu recevrais des lettres de fans et que tu lirais des critiques dans les journaux. Sur la couverture figurera cette photo de toi prise au tribunal, sur laquelle le noir et blanc accentue le sérieux de ton regard.

Tu vas laisser ta Théorie ici, sous ton lit. Shawna sait où la trouver. Quand les gardiens se lanceront à ta recherche, quand un vent de panique soufflera sur la prison et que les projecteurs des hélicoptères balayeront le site, elle les guidera jusqu'à la cachette.

C'est comme un manifeste, c'est ça ? a-t-elle demandé quand tu lui as exposé tes idées dans les grandes lignes. Un élan d'exaspération t'a arraché une grimace. Shawna s'est rendu compte qu'elle avait dit une connerie ; ses joues ont pris une teinte magenta, couleur de l'humiliation. Les manifestes, c'est pour les fous, as-tu expliqué lentement. Ce sont des écrits incohérents, rédigés à la va-vite avant de commettre des actes de terreur qui ne riment à rien. Ta Théorie en revanche se présente comme une exploration de la vérité humaine la plus fondamentale. Personne n'est mauvais à cent pour cent.

Et personne n'est bon à cent pour cent. Nous vivons tous égaux dans la grisaille entre les deux.

•

Voici les souvenirs que tu gardes de ta mère.

Elle est grande, tout en cheveux. Elle est accroupie dans un jardin, paresse dans un rocking-chair ou s'allonge dans une baignoire rouillée à pieds de griffon. Parfois, celle-ci est remplie d'eau et sa longue robe flotte à la surface comme une méduse. Parfois aussi, ta mère n'est pas mouillée et elle te tend une mèche de ses cheveux – un cadeau, d'un orange brillant. Tu n'as aucun souvenir de ton père. Pas même un son ni une odeur. Ton père est une présence indistincte, une silhouette toujours lointaine. C'est une douleur inexplicable au fond de toi. Tu ne sais pas pourquoi tes parents sont partis, ni où ils sont allés, ni pourquoi ta mère n'existe qu'en solitaire dans tes réminiscences. Tu te rappelles une chaîne rouillée sur ta gorge et la sensation qu'elle te procurait quand tu la portais, comme si rien ne pouvait t'atteindre.

Ta mère constitue cette partie de la Théorie que tu n'as pas réussi à élucider. Nous sommes tous mauvais, et nous sommes tous bons, et personne ne devrait être condamné à être l'un ou l'autre. Mais si le bien peut être souillé par le mal, alors comment le définir ? Le mesurer ? En estimer la véritable valeur ?

La plupart du temps, lorsque tu évoques ta mère, elle a disparu. Ou alors, elle s'en va.

•

La mémoire les fait resurgir.

Tu essaies de te concentrer sur le concret. La familiarité de ton environnement. Claquement des portes métalliques, odeur de la viande en conserve. Poussière, urine, cheveux gras. Tu te laisses glisser par terre et tu plaques ta colonne sur le béton.

Mais ils reviennent quand même.

Dans les tréfonds de ton subconscient, P'tit Packer commence à pousser des hurlements. Si tu devais composer la bande-son de ta vie, ce bruit-là – les cris de détresse d'un bébé – en constituerait le leitmotiv. Suivi du silence de ta propre impuissance, avant que les hurlements s'atténuent, se muent en une longue plainte pitoyable.

•

Un seul endroit au monde est inaccessible aux cris. Tu y es arrivé un samedi matin sept ans plus tôt.

Une belle journée d'été, en 2012. Tu t'étais réveillé avant l'aurore et, trop angoissé pour t'attarder dans le lit vide, tu t'étais levé. Jenny était partie depuis des mois, mais tu ressentais toujours son absence comme une plaie à vif. Tu avais roulé lentement, en te rappelant ta vie avec elle. En cette fin juin, la matinée était toute de ciel bleu, et l'air saturé d'humidité après la pluie tombée presque toute la nuit sentait l'épicéa. Tupper Lake, dans l'État de New York, se distinguait par son église en ruine, sa petite bibliothèque carrée, sa station-service. Sa poignée de maisons disséminées autour d'un lac sur lequel la brume ondoyait comme de la vapeur et s'élevait vers le ciel en volutes blanches. Ta mémoire a placé le filtre du destin sur ce trajet, sur cette matinée particulière. Même si tu n'as passé que quelques semaines à Tupper Lake, il t'a fallu une vie entière pour y parvenir. Des années qui, te semble-t-il, ont conspiré pour te guider délibérément jusque-là.

À la station-service, une adolescente acnéique raclait les petits morceaux de fromage fondu collés sur la vitre du présentoir à pizzas.

Ouais ? avait-elle lancé sans lever les yeux.

Je cherche un restaurant.

Y en a qu'un ici, avait-elle répondu en récupérant un bout de fromage brûlé sur sa spatule pour le fourrer dans sa bouche. Toi, tu voulais l'entendre dire : le Blue House.

•

Alors que les hurlements du bébé s'élèvent, et que tu te bouches les oreilles en vain, tu te fais une promesse.

Ça ne s'arrêtera pas là.

La première fois que tu as blessé quelqu'un, tu avais onze ans et tu ne connaissais pas la différence entre la douleur et le désir. Tu vivais dans une grande maison délabrée avec neuf autres gosses. Tout avait commencé par un clin d'œil, presque par hasard – une tentative pour tester ton charme. Quand la fille en face de toi à la table de la salle à manger avait rougi sous le feu de ton attention, tu avais éprouvé un sentiment de toute-puissance, un élan inédit en toi, étourdissant. Tu n'aurais jamais pu deviner que cette infime décision te catapulterait dans l'avenir, droit sur ce sol de béton. Que tes actes s'enchaîneraient inéluctablement et te conduiraient jusqu'à ce présent.

Une fois libre, tu traverseras le désert du Texas. Tu sauteras dans des trains, tu te laveras le visage dans des lacs aux eaux glacées. Et enfin, tu arriveras au Blue House.

Tu ne recommenceras plus. Tu en es certain. Tu ne feras plus jamais de mal à un autre être humain.

SAFFY

1984

Saffron Singh dressait volontiers la liste des choses qu'elle aimait. Elles étaient au nombre de quatre.

Un : les bruits chez Miss Gemma tard le soir. De la chambre qu'elle partageait avec deux autres filles, au deuxième étage, Saffy entendait tout : éternuements, grognements, gémissements. La nuit, les mystères de la maison se mettaient à nu. Blottie sous sa couverture rose et rêche, environnée par les craquements et les soupirs de la bâtisse, Saffy savourait son exquise solitude.

Deux : le cadre photo qu'elle avait pris sur la commode maternelle avant que les services sociaux l'emmènent chez Miss Gemma. Sa mère avait placé sous le verre une feuille arrachée à un cahier, sur laquelle étaient griffonnés deux mots en pattes de mouche : « *Felis culpa* ». Saffy n'avait aucune idée de ce qu'ils voulaient dire, mais sa mère les avait écrits, alors elle les aimait. Elle dormait avec le cadre glissé sous son oreiller.

Trois : son flacon de vernis à ongles Teenie Bikini. La couleur parme et la texture crémeuse étaient réconfortantes. Saffy l'utilisait avec parcimonie, ne s'autorisant qu'une seule couche chaque fois. Ce n'était pas le flacon lui-même qu'elle aimait, mais la sensation que lui procurait le vernis : celle d'être une personne plus sophistiquée, plus âgée – une fille aux mains soignées, aux ongles brillants.

Quatre : le garçon à l'étage du dessous. Il dormait dans la chambre directement sous la sienne. Saffy se plaisait à imaginer que l'oxygène de ses poumons s'échappait de son nez, voyageait le long du couloir, puis descendait l'escalier jusqu'à la bouche ouverte d'Ansel Packer.

Et ce soir-là, tout était différent. Spécial. Ce soir-là, assis en face d'elle à la table de la salle à manger, Ansel lui avait fait un clin d'œil.

•

— Menteuse, avait rétorqué Kristen plus tôt, lorsque Saffy, toute joyeuse, était remontée dans leur chambre.

Allongée sur le sol, Kristen répétait l'enchaînement de mouvements qu'elle avait appris en regardant la cassette vidéo *Les Exercices de Jane Fonda.*

— Ansel pourrait avoir n'importe quelle fille ici, avait-elle ajouté. T'es sûre que c'est pas à Bailey qu'il a fait un clin d'œil ?

Bailey était la plus jolie fille de la maison, peut-être même la plus jolie fille que Saffy ait jamais vue. Elle avait quatorze ans, et Ansel, onze. Saffy en avait douze, et elle avait des cheveux pareils à du caramel coulant. Kristen et Lila s'exerçaient souvent à se déhancher comme Bailey, à lever les yeux au ciel comme

Bailey, à se ronger les ongles comme Bailey. Kristen lui avait un jour fauché un soutien-gorge, un 85C, et elles l'avaient toutes les trois essayé à tour de rôle dans la salle de bains, bataillant avec l'agrafe dans le dos, puis tirant après sur leur T-shirt pour voir l'effet produit. En attendant, au dîner ce soir-là, Bailey était assise du même côté qu'Ansel, à deux sièges de lui. S'il avait voulu attirer son attention, il aurait fallu qu'il tourne complètement la tête vers elle.

Par conséquent, Saffy privilégiait la seconde hypothèse : c'était à elle qu'il avait délibérément adressé ce clin d'œil.

À cette pensée, une onde de chaleur se propagea de son ventre à ses jambes. Brûlante, exaltante. Alors elle se repassa la scène encore et encore, jusqu'au moment où tout se mélangea dans sa mémoire, où elle ne fut même plus capable de se rappeler comment était habillé Ansel, ni son expression au moment de ce clin d'œil, ni même son visage. Mais un fait demeurait : c'était lui qui avait provoqué cette sensation en elle. Elle se retrouvait clouée sur son matelas, électrisée, en proie à de délicieux tiraillements. Elle n'osait plus bouger tant elle avait peur que cet émoi finisse par l'abandonner, comme tout le reste.

•

Le jardin derrière la maison de Miss Gemma était un large terrain en pente, un demi-hectare de pré qui descendait jusqu'à un ruisseau. Après le petit déjeuner, Saffy étala sa couverture rose et râpeuse sur l'herbe humide. Elle l'avait héritée de Carol, une fille désormais majeure, née avec un seul bras. Le lopin de terre de Miss Gemma, proche du massif montagneux des Adirondacks, était d'un vert luxuriant en été. Saffy tendit ses jambes maigrichonnes devant elle et posa ses notes sur ses cuisses. Elle ôta un puceron accroché à son legging préféré, celui à pois, puis examina la page sous ses yeux.

Elle avait entrepris de résoudre un mystère.

Tout avait commencé par la souris sans tête. Un petit corps rose gisant sur le sol de la cuisine. C'était Lila qui l'avait trouvée, et elle avait hurlé jusqu'à ce que tout le monde accoure. Saffy et Kristen l'avaient aidée à enterrer l'animal dans le jardin. Elles s'étaient habillées en noir et avaient récité des poèmes tristes pendant que Lila sanglotait.

Après, il y avait eu l'écureuil poussé sous un buisson près de l'allée. Saffy avait surpris Miss Gemma en train de le ramasser avec une pelle pour aller le jeter à la poubelle, le visage plissé de dégoût. « Des coyotes », avait-elle dit en faisant tomber le petit tas d'os dans la benne. Là-dessus, un second écureuil avait été découvert au même endroit. Miss Gemma, postée en robe de chambre sur la pelouse, avait demandé à l'un des garçons les plus âgés de l'enlever. « Je ne t'avais pas dit de rester à l'intérieur ? » avait-elle aboyé à l'adresse de Saffy qui, curieuse, passait la tête par l'ouverture de la porte de derrière.

Saffy savait reconnaître une énigme quand elle en voyait une. Elle avait lu la collection entière des *Alice*. Depuis, elle passait toutes ses journées dehors, à explorer la propriété à la recherche d'indices. Elle ne savait pas trop ce qu'elle cherchait, mais elle voulait absolument élucider les crimes. Jusque-là, elle avait noté les dates des meurtres. Décrit l'état des cadavres. (Horrible !) Elle aurait bien aimé pouvoir compter sur une Marion ou sur une Bess, quelqu'un pour l'aider à échafauder des hypothèses, mais Kristen et Lila préféraient parler de la coiffure de Susan Dey, installées toutes les deux à plat ventre sur le lit du haut, la tête dans le vide.

Alors elle se disait qu'Ansel accepterait peut-être de lui donner un coup de main.

Depuis le début de l'été, il déambulait souvent le long du ruisseau boueux bordant la propriété de Miss Gemma. Saffy aimait le regarder depuis sa couverture quand il traversait le périmètre du champ en écrivant dans le grand bloc-notes jaune qu'il fourrait sous son bras. Elle avait vu les livres qu'il empruntait à la bibliothèque, dans la section adultes : des encyclopédies et des manuels de biologie. Elle avait entendu dire qu'il était si brillant qu'il avait sauté le CP. Elle espérait que, à force de l'observer, elle parviendrait à mémoriser chacun de ses mouvements, et même l'inclinaison de ses épaules lorsqu'il se frayait un passage parmi les quenouilles, son stylo à bille logé derrière l'oreille. Elle se demandait si elle parviendrait à voir les traces de la tragédie sur lui, inscrites quelque part, peut-être dans la courbe de sa nuque.

Elle connaissait son histoire.

Comme tout le monde.

Lila l'avait chuchotée un soir, peu après l'arrivée de Saffy chez Miss Gemma. Elle était si excitée par le côté sensationnel de la révélation qu'elle sautillait sur place. Un des grands avait volé tous les dossiers dans le bureau de Miss Gemma et les détails s'étaient répandus dans la maison comme une traînée de poudre, évoluant à mesure qu'ils circulaient. Ansel avait été abandonné par ses parents à l'âge de quatre ans. Sa famille vivait dans une ferme, ou peut-être dans un ranch. Lorsque la police avait trouvé Ansel, il était pratiquement mort de faim. Mais le pire – et Lila avait écarquillé les yeux à ce stade de la narration, comme si c'était la partie la plus horrible, mais aussi la meilleure –, c'était qu'il y avait aussi un bébé, âgé de deux mois à peine. Lorsque la police les avait découverts, Ansel essayait de le nourrir depuis deux jours. Malheureusement, il était trop tard.

Le bébé était mort.

Saffy n'oublierait jamais l'image : un vrai bébé, pas plus grand qu'une poupée. Elle avait entendu une demi-douzaine de versions différentes. Le bébé avait été envoyé dans un autre foyer d'accueil. Ansel l'avait tué délibérément. Le bébé n'avait jamais existé. Mais cette première image était restée gravée dans son esprit, s'y était imprimée comme une vérité. Un petit être inerte, dont la tête ballottait. Saffy n'avait jamais vu de mort, même pas sa mère, et certainement pas un nouveau-né.

En voyant Ansel s'enfoncer dans les ronces, l'air studieux et déterminé, elle songea à quel point il était triste qu'un seul malheur puisse réduire quelqu'un à une histoire, à un sujet de conversation dont on ne parlait qu'à mi-voix. La tragédie était quelque chose de totalement injuste, qui frappait sans discernement. Ça, Saffy l'avait déjà bien compris.

•

Ce soir-là, elle observa Ansel pendant tout le dîner. Par intervalles de trente secondes, pour que personne ne puisse l'accuser de le dévisager. S'il lui adressa de nouveau un clin d'œil, elle le manqua, concentrée comme elle l'était sur sa purée de pommes de terre tandis qu'elle comptait jusqu'à vingt-neuf.

Quand, à 20 heures, tout le monde se réunit autour du téléviseur pour regarder le feuilleton *Sacrée famille*, Saffy descendit en douce au sous-sol. Elle avait le cœur lourd, et ces lieux, tout de béton, de toiles d'araignées et de carrés de moquette disséminés ici et là, lui paraissaient en adéquation avec son humeur. Miss Gemma gardait un tourne-disque poussiéreux en bas, de même qu'un carton rempli de disques. Saffy aimait les passer en revue, étudier les photos sur les pochettes. Joni Mitchell avait un regard tellement engageant... Elle-même avait essayé de reproduire l'expression devant la glace, sans jamais y parvenir tout à fait.

— Salut.

C'était Ansel.

Immobile en bas de l'escalier, à moitié dans l'ombre, les épaules rentrées comme s'il ne savait pas trop comment se tenir. Il avait fourré les mains dans les poches de son pantalon en velours côtelé.

— Je peux regarder ? lança-t-il.

Un instant plus tard, il était à côté d'elle, occupé à fourrager dans le carton. Saffy examina ses doigts qui parcouraient les pochettes : ABBA, Elton John, Simon & Garfunkel... Il avait des mains trop grosses pour son corps, trop grosses pour un garçon de onze ans ; on aurait dit un chiot aux pattes encore disproportionnées.

— T'as déjà écouté ça ? demanda-t-il en retirant de la pile un album de Nina Simone.

Saffy laissa échapper un son étranglé, ridicule, en faisant non de la tête.

— On va s'asseoir ? dit-il en indiquant un tas de carrés de moquette sur le sol.

Quand il sourit, elle frissonna. Un jour, il avait adressé exactement le même sourire à Miss Gemma, qui avait rougi et resserré les pans de sa robe de chambre. Après, les filles s'étaient moquées d'elle pendant des jours.

Dès les premières mesures, Saffy éprouva un sentiment troublant. La chanson semblait s'immiscer dans sa poitrine, réveiller quelque chose qu'elle avait oublié jusque-là, un peu comme si elle avait déjà vécu ce moment dans une autre vie. Ansel s'était allongé près d'elle, sur le dos, l'épaule toute proche de la sienne. Lorsqu'elle commença à voir des étoiles, Saffy se rendit compte qu'elle retenait son souffle. La musique enfla, la chanteuse susurra de sa voix éraillée « *I put a spell on you* », et Saffy n'aspira plus qu'à arrêter le temps, à prendre une photo de cet instant afin de pouvoir en conserver une preuve.

Puis ce fut terminé. Il y eut un bref silence avant le début du morceau suivant. Ansel ne bougea pas, Saffy non plus. Ils restèrent ainsi jusqu'à la fin du disque – jusqu'à ce que Saffy ait mal au dos sur le sol dur et froid, jusqu'à ce que la cloche du coucher retentisse et que les piétinements des autres enfants résonnent au-dessus de leurs têtes. Mais rien de tout ça ne la touchait, parce qu'elle vivait cette parenthèse. C'était magique. C'était, peut-être, de l'amour. L'amour pouvait vous bouleverser, vous changer, elle le savait. C'était une force mystérieuse qui vous rendait différent, meilleur, qui faisait de vous une vraie personne, chaleureuse et vivante. Une odeur exquise, familière, impalpable. Qui aiguisait l'appétit.

•

Avant sa mort, la mère de Saffy parlait volontiers de l'amour.

Les soirées préférées de Saffy étaient celles qu'elle passait assise en tailleur dans le dressing maternel, à inspecter les jupes hippies à fleurs que sa mère avait rapportées de son séjour à Reno et à choisir de gros bijoux fantaisie pour aller avec. « Tu verras, ma petite Saffy, disait sa mère. L'amour, le vrai, c'est comme un feu qui te brûle.

— C'est ce que ça te faisait d'aimer papa, alors ? avait voulu savoir Saffy. Ça te brûlait ?

— Je vais te montrer quelque chose », avait répondu sa mère, qui avait attrapé une boîte à chaussures sur la plus haute étagère.

Saffy s'interrogeait souvent sur son père. Il les avait quittées avant sa naissance, ne lui laissant que son patronyme, Singh, dont les autres gosses dans la cour de récréation se moquaient en prenant l'accent des chauffeurs de taxi qu'ils voyaient à la télé. À l'épicerie, les gens la dévisageaient, comme s'ils ne pouvaient concevoir qu'elle soit la fille de sa blonde de mère. Son père venait d'une ville appelée Jaipur, où il était retourné vivre, une information qu'elle avait clamée fièrement à qui voulait l'entendre, avant de se dire qu'il ne l'avait sans doute pas aimée assez fort pour rester avec elle.

À l'intérieur de la boîte poussiéreuse, il y avait une photo. La seule preuve que Saffy ait jamais eue sous les yeux de l'existence authentique, tangible, de son père. Il était assis dans une bibliothèque, à une table couverte de livres. Il souriait, les cheveux dissimulés sous un turban bleu marine qui, d'après la mère de Saffy, était un signe d'appartenance à sa religion. Saffy avait été surprise de se retrouver face à elle-même dans le regard de cet homme, comme si elle avait croisé par inadvertance son reflet dans un miroir.

« Pourquoi il est parti ? avait-elle demandé tout doucement, comme si sa mère était un oiseau sur une branche qu'elle risquait d'effrayer.

— Sa famille avait besoin de lui.

— Et nous, alors ?

— Écoute, avait soupiré sa mère, et Saffy avait compris qu'elle était allée trop loin. Tu te rappelles pourquoi je t'ai appelée Saffron ?

— C'est une fleur, le safran.

— Oui, la plus rare et la plus précieuse des fleurs. Le genre de fleur capable de déclencher une guerre. »

Lorsqu'elle avait rangé la photo dans la boîte, ses yeux verts semblaient fixés sur un ailleurs que Saffy aurait désespérément voulu voir. Et toucher. « Tu comprendras quand tu le sentiras, ma petite Saffy, avait-elle ajouté. L'amour, le vrai, te consumera vivante. »

•

Ansel tendit les mains à Saffy pour l'aider à se relever. Il avait les paumes moites et les pouces tachés d'encre après avoir griffonné toute la journée sur ce bloc-notes jaune. Alors qu'il s'engageait derrière elle dans l'escalier, Saffy eut une conscience aiguë de sa présence. Cette proximité était exaltante, presque effrayante. Elle en avait envie, de la même façon qu'elle avait parfois envie de regarder un film d'horreur, de trembler à l'idée de ce qui risquait d'arriver. Elle voulait les frissons, les sursauts. La morsure inattendue.

Un peu plus tard ce soir-là, installée sur le lit du bas – celui de Lila –, le souffle lui manqua lorsqu'elle raconta son aventure, qui paraissait encore plus excitante rétrospectivement. Les trois amies se jetèrent ensuite sur l'exemplaire volé du magazine *Teen*, blotties les unes contre les autres, éclairées par une lampe électrique fixée au matelas du dessus pour éviter que Miss Gemma ne leur braille qu'il était l'heure de dormir. Elles connaissaient la revue presque par cœur, mais elles la feuilletèrent tout de même encore une fois, se bornant à survoler leur page préférée, une interview de John Stamos. L'article le plus important du magazine allait enfin leur servir : « Vous avez réussi à sortir avec le garçon idéal ? Quelques trucs pour le garder. »

— Dans ton cas, à mon avis, c'est le numéro trois, déclara Lila d'une voix rendue sifflante par son appareil dentaire.

Elle le portait déjà avant d'arriver chez Miss Gemma. Depuis, ses dents avaient bougé, laissant des vides ici et là derrière la barre métallique. Ses doigts, qu'elle mettait constamment dans sa bouche, étaient toujours mouillés. Son majeur s'ornait d'une énorme bague ancienne, dont Saffy n'avait jamais osé lui demander la provenance. Comme elle était trop grande, Lila l'avait entourée de scotch pour l'empêcher de tomber. Le bijou se composait d'un anneau cuivré sur lequel était montée une grosse pierre violette. Saffy pensait que c'était une améthyste, même si elle avait entendu un jour Lila affirmer qu'il s'agissait d'un saphir violet. La gemme, qu'elle suçotait en permanence, compulsivement, était toujours luisante de salive. En l'occurrence, elle l'avait fourrée dans sa bouche, et un filet de bave dégoulinait de son doigt. Saffy grimaça.

— Le numéro trois, oui, confirma Kristen. Tu dois lui montrer que tu tiens à lui.

Le conseil remporta l'adhésion des trois amies. Lila laissa tomber sa tête sur son oreiller, déjà somnolente, alors que Saffy ne s'était jamais sentie aussi réveillée.

Le lendemain matin, elle alla chercher au sous-sol du papier cartonné dans la boîte de fournitures pour les travaux manuels, puis s'installa sur le plancher de la chambre. Sa prof de dessin, en sixième, lui avait dit qu'elle avait « des dispositions pour les arts graphiques ». Elle sentait sa poitrine se gonfler d'orgueil au seul souvenir de ce compliment.

Des heures plus tard, elle avait achevé son œuvre, mi-poème, mi-bande dessinée. Sur la première vignette figuraient deux minuscules silhouettes bâtons – Ansel et elle –, séparées par un tourne-disque représenté de façon réaliste, jusque dans les moindres détails. « *Put a Spell on You* », l'avait-elle intitulée. Sur la suivante, les deux personnages se tenaient par la main près de la rivière, Saffy serrait une loupe dans l'autre, et une foule enthousiaste les applaudissait de loin. « Mystère résolu », l'avait-elle appelée. Un coyote était piégé dans un filet suspendu à une branche, et un groupe d'écureuils tout joyeux faisaient la ronde à ses pieds. Saffy dessina un cœur entre sa petite tête d'épingle et celle d'Ansel, puis se ravisa, le raya et le remplaça par une grosse note de musique noire.

Quand elle eut terminé, elle plia soigneusement le papier et inscrivit le nom d'Ansel dessus, de sa plus belle écriture cursive. Le rouge lui monta aux joues en l'imaginant glisser la feuille dans la poche de son pantalon en velours côtelé.

•

Le soleil de la fin d'après-midi chauffait la nuque de Saffy qui descendait la colline. Elle avait enfilé sa robe préférée, héritée de Bailey : un modèle en coton jaune, avec des manches bouffantes, qui dégageait toujours par moments les effluves du déodorant de son ancienne propriétaire. Parvenue près des hautes herbes au bord du ruisseau, elle lissa machinalement sa natte.

Ansel était accroupi sur la rive, occupé à écrire dans son bloc-notes. Saffy remarqua qu'il s'était peigné ce matin-là : ses boucles étaient encore humides. Elle s'approcha de lui par-derrière, la sueur de sa paume mouillant le papier cartonné.

Tout se joua en un instant. L'incompréhension. L'horreur.

Elle lui tapa sur l'épaule.

Ansel se retourna, surpris, et tenta bien de faire rempart de son corps, mais il était déjà trop tard. Saffy venait de les voir, à quelques centimètres seulement de ses sandales pailletées favorites.

Ils étaient trois, disposés sur le dos dans l'herbe. Leurs petites pattes de devant étaient levées comme s'ils voulaient se rendre, une position reproduite trop méthodiquement pour être due au hasard. Il y avait deux écureuils, les yeux grands ouverts, la langue pendante, et entre eux, un renard – plus gros, et apparemment mort depuis beaucoup plus longtemps : des bestioles avaient dû lui picorer les yeux, ne laissant que des trous à la place, et ses intestins étaient répandus sur le sol. Ce n'était qu'un assemblage d'os couvert de touffes de poils orange, auquel des mains humaines avaient tenté de rendre sa forme initiale.

— Non…, gronda Ansel.

Le pire, cependant, ce n'étaient pas les animaux, se rendit compte Saffy. Ni leurs dents exposées, ni leurs yeux vitreux, ni la façon dont ils avaient été alignés, à dix centimètres d'intervalle, comme des poupées dans un lit.

Non, le pire, c'était le visage d'Ansel, dont les traits étaient convulsés en une expression qu'elle n'avait jamais vue, un mélange troublant de stupeur et de colère. Les lèvres retroussées, il plaquait son bloc-notes contre sa poitrine en un geste protecteur. Il ne ressemblait plus au garçon qu'elle connaissait.

Le corps de Saffy prit une décision pour elle : la fuite. Ansel pourrait bien dire ce qu'il voudrait, elle s'en fichait. Affolée, elle s'élança dans la pente en direction de la maison, ayant déjà perdu en chemin le papier cartonné. Un insecte s'engouffra soudain dans sa bouche ouverte, une grosse mouche noire, et elle se mit à pleurer, hoquetant en même temps qu'elle essayait de recracher la bestiole dont les ailes collaient obstinément à sa langue. Elle fut alors frappée par une réalité de la vie qui la révulsa : elle mettait de force les mauvaises choses en vous, qui que vous soyez, quels que soient vos désirs. Et ces mauvaises choses devenaient pour toujours une part de vous, attirant comme un aimant toute l'horreur du monde.

•

Ce n'était pas la première expérience de Saffy avec le morbide.

Au cours des semaines qui avaient suivi l'accident fatal de sa mère, elle avait imaginé toutes sortes de morts différentes, plus effrayantes les unes que les autres. Elle la voyait gisant au bord de la route, décapitée. Se représentait ses jambes dépassant de sous leur Volvo en flammes, ou sa poitrine transpercée par le pied d'un panneau de stop. Même si elle n'avait que neuf ans à l'époque, elle savait que la police lui avait menti pour la protéger. Blessure à la tête, avaient-ils dit. Tuée sur le coup. Une fin rapide, indolore. Non, il n'y avait pas eu beaucoup de sang, avaient-ils répondu quand Saffy avait posé la question. Alors elle s'était figuré le corps de sa mère formant un tas au milieu de la route, comme un mouchoir abandonné.

•

Saffy claqua la porte de derrière, les jambes parcourues de tremblements incontrôlables.

Kristen et Lila étaient allongées sur le plancher de leur chambre avec le flacon de vernis Teenie Bikini. Elles se levèrent d'un bond lorsque Saffy s'engouffra dans la pièce, pensant sans doute qu'elle serait furieuse, mais elles se figèrent en remarquant ses frisottis, sa mine défaite. Elles la firent asseoir par terre au pied des lits superposés. Que s'était-il passé ? lui demandèrent-elles en s'installant près d'elle tandis que l'odeur d'acétone du vernis assaillait les narines de Saffy. Quelque chose de grave ? Et où était Ansel ? Saffy détesta la note suraiguë dans leurs voix, la façon dont elles semblaient se délecter du drame – le sien cette fois. Elle ne voyait pas comment leur expliquer. Après tout, elle avait résolu le mystère.

Quand un coup fut frappé à la porte, toutes trois se raidirent.

Kristen se leva, puis s'avança bravement sur la pointe des pieds.

— C'est Ansel, articula-t-elle en jetant un coup d'œil dans l'entrebâillement.

Devant l'air terrifié de Saffy, qui secouait violemment la tête, elle se glissa dans le couloir. Les deux autres attendirent, essayant de discerner les chuchotements derrière le battant.

— Qu'est-ce que tu veux ? lança Kristen.

Le reste fut inaudible.

À son retour, Kristen paraissait stupéfaite.

— Quoi ? Qu'est-ce qu'il voulait ? demanda Lila dans un souffle.

Kristen leur montra ce qu'elle tenait dans sa main : deux cookies brisés, à l'avoine et aux raisins secs, semblables à ceux que Miss Gemma achetait en promotion à l'épicerie pour les anniversaires. Ils étaient vieux, à en juger par leur aspect blanchi ; apparemment, Ansel les avait gardés pour une occasion spéciale. Comme celle-là, peut-être. Les morceaux de biscuit collaient à la peau moite de Kristen. Drôle de cadeau.

Un silence. Malaise.

— Hum, murmura enfin Kristen. Bon, je sais pas de quoi il parlait, mais il a dit de rien dire.

Saffy eut tout juste le temps d'attraper la poubelle près du lit, remplie de Kleenex usagés, avant de vomir dedans. Lila partit d'un petit rire hésitant, bientôt imitée par Kristen, qui lâcha un gloussement nerveux. Soulagée de les entendre, Saffy, qui tenait toujours la poubelle sur ses cuisses, se mit à rire elle aussi. Ces cookies rances, à moitié émiettés, leur paraissaient décidément trop bizarres.

•

Ce soir-là, Saffy était de corvée pour le dîner. Gratin de pâtes au thon. Elle plissa le nez quand l'odeur du poisson en boîte s'éleva de l'évier.

— Ça va, Saff ? demanda Bailey en lui posant une main fraîche sur le front.

Elle était superbe. Elle avait appliqué du mascara sur ses cils et ses cheveux retombaient en un voile soyeux. Kristen et Lila, debout sur des chaises près de la cuisinière, se chipotaient devant la casserole de nouilles.

— T'es toute pâle, reprit Bailey. Tu devrais peut-être aller t'allonger. On peut finir, si tu veux.

Saffy en aurait pleuré tant elle se sentait touchée par cette marque de gentillesse.

Elle remonta dans sa chambre, heureuse de s'y retrouver seule. C'était si agréable, si rare… Elle gravit l'échelle jusqu'à son lit, prête à s'allonger et à sombrer dans un oubli bienvenu. L'odeur, discrète au début, ne l'arrêta même pas. Juste un faible relent sucré un peu écœurant. À mi-hauteur de l'échelle, cependant, elle s'immobilisa. Grimaça. Tira les couvertures.

Le renard.

La dépouille disloquée gisait entre ses draps à fleurs. Ce n'était qu'un tas d'ossements et de chairs décomposées ; il n'avait même plus la forme d'un animal. Des mouches s'agglutinaient autour de sa mâchoire ouverte. La vue de cette charogne sur la couverture rose de Carol était si choquante que Saffy fut saisie d'un étourdissement. Elle savait cependant qu'il valait mieux ne pas crier.

Alors elle retint sa respiration, s'efforça de refouler son dégoût et de ravaler les larmes qui affluaient. *Bon, écoute*, songea-t-elle en adoptant en pensée l'intonation la plus autoritaire de sa mère. *Tu as déjà connu bien pire*. Et c'était vrai. Alors elle relâcha longuement son souffle avant d'envelopper le renard dans le drap du dessous, dont elle noua les quatre coins. Ansel avait dû le monter dans leur chambre quand elle était dans la cuisine avec les filles, parce que les fluides avaient à peine taché le matelas.

Tenant le ballot à bout de bras, elle se faufila dans l'escalier et sortit de la maison pour le porter jusqu'à la benne.

« On ne peut compter que sur nous-mêmes », lui répétait souvent sa mère, en arborant cette expression que Saffy préférait chez elle : mâchoire contractée, regard d'acier. « Toi et moi, ma petite Saffy, on est des guerrières. »

Au dîner, Saffy récita le bénédicité comme d'habitude. Lorsque Miss Gemma lui demanda de faire passer le Fanta, elle s'exécuta.

De l'autre côté de la large table en acajou, Ansel se servait du gratin comme si de rien n'était. Saffy avait une conscience aiguë de sa présence à la limite de son champ de vision, du moindre de ses mouvements. Quand il se leva pour débarrasser, elle tressaillit si violemment qu'elle renversa le verre d'eau de Lila. Elle regarda le liquide s'étaler sur la table en se disant que l'amour, ce n'était pas du tout ce que sa mère lui avait décrit.

•

Ce soir-là, elle ne toucha pas à son dîner. Le lendemain, elle ne prit pas de petit déjeuner et ne mangea rien non plus à midi. Au bout d'une semaine, elle avait perdu presque cinq kilos, elle qui n'en pesait que quarante au départ. Comme elle refusait de retourner dans leur chambre, Kristen et Lila lui apportaient des tasses de jus de fruits sur le canapé qu'elle ne quittait plus. Il y avait une drôle d'odeur dans la pièce, avait fait remarquer Kristen, mais Saffy ne pouvait pas lui expliquer pourquoi.

Miss Gemma s'inquiétait. Elle finit par venir s'asseoir à côté d'elle, lui envoyant au visage une bouffée de l'air poussiéreux imprégné dans les coussins en même temps que les effluves chimiques de son parfum.

— Saffron, ma chérie, commença-t-elle. Dis-moi ce qui t'arrive.

Elle avait l'air tellement ridicule, avec ses paupières peintes en bleu et ses pantoufles qui frottaient la moquette… Saffy ne prononça pas un mot. C'était au-dessus de ses forces. Durant encore deux jours, Miss Gemma vint la rejoindre sur le canapé, sans parvenir à lui faire avaler ne serait-ce qu'une cuillerée de soupe présentée d'une main tremblante.

Pour finir, deux assistantes sociales passèrent la voir. Elles se concertèrent à voix basse avec Miss Gemma dans la cuisine, puis allèrent s'asseoir en face de Saffy, mains sur les genoux, visage fermé.

— C'est plus difficile pour les enfants métis, affirmèrent-elles d'un ton grave.

Saffy savait déjà qu'elle était différente, à bien des égards. Elle serait transférée dans une autre famille d'accueil.

— Un changement d'environnement est souvent bénéfique, ajoutèrent les visiteuses.

Saffy éclata en sanglots, mais elle n'aurait su dire si c'était de tristesse ou de soulagement.

Quand elle fit sa valise, Kristen et Lila restèrent près d'elle. En guise de cadeau d'adieu, Kristen lui offrit le tube de gloss qu'elles avaient chipé sur la table de nuit de Bailey. Maybelline Kissing Gloss. Leur bien commun le plus précieux.

— T'es sûre ? demanda Saffy qui, bouleversée par ce geste, se remit à pleurer.

Ses larmes coulaient désormais en permanence, intarissables. Elle s'en voulait tellement d'être aussi faible et bête – de ne pas être capable de manger, de gérer la situation comme l'aurait voulu sa mère, de changer le regard plein de pitié et de curiosité que Lila posait sur elle tout en suçant sa grosse bague violette entre ses lèvres gercées.

— C'est à toi qu'il revient, décréta Kristen en lui fourrant dans la paume le tube poisseux.

•

Saffy rangeait ses derniers vêtements dans sa valise lorsque Ansel vint lui dire au revoir.

Kristen et Lila étaient descendues chercher les donuts que les assistantes sociales avaient apportés, la laissant seule dans la chambre. Elle commença par percevoir l'odeur d'Ansel, mélange de lessive et de sueur, légèrement âcre – la même que celle dégagée par son T-shirt ce soir-là dans la cave. Mais si elle l'avait grisée à l'époque, elle fit courir un frisson de peur le long de sa colonne. Une peur qui n'était cependant pas vraiment désagréable.

— Je peux entrer ? demanda-t-il.

Il avait l'air tellement normal que c'en était agaçant. Durant les quelques jours précédents, Saffy avait mis un point d'honneur à détourner les yeux chaque fois qu'il pénétrait dans une pièce. Or, lui se comportait comme s'il ne s'était rien passé. Et elle le trouvait toujours aussi beau, malgré son air vaguement penaud, ce qui acheva de l'exaspérer.

— Qu'est-ce que tu veux ? lança-t-elle.

— Saff…

Jamais encore il ne l'avait appelée comme ça. Et une lueur nouvelle brillait dans ses yeux : une sorte de tristesse forcée.

— Je suis vraiment désolé.

— Le renard… Qu'est-ce qui t'a pris ?

— Je t'ai dit que j'étais désolé.

— Mais pourquoi ? insista-t-elle.

— Je vous ai entendues rire, les filles et toi. J'aime pas qu'on se moque de moi.

— On se moquait pas de toi, répliqua-t-elle, mais les mots sonnaient faux.

— J'aurais pas dû, d'accord ? Des fois, je fais des trucs que je peux pas expliquer.

— Sérieux ? Tu peux pas m'expliquer ?

Il haussa les épaules.

— Tu vois ce que je veux dire, non ? Tu sais ce que c'est, toi aussi, d'être seul au monde. Ça te donne envie de faire du mal.

— Je suis pas seule, affirma Saffy d'une voix trop forte.

Un silence, comme s'il ne la croyait pas.

— Je regrette, OK ?

Il avait parlé d'une voix douce, qui semblait promettre tout ce qu'elle avait espéré chez lui au départ.

— Trop tard, déclara-t-elle, avec cependant moins de conviction. Je m'en vais.

En cet instant, elle lui en voulut pour la façon dont il se mordillait la lèvre. Le désir qu'elle avait senti naître en elle s'était réveillé et étirait ses membres raidis. Or c'était une force inconnue pour elle, impossible à définir, qui l'avait prise au dépourvu. Elle n'osait pas l'affronter.

— Allez, Saff…, reprit Ansel en se rapprochant. Avant que tu partes, dis-moi que tu me pardonnes.

Son visage, qui n'était plus qu'à quelques centimètres, était à la fois lumineux et ouvert, tragique et charmant. Il tendit la main vers elle, appuya l'index sur l'os saillant de sa clavicule. Saffy songea au bébé mort dans cette ferme, à ses minuscules orteils, lèvres, yeux et doigts. À cette vie qu'on lui avait volée.

Elle hocha la tête à contrecœur. *OK. Je te pardonne.*

Il avança encore d'un pas et l'enveloppa de ses bras. Ce n'était pas du tout ce qu'elle avait imaginé, la pression du corps chaud d'Ansel contre le sien. Elle se sentait à la fois engourdie, sidérée et enivrée par cette étreinte. Et soudain, pour la première fois de sa vie, elle se détesta. En toute lucidité, moins comme une enfant que comme une adulte, avec colère, désespoir, honte. Et cette haine, pareille à une créature qui rôdait dans les eaux profondes, claquant des mâchoires – la part la plus hideuse d'elle-même –, elle l'accueillit à bras ouverts et la fit sienne.

8 HEURES

Le hurlement t'engloutit. Te consume. Il est semblable à un raz-de-marée : quand il déferle, tu ne peux pas lutter, tu ne peux rien faire d'autre qu'attendre dans les décombres de ton esprit. Le bébé crie, aveuglé par une douleur que tu es incapable de soulager, et le temps s'arrête, il n'y a plus que la terreur à l'intérieur de ton crâne. Tu sais, pour avoir vécu dans cet endroit toute ta vie, que le hurlement est un son que personne d'autre n'entend. Il n'est adressé qu'à toi. À toi seul.

P'tit Packer a quelque chose à te dire, mais il est trop jeune pour s'exprimer par des mots.

•

Tu es couché en chien de fusil sur le ciment. Un gémissement angoissé monte de tes entrailles.

Peu après ton arrivée à Polunsky, ils ont fait venir un médecin. Il a pris ton pouls, puis ta tension, et il a écouté ton cœur. Tout va bien, a-t-il dit. Il n'est jamais revenu. Lorsque les gardiens font leur ronde, ils feignent de ne pas te voir recroquevillé sur le sol, les mains plaquées sur les oreilles, en train de te balancer comme un gosse jouant obstinément au même jeu. La procédure de surveillance des condamnés à mort requiert une visite toutes les quinze minutes, et tu en viens maintenant à redouter l'apparition de ces témoins de ta détresse. Tu sais quelle image tu offres. Cette faiblesse ne fait qu'aviver ta fureur.

Shawna t'a surpris comme ça une fois. Une seule. Ton plateau-repas dans les mains, elle est apparue juste au moment où le hurlement prenait possession de toi – silhouette floue, inquiète, à la porte de la cellule. Impossible pour toi de formuler des mots tant les cris du bébé étaient assourdissants. Sa présence était humiliante.

Lorsqu'elle était revenue le lendemain, son visage reflétait une douceur que tu n'avais encore jamais vue. Son changement d'attitude t'avait frappé, t'inspirant même une sorte d'amusement : le spectacle de ton impuissance l'avait attendrie. Elle était fascinée, captive de l'émotion suscitée par ta vulnérabilité.

Et ça, tu pouvais t'en servir.

Tu sais comment la modeler comme de l'argile : le jour où tu lui as dit qu'elle avait des yeux couleur d'épicéa des Adirondacks, tu as vu le plaisir illuminer ses traits. Jenny était pareille, elle frissonnait toujours lorsque tu passais ton pouce sur l'arête de son nez. Quand tu as voulu faire la même chose avec Shawna, elle a gloussé comme une gamine – un rire trop aigu, exaspérant. Tu as néanmoins forcé tes lèvres à s'incurver en un sourire tendre. La plupart du temps, tu comprends les femmes, souvent mieux qu'elles ne se comprennent elles-mêmes.

Mais, parfois aussi, tu te trompes. Dans les grandes largeurs.

•

L'enquête avait été confiée à une femme. De toutes les ironies du sort qui ponctuent ton destin, celle-là te paraît particulièrement marquante.

Elle avait des cheveux bruns qui ondulaient dans son dos. Des paupières tombantes et une peau satinée. Elle parlait d'un ton calme, t'entraînant malgré toi dans la conversation jusqu'au moment où tes épaules s'étaient affaissées. Tu n'étais resté que quelques heures dans cette salle d'interrogatoire, mais à la fin il te semblait que cette femme t'avait enfoncé un pic à glace dans le cerveau. Avant qu'elle parvienne à te convaincre de raconter toute l'histoire – avant qu'elle révèle sa fourberie, sa traîtrise –, tu ne repensais jamais à ces filles. Elles appartenaient à une autre vie. À un monde différent. Elles ne te hantaient pas.

Qu'est-ce que vous cherchiez ? avait demandé la policière.

Tu étais tellement épuisé que tu sentais les larmes couler sur tes joues, une réaction physiologique à retardement.

Je suis curieuse, Ansel. Vous étiez jeune à l'époque, vous n'aviez que dix-sept ans. Qu'aviez-vous en tête quand vous avez tué ces filles ?

Tu aurais voulu lui dire que ça ne s'était pas passé comme ça. Ce n'était pas quelque chose de réfléchi, de prémédité, le résultat d'une pensée logique. Tu aurais voulu lui parler du hurlement, de cette nécessité impérieuse, vitale, de silence. Tu avais l'impression d'être redevenu cet enfant qui essayait de se confesser : Des fois, je fais des trucs que je peux pas expliquer. Le besoin était insistant, lancinant. Peu importait que l'acte soit odieux, que tu aies fait le mal ; ça, ce n'était qu'un détail. Insignifiant, hors de propos.

Pourquoi ces trois filles ? Pourquoi cet été-là ? avait-elle poursuivi. Et pourquoi plus rien jusqu'à Houston ?

•

Tu rampes jusqu'au plateau posé dans un coin de ta cellule, sur lequel ton petit déjeuner a refroidi, et retires la fourchette de sous une platée d'œufs infestée de fourmis. Tu l'écrases sous ta chaussure, puis tu récupères les dents dans ta paume et tu les inspectes à la recherche de la plus pointue. Quand tu en presses l'extrémité sur l'intérieur de ton poignet, elle ne fend pas la peau et n'endigue pas non plus le flot des souvenirs.

Qu'avais-tu en tête ? Tu t'expliquerais si tu le pouvais, mais tu n'as aucune réponse à fournir. Seule une question te vient à l'esprit : Avez-vous déjà souffert le martyre ? Souffert au point de vous perdre complètement ?

•

La première était une inconnue.

À dix-sept ans, tu vivais seul. Tu étais l'unique enfant dans ton dernier foyer d'accueil, la petite maison d'une septuagénaire près de Plattsburgh. Quand tu avais obtenu ton bac, elle t'avait installé dans un mobile home à la lisière de la forêt, pour cinquante dollars par mois. Tu avais décroché un job d'été au Dairy Queen le long de l'autoroute et acheté une vieille guimbarde pour une poignée de billets froissés. Soudain, tu étais émancipé. La solitude t'avait fait l'effet d'un choc physique. D'un plongeon dans une eau glacée.

Tu avais dix-sept ans, dans un monde dont les contours avaient changé. Les coins en étaient trop pointus, trop anguleux, alors tu restais des heures sur le canapé poussiéreux de cette caravane, à mariner dans ton jus. Tu t'étais senti décalé au lycée, où les filles riaient et piaillaient, où les garçons se chambraient en exhibant leurs muscles. Mais c'était encore plus étrange pour toi de te retrouver tout seul dans la chaleur. Après des heures passées avec toi-même, quand les hurlements te mettaient à l'épreuve, violents, infernaux, tu étais prêt à jurer que tu voyais la silhouette de ta mère par la fenêtre, immobile à l'orée des bois. Sitôt apparue, cependant, elle disparaissait.

C'était arrivé à la mi-juin. Tu draguais depuis un moment ta collègue au Dairy Queen, une fille qui avait laissé tomber le lycée en cours de route, aux cheveux méchés qui semaient des pellicules sur ses épaules. Tu l'avais complimentée. Tu la taquinais comme tu avais vu les autres garçons le faire. Elle avait finalement accepté de venir dans ton mobile home, de s'allonger sur le canapé et de dégrafer son soutien-gorge. Les hurlements t'avaient pris au dépourvu alors que tu tremblais d'excitation. Les cris interminables du bébé, tellement accaparants que ta vue s'était brouillée. Ton pénis s'était ratatiné et la frustration avait aggravé les choses. Avant de partir, ta collègue avait éclaté de rire

– un son hideux qui était venu s'ajouter aux pleurs du bébé. Tu avais laissé les lampes allumées jusqu'au matin, l'écho de ta détresse résonnant sans relâche dans ta tête.

Au travail, le lendemain, elle ne t'avait même pas accordé un regard. Lorsque tu avais fait la fermeture, emporté les ordures aux bennes et verrouillé les portes du Dairy Queen, tu t'étais complètement replié sur toi-même. Sur le trajet du retour, l'autoroute semblait palpiter devant tes yeux, et tu avais roulé comme un fou, faisant franchir les lignes jaunes à ta Coccinelle bringuebalante tandis que le vent s'engouffrait dans l'habitacle et que les hurlements s'élevaient toujours, intolérables.

Elle s'était matérialisée dans la lumière des phares.

Au clair de lune, cette première fille n'était qu'une ombre au bout d'une longue allée. Une cascade de cheveux. Elle avait plissé les yeux, éblouie par les faisceaux lumineux. Son visage évoquait celui d'un animal pris au piège, image même de la vulnérabilité et du désarroi.

Tu avais freiné. Ouvert la portière. Tu étais descendu sur le gravier du bas-côté.

•

Tu perds la notion du temps. Tu entends le crissement du stylo quand le gardien remplit le registre de surveillance. Puis le bruit de ses pas lourds qui s'éloignent. Tu sombres dans les tréfonds obscurs de ton être, tandis que les murs de ta cellule se resserrent et s'écartent, jusqu'au moment où tu n'es plus une personne, mais juste une petite boule. Tu appuies ton front sur le ciment en implorant le bébé. S'il te plaît, arrête de pleurer.

Si Jenny était là, elle saurait comment te recentrer. Elle t'envelopperait étroitement en te chuchotant des paroles de réconfort. Ça va passer, murmurerait-elle, la peau pareille à un fruit mûr. Ça passe toujours.

Invariablement, elle vient quand tu es au plus mal. Quand tu n'aspires qu'à oublier.

Ses cheveux étalés sur la taie d'oreiller décolorée.

La trace de ses pieds mouillés après la douche sur le carrelage de la salle de bains.

HAZEL
1990

Le premier souvenir que Hazel avait d'elle-même était aussi un souvenir de sa sœur.

Cette réminiscence-là l'habitait au plus profond, inscrite dans la moelle même de ses os. Elle lui revenait lorsque son pouls s'accélérait. Chaque fois qu'elle montait sur scène ou conduisait trop vite sur l'autoroute, sa mémoire la ramenait loin en arrière. À l'époque où elle n'était encore qu'une forme indéterminée, palpitante, flottant dans une obscurité qui résonnait comme la caisse d'un tambour.

Il y avait une preuve de cette période : le cliché de l'échographie que leur mère conservait sur sa table de chevet. Dans le cadre en argent, sa sœur et elle étaient deux petites taches, deux êtres vivants grandissant ensemble dans cet espace sombre et originel. Leur mère adorait cette photo, car elle montrait déjà ce qui existait entre elles quand elles n'avaient même pas encore d'oreilles ni d'ongles : deux minuscules mains palmées tendues l'une vers l'autre, comme des créatures des profondeurs marines engagées dans une conversation silencieuse.

À chaque moment important de sa vie, Hazel percevait le bruit fantôme des battements de cœur de sa sœur superposés aux siens, comme si elles étaient toujours en apesanteur dans le ventre maternel. C'était une pulsation familière. Le son le plus réconfortant qui soit. Peu importait la distance entre elles, ou leurs différences, sa main irait toujours à la rencontre de celle de Jenny.

•

Le matin où Jenny rentra de la fac, Hazel, assise sous le jet de la douche, laissait l'eau brûlante fouetter son dos. Le siège que ses parents avaient installé dans le coin de la cabine était glissant sous ses cuisses nues, et elle savonnait délicatement avec une éponge le tissu cicatriciel sur son genou. La zone où les médecins avaient recousu la peau était toujours boursouflée et rouge vif, indiquant l'endroit exact où son ligament avait été remplacé par celui d'un inconnu mort juste avant l'intervention. Souvent, quand elle regardait son genou, elle pensait à cet anonyme, qui n'était plus désormais qu'ossements ou cendres.

Elle se lava rapidement les cheveux, puis ferma le robinet en tendant l'oreille tandis que l'eau gouttait dans le bac. En bas, l'atmosphère était à la frénésie : sa mère, occupée à préparer la marinade de la traditionnelle poitrine de bœuf servie à Noël, faisait tout claquer dans la cuisine ; son père déneigeait l'allée pour la voiture de Jenny, raclant le ciment avec sa pelle. Ils vivaient dans une sorte de fébrilité paniquée depuis des jours.

Sa mère avait emballé les cadeaux plusieurs semaines auparavant, si bien que, depuis, le beau papier brillant accumulait la poussière sous le sapin. Elle avait transformé pour l'occasion le bureau de son mari, qui travaillait à domicile, en chambre d'amis, après être rentrée d'une expédition dans le grand magasin de la ville un après-midi glacial, les bras chargés de paquets : rideaux, draps, une photo encadrée, générique, d'une plage au coucher du soleil. L'affolement, quand elle s'était rendu compte qu'elle avait oublié les taies d'oreiller à la caisse. « À mon avis, son petit copain ne t'en tiendra pas rigueur si tu ressors les vieilles », lui avait dit Hazel depuis le canapé affaissé qu'elle ne quittait plus.

Elle se redressa avec précaution, le pied droit légèrement levé afin de ne pas solliciter son genou, puis se pencha pour attraper sa serviette. Elle boitilla ensuite jusqu'aux toilettes, s'assit sur l'abattant fermé et noua la serviette sur sa tête en se demandant où était Jenny à cet instant précis.

C'était un jeu auquel elles avaient souvent joué dans leur enfance. Un « Appel », comme elles disaient.

« Quand tu es malade, je le sais », avait affirmé Jenny en arrivant un jour à l'infirmerie de l'école primaire avant même que leur mère ait été prévenue. « Quand tu es triste, je le sais aussi. » Il lui arrivait de réveiller Hazel en pleine nuit, l'arrachant ainsi à ses pires cauchemars. « Je lis dans ton esprit », disait-elle, et si sa sœur tressaillait, troublée par cette intrusion, Jenny paraissait déconcertée. « Quoi ? demandait-elle. Tu ne peux pas lire dans le mien ? » Alors Hazel mobilisait sa concentration, s'efforçant de se représenter l'intérieur du corps de Jenny tout comme elle imaginait le sien.

Elle n'avait cependant jamais réussi à lire dans l'esprit de sa jumelle, ce qui ne l'empêchait pas d'essayer, ou de prétendre qu'elle possédait le même pouvoir télépathique. *Tu mens*, devinait-elle quand Jenny feignait d'avoir mal au ventre. « T'as le béguin pour ce garçon », la taquinait-elle lorsque sa sœur croisait les bras sur sa poitrine devant son casier au collège. Mais, pour elle, il ne s'agissait pas d'un Appel ; ce n'était pas le genre de prouesse dont Jenny était capable. Ça relevait seulement de l'intuition, d'une aptitude acquise après de nombreuses années d'observation. Hazel connaissait parfaitement le visage de sa sœur.

En ce moment même, Jenny devait être au volant. Il n'y avait qu'un peu plus d'une heure de route entre la Northern Vermont University et leur banlieue à la sortie de Burlington. Elle écoutait probablement à la radio une chanson de Nirvana entrecoupée de grésillements, en marquant le rythme sur le volant. Son nouveau petit ami, assis sur le siège passager… Là, l'image se brouilla dans l'esprit de Hazel, puis s'estompa.

Après avoir récupéré ses béquilles, elle essuya la buée sur le miroir. Dans la faible lumière hivernale, elle paraissait pâle, triste, sans vie. Elle ne ressemblait pas à Jenny. De fait, elle ne se reconnaissait même pas.

•

La vraie Hazel n'était pas ce fantôme dans la salle de bains. La vraie Hazel avait les joues roses sous la clarté aveuglante des projecteurs, les cheveux rassemblés en un chignon lisse et brillant. Elle arborait de longs cils noirs, collés à ses paupières. Sa clavicule saillait sous les bretelles d'un justaucorps orné d'un tutu fait sur mesure, les paillettes subtilement appliquées sur son buste réfléchissaient la lumière sur scène à chaque saut ou pirouette.

Durant quelques précieuses secondes, elle oublia qu'elle était appuyée contre le lavabo mouillé. Dans les coulisses, elle se laissait guider vers les rideaux en velours par la musique de l'orchestre qui jouait l'ouverture du *Lac des cygnes*. Humait l'odeur, mélange d'élastique et de colophane. Elle avançait sur ses pointes, savourant la pureté de l'étirement de ses muscles. Les spectateurs s'étaient tus, attentifs, guettant son apparition. Elle était captive de cette longue attente insoutenable avant d'émerger dans la clarté dorée.

Hazel était elle-même quand elle dansait, mais elle était aussi plus que ça. Elle était une plume, un souffle. Une illusion, un mirage qui n'avait d'existence que par la musique et la mémoire du mouvement. Elle volait.

•

En bas, la porte d'entrée claqua. Gertie, le basset hound, se mit à aboyer en même temps que la mère de Hazel poussait des exclamations de plaisir. Les cheveux toujours mouillés, dégoulinant d'eau froide, Hazel grimpa sur le lit jumeau de Jenny pour jeter un coup d'œil par la fenêtre. Le vieux break de sa sœur, arrêté dans l'allée, crachait des gaz d'échappement.

Jenny était revenue à deux reprises depuis le début des cours, chaque fois pour le dîner. Elle avait refusé de passer la nuit sur place et avait repris le volant en emportant les restes dans des boîtes en plastique destinées au mini-frigo de sa chambre sur le campus. Hazel tenta de voir la maison – presque identique à toutes ses voisines, nichées à la sortie de Burlington – à travers le regard désormais plus expérimenté de sa sœur. Leur petite ville, avec ses marchands de glaces et ses magasins d'articles de montagne, ne lui paraissait jamais aussi vieillotte et inintéressante que lorsque Jenny leur rendait visite. Ces deux dîners avaient eu lieu avant son problème de genou, et elle n'avait pas été en mesure à l'époque de définir exactement en quoi Jenny avait changé.

Ce jour-là, de la fenêtre de la chambre, toujours encadrée par les posters de John Hughes, les différences lui sautèrent aux yeux. Jenny et elle avaient toujours été aussi semblables que pouvaient l'être deux personnes distinctes, mais elle voyait bien désormais comment les années accentueraient les dissemblances entre elles.

Elle avait entendu à d'innombrables reprises le récit de leur naissance, au point qu'il s'apparentait presque pour elle à une fable. Jenny était arrivée la première, facilement, toute luisante, délogeant au passage le corps de sa sœur de la filière pelvigénitale. Une infirmière avait dû masser le ventre de leur mère jusqu'au moment où Hazel était sortie à son tour, gesticulant, le visage bleu, le cordon ombilical enroulé autour du cou. « On pensait t'avoir perdue », disait toujours leur mère, mais Hazel en avait pris conscience seulement depuis peu : ses parents avaient cru pendant plusieurs minutes que Jenny serait leur unique enfant. En regardant sa sœur dans l'allée, elle n'avait aucun mal à l'imaginer : Jenny était encore plus jolie, avec sa fossette à la joue. Elle avait un visage en forme de cœur, expressif et avenant, alors que celui de Hazel avait toujours été anguleux. Une sorcière. Sans compter, bien sûr, le grain de beauté sous son œil gauche. Hazel y porta machinalement la main.

Les jumelles. C'était ainsi qu'elles avaient appris à se connaître. Durant les soirées pyjama et les fêtes de l'école, les sorties scolaires et les vacances en famille, Jenny et elle formaient une seule entité. Un nom pour deux. Une même chambre aux murs recouverts d'un papier peint rose brillant. Petites, elles s'amusaient à échanger leurs vêtements entre les cours pour semer la confusion chez leurs enseignants. Elles portaient souvent la même tenue, mais dans des couleurs différentes – violette pour Jenny, bleue pour Hazel. « Ça ne te dérange pas, toi ? avait demandé un jour Hazel à sa sœur, quand un des garçons du collège avait lancé pour plaisanter qu'il voulait inviter les jumelles au bal de printemps. Tu sais, d'être toujours les jumelles… » Les yeux plissés, Jenny avait dardé sur elle un regard froid. Hazel avait alors compris que c'était une manière pour sa sœur de masquer sa peine. Elle se rappelait encore avoir passé sa langue sur ses canines, plus pointues que celles de Jenny, moins régulières, puis l'avoir mordue jusqu'au sang. « Pourquoi ça me dérangerait ? » avait répliqué Jenny, sur la défensive. Hazel éprouvait toujours une bouffée de honte à ce souvenir. Cela faisait seulement quatre mois – depuis que Jenny était entrée à la fac – que Hazel répondait à son seul prénom. Durant toute sa vie, chaque fois qu'on avait appelé Jenny quelque part, Hazel s'était retournée, prête à répondre.

Sous ses doigts, le grain de beauté avait toujours la même texture : un petit renflement de chair dont la forme évoquait vaguement une larme. Les gens adoraient le désigner. « Hazel », disaient-ils en tapotant leur propre joue, satisfaits de l'avoir distinguée de sa sœur. Comme si elle avait besoin qu'on lui rappelle son imperfection.

•

Jenny était là, au bas de l'escalier. Quand Hazel détacha son regard de ses béquilles, ce fut pour découvrir sa sœur qui lui souriait, toute de douceur et d'expectative. Mêmes yeux, même bouche – c'était bien Jenny, sa jumelle, fidèle à elle-même. Elle portait une paire d'énormes rangers, une parka militaire que Hazel n'avait jamais vue et une grosse ceinture cloutée comme celles de Courtney Love. Lorsqu'elle prit Hazel dans ses bras, celle-ci huma son odeur familière sous une senteur inconnue, fruitée et sucrée. Une nouvelle marque de savon, ou peut-être de shampooing. Hazel sentit son nez lui picoter et faillit éternuer.

— Ça fait tellement plaisir de se retrouver à la maison ! s'exclama Jenny en se penchant pour caresser le chien, dont les petites pattes grassouillettes labouraient son jean.

Puis elle se tourna vers le garçon qui se tenait derrière elle.

Son nouveau petit ami n'était pas du tout tel que Hazel l'avait imaginé. À sa connaissance, Jenny avait toujours été attirée par les épaules larges et les cous aux tendons saillants – des garçons qui ressemblaient à des troncs d'arbre. À la fin du lycée, les deux sœurs s'étaient réparti le monde : Hazel avait la danse classique, une collection de chaussons et de jupettes de danse, et des horaires de répétition contraignants qui l'obligeaient à négocier avec sa jumelle pour disposer de leur voiture commune ; Jenny, elle, avait la vie sociale, les bons résultats, les carnets de notes brillants, le tableau d'honneur. Hazel la surprenait souvent en train de rire près de la vitrine des trophées sportifs, appuyée tout naturellement contre le torse d'un joueur de hockey ou du champion de lancer de poids. Hazel ne connaissait ces garçons qu'à travers les histoires que lui racontait Jenny en la conduisant à son studio de danse. Elle l'écoutait alors avec attention, en proie à un mélange de fascination et de répulsion.

En l'occurrence, le garçon dans l'entrée n'avait rien d'un athlète. Mince, le dos bien droit, il arborait une paire de grosses lunettes portée bas sur le nez. Son pantalon un peu trop court laissait voir ses chevilles poilues.

— Salut, tu dois être Hazel, dit-il. Moi, c'est Ansel.

Il lui adressa un sourire qui gagna peu à peu tout son visage. Bien sûr, songea Hazel, bien sûr que Jenny finirait par choisir quelqu'un comme ça. Un aimant humain. Elle s'empourpra, intimidée par l'attention qu'il lui accordait, consciente de son statut dans ce contexte particulier. De son existence simplifiée. Elle était le double de Jenny.

— Ah oui, Ansel, dit-elle. J'ai tellement entendu parler de toi…

C'était faux, et elle regretta aussitôt d'avoir prononcé ces mots. Quand Ansel lui tendit la main d'un geste assuré, elle contracta les muscles de son abdomen – « le point d'équilibre de tout le corps » –, détacha sa paume moite de la béquille métallique et la lui serra.

•

Jenny ne lui avait pas téléphoné après ce qui s'était passé sur scène ce soir-là.

Ni après son opération, qui avait duré trois heures, ni après que sa chambre avait été inondée de cartes et de fleurs, et que ses bras s'étaient musclés à force de pousser sur les roues de son fauteuil dans les couloirs de l'hôpital. Rien, pas un mot. Aucune nouvelle non plus après qu'elle s'était installée sur le canapé de leurs parents, où elle était restée pratiquement tout le temps durant les six semaines suivantes, ne le quittant que pour monter prendre une douche. Hazel avait appelé deux fois la résidence universitaire et laissé des messages à la responsable d'étage guillerette. Mais Jenny ne l'avait jamais rappelée.

« Elle pense à toi », lui avait dit leur mère sans conviction en lui apportant un énième bol de soupe.

Pendant qu'elle dépérissait sur le canapé, les babines baveuses de Gertie posées sur sa cuisse, Hazel essayait de visualiser sa sœur. L'esprit embrumé par l'hydrocodone, elle imaginait Jenny à une fête le vendredi soir, vêtue de la jupe en jean qu'elles avaient choisie toutes les deux à la friperie pendant l'été. Le mercredi matin, elle la voyait au restaurant universitaire, en train de piocher des morceaux de melon dans une salade de fruits détrempée ou écoutant Pearl Jam sur son Walkman alors qu'elle se rendait en cours. Hazel ne parvenait cependant pas à se représenter les salles ni les étudiants ; elle n'avait jamais mis les pieds sur un campus, son planning de répétitions ne lui ayant pas permis d'accompagner

Jenny et leur père quand ils étaient allés le visiter pour la première fois. Elle se figurait des blazers en tweed, des chemises boutonnées jusqu'au cou, les doigts de sa sœur crispés sur un crayon. Mais ces images lui semblaient artificielles, fabriquées, nées d'une sorte de rêverie qui n'avait rien à voir avec la réalité de Jenny. Et ses efforts pour l'évoquer ne faisaient qu'aviver sa colère. *Où es-tu ?* pensait-elle, malheureuse comme les pierres, la douleur dans son genou palpitant comme sous des coups de marteau.

•

Leur père alla chercher les valises dans la véranda, laissant s'engouffrer dans la maison l'air glacial de décembre venu de leur impasse gelée. Durant un long instant tendu, Hazel dévisagea sa sœur. Jenny baissa les yeux vers l'attelle maintenant le genou de sa jumelle, puis les releva. Si elle ne prononça pas une parole, Hazel remarqua la lueur dans son regard. Brillante, entendue. Une sorte de satisfaction. Comme si, étant la sœur valide, elle venait de découvrir son nouveau rôle de soutien.

•

Alors que tout le monde se préparait pour le dîner, Hazel s'assit à la table. Avant, Jenny et elle auraient disposé ensemble les sets en se chamaillant sur le choix des serviettes. Mais ses béquilles appuyées contre la baie vitrée la dispensaient de cette tâche.

Pendant que leur mère servait le poulet, Jenny brandit une bouteille de vin ouverte en direction des convives. Hazel déclina d'un signe de tête. Elle n'avait jamais aimé le goût de l'alcool ni la façon dont il lui montait à la tête. De plus, elle prenait encore des antalgiques. Sa mère comptait les comprimés tous les matins en lui répétant qu'elle devait se sevrer petit à petit. « Il faut faire attention, lui disait-elle. La dépendance court dans la famille. Pense à ton grand-père. » Hazel mangea sa viande sans enthousiasme, tandis que le demi-comprimé avalé avant le repas atténuait la douleur dans son genou. Les autres avaient désormais les dents tachées de violet par le vin. Sa mère, nerveuse, se tapotait les cheveux tout en posant à Ansel des questions sur la fac, auxquelles il répondait dûment. Il préparait une licence de philosophie, expliqua-t-il, avec l'idée de s'inscrire ensuite en maîtrise. « Je voudrais écrire des ouvrages universitaires, dit-il. La pensée, c'est la chose la plus pure qu'on puisse laisser derrière soi. » Il avait une voix douce, chantante, qui touchait Hazel droit au cœur. Sa peau était d'un blanc laiteux, l'intérieur de son avant-bras lui faisait penser à une feuille de papier vierge. Il était vraiment beau – d'une beauté qui devenait encore plus évidente à mesure qu'on la détaillait.

Elle tressaillit lorsqu'il prononça son prénom.

— Hazel ? dit-il, braquant le projecteur sur elle. Jenny m'a dit que tu faisais de la danse classique. Comment va ton genou ?

— Elle est presque guérie, intervint aussitôt la mère de Hazel. Encore quelques semaines, et elle pourra marcher sans béquilles. Ensuite elle commencera la rééducation. D'ici peu, elle reprendra la danse.

Hazel hocha poliment la tête. Ansel ne la quittait pas des yeux. Il avait l'air sincèrement intéressé, curieux. Personne ne l'avait regardée comme ça depuis des mois. Sans pitié ni gêne. Elle crut même déceler une trace d'admiration dans la courbe de son sourire, un rappel fugace de cet émerveillement qu'elle suscitait dans le public après une série de fouettés.

— J'ai quelque chose à vous annoncer, déclara Jenny, détournant l'attention de son petit ami.

Le vin avait laissé des dépôts violets sur ses lèvres, et Hazel éprouva une bouffée de haine incontrôlable envers elle.

— Voilà, j'ai repensé à l'histoire de notre naissance, poursuivit Jenny. À l'infirmière qui nous a sauvées. On n'a même jamais su son nom, alors que c'est grâce à elle si on est en vie. Ou du moins, si Hazel l'est, pas vrai ? Bref, j'ai décidé de faire des études d'infirmière. D'obstétrique, plus précisément.

De l'autre côté de la table, leurs parents rayonnaient, débordants de fierté malgré eux, une réaction que Hazel jugea exagérée, presque obscène. Il faisait froid soudain dans la pièce, lui sembla-t-il, et les autres convives avaient l'air plus saouls que quelques minutes plus tôt. Toutes ces démonstrations lui paraissaient brusquement absurdes. Alors que leur père levait son whiskey pour porter un toast, que Jenny saisissait à son tour son verre de vin maculé de traces grasses, Hazel serra son verre d'eau en regardant fixement la lumière de la cuisine jusqu'à s'aveugler.

Ce soir-là, elle s'endormit en évoquant un souvenir.

« Allez, vas-y », l'encourageait Jenny, pendue par ses bras grêles au plus haut barreau de la cage à poules dans l'aire de jeux écrasée par un soleil de plomb. Elle portait la tenue qu'elles avaient supplié leur mère d'acheter, une robe de mariée pailletée qu'elles se partageaient, avec des manches comme celle de la princesse Diana. La peur comprimait la poitrine de Hazel, qui avait déjà mal aux épaules après avoir fait l'ascension prudente de deux échelons. Jenny semblait si loin au-dessus d'elle dans cette débauche de tulle blanc… Ses doigts humides de transpiration glissaient. « Il faut que tu croies en toi, disait Jenny. T'en es capable. Rassemble tes forces, Hazel, et grimpe. »

•

Le matin de Noël. Une fine pellicule blanche recouvrait le quartier, le jour venait de se lever et le soleil nimbait d'un orange subtil la banlieue enneigée, la faisant scintiller. Hazel, allongée dans son lit, les yeux ouverts, se sentait engourdie et inquiète. Jenny occupait la chambre d'amis avec Ansel, et le matelas du lit jumeau voisin du sien lui paraissait singulièrement vide.

Depuis l'accident, sa silhouette avait changé de forme, au point que ses vêtements ne la reconnaissaient plus. Ses cuisses et son ventre s'étaient épaissis, les muscles de ses mollets avaient fondu. La ceinture élastique de son pantalon de pyjama la serrait. Hazel passa la main dessous pour l'étirer. Son corps lui semblait tellement étranger que les doigts s'immisçant dans sa culotte et effleurant les poils pour descendre plus bas, vers les replis humides, auraient tout aussi bien pu appartenir à quelqu'un d'autre. Elle pensa à Ansel. À sa peau crémeuse. Soyeuse. À son sourire, qui éclairait son visage.

La scène se déroula comme dans un film, sous une lumière d'un jaune vaporeux : elle-même, offerte sur le lit, et Ansel immobile au-dessus d'elle, les muscles des épaules contractés, une fine ligne de poils se dessinant sur son ventre ferme jusqu'à la ceinture de son caleçon à carreaux, lequel glissait le long de ses hanches… Il se penchait vers elle, l'écartelant avec deux doigts, et son sourire se faisait plus proche, fascinant, communicatif…

Elle jouit avant de s'y être préparée, étouffant un râle dans un frisson qui se dissipa bien trop vite, les jambes tremblantes sous les draps, le corps poisseux de sueur. Un reproche. Quand elle ressortit sa main à l'air libre, ce fut pour voir ses doigts mouillés et sa peau fripée comme si elle était restée trop longtemps sous l'eau.

•

Leurs parents attendaient en bas. La vue des cheveux de leur père – ceux d'un vieil homme –, dressés dans toutes les directions, la heurta. Quant à leur mère, elle était avachie dans le fauteuil, sa robe de chambre pelucheuse resserrée autour d'elle. Gertie, qui ronflait sur le canapé, bavait sur le coussin préféré de Hazel. À la télé, le présentateur du journal débitait des propos inintelligibles. Hazel mourait d'envie de prendre une douche, mais la perspective de défaire son attelle la décourageait. Elle percevait l'odeur de sa transpiration, mêlée aux relents rances de son désir.

— Est-ce qu'ils ont dit à quelle heure ils se lèveraient ? interrogea sa mère.

— Moi, je n'ai rien entendu, répondit Hazel.

Il s'écoula encore une demi-heure avant que Jenny et Ansel fassent leur apparition. Jenny avait les cheveux humides après sa douche, et Ansel portait un pantalon étroit en velours côtelé. En remarquant que le vêtement pochait au niveau des genoux, Hazel sentit la honte lui brûler les joues.

Les deux sœurs déballèrent leurs cadeaux l'une après l'autre. Jenny avait reçu un nouveau sac à dos, en cuir véritable, provenant d'un magasin qui n'existait pas à Burlington. Leur mère l'avait probablement commandé par correspondance. « Pour tes livres », déclara-t-elle, rayonnante de fierté. Hazel mobilisa toute son énergie pour pousser une exclamation ravie en découvrant que leurs parents lui avaient offert une série de romans de fantasy, un genre qu'elle aimait bien quand elle était petite. Auparavant, tous les présents qu'elle recevait avaient trait à la danse classique, et chacun mit un point d'honneur à détourner les yeux lorsqu'elle marmonna des remerciements.

Ce fut ensuite au tour d'Ansel. Il déchira gauchement le papier cadeau devant les mines réjouies de ses hôtes. Jenny avait pourtant bien dit à ses parents de ne rien lui acheter. Il avait eu une enfance difficile – surtout, ne pas l'interroger sur ce point –, avait-elle expliqué, et il n'aimait pas les fêtes familiales. Ils lui avaient néanmoins pris un pyjama et un ouvrage sur les primates. Ansel les remercia, visiblement mal à l'aise, tandis que les yeux de Jenny lançaient des éclairs.

Restaient les deux derniers cadeaux, les plus prévisibles. Deux paquets identiques encore posés sous le sapin. Hazel chercha le regard de Jenny ; elles étaient redevenues des enfants, capables de communiquer dans leur langage secret en un seul coup d'œil.

C'était la tradition : deux fois par an, à Noël et pour leur anniversaire, les jumelles avaient droit à une tenue semblable. Hazel avait mal aux joues à force d'arborer un sourire factice quand, avec Jenny, elles arrachèrent le papier cadeau. C'était une robe, cette fois, en coton et à manches longues, le genre de modèle à porter pour une réception ou une sortie dans un restaurant chic. Hazel ne voyait pas du tout dans quelles circonstances la mettre, pourtant elle continua de grimacer un sourire en plaquant contre elle le vêtement gris chiné pour se faire admirer. La robe de Jenny était vert olive.

Leur mère applaudit d'un air ravi.

— OK ! lança-t-elle. Maintenant, les pancakes. Votre père a trouvé un sirop original qui…

— Attendez.

Ansel s'était exprimé d'une voix rauque, comme s'il avait un chat dans la gorge. Jusque-là, il n'avait pratiquement pas dit un mot. Une tension étrange semblait l'habiter. Une sorte d'énergie fébrile.

— J'ai quelque chose, moi aussi, annonça-t-il. Un cadeau.

Quand il quitta la pièce, Hazel entendit ses pas s'éloigner, puis s'engager dans l'escalier. Elle distingua le bruit de la fermeture à glissière de son sac de voyage. Leurs parents s'agitèrent sur leurs sièges, tandis que Jenny arrachait nerveusement quelques poils de la moquette.

Il revint les poings serrés, affichant sur ses traits anguleux l'expression d'une excitation feinte qui semblait figée, dénuée de chaleur.

— Désolé, dit-il en ouvrant la main. Je ne l'ai pas emballée. C'est pour toi, Jenny.

Tout le monde en resta bouche bée. Jenny porta une main à ses lèvres.

Il s'agissait d'une bague, mais pas d'une bague de fiançailles, même si Hazel devina, au coup d'œil inquiet échangé entre ses parents, que cette pensée leur avait traversé l'esprit. Le bijou, massif, ancien, avait de toute évidence appartenu un jour à quelqu'un d'autre. Il se composait d'un anneau cuivré, couleur or mat, sur lequel était montée une pierre violette si grosse qu'elle aurait pu paraître vulgaire, n'eût été sa couleur spéciale. Un mauve délicat, ravissant. Améthyste.

— Oh, Ansel…, dit Jenny dans un souffle.

Elle semblait à la fois exaltée et embarrassée. Hazel connaissait sa sœur par cœur. Elle savait bien que Jenny avait déjà envie de développer la trame de l'événement, d'enjoliver ce moment quand elle le raconterait plus tard, et qu'elle regrettait par conséquent la présence de leurs parents – eux, les témoins de cette vérité bancale : la beauté presque irréelle de la bague, mais l'absence d'émotion dans le geste d'Ansel.

— Tu n'étais pas obligé…, ajouta-t-elle. Où l'as-tu trouvée ?

Un sourire aux lèvres, Ansel sourit.

— Elle m'a fait penser à toi.

Alors que Jenny glissait la bague à son doigt et que leur mère murmurait quelque chose à propos de la faire resserrer, Hazel se sentit gagnée par un malaise indéfinissable. Elle vit la pierre briller dans la clarté matinale du soleil réfléchie par la neige. Elle ne savait pas si son impression provenait du bijou, d'Ansel, de sa sœur ou d'elle-même. *Réjouis-toi pour elle*, s'ordonna-t-elle. En vain. Son trouble s'accentua, lui nouant la gorge.

•

Au dîner, le soir de Noël, Hazel tenta d'accrocher le regard de Jenny. Sur l'insistance de leur mère, elles s'étaient toutes les deux changées et portaient leurs nouvelles robes. Jenny avait déjà fait une tache de vin sur la sienne. La bague violette brillait à son doigt. Leurs parents s'efforçaient de se comporter normalement, mais leur mère ne cessait de poser les yeux sur la main de Jenny qui, ornée du bijou, paraissait différente, étrange, comme si elle appartenait à quelqu'un de plus âgé.

Hazel et ses parents avaient été priés fermement de ne pas poser de questions sur la famille d'Ansel. « C'est compliqué », avait affirmé Jenny. Mais leur père buvait du whiskey.

— Alors, Ansel, dit-il soudain, les joues rouges. Que font vos parents pour Noël ?

Le choc fut semblable à celui causé par l'annonce d'une mauvaise nouvelle. Le temps parut ralentir et, dans le silence pesant qui suivit, Hazel eut l'impression de voir la question de leur père flotter au-dessus de la table. Elle aurait voulu tendre la main pour saisir les mots et les lui faire ravaler. Au lieu de quoi, elle se concentra sur son assiette, où les os rongés nageaient dans une flaque de sauce. Assis à ses pieds, Gertie levait vers elle ses yeux tombants, larmoyants ct pleins d'espoir, inconscient de la tension ambiante.

— J'ai grandi dans une famille d'accueil, répondit Ansel. On n'avait pas vraiment de traditions.

Hazel vit son père, mortifié, se décomposer en prenant conscience de sa gaffe.

— Je… je suis désolée, bredouilla leur mère.

— Ne vous en faites pas, la rassura Ansel.

À la gêne qui planait dans la pièce venait désormais s'ajouter un autre élément que Hazel n'eut aucun mal à identifier, après toutes ses années sur scène : l'attente du public. Ils étaient tous suspendus aux lèvres d'Ansel. Captivés.

— Mes parents sont partis quand j'avais quatre ans, reprit-il. Je ne me souviens pas d'avoir passé les fêtes avec eux. J'avais un petit frère, mais il est mort.

Hazel fut horrifiée par l'étendue de son ignorance. Elle ne savait rien de ce garçon, ni des moments que Jenny avait partagés avec lui. Elle ne savait rien du vaste monde. Elle vivait sans se poser de questions dans ce foyer douillet, banal, où il y avait des chaussettes de Noël en décoration et de la nourriture en abondance, dont les restes finiraient par être jetés quand ils ne seraient plus bons. Dans cette jolie petite ville où rien de grave ne se produisait jamais. Leurs parents n'étaient pas riches, mais ils avaient des revenus confortables. Elle n'avait jamais rien désiré qu'elle ne puisse avoir.

— J'ai lu beaucoup d'ouvrages de philosophie, ces derniers temps, poursuivit Ansel. Ceux de Locke en particulier. Il rejette le concept de continuité corporelle, l'idée que notre être physique fait de nous ce que nous sommes. Pour lui, c'est la mémoire qui fonde notre identité personnelle, qui sépare ma conscience humaine de la vôtre. Moi, j'ai développé cette hypothèse – cette théorie, plutôt. Le bien et le mal n'existent pas, il n'y a que la mémoire et le choix, et nous nous situons tous sur des points différents entre les deux. Nous sommes définis par ce qui nous est arrivé et par ce que nous choisissons d'être. Bon, quoi qu'il en soit, je tenais à vous remercier, tous, de m'avoir accueilli chez vous. Et à toi, Jenny, merci pour tout. Si je ne suis qu'une succession de choix, je suis heureux qu'elle m'ait conduit jusqu'ici.

Hazel eut alors un aperçu du mystère qui avait fasciné Jenny et l'éloignait peu à peu d'elle. Elle en avait le souffle coupé. L'adrénaline circulait dans ses veines, elle se sentait frappée de stupeur, dévorée de curiosité. Elle venait de découvrir que le malheur avait une texture. C'était un nœud, implorant qu'on le dénoue. Les choses qu'elle-même voulait étaient indicibles, intangibles, trop abstraites pour qu'elle puisse mettre le doigt dessus. Elles appartenaient à sa sœur.

•

La salle de bains était une grotte sombre et fraîche. Hazel y entra en titubant et lâcha ses béquilles, qui claquèrent sur le sol. Elle ne prit pas la peine d'éclairer ; elle ne voulait pas voir les murs beiges, ni le tableau de travers représentant un paysage, ni le petit bol de coquillages que sa mère dépoussiérait toutes les semaines. Elle se pencha vers les toilettes et approcha son visage de l'eau au fond de la cuvette. Un spasme lui contracta l'estomac tandis que les voix polies et le cliquetis des couverts montaient jusqu'à elle, assourdis par la porte.

Elle éprouvait de la haine envers Jenny. En toute conscience. Une haine profonde, brûlante. Elle vomit en espérant l'expulser de son corps, évacuer le chagrin et l'horreur suscités par un sentiment aussi amer et égoïste. Mais elle savait qu'il demeurerait encore un bon moment en elle avant de redevenir l'amour inconditionnel qu'elle avait toujours connu. On ne parlait pas de l'amour entre sœurs dans les livres qu'elle lisait ou dans les films devant lesquels elle se pâmait. Il constituait une catégorie à part entière, était inscrit en elle comme une certitude même quand Jenny était à des kilomètres. L'amour entre sœurs était pareil à la nourriture, à l'air ou à la mémoire elle-même. Il faisait partie d'elle, de son essence même. Mais ce n'était pas un amour qu'elle avait choisi et, pour cette raison, elle en voudrait toujours à cette part d'elle qui craignait, ou peut-être espérait, ne jamais aimer personne comme elle aimait Jenny.

•

Un coup frappé à la porte.

Hazel, allongée sur son petit lit, écoutait sur son Discman un vieux CD de Springsteen qu'elle avait trouvé chez le disquaire en ville.

Dans la faible lumière en provenance du couloir, Jenny n'était qu'une ombre. Elle portait un pantalon de pyjama et un ample T-shirt délavé qu'elle avait laissé à la maison et que Hazel connaissait bien. Quand elle se lassait de ses propres vêtements, elle boitillait parfois jusqu'à la commode de Jenny et fourrageait dans les tiroirs, puis passait sur ses côtes saillantes ce T-shirt oublié du concert de Nirvana, avant de se contorsionner pour enfiler le jean démodé que sa sœur n'avait pas emporté non plus.

Jenny s'approcha, grimpa sur le lit de sa sœur, s'assit dos au mur et ramena ses genoux contre sa poitrine. Hazel ôta ses écouteurs. Un peu plus loin, sur l'autre lit, le matelas était nu. Leur mère avait enlevé les draps, même si elle avait laissé les posters de Jenny sur le mur.

— Tu te sens mieux ? demanda Jenny, baignée par la douce lumière de la lampe de chevet. Maman voulait que j'aille te voir.

— Oui, ça va, répondit Hazel d'un ton grinçant.

— T'es dingue, tu sais.

— Non, pas du tout, affirma Hazel.

Elle le pensait. Elle était juste fatiguée, perdue et affaiblie. Elle en venait presque à souhaiter être en colère – un sentiment plus facile à gérer que ce vide solitaire, insondable.

— J'ai bien vu comment tu me regardais pendant le dîner, reprit Jenny.

— Ah oui ? T'as remarqué ? Pourtant, toi, tu ne m'as pas regardée une seule fois dans les yeux depuis que tu es rentrée.

Un long silence chargé de tension.

— Je suis désolée pour ton genou, murmura enfin Jenny.

Une affirmation qui sonna creux aux oreilles de Hazel. C'était la première fois que sa sœur faisait allusion à l'accident, et elle comprit, dans un éclair de lucidité, pourquoi Jenny l'avait délibérément ignoré. Ce n'était pas de l'indifférence. Non, elle savait exactement ce que signifiait ce genou abîmé – cet échec – pour elles deux. C'était plus facile de lui tourner le dos.

— Les épreuves nous changent, ajouta Jenny. C'est Ansel qui me l'a dit. Je n'ai jamais vraiment eu à me battre, et toi non plus.

Hazel allait protester, défendre sa souffrance, mais sa sœur la devança :

— On nous a toujours tout offert sur un plateau, Hazel. Cette baraque ennuyeuse, trois chambres, une moquette beige. On a des parents qui nous aiment.

Elle s'interrompit et se mordilla la lèvre.

— Ansel, lui, est différent. Il a vécu dans quatre foyers d'accueil. Et son petit frère, celui qu'il a mentionné au dîner ? Eh bien, je ne l'avais jamais entendu le dire avant ce soir. Qu'il était mort. Ansel ne m'a pas raconté comment ça s'est passé, mais il crie souvent dans son sommeil : « Le bébé ! Le bébé ! »

Jenny avait toujours paru plus âgée. Petite, elle rappelait en permanence à sa sœur ces trois minutes d'avance sur elle. Assise ce soir-là sur son lit d'enfant, une girafe en peluche écrasée sous sa cuisse, Hazel avait plus que jamais conscience de cet écart entre elles. Un gouffre.

— Il n'est pas comme tout le monde, reprit Jenny. Les choses ne l'atteignent pas de la même façon. Des fois, j'en arrive même à me demander s'il éprouve des sentiments.

— S'il n'éprouve rien, comment tu sais qu'il t'aime, alors ? demanda lentement Hazel.

Jenny se borna à hausser les épaules.

— Je ne peux pas en être sûre.

Les différences entre elles étaient désormais criantes. Jenny, avec son haleine qui sentait le whiskey et son mascara qui avait coulé, avait été touchée par d'autres mains, remodelée et façonnée par Ansel. Elle n'était plus son autre moitié, songea Hazel, mais un être à part entière, animé d'une vie propre. « Reviens, Jenny ! » aurait-elle voulu l'implorer. Elle savait cependant que ça ne servirait à rien. Elle-même n'était plus la personne la plus proche de sa sœur. Elles n'étaient plus un « nous », mais plutôt deux individualités distinctes, qui n'évoluaient pas au même rythme : l'une flamboyante et pleine d'énergie, l'autre informe et incertaine de son avenir.

Lorsque Jenny se leva, ses cheveux emmêlés par le frottement contre le mur se dressèrent, chargés d'électricité statique. Elle s'arrêta à la porte, redevenant une simple silhouette.

— Je suis désolée pour ton genou, répéta-t-elle. Et je suis désolée de ne pas être rentrée, de ne pas t'avoir appelée.

Les mots semblaient dérisoires. Bien trop superficiels.

— Qu'est-ce qui t'en a empêchée ?

— Je l'ai senti, tu sais. Comme quand on était gosses. J'étudiais à la bibliothèque, et je l'ai senti à la seconde où c'est arrivé. J'ai eu l'impression que mes tendons se déchiraient. Ça m'a fait mal, Hazel. Tellement mal que, pour la première fois, j'en suis venue à regretter de posséder ce pouvoir.

Après son départ, la chambre parut encore plus vide à Hazel. Comme si quelque chose avait changé. Un des longs cheveux de Jenny traînait sur la couverture. Hazel le saisit par une extrémité, regarda l'autre osciller gracieusement dans l'air, puis l'entortilla et le glissa dans sa bouche. Il n'avait aucun goût. Elle ne percevait que sa forme, sa texture – une patte d'araignée sur sa langue.

•

La représentation avait débuté comme n'importe quelle autre. *Le Lac des cygnes*. Sous la lumière chaude des projecteurs, les pointes de Hazel s'enfonçaient dans le tapis de sol. C'était la dernière fois qu'elle les chaussait ; bientôt, elle coudrait des rubans sur une nouvelle paire. Elle n'avait décelé aucune gêne au niveau de ses orteils, alors que quelque chose aurait peut-être dû l'alerter. La scène finale approchait et, lors de son dernier solo, elle se sentait vibrer d'une énergie pure, sans limites. Lorsqu'elle avait entamé sa série de fouettés, le public avait paru tourbillonner avec elle. Huit temps, et la tête qui pivotait pour suivre le mouvement de son corps.

Elle était complètement immergée dans la chorégraphie quand c'était arrivé. Avec le recul, elle était heureuse d'avoir pu profiter de ces ultimes moments durant lesquels elle avait été pleinement elle-même, lorsque ses jambes l'avaient portée en prévision du grand jeté – d'abord le pas de bourrée, ensuite les deux petits sauts. Pendant ces instants infinis qui avaient précédé la réception, avant que son genou cède, elle s'était dit : *Aimer, c'est tout donner. Aimer, c'est retenir son souffle, repousser ses limites. Aimer, c'est ça.* Un aperçu fugace de l'éternité, sous une lumière dorée. C'était la seule chose qu'elle avait appris à désirer.

•

Hazel ne savait pas depuis combien de temps elle dormait quand elle fut soudain tirée du sommeil par des aboiements.

Elle portait toujours sa robe de Noël, dont le bas était remonté au niveau de sa taille, dévoilant ses jambes repliées dans une position inconfortable sur les couvertures. La chambre sombre sentait le renfermé, et seuls les jappements insistants de Gertie à la porte de derrière troublaient le silence de la maison. En général, personne ne tenait compte de ses aboiements, et elle parvenait à se rendormir. Mais comme Gertie continuait de plus belle, Hazel finit par se lever et sautilla sur un pied jusqu'à la fenêtre.

Un brusque mouvement derrière la vitre. Hazel frotta ses yeux ensommeillés et cilla à plusieurs reprises pour s'assurer qu'elle ne rêvait pas.

C'était Ansel, bien visible au clair de la lune. Il se tenait sous l'érable dans le jardin, le bas de son pantalon de pyjama fourré dans des bottes. Il maniait une pelle sans doute prise dans le garage, sa veste révélant ses poignets chaque fois qu'il soulevait des mottes de terre mouillée recouvertes de neige. Un bruit mat, une pelletée vidée. Déroutée, Hazel l'observa tandis qu'il creusait, et creusait encore, jusqu'à dégager un trou d'environ trente centimètres de profondeur où son avant-bras disparaissait. Lorsqu'il tapa dans ses mains pour en faire tomber la terre, Gertie s'était calmé, et Hazel retourna se coucher. Elle entendit la baie vitrée coulisser, puis les pas d'Ansel résonner dans l'escalier.

Son réveil indiquait 4 h 16. Jenny devait dormir, inconsciente de ce qui se passait. Hazel comprit qu'elle ne fermerait plus l'œil de la nuit tant elle était intriguée par l'étrangeté de l'événement auquel elle avait assisté. Il fut bientôt 5 heures, puis 6. À 6 h 30, le ciel s'était éclairé, dévoilant son immensité bleu clair, et un nouveau son se fit entendre dans le couloir, si faible au début qu'elle dut tendre l'oreille.

Des chuchotements. Des bruissements.

Cette fois, elle saisit ses béquilles. La porte de sa chambre s'ouvrit sans bruit et Hazel avança le plus discrètement possible sur la moquette, le cœur battant. Avant même d'avoir atteint la chambre d'amis, elle sut ce qu'elle allait découvrir.

Par l'entrebâillement de la porte, elle les vit tous les deux nus sur l'édredon. Exposés dans la lumière du jour naissant, ils avaient les yeux fermés. Le dos de Jenny était appuyé contre le torse d'Ansel qui, de sa large paume, lui recouvrait un sein tout en s'enfonçant en elle, son membre luisant dans la pénombre. Ses mains, qu'il avait nettoyées, étaient d'un blanc immaculé, débarrassées de toute trace de terre. La pelle n'était nulle part en vue. Avait-elle rêvé la scène ? se demanda Hazel. Était-ce le fruit de son imagination ? Jenny avait les jambes écartées et la tête rejetée en arrière. Son cou paraissait si délicat dans la pâle lueur de l'aube hivernale, si vulnérable… Ce corps aurait pu être le sien, songea Hazel. Couvert d'un voile de sueur, alangui, perdu dans un mouvement qui vous rendait plus sagace, plus réel, plus vivant.

Soudain, Ansel ouvrit les yeux.

Hazel n'eut pas le temps de se dissimuler. Durant cette fraction de seconde qui précéda le choc, et juste avant qu'elle recule, le regard d'Ansel la transperça.

Il y avait quelque chose de nouveau en lui, quelque chose de sauvage. L'image d'un sol grouillant de vie sous une pierre qu'on retourne lui vint à l'esprit. Elle avait assisté à une scène dans le jardin censée rester secrète. Et maintenant, elle voyait Ansel ne faire plus qu'un avec Jenny. C'était effrayant, la force de ce désir charnel. Et il lui transmettait un message brutal.

L'univers n'avait que faire de la manière d'aimer. Il était possible d'aimer ainsi, de façon pressante, dans le glissement des corps. D'aimer comme une petite amie ou une épouse. Ou encore comme une sœur, ou même une jumelle. Peu importait.

Deux choses liées sont toujours amenées à se séparer.

7 HEURES

Pour le déjeuner, viande en sauce. Une masse détrempée qu'on a poussée dans ta cellule. Une maigre portion de dinde recouverte d'un film gélatineux, accompagnée d'une demi-tasse de haricots verts flottant dans de l'eau. Pas de café aujourd'hui. De fait, un grondement collectif se répercute dans le couloir. Le Module A est aménagé de telle façon que tu ne peux voir personne, ce qui ne t'empêche pas d'identifier les sons caractéristiques de chaque détenu. En l'occurrence, ils ont faim. Dès que tu glisses dans ta bouche la première cuillerée de nourriture insipide, tu t'imagines en train de tenir un cheeseburger à la place, de mordre dans un steak haché saignant, d'un beau rose juteux.

La joie est une cousine de l'amour, as-tu lu un jour. Tu n'es peut-être pas capable de ressentir de l'amour, mais il te reste au moins son parent pauvre, dont le souvenir est si alléchant dans ta mémoire : le plaisir de savourer une viande cuite à la perfection, fondant sur la langue. Tu sais comment l'avaler, en fermant les yeux pour mieux l'apprécier.

•

Tu reconnais Shawna au bruit de ses pas.

Elle a une démarche traînante, bien différente du pas lourd des hommes. Une manière gauche de tirer la jambe, qui témoigne de son manque d'assurance. Les hurlements du bébé se sont tus et, assis au bord de ton lit, tu t'efforces de contrôler ta respiration en te répétant : Le bébé est mort. Tu te souviens de l'assistante sociale qui t'a fait asseoir, enfant, de ses doigts épais et noueux. Ton frère est mieux là où il est, a-t-elle dit, trop préoccupée ou attristée pour te regarder dans les yeux.

Shawna longe ta cellule sans s'arrêter, appelée ailleurs, en te jetant au passage un coup d'œil inquiet par la vitre dans ta porte. Les détenus la harcèlent constamment, se masturbant derrière le panneau de verre quand elle passe. Ils la flinguent, comme ils disent. Mais, dans son esprit, tu es différent. Il y a de la peur dans son regard. De l'excitation aussi. Avant même d'avoir vu son visage pour la première fois, tu as entendu le raclement hésitant de ses bottes sur le ciment, et tu as tout compris. C'est une femme faite des perceptions des autres. La catégorie la plus influençable. Elle s'approvisionne chez Costco, se ronge les ongles et n'a jamais appris à se maquiller correctement, si bien qu'il y a toujours des traces de fard bleu sous ses yeux. Shawna est de ces femmes qui aiment qu'on leur dise qui elles sont exactement.

Tu as parlé à voix basse avec elle, vous avez conspiré ensemble, échangé des petits mots sous le manteau. Jackson et Dorito, les deux détenus qui occupent les cellules voisines de la tienne, ont sans doute tout entendu, mais ils savent qu'ils n'ont pas intérêt à t'emmerder. Tu es très doué pour les échecs, ce qui t'a permis de te constituer la réserve de snacks la plus précieuse de tout le Quartier 12 – la seule monnaie d'échange que la prison puisse offrir. Quand tu gagnes aux échecs – jusqu'à deux fois par jour, en criant Échec et mat dans le couloir –, les parieurs expédient les gains dans ta direction, attachés à l'extrémité d'un drap. Tu en fais glisser un sur deux à Jackson ou à Dorito, un sachet de chips à l'ail ou une barre chocolatée en trop, t'assurant ainsi leur silence.

À présent, tandis que Shawna s'éloigne, tu éprouves une bouffée d'orgueil. Ses yeux brillent d'une lueur fébrile. Elle se fait peur toute seule. Il reste quarante-neuf minutes avant ton transfert à l'Unité Walls. Shawna est près d'atteindre un sommet qu'elle n'avait même jamais imaginé pouvoir gravir un jour.

Tu l'as bien cernée. Après le travail, elle rentre chez elle, dans son mobile home extra-large, où les chemises de son mari sont toujours pliées dans des tiroirs et ses vestes toujours suspendues au-dessus du paillasson de bienvenue en vinyle. Il est mort il y a moins d'un an. Accident de chariot élévateur. Elle réchauffe des plats préparés pour le dîner et boit une Bud Light devant l'écran neigeux du téléviseur.

C'est un endroit bien agréable où vivre, t'a-t-elle confié quand vous avez planché sur les détails du plan.

Qu'est-ce qu'on fera quand je serai libre ? as-tu demandé. Vas-y, dis-moi.

Eh bien, on se préparera un bon dîner, a-t-elle répondu. Des steaks au barbecue, dehors. Et on ouvrira une bouteille de vin.

Ça te paraît dingue, complètement dingue, qu'elle t'imagine déterminé à te réfugier chez elle, à une trentaine de kilomètres de Polunsky. Qu'elle n'ait pas pris en compte les chiens, les hélicoptères, ni l'interrogatoire auquel elle sera forcément soumise. Ou alors, elle y a pensé mais elle a choisi de vivre dans son fantasme. Quoi qu'il en soit, peu importe. Tu as besoin d'elle, dans un premier temps pour exécuter le plan, ensuite pour garantir que ta Théorie sera livrée au monde extérieur. Shawna a accepté de faire parvenir tes cahiers à la presse et de les envoyer à des éditeurs. Du moment qu'elle accède à cette requête-là, le reste ne compte pas.

Tout le monde me répète que je suis trop gentille, a-t-elle murmuré cette nuit-là en se passant une main tremblante sur les lèvres.

Elle avait l'air tellement fragile… Comme si elle risquait de se briser si tu la soumettais à une trop grande pression.

Mon amour, as-tu dit dans un souffle. Oh, mon amour. Comment pourrait-on te le reprocher ?

•

C'est prévu pour midi, dans le fourgon.

Shawna s'est introduite dans le bureau du directeur il y a une semaine. Elle a trouvé la pile de documents relatifs à ton transfert. Précisant le numéro du véhicule, l'itinéraire. Son message, dans la matinée, te l'a révélé.

C'est fait.

Ce matin, Shawna a accédé au parking des employés, forcé la porte du fourgon et placé le vieux revolver de son mari sous le siège du chauffeur.

Elle t'a parlé de l'autoroute près de son mobile home, ainsi que des forêts denses dans les environs. Tu te serviras de tes pieds pour récupérer l'arme sous le siège, puis tu la saisiras entre tes mains menottées pour la pointer sur les gardiens en même temps que tu énonceras la liste de tes exigences. Shawna a dessiné une carte approximative au verso d'un formulaire de visite. Tu slalomeras entre les arbres et, quand tu arriveras devant le cours d'eau qu'elle a décrit, tu te débarrasseras de tes vêtements. Encore quelques centaines de mètres, et tu atteindras son mobile home, où une boîte de teinture pour cheveux et des lentilles colorées t'attendront sur le plan de travail dans la cuisine, ainsi qu'un bleu de chauffe ayant appartenu à son mari.

Tu ne peux pas exclure l'éventualité – la possibilité, même – que tout parte en vrille. Que les gardiens chargés du transfert soient armés de fusils d'assaut. Qu'une balle te grille le cerveau. Que tu sois taillé en pièces par un rottweiler bien dressé ou réduit en bouillie par un camion en traversant l'autoroute. Mais toutes ces options te paraissent préférables à la salle qui t'attend. Au brancard.

•

Packer.

La voix du directeur, posté devant ta porte, est éraillée, rocailleuse.

Il mastique bruyamment un chewing-gum, la mâchoire s'activant pour soutenir l'effort. Les pores dilatés sur son nez luisant, proéminent, sont la première chose que tu vois. Sa coupe en brosse est régulière, plate. Certains jours, il porte son alliance, mais pas aujourd'hui.

Je voudrais m'assurer que vous êtes prêt, dit-il. Vous savez quelle est la prochaine étape ? L'aumônier vous a tout expliqué ?

Tu hoches la tête. Coup d'œil furtif à ta montre. Trente-cinq minutes avant le transfert. Dans trente-cinq minutes, tu seras menotté et escorté jusqu'au fourgon qui, le directeur en est persuadé, te conduira à l'Unité Walls. À l'intérieur de ce bâtiment tristement célèbre, il y aura une cellule d'isolement. Avec une chaise pour l'aumônier. Et un téléphone pour les adieux.

La conscience de ton secret propage en toi une onde de chaleur : tu ne verras rien de tout ça. Tu imagines la tête du directeur d'ici à quelques heures, son embarras devant les caméras des journalistes. Il aura les joues rouges, le cou gonflé par ses tendons saillants.

Monsieur le directeur, dis-tu. Vous pouvez m'accorder une faveur ?

Il croise ses bras musclés.

Mon témoin, précises-tu. Vous voulez bien lui dire que je regrette ?

Tu as eu l'occasion de mesurer la cruauté du directeur. Tu l'as entendu apostropher les autres détenus, sortir le taser de sa poche, les faire reculer contre le mur. Tu as entendu les cris de douleur. Mais tu n'es pas idiot. Tu sais manipuler les femmes, et aussi certains types d'hommes. Tu connais ceux de sa trempe, qui se tiennent les pieds largement écartés – la position d'autorité stéréotypée. Alors tu veilles à rester assis au bord de ton lit, à garder la tête légèrement baissée en signe de déférence. Tu ne t'es jamais redressé en sa présence, tu le laisses toujours te dominer. Pour cette raison, vous blaguez. Tu as même partagé avec lui certaines des thèses de ta Théorie. De tous les prisonniers de l'Unité Polunsky, tu es son préféré. Ansel P., braille-t-il, comme si vous étiez deux copains sur un canapé en train de regarder un match de foot à la télé. De son poing, il tape le tien à travers les barreaux de la cage de promenade.

Il enroule son chewing-gum autour de sa langue puis le fait claquer. Tu perçois son haleine, parfumée à la cannelle.

N'oubliez pas de placer vos affaires près de la porte, dit-il enfin.

Tu prends cette réponse pour un assentiment.

•

Le directeur ne s'en est pris à toi qu'une fois. Une seule fois, au cours des sept années que tu as passées à Polunsky. Sans se servir de son taser ni de ses muscles. Parce que tu es différent. Au souvenir de la scène, tu éprouves une bouffée de fierté – tu requiers une approche spéciale –, teintée néanmoins de honte.

Vous parliez tous les deux de ta Théorie.

Expliquez-moi, avait dit le directeur, adossé au mur d'un air blasé.

C'était au plus fort d'un été texan étouffant, où l'air à trente-cinq degrés était irrespirable dans le couloir qui puait constamment la sueur et les pieds.

En fait, avais-tu dit, elle traite du bien et du mal.

C'est un texte écrit ? Comme un livre ?

Bien sûr. J'y travaille tous les soirs.

Oh. OK. Alors, c'est quoi le sujet ?

Tu avais tiré un de tes cahiers de sous ton lit pour le glisser sous la porte.

Hypothèse 51A, avait lu le directeur à voix haute. *De l'Infini* ?

C'est ça. *De l'Infini* explore la notion de choix. Nous avons des millions de vies potentielles dans des milliers d'univers parallèles, qui courent comme des rivières sous notre réalité présente. Si la morale est déterminée par nos choix, alors nous devons aussi considérer ces mondes, dans lesquels nous n'avons pas fait les mêmes.

Et où êtes-vous ? avait-il demandé.

Comment ça ?

Dans ces autres vies. Où êtes-vous, si vous n'êtes pas ici ?

Je ne sais pas, avais-tu répondu. Les options sont illimitées. Nos autres identités évoluent dans des dimensions différentes, elles se multiplient juste en dehors de notre champ de vision. Je suis peut-être écrivain, philosophe ou joueur de base-ball. Les possibilités sont innombrables. Elles prouvent que mon individualité – ce qui me définit comme une bonne ou une mauvaise personne – est fluctuante. La morale n'est pas fixe. Elle est en mouvement, en changement constant.

Le directeur avait paru méditer tes propos.

Et où seraient-elles aujourd'hui, alors ? avait-il demandé.

Qui ?

Ces filles, Ansel. Dans un monde parallèle où vous ne les auriez pas tuées, que seraient-elles en train de faire, à cet instant précis ?

La question t'avait pris de court. Tu n'avais pas vu arriver l'attaque. Ça t'avait piqué dans ton orgueil, ce revirement du directeur. Tu t'étais concentré sur les veines de tes mains jusqu'au moment où il avait lâché un petit rire, puis tapoté sur la porte métallique comme pour te rappeler ton enfermement.

Vous êtes du genre à rédiger des manifestes, hein ?

Ce n'est pas un manifeste, avais-tu affirmé.

Oh, quand on en a vu un, on les a tous vus, avait répliqué le directeur. Les écrits de ce genre, ils se présentent tous de la même manière. Comme une justification. Or rien ne justifie ce que vous avez fait, Ansel P., mais Dieu sait que vous avez encore le temps de chercher des arguments.

Sur ces mots, il s'était éloigné, te laissant seul avec ton souffle précipité par la colère. C'était tellement dangereux, avais-tu pensé, tellement vain et absurde de lever le voile sur une facette de ta personnalité – quand cette personnalité, d'après eux, était monstrueuse.

•

Le directeur est parti. Tu attends. Plus que neuf minutes avant le transfert. Tu te dis parfois que tu te réduis à ça : un bref instant entre l'action et l'inaction. Faire ou ne pas faire. Où est la différence ? Où est le choix ? Où est la frontière entre l'immobilité et le mouvement ?

•

La deuxième était serveuse dans un snack.

Ce même été de l'adolescence avançait. 1990, Bon Jovi et Vanilla Ice à la radio. Les semaines s'écoulaient, les recherches ne donnaient toujours rien. Les affiches signalant la disparition avaient perdu leurs couleurs, les journaux télévisés la mentionnaient de moins en moins souvent, et dans les rares moments où la pensée de ce que tu avais fait te traversait l'esprit, c'était toujours une expérience irréelle. Tu avais tué quelqu'un. Une fille. De l'acte lui-même, tu ne gardais que des images décousues : ta ceinture défaite, déroulée comme un serpent, les ampoules sur tes mains à force de serrer. Il te semblait dissocié de ta personne et en même temps vaguement en lien avec toi. Il t'arrivait d'être réveillé en pleine nuit par les bruits habituels du parc à mobile homes et tu imaginais alors entendre des pas. Des sirènes. Des cliquetis de chaînes. Tu te blottissais sous tes draps rêches premier prix, persuadé que tout était fini, qu'ils venaient pour toi.

Mais non. Juillet avait succédé à juin, et elle n'avait toujours pas été retrouvée.

Dans la soirée, tu prenais la voiture pour aller au snack. Niché dans un coin sombre à l'écart de l'autoroute, il fermait à minuit, et tu aimais y passer quelques heures somnolentes, à boire du café sur une banquette au fond de la salle, pour fuir l'atmosphère lugubre de ton mobile home. Ta serveuse préférée avait des cheveux blonds rassemblés en une queue-de-cheval haute et des taches de rousseur sur les joues. Elle t'adressait toujours quelques mots en te resservant du café. Elle était jeune, peut-être seize ans, et rougissait pour un rien. Angela, indiquait le badge sur son tablier.

Tu répétais son prénom sous la douche, sur la route, dans la chambre froide où tu rangeais les bacs de glace à la vanille.

En vérité, les hurlements avaient recommencé.

Pendant quelques jours, après la première fille, tu avais eu la certitude de les avoir chassés de ta vie pour de bon. Tout te paraissait plus léger. Plus beau. Tu t'étais demandé si c'était de ça que parlaient les gens – le sentiment d'être heureux. Tu avais toujours ton job d'été au Dairy Queen. Tu tendais des cônes glacés à des enfants ravis, tu avais même complimenté ta collègue sur sa nouvelle coupe de cheveux. Elle avait penché la tête sur le côté en te remerciant à mi-voix d'un air déconcerté. Ses paroles étaient teintées de suspicion, d'une peur sourde qui t'avait mis en colère, et petit à petit ils s'étaient de nouveau immiscés dans ton crâne. Les cris du bébé. Comme un goutte-à-goutte, révélateur d'une fuite dans le toit.

Cette nuit de la mi-juillet était humide. Tu te rappelles la sueur qui dégoulinait, trempait ton T-shirt. Derrière la vitre du snack encore éclairé, tu avais vu Angela empiler les chaises, passer la serpillière sur le sol et éteindre les lumières. Enfin, elle était sortie du restaurant, son sac à main coincé sous l'aisselle. Elle avait jonglé avec les clés, verrouillé la porte puis jeté un coup d'œil en direction de sa voiture. Elle ne t'avait pas vu tout de suite, immobile comme tu l'étais au milieu du parking désert. Un tressaillement quand elle avait entendu le bruit de ta respiration. Elle avait aussitôt identifié le danger. Elle avait poussé un cri perçant, mais tu avais déjà plaqué une main sur sa bouche.

Après, ça n'avait pas été pareil.

Le soulagement avait été diffus. Dilué. Un trip faiblard, mou. Aucune comparaison avec les sensations procurées par la première. Le temps que tu traînes son corps inerte jusqu'à ta voiture, que tu ailles chercher la brouette derrière ton mobile home pour te frayer un chemin dans les bois denses, que tu l'ensevelisses près de l'autre au milieu de cette forêt sauvage, il ne restait plus rien du soulagement. Comme s'il n'avait jamais été là. Tu étais maculé de terre et le ciel au-dessus des cimes menaçait de blanchir. Tes mains te piquaient aux endroits où la ceinture t'avait arraché la peau, le bracelet en perles de la fille était entortillé autour de tes doigts.

Un souvenir avait resurgi, enfoui jusque-là. Ta mère, qui te passait la chaîne d'un médaillon autour du cou. « Il te protégera toujours. » Tu avais plaqué tes paumes crasseuses sur ton visage. Et éclaté en sanglots.

•

Ils seront là d'une seconde à l'autre. Shawna et l'équipe du transfert.

Tu te lèves pour aller prendre la lettre de Blue sur l'étagère. Elle tient sur une seule page. Tu la plies et la replies pour la rendre la plus petite possible, puis tu la glisses derrière la ceinture élastique de ton pantalon. Cette feuille de papier partira avec toi, tu en sentiras un coin appuyer sur le haut de ta cuisse pendant ta course dans les bois.

La photo, en revanche… Tu ne sais pas quoi en faire.

Elle te semble plus importante que tout. Quand tu l'approches de ton visage, l'image se brouille. Pourtant, tu as presque l'impression de voir la salle, les salières et les poivrières, les bouteilles de ketchup sur lesquelles des traces de sauce ont séché. D'entendre le bourdonnement plaintif de la machine à sodas et le rire de Blue derrière la porte de la cuisine. Mais si tu humes le cliché, tu ne perçois que l'odeur du papier brillant.

Lorsque tu le lèches, la surface a un goût amer sur ta langue. Métallique. C'est celui de l'encre, des produits chimiques.

Avec une petite grimace, tu en arraches un angle : l'endroit où est garée la voiture de Blue, à la limite de la pelouse. Tu le mets dans ta bouche comme si c'était une chips. Lorsqu'il glisse dans ta gorge, te procurant une douce sensation de brûlure, l'idée de ce que tu dois faire s'impose à toi. Tu déchires la précieuse photo en fines bandelettes adaptées à tes molaires. Entre tes dents, le goût de l'encre est écœurant. Tu mastiques, pourtant, jusqu'au moment où le cliché a disparu dans ton estomac, où le Blue House devient pour toujours une partie de toi.

•

Tu crois aux univers parallèles. À la possibilité d'éternité qu'ils offrent. Il existe une autre version de toi dans ces dimensions. Un enfant qui n'a jamais été abandonné, dont la mère l'attendait à son retour de l'école, lui lisait des histoires le soir et l'embrassait sur le front en lui souhaitant une bonne nuit. Il existe une version de toi qui n'a jamais déposé ce renard dans le lit de Saffy Singh, qui a appris à bannir les hurlements de P'tit Packer. Un homme qui n'a jamais épousé Jenny. Il y a une version de toi qui a perdu seulement ce que tout le monde perd. Tu aimes penser que chacune de tes identités a fini par trouver aussi le Blue House.

Mais la version la plus déroutante pour toi, celle qui échappe à ton entendement, est celle d'un Ansel Packer qui a agi exactement de la même manière et ne s'est jamais fait prendre.

SAFFY
1999

Le jour où les disparues furent retrouvées, Saffy repensa au jardin en pente derrière la maison de Miss Gemma. À ses expéditions parmi les herbes folles et les hautes quenouilles, qu'elle explorait à la recherche de secrets.

Des cadavres, elle en avait désormais vu plus que son lot, mais ils suscitaient invariablement en elle la même sensation nauséeuse. Elle avait pourtant espéré s'y habituer avec les années. Mais, à vingt-sept ans, alors qu'elle avait été promue au grade d'enquêtrice au sein de la police de l'État de New York trois semaines plus tôt, elle avait toujours l'impression de recevoir une décharge électrique lorsqu'elle était confrontée à la mort. Sa supérieure, Emilia Moretti, était accroupie à ses pieds, une main posée sur un crâne jauni. Immobile devant les ossements, Saffy se rappela ses certitudes d'enfant, quand elle jouait au détective dans la végétation. Il lui avait été si facile de croire, à l'époque, que tous les mystères pouvaient être résolus…

— Singh ? lança Moretti en la regardant, les yeux plissés. Faites venir les gars de la Scientifique. Dites-leur qu'on en a trois.

Le crâne, à moitié enterré, ne révélait qu'une seule orbite vide. Le soleil d'octobre cognait impitoyablement, diffusant une lumière dorée à travers les arbres, dont les feuilles d'un rouge ardent projetaient des ombres dans ce sous-bois où ils avaient déjà découvert trois fémurs. Saffy distingua des touffes de cheveux filasse disséminées sur l'os crânien. Elle saisit l'émetteur radio accroché à sa ceinture, tandis que la vérité s'imposait à elle : avant les trois fémurs, un randonneur avait signalé la présence d'un sac à dos en lambeaux dans la forêt. Saffy l'avait aussitôt reconnu : nylon rouge, avec un bout de tissu cousu sur la poche, un carré de denim découpé dans un vieux jean. Sur la photo au-dessus de son bureau, ce sac était jeté sur l'épaule d'une adolescente qui s'était retournée brièvement vers l'objectif avant de poursuivre son chemin sans se douter de rien.

Les corps avaient été ensevelis près d'un ruisseau. Depuis, le sol avait bougé, labouré par la pluie et les débordements du cours d'eau, et les ossements s'étaient éparpillés. Alors que le photographe de la Scientifique s'accroupissait à son tour près du crâne solitaire, Moretti s'adressa de nouveau à Saffy, une main en visière pour se protéger du soleil.

— Rappelez-moi ce qu'on a par ici. Des maisons ? Des fermes ?

Saffy leva la tête vers la cime des arbres en humant l'odeur de l'humus. Moretti, originaire d'Atlanta, ne serait jamais capable de cerner aussi bien qu'elle les particularités de cette région. De déchiffrer les messages subtils de la forêt la nuit.

— Surtout des terres agricoles, répondit-elle. Il y a une supérette à environ deux kilomètres et un parc à mobile homes derrière, avec une douzaine de caravanes. Le reste est une réserve naturelle protégée.

— Ces bois sont trop denses pour qu'on puisse venir ici en voiture ou même à vélo.

— Il s'est peut-être servi d'une brouette ? Ou alors, il est costaud.

— Il a dû faire trois voyages, non ? Il n'aurait pas pu les transporter toutes en même temps. À moins qu'on ait trouvé notre scène de crime ?

— Non, la végétation est trop enchevêtrée dans le coin, souligna Saffy. Les ronces sont impénétrables. C'est l'endroit idéal pour faire disparaître quelque chose, mais je n'imagine pas qu'on puisse s'attarder ici.

Sa supérieure soupira.

— On en aura la confirmation à la morgue, mais je suis sûre que ce sont elles. Nos disparues de 1990. Tout correspond : l'état de décomposition, ce foutu sac à dos…

Saffy regarda les techniciens de la Scientifique examiner le sol. S'il s'agissait bien des restes des disparues, ils étaient là depuis neuf ans. Autrement dit, il n'y avait plus aucune chance de relever des traces de pas, des empreintes digitales, des fibres ou des cheveux. Tout avait été détruit par les éléments depuis longtemps.

— Franchement, Singh ? reprit Moretti. Je pensais qu'on ne les retrouverait jamais.

Dans le regard du sergent Moretti brillait une lueur d'espoir teintée de cynisme que Saffy avait appris à identifier. C'était peut-être l'expression la plus révélatrice de la brutalité de leur métier. Le miroir parfait d'un monde pourri où se mêlaient la violence, la tragédie et une sorte de foi désespérée en l'humanité.

— Je me charge du témoin, proposa-t-elle, laissant Moretti plongée dans ses pensées.

Le randonneur, un homme d'un certain âge enveloppé dans une couverture de survie, était assis sur un tronc d'arbre moussu. Il grimaça à l'approche de Saffy. Une entaille saignait sur son mollet maculé de boue ; il avait fait une chute en dévalant la montagne dans sa hâte de trouver un téléphone pour prévenir la police.

— J'ai déjà répondu à toutes vos questions, dit-il, l'air épuisé, en même temps que ses yeux se posaient sur le sourire poli de Saffy, sa queue-de-cheval stricte, son blazer bleu marine ajusté.

— Désolée, répliqua-t-elle, mais nous avons besoin d'une déposition officielle.

Elle prit place à son tour sur le tronc d'arbre et se tourna vers son interlocuteur. À cet instant seulement, elle remarqua les traces laissées sur son visage maculé de terre par les larmes qui avaient coulé jusque dans sa barbe broussailleuse. « Prenez sa déposition, et ensuite, ramenez-le chez lui, avait murmuré Moretti. Il n'a pas eu de chance, c'est tout. » L'instinct de Saffy lui soufflait la même chose. À son niveau le plus fondamental, le travail de policier consistait à cerner les personnes, à déchiffrer les signes qu'elles renvoyaient, et elle peaufinait ce talent depuis des années.

— Avez-vous touché quelque chose ? demanda-t-elle. Quand vous avez découvert la scène, peut-être ?

— Non. J'ai d'abord trouvé le sac à dos. Je me suis baissé pour le ramasser – je déteste qu'on pollue les chemins de randonnée, vous voyez ? –, et c'est à ce moment-là que j'ai aperçu le crâne. Je suis tout de suite reparti pour aller téléphoner.

Son témoignage était bref, simple, inutile mais nécessaire. « L'essentiel, c'est de pouvoir monter un dossier, se plaisait à répéter Moretti. Un élément n'a d'importance que s'il est recevable au tribunal. »

— Vous avez l'air terriblement jeune pour faire ce métier, dit-il après avoir signé sa déposition, alors qu'il buvait un gobelet d'eau pris dans la tente de la Scientifique.

Saffy savait que son visage conservait la naïveté de l'adolescence et que cette caractéristique, associée à son teint basané, ne manquait jamais de surprendre ses interlocuteurs. Elle le voyait souvent à leur regard étonné. Quand elle avait obtenu sa promotion, à l'âge record de vingt-six ans, ses traits juvéniles n'avaient pas joué en sa faveur. Elle devait faire ses armes sous l'autorité d'Emilia Moretti, la seule femme gradée de l'État de New York. Ses collègues en étaient malades. S'il était vrai qu'elle avait seulement effectué les quatre années de service requises dans la police de l'État, et que Moretti avait adressé une lettre de recommandation dithyrambique directement au commissaire, Saffy n'en avait pas moins été piquée au vif lorsqu'un flic boutonneux, qu'elle connaissait depuis l'école de police à Albany, l'avait apostrophée dans un coin du parking. « Salope ! » Il avait craché un jet de salive qui avait atterri sur la grosse botte noire de Saffy. « La prochaine fois, tâche de bosser pour grimper les échelons. »

Elle avait alors failli lui rappeler l'affaire Hunter, même si personne ne l'avait oubliée. Après la disparition du petit Hunter, elle était restée tard au poste tous les soirs, bien après minuit, engoncée dans son uniforme raide. « Elle est plate comme une limande, la raillaient les autres flics, en braillant comme les étudiants d'une fraternité. Est-ce qu'elle parle anglais, au moins ? » Ils forçaient la serrure de son casier, qu'ils remplissaient de plats vieux de plusieurs jours provenant de l'unique restaurant indien de la ville. Ce harcèlement avait cessé après que Saffy avait convaincu Moretti d'aller voir le bungalow délabré où le professeur de karaté du garçonnet séjournait une fois par mois, à l'occasion de ses expéditions de pêche. Elle avait eu raison : l'enfant était traumatisé mais vivant. De retour au poste, Saffy l'avait vu depuis la fenêtre s'effondrer dans les bras de sa mère en larmes.

— Venez, dit-elle, ignorant la remarque du randonneur.

Elle se leva et balaya d'un revers de main les brindilles accrochées à son pantalon.

— Je vais vous ramener chez vous.

Elle l'aida à monter à l'arrière de sa Crown Victoria, laquelle avait jusque-là surtout servi à transporter des journaliers ivres d'un bar ou d'un autre jusqu'au poste de police. Après avoir quitté le sentier de randonnée, Saffy s'engagea sur la voie de desserte qu'elle connaissait par cœur et jeta un coup d'œil à la montagne verdoyante qui s'éloignait dans son rétroviseur. Les souvenirs semblaient l'accompagner comme la poussière soulevée par les pneus de la voiture. Elle avait fait l'expérience de l'envers sombre de ces terres, perçu l'odeur âcre de leur décomposition, vu les fantômes qui flottaient dans la nuit. Elle savait de quoi cet endroit était capable.

•

Les filles avaient disparu neuf ans plus tôt. En 1990.

Cet été-là n'avait laissé dans la mémoire de Saffy, toujours à la limite du black-out à l'époque, que des impressions vagues, confuses. Grands feux de camp allumés dans des champs déserts, sacs de couchage pleins de sable qui grattaient la peau. Seringues, canettes de bière, cheveux sales. Elle avait dix-huit ans quand ces filles s'étaient évaporées, et elle se rappelait encore la façon dont ses copines – qui avaient elles aussi décroché du lycée – en parlaient, comme si les trois disparues n'avaient pas habité la ville voisine mais un autre monde, comme si une chose pareille ne pouvait pas leur arriver.

Mais Saffy savait bien, elle, que le malheur frappait de façon arbitraire. Il surgissait de nulle part et pointait un doigt osseux vers vous en se fendant d'un sourire suffisant, comme pour dire : « Je te choisis. »

De chez Miss Gemma, elle avait été envoyée dans un foyer tranquille à trois villes plus au nord. Alors âgée de douze ans, elle s'était retrouvée avec un autre pensionnaire, un bambin en manque de câlins et au nez qui coulait tout le temps. La chambre qu'ils partageaient empestait toujours les couches souillées. Elle surveillait le bébé presque tous les soirs, pendant que leurs parents d'accueil se rendaient au casino de l'autre côté de la frontière canadienne. Elle avait passé ses années de collège à traîner sur les terrains de basket juste pour éviter de rentrer dans cette maison, frissonnant dans des sweatshirts aux manches trop courtes. Dans le mois qui avait suivi son seizième anniversaire, elle avait été transférée dans sa dernière famille d'accueil, chez un couple âgé qui avait mis le sous-sol à sa disposition. Saffy avait une entrée indépendante, sa propre clé attachée à un lien en plastique, un four à micro-ondes et un réchaud de camping. Elle s'était perdue dans cette liberté.

Son adolescence restait une période floue dans sa mémoire, ponctuée d'errements. Elle se rappelait le conseiller d'orientation au lycée versant des larmes de frustration, les travailleurs sociaux dissimulant mal leur déception, les poutres moisies qui craquaient au plafond du sous-sol. De ces années-là, de seize à dix-huit ans, elle ne gardait que le souvenir d'un brouillard, d'une longue succession d'erreurs qui aurait pu se prolonger indéfiniment. Jusqu'à cet été qui avait tout changé.

Celui où les filles avaient disparu.

Izzy Sanchez avait été la première. À dix-huit ans, Saffy venait de sortir du système et vivait avec son petit copain Travis, un dealer de shit édenté qui connaissait un réseau fiable de revendeurs de coke. Il n'en avait que pour les drogues dures, mais Saffy s'en tenait à la cocaïne, dont elle appréciait l'effet énergisant. Elle avait entendu parler d'Izzy dans un salon à peine éclairé, où d'épais rideaux occultaient les fenêtres, où Salt-N-Pepa passait à plein volume sur la chaîne hi-fi. Un des copains de Travis, qui avait assisté à la scène, leur avait raconté l'histoire, le regard vitreux, la fumée dérivant autour de ses joues grêlées de cicatrices d'acné : Izzy, seize ans, attendait qu'on vienne la chercher pour aller à une fête comme celle-là. Elle avait été vue pour la dernière fois au bout d'une longue allée. Ensuite, plus rien. Elle s'était volatilisée sans laisser de traces.

La deuxième avait disparu quelques semaines plus tard. Saffy avait regardé les informations sur le canapé dans la caravane de Travis, entourée d'emballages de *burritos* et de cendriers pleins. Angela Meyer. Seize ans elle aussi, elle s'était évanouie dans la nature après avoir fait la fermeture à la fin de son service dans un snack situé à quelques kilomètres seulement. Saffy, en nage sur les coussins élimés, avait ramené ses genoux contre sa poitrine alors que le ventilateur à la fenêtre brassait un air lourd. Travis était dans les vapes sur le lit pliant. Les traces de piqûres à l'intérieur de ses bras ressemblaient à des veines dans la pénombre.

Saffy n'avait pas son bac. Elle n'avait pas d'amis, pas vraiment ; les filles de l'équipe de hockey l'avaient laissée tomber depuis longtemps, et la seule personne avec qui elle restait en contact était Kristen. Après avoir vécu chez Miss Gemma, Kristen avait été transférée dans un foyer plus au sud. Elle avait fréquenté un bien meilleur lycée, s'était émancipée avec un an d'avance et louait désormais un petit appartement modeste près d'un centre commercial à une demi-heure de route. Elle allait entamer une formation universitaire sur deux ans – une réussite qui faisait la fierté de ces mêmes travailleurs sociaux. Elle prenait la peine d'appeler Saffy toutes les deux ou trois semaines, « juste pour dire bonjour ». La plupart de ses soirées, celle-ci les passait seule pendant que Travis flottait dans l'éther, à faire glisser des glaçons dans son soutien-gorge de sport pour se rafraîchir, tout en essayant de ne pas penser au trou noir de son avenir. Mais quand elle avait entendu parler de la disparition d'Angela, ce trou avait pris une dimension nouvelle.

Puis la troisième s'était évaporée.

Elle avait assisté au concert du groupe punk de son petit copain dans un bouge près de Port Douglass. À un certain moment, elle était sortie en griller une. Fin de l'histoire. Un vent de panique soufflait à présent sur la ville – c'était la troisième, on parlait désormais officiellement d'une épidémie –, même si cette fille-là était la moins susceptible de s'attirer la compassion de l'opinion publique. Il n'y avait pas eu de mère en larmes à la télé, pas d'images de foyer normal dévasté. La troisième, qui avait abandonné le lycée en cours de route, comme Saffy, n'avait pas de proches pour répondre aux questions des journalistes. Mais elle était la troisième, aussi son nom était-il cité dans tous les médias.

Lila Maroney.

Quand Saffy avait appris la nouvelle, le souvenir de leur ancienne vie, de leur ancienne chambre, lui était aussitôt revenu. Elle s'était rappelé Lila sur le lit du bas, les jambes écorchées, couvertes de croûtes, après une tentative pour les raser avec le rasoir chipé à Bailey. Au fil des ans, Kristen et elle l'avaient quelquefois aperçue et s'en étaient parlé au téléphone : « Lila s'est teint les cheveux en bleu. » « Lila a un anneau dans le nez, tu sais, comme un taureau. » « Lila a lâché le lycée, elle bosse au Goodwill. » Au moment de la disparition de Lila, Saffy et elle fréquentaient les mêmes cercles, se retrouvant parfois dans les mêmes fêtes, où elles n'échangeaient guère plus que des banalités. Alors, quand Saffy avait vu les informations, elle avait repensé à cette petite fille dans un T-shirt trop grand pour elle, le visage éclairé par le halo spectral d'une lampe torche, la respiration sifflante à cause d'un appareil dentaire qui n'avait jamais paru adapté à ses dents.

« Yo, avait marmonné Travis, défoncé sur le canapé, en faisant rougeoyer l'extrémité de son joint. Qu'est-ce t'as, putain, Saff ? »

À cet instant seulement, Saffy s'était rendu compte qu'elle pleurait. Elle était même secouée de sanglots. L'atmosphère dans la caravane lui avait soudain semblé irrespirable. Le temps d'enfiler un jean, et elle était sortie en claquant la porte derrière elle. Le pare-chocs de la Camry de Travis était cabossé et le réservoir au quart plein, mais Saffy avait roulé jusqu'à Plattsburgh en surveillant l'aiguille qui descendait vers le zéro.

Le chaos le plus total régnait au poste de police, où se bousculaient parents affolés, journalistes armés de caméras et flics prenant frénétiquement des notes. Les lumières du parking étaient aveuglantes et les rails de coke que Saffy avait sniffés en début de soirée faisaient toujours circuler dans son organisme une énergie fébrile, désagréable. Du dos de la main, elle s'était frotté les yeux.

Tout s'était joué sur un coup de chance. Un heureux hasard. Ou peut-être était-ce le destin ? La première personne qu'elle avait croisée en entrant dans le bâtiment, hésitante et mal à l'aise, était Emilia Moretti.

Des femmes comme elle, Saffy ne savait même pas qu'il en existait. Calme, posée, le dos droit, elle balayait la scène autour d'elle d'un regard d'aigle. À l'époque, elle avait la trentaine et son alliance réfléchissait l'éclat des plafonniers. Saffy la voyait bien boire un seul verre de vin blanc au dîner et utiliser des crèmes de soin hors de prix pour atténuer ses premières rides. En approchant, Saffy s'était sentie desséchée, débraillée. Déjà usée.

« Excusez-moi, avait-elle croassé. Voilà, je… je voudrais apporter mon aide. »

Moretti avait bien vu les poches sous les yeux de la nouvelle venue, la peau qui pelait sous son nez, son T-shirt grossièrement découpé dans le bas. Pourtant, elle l'avait écoutée lui parler de Lila. Et lorsque Saffy s'était tue, elle lui avait tendu une carte de visite. « Appelez-moi si vous apprenez quelque chose. » Saffy n'avait rien de nouveau à lui dire le lendemain matin, mais elle lui avait tout de même téléphoné pour lui annoncer son intention de participer aux recherches.

C'était ainsi qu'elle avait découvert le travail de policier. Elle avait apprécié les instructions concises, efficaces, l'absence de sentimentalisme, la tendresse bourrue dans le regard que portait Moretti sur elle quand elles avaient sillonné les contreforts herbeux.

Sa vie aurait pu prendre tant de directions différentes… Elle aurait pu faire éternellement la fête dans des sous-sols. Elle aurait pu mourir d'une overdose en même temps que Travis trois ans plus tard. Elle aurait pu aussi se désintoxiquer pour d'autres raisons. En vérité, Saffy n'aimait pas trop s'interroger sur les forces qui l'avaient poussée à rejoindre Moretti, à passer une équivalence du bac, à entrer à la fac puis à l'école de police. Les rares fois où elle le faisait, elle n'avait que trop conscience de leur caractère aléatoire.

•

Quand Saffy rentra enfin chez elle, il était presque minuit et le voyant clignotait sur son répondeur. La journée avait donné lieu à un tourbillon d'activité, les indices avaient été répertoriés, la scène photographiée sous tous les angles. Dès le lendemain, la nouvelle serait rendue publique.

L'atmosphère de son appartement plongé dans la pénombre lui parut triste et froide lorsqu'elle posa ses clés et son arme sur le plan de travail. Elle troqua sa tenue contre un vieux sweatshirt estampillé NYSP, se débarbouilla, ôta l'élastique de sa queue-de-cheval. Les quelques femmes qu'elle avait rencontrées à l'école de police lui avaient conseillé d'opter pour une coupe courte, mais Saffy n'avait jamais pu s'y résoudre. Elle ne voulait pas renoncer à cette sensation si agréable lorsqu'elle dénouait ses cheveux. C'était comme une respiration, une délivrance.

« Salut, c'est moi, chantonna Kristen sur la messagerie du répondeur poussiéreux. T'es toujours partante pour samedi ? Jake doit assister à une conférence et j'ai loué *Vous avez un message.* »

Saffy songea au lien entre elles.

Kristen voudrait en savoir plus sur Lila, forcément. Elles avaient formé un trio pendant toutes ces années chez Miss Gemma. Elles avaient tressé des bracelets d'amitié, grimpé aux arbres, inventé des jeux. S'étaient chuchoté des secrets d'un lit à l'autre. Mais Saffy ne pouvait envisager de la rappeler, pour le moment, de prononcer les mots. Elle demeura immobile près du plan de travail tandis que la voix préenregistrée annonçait : « Pas de nouveaux messages. » Son studio sentait le renfermé – des relents de vieille moquette et de vaisselle sale. C'était pourtant le plus beau logement qu'elle ait habité jusque-là : il faisait partie des appartements aménagés dans une ancienne maison victorienne située à quelques rues de la Saranac. Le petit ami de Kristen, héritier de l'agence immobilière familiale, le lui avait obtenu pour un loyer intéressant. « Il faut que tu prennes soin de toi », lui disait toujours Kristen. Saffy jeta un coup d'œil aux tournesols achetés la semaine précédente. Ils baissaient la tête dans leur vase, dont l'eau avait pris une couleur brune de marécage trouble. Elle se fit réchauffer une brique de soupe et s'endormit devant la lueur bleue du téléviseur alors que le potage refroidissait.

•

Le légiste occupait un bureau miteux dans le sous-sol de l'hôpital local. Lorsque Saffy arriva, avec quinze minutes d'avance, Moretti attendait déjà près de l'ascenseur, mastiquant son sempiternel chewing-gum à la menthe, les cheveux brillants, le brushing impeccable. Sous la lumière crue, Saffy remarqua néanmoins ses traits tirés et les poches sous ses yeux.

— Ah, Singh, dit-elle, avant de lui adresser un sourire entendu. Bon, c'est officiel : le capitaine vous retire le braquage Saranac. À partir de maintenant, vous travaillez sur cette affaire avec moi.

Saffy sentit une chaleur familière lui gonfler la poitrine à l'idée d'avoir été choisie par Moretti. D'être investie de sa confiance.

— Le capitaine a aussi assigné le lieutenant Kensington à l'enquête, mais il est toujours en retard, ajouta Moretti, qui consulta sa montre, puis appuya sur le bouton de l'ascenseur. Bon, on va commencer sans lui.

Kensington était un flic prétentieux, à la mise soignée et aux dents d'une blancheur artificielle. S'il faisait un travail au mieux médiocre, il était capable de charmer même les plus endurcis des suspects durant les interrogatoires, ce qui lui permettait d'obtenir régulièrement des aveux. Quoi qu'il en soit, le capitaine ne faisait pas mystère de ses positions : il ne voulait pas d'une équipe cent pour cent féminine. C'était mauvais pour l'image du service.

Quand le légiste les introduisit dans la morgue, Saffy s'efforça de ne pas respirer, mais l'odeur l'assaillit : une bouffée glaçante de chloroforme. Les ossements avaient été disposés sur des bâches en plastique recouvrant trois tables. Ils ressemblaient à des trouvailles archéologiques, des vestiges d'un autre âge. Chaque fragment avait été répertorié et étiqueté.

— On attend toujours les dossiers dentaires, précisa le praticien en passant une main dans sa tignasse neigeuse. Mais l'état de décomposition correspond à une période de huit ou neuf ans. Ce sont bien nos filles.

— Cause de la mort ? s'enquit Moretti.

— Difficile à dire. Il y a des lésions de la moelle épinière dans deux des cas mais, compte tenu du niveau de dégradation, je ne peux pas tirer de conclusions formelles.

— Strangulation ? suggéra Saffy.

— Probablement, répondit son interlocuteur. Il n'y a aucune trace de traumatisme sur les crânes ni sur les autres os. L'une d'elles s'était cassé le bras, mais la fracture s'était consolidée avant la mort.

— Angela Meyer, indiqua Saffy. Elle avait eu un accident de quad au printemps qui l'avait obligée à quitter son emploi de serveuse pendant quelques semaines. D'après son patron, elle venait de reprendre le travail quand elle a été assassinée.

Le légiste haussa les sourcils.

— Elle a une bonne mémoire, expliqua Moretti en adressant un clin d'œil à Saffy, qui s'empourpra.

— Eh bien, vous pouvez informer votre capitaine qu'on en a au moins identifié une, déclara le praticien.

Alors qu'il détaillait le reste de ses observations, précisant quels os avaient été découverts et quels autres manquaient encore, Saffy tenta en vain de ne pas se demander quel fémur ou quelle cage thoracique incomplète appartenait à Lila. Dans cette salle froide, humide et stérile, aux murs peints dans une nuance de vert agressive, les restes semblaient plus animaux qu'humains.

Lorsque Kensington s'engouffra enfin dans la pièce, hors d'haleine, le costume fripé, les cheveux rejetés en arrière et luisants de gel, le légiste avait déjà signé son rapport, lequel était rangé dans la mallette de Moretti.

— Bien, dit cette dernière en frappant dans ses mains d'un geste décidé tandis que son subordonné bafouillait des excuses. Je crois qu'on n'a plus rien à faire ici. Kensington, occupez-vous de prévenir les familles.

•

Saffy était survoltée quand elle rentra au poste. Jusque-là, elle avait surtout travaillé sur des cambriolages et des incidents domestiques – rien de particulièrement complexe –, et elle éprouvait une excitation nouvelle, grisante, à la perspective d'enquêter sur une affaire intéressante. Les vannes des autres flics ne l'atteignirent même plus alors qu'elle suivait Moretti dans la salle commune. Elle ignora les réactions habituelles, une blague chuchotée derrière une main, un rire si étouffé qu'elle ne put en localiser la source. Toute sa vie, l'attitude des inconnus, des profs, de ses pairs et de ses collègues lui avait fait prendre conscience de sa différence, de sa peau brune. Peu importait, à l'évidence, qu'elle ait grandi là ou qu'elle n'ait jamais mis les pieds en Inde, un pays qui la faisait rêver et dont, petite, elle avait étudié la forme sur une carte, suivant de l'index le tracé de ses frontières. En compagnie de ces hommes qui chiquaient du tabac, leurs bottes boueuses posées sur les bureaux, elle se sentirait toujours exclue.

— On va s'installer ici, décréta Moretti.

La grande table de la salle de réunion croulait sous les dossiers d'affaires en cours : le braquage Saranac, une série de menaces complotistes liées au passage à l'an 2000, un enlèvement d'enfant sur lequel Kensington enquêtait depuis des mois.

— Je vous charge d'éplucher les vieux rapports, Singh, déclara Moretti. Kensington et moi, on se souvient de trop de choses. Vous, vous avez un œil neuf, alors je veux que vous lisicz tout.

— Qu'est-ce que je dois chercher au juste ?

— Tout ce qui peut nous conduire aux abords de cette forêt.

Le téléviseur dans un coin de la pièce diffusait les images de la conférence de presse. La mine sombre, le capitaine débitait d'un ton monotone une déclaration soigneusement préparée, ne jetant qu'un bref coup d'œil de temps à autre à la foule de journalistes devant lui. Puis les photos des filles apparurent à l'écran, et Saffy leur trouva l'air plus jeune que jamais. Izzy et Angela souriaient devant la toile de fond bleue installée pour la photo de classe au lycée ; Angela portait un chemisier à pois jaunes et Izzy avait quelques boutons d'acné sur les joues. Le cliché montrant Lila, le seul connu, avait été fourni par son petit ami à l'époque où elle avait disparu. On la voyait marcher sur un trottoir envahi par les mauvaises herbes, son sac à dos rouge à l'épaule, la tête tournée vers le photographe, à qui elle souriait.

— Ça va aller, Singh ? demanda Moretti.

Elle n'avait pas oublié : Lila avait été le fanal qui, cette nuit-là dans la caravane de Travis, avait guidé Saffy directement jusqu'à elle. Et cette même affaire la mettait aujourd'hui sur le devant de la scène.

À cet instant, l'arrivée d'un policier renfrogné, dont l'uniforme était taché de sueur sous les aisselles, leur apportant les archives – quatre cartons poussiéreux –, constitua une diversion et un soulagement.

— Je m'y mets tout de suite, j'imagine ? dit Saffy.

Moretti la gratifia d'une petite moue contrite.

— Je vais nous acheter à manger.

Après le départ de sa supérieure, Saffy punaisa sur le tableau d'affichage de nouvelles photos prises sur le site où avaient été trouvés les ossements. En plus du sac à dos de Lila, les techniciens de la Scientifique avaient découvert d'autres objets appartenant aux filles, plus ou moins détériorés : des chaussures, des boucles d'oreilles, le sac à main d'Angela. La mère d'Izzy avait été la première à remarquer qu'une barrette ornée de perles manquait. Elle était certaine qu'Izzy la portait le soir de sa disparition. La mère d'Angela avait mentionné un bracelet en perles, un bijou de famille que sa fille n'ôtait jamais. Moretti était convaincue que ces accessoires avaient été perdus dans les fourrés. De plus, rien de tel n'avait été signalé au sujet de Lila. Mais, avait souligné Saffy, cette dernière n'avait plus de parents. Personne pour prêter attention aux détails. « Et s'il s'agissait de fétiches ? avait-elle hasardé devant sa supérieure, qui pinçait les lèvres. Il voulait peut-être conserver des souvenirs. »

Elle s'accroupit sur la moquette élimée. Le premier des quatre cartons contenait les auditions des témoins, et le fond avait cédé sous le poids des innombrables rapports. Elle allait devoir retrouver toutes ces personnes, pour les réentendre.

Dans le dernier dossier de la pile, elle tomba sur le tirage original de la photo de Lila. Poussiéreux, de mauvaise qualité, il avait dû être pris avec un appareil jetable. Le visage souriant de la disparue avait pâli au fil du temps. Saffy songea alors à Kristen, employée dans un institut de beauté, où les clientes lui disaient toujours qu'elle ressemblait à Jennifer Aniston, qu'elle pouvait se permettre de porter n'importe quelle tenue avec sa silhouette élancée. Kristen, qui s'était toujours sue promise à un avenir meilleur, qui avait travaillé dur pour s'assurer une vie stable et l'avait ensuite acceptée sans se poser de questions. Saffy étudia de nouveau la photo de Lila, une fille réduite à une image décolorée, et se demanda si elle-même se situerait toujours quelque part entre ces deux personnes, incertaine de ce qu'elle aurait pu devenir.

Sous le tirage, il y avait un sachet en plastique transparent, contenant une épaisse mèche de cheveux noirs ramassée par un policier au bout de l'allée où Izzy s'était volatilisée. Alors que Saffy s'asseyait, dos au mur, le sachet posé sur la cuisse, elle eut de nouveau une vision qui la hantait depuis des années – l'expérience d'une plongée vertigineuse dans un univers parallèle sans limites.

Une autoroute au crépuscule. Une longue queue-de-cheval noire voltigeant au vent. Izzy était morte à seize ans, mais dans cette autre dimension elle en avait dix-neuf ou vingt. Les vitres de sa voiture étaient ouvertes, l'air s'engouffrait dans l'habitacle, une vieille chanson de bluegrass nasillarde passait à la radio. Il y avait également un garçon assis sur le siège passager. Izzy n'était pas amoureuse de lui, pas à ce moment-là, et peut-être ne le serait-elle jamais. Peu importait, seul comptait le désir de la jeunesse. Il lui caressait la cuisse de ses doigts calleux tandis que le couchant ensanglantait l'horizon derrière les sommets des Adirondacks.

Dans ce monde qui en était presque un, cette autre réalité que voyait Saffy comme dans un rêve éveillé, Izzy n'était pas un tas d'ossements sur une table. Elle était lumineuse, éclatante de vie, sublimée par la beauté d'un instant ordinaire.

•

Saffy chercha les coordonnées de quelques témoins de l'époque : le patron du snack où travaillait Angela, les jeunes qui participaient à la fête où devait aller Izzy, l'amie avec laquelle Lila était sortie ce soir-là. Pour la plupart, ils se montrèrent surpris, méfiants, étrangement fébriles aussi quand elle se présenta à leur porte. Pendant qu'elle-même prenait place sur des canapés affaissés et refusait poliment des tasses de thé tiède, Moretti s'efforçait de faire patienter le capitaine et Kensington traitait les appels incessants reçus sur la ligne téléphonique dédiée. Mais les interlocuteurs de Saffy ne se rappelaient pas grand-chose, et elle n'apprit rien de nouveau.

La dernière personne qu'elle devait voir, au terme d'une longue et chaude journée, était une certaine Olympia Fitzgerald. Saffy se gara devant une maison encore en travaux, un ranch de plain-pied bâti sur un vaste terrain. Des matériaux de construction étaient disséminés sur l'herbe brunie. Les Adirondacks en octobre offraient une image de carte postale. Dans sa voiture, Saffy survola de nouveau la transcription de la déposition initiale du témoin, dont l'encre avait pâli sur les pages. Olympia avait vingt ans en 1990, et elle avait été interrogée en tout et pour tout sept minutes avant que l'enquêteur la congédie. Le soleil se couchait à l'horizon, le ciel avait viré au bleu velouté, et Saffy finit par refermer le dossier, trop fatiguée pour aller jusqu'au bout de sa lecture.

Une quinquagénaire lui ouvrit. Jogging en velours miteux, fins cheveux gris semblables à une crinière clairsemée. Dans le salon, une horloge vomissait ses tripes sur le parquet. Une femme plus jeune – Olympia, sa fille – avait posé ses pieds nus sur la table basse, à côté d'un flacon ouvert de vernis à ongles orange vif.

— Qu'est-ce qui se passe ? demanda-t-elle, sans manifester le moindre intérêt quand Saffy lui montra sa plaque.

Celle-ci aurait aimé avoir la voix de Moretti, à la fois suave, posée et autoritaire. Celle de la compétence.

— En 1990, vous vous êtes entretenue avec le sergent Albright au sujet de la disparition de trois filles de la région, déclara-t-elle.

Olympia daigna enfin lever les yeux, puis se redresser. Sa mère, qui s'était éclipsée, revint dans la pièce, s'immobilisa derrière le canapé et posa les mains sur ses épaules en un geste protecteur. Comme ni l'une ni l'autre n'avait proposé à Saffy de s'asseoir, celle-ci demeura plantée gauchement à côté d'un fauteuil élimé.

— J'ai vu aux infos que vous aviez retrouvé les corps, déclara Olympia qui, les ongles encore humides, repoussa de ses paumes une mèche de cheveux gras.

— C'est exact, confirma Saffy.

— À l'époque, je lui ai tout dit, à ce flic.

Une note de panique avait percé dans la voix d'Olympia.

— Tout ce que je savais, ajouta-t-elle.

— Nous reprenons l'enquête, expliqua Saffy. Alors j'aimerais que vous me racontiez ce qui vous revient en mémoire.

D'un signe de tête, Mme Fitzgerald encouragea sa fille à parler, en même temps qu'elle lui massait la nuque.

— Cet été-là, je bossais au Dairy Queen, pas loin de l'autoroute. Il y avait ce garçon qui travaillait aussi là-bas. Il était un peu plus jeune que moi, il venait d'avoir son bac.

— Et ? Je vous en prie, continuez.

— Je me rappelle le soir où Izzy Sanchez a disparu. Je m'en souviens bien, parce que la nuit précédente, lui et moi, ben… en fait, on flirtait déjà depuis un bon moment. La veille, j'étais allée chez lui, dans ce parc à mobile homes près de la forêt où vous avez découvert les corps. De fil en aiguille, on a… bref, on a essayé, vous voyez ? Mais il a pas pu, alors je suis partie. Et le lendemain, au boulot, il m'a paru bizarre, complètement à côté de la plaque. Quand j'ai voulu lui parler, il m'a regardée d'un drôle d'air, comme s'il voulait me faire du mal. Ça remonte à des années, mais je suis pas près d'oublier. Alors je l'ai laissé s'occuper tout seul de la fermeture. Et c'est ce même soir qu'Izzy s'est volatilisée.

— Il s'appelait comment, ce garçon ? demanda Saffy.

— Ansel. Ansel Packer.

À la seule mention du nom, Saffy sentit un flot de bile acide lui remonter dans la gorge.

— Vous… vous n'avez rien remarqué d'autre ? s'enquit-elle, tremblante.

— Non, désolée, répondit Olympia. Vous savez, pendant longtemps, j'ai surtout essayé d'oublier.

La mémoire n'était pas fiable, songea Saffy. On pouvait la chérir ou la haïr, mais il ne fallait surtout pas lui faire confiance.

— Vous étiez-vous moquée de lui ? interrogea-t-elle.

Mère et fille se bornèrent à la dévisager. Le silence se prolongea.

— S'il vous plaît, insista Saffy. Vous vous en souvenez, Olympia ? C'est important. J'ai l'impression qu'il s'est senti menacé, embarrassé. L'avez-vous ridiculisé ?

En voyant la honte sur le visage défait de la jeune femme en face d'elle, Saffy eut la réponse à sa question. Dans le salon qui sentait les bougies de Noël et la viande fumée, elle fut saisie d'un brusque frisson tandis que des images défilaient dans son esprit : une touffe de poils roux collée à sa paume ; les yeux écarquillés de Lila, à onze ans, devant de vieux cookies émiettés ; les deux écureuils et le renard morts, les pattes avant relevées comme pour se rendre ; l'index de Moretti pointé vers l'orbite vide de ce crâne. Fourrure, peau. La mort, qui mettait les os à nu.

•

La salle de bains des Fitzgerald était tapissée d'un papier peint rose qui se décollait. Mme Fitzgerald avait aligné des petites figurines sur la tablette du lavabo : anges, bergers, chérubins en porcelaine. Une soucoupe contenant un pot-pourri était posée près du robinet, sans doute depuis longtemps, à en juger par la couche de poussière qui recouvrait les pétales friables. Saffy s'aspergea le visage d'eau froide.

Plus les années passaient et moins elle se rappelait sa mère. Certains détails s'étaient effacés sans qu'elle s'en aperçoive. Elle revoyait ses chaussures préférées, en cuir verni rouge, mais ne se souvenait plus de leur forme. Gardait en tête l'image d'un rouge à lèvres foncé, mais ne parvenait plus à se représenter le dessin de sa bouche. Cet oubli progressif avait quelque chose de cruel, songea-t-elle, les deux mains appuyées sur le meuble en faux marbre. Dans le miroir, elle percevait encore certains traits de sa mère sur son visage, sauf que cette dernière était blanche ; par conséquent, aux yeux des autres, elle ressemblerait toujours à son père. Quand on lui demandait d'où elle venait – non, d'où elle venait *vraiment* –, Saffy répondait : « Mon père est originaire d'Inde. Non, je n'ai jamais mis les pieds là-bas. Oui, j'aimerais y aller un jour. » Et, chaque fois, elle se sentait accablée de lassitude.

Elle aurait voulu que sa mère soit là en cet instant. Elle seule aurait su trouver les mots pour décrire ce qui se passait au plus profond de ses entrailles. Ce déchaînement. Cette force monstrueuse qui rugissait un nom : Ansel Packer.

Saffy avait conservé le cadre où figuraient les deux mots écrits par sa mère. Il était désormais posé sur sa table de chevet, protégé par un verre qu'elle prenait soin de dépoussiérer. « *Felis culpa* ». La faute heureuse. L'horrible chose qui mène au bien. Alors que Saffy s'enfuyait de la maison des Fitzgerald, sans leur avoir dit au revoir ni donné d'explications, elle se demanda si son père avait dû apprendre dans son enfance des citations religieuses comme celles qu'elle avait été obligée d'étudier dans la Bible quand elle était en foyer d'accueil. « Car Dieu a jugé préférable de faire naître le bien du mal plutôt que de permettre au mal d'exister. »

•

— On a une piste, annonça Saffy, hors d'haleine.

Dans le silence qui régnait au poste déserté en cette fin de soirée, Moretti paraissait éreintée et, contrairement à son habitude, avait les cheveux en bataille. Elle avait renvoyé Kensington chez lui après qu'il avait flanqué d'un air morose les rapports du jour sur la table de la salle de réunion. Les appels s'étaient multipliés sur la ligne dédiée depuis la conférence de presse, et il avait passé la journée à écouter les hypothèses les plus fantaisistes avancées par les habitants de la ville : les filles avaient été kidnappées par un tueur en série ayant déjà sévi dans les années 1970 ; elles étaient membres d'une secte satanique ; elles s'étaient entretuées… Cette procédure était nécessaire, l'avait sermonné Moretti, tandis que, les nerfs manifestement à vif, il sortait une flasque de sa poche et la portait à ses lèvres. Ils ne devaient rien négliger.

Mais Saffy tenait désormais quelque chose. Une piste sérieuse

Ansel Packer.

Ses vêtements étaient toujours imprégnés de l'odeur de salpêtre qui régnait chez les Fitzgerald. Sous la lumière de la lampe de bureau, elle rapporta à Moretti les déclarations d'Olympia, avant de lui dresser un portrait d'Ansel Packer enfant.

— Il présente toutes les caractéristiques de notre meurtrier, ajouta-t-elle. Il est sujet aux crises de fureur, mais pas en permanence. Il doute de sa virilité, alors il essaie toujours de l'affirmer. Et il est suffisamment bien intégré dans la société pour éviter d'attirer l'attention sur lui. Ça colle, sergent. J'ai déjà eu l'occasion de le voir humilié. Et ces animaux morts qu'il avait alignés près d'un ruisseau… Il tue par trois.

Elle leva les yeux vers Moretti, dont le scepticisme évident lui parut terriblement proche de la pitié.

— Si je comprends bien, Singh, vous avez personnellement connu les deux, énonça-t-elle lentement. La victime et le suspect.

— Oui, admit Saffy.

Les enquêteurs de leur service étaient souvent confrontés à des conflits d'intérêts similaires. Après tout, la région des Adirondacks n'était pas grande.

— OK, dit Moretti. Mais il y a une différence entre croire que quelque chose est vrai et disposer des éléments pour le prouver. Vos soupçons ne comptent pas, vos intuitions non plus, tant que vous n'avez pas constitué un dossier en béton à présenter au tribunal.

Malgré ses certitudes, Saffy ne put se résoudre à lui parler du renard. Elle n'avait jamais raconté à personne ce qu'Ansel avait fait, jamais évoqué l'horreur suscitée par cette dépouille en décomposition abandonnée sur ses draps. C'était trop douloureux, trop intime. Le souvenir de cet épisode était enfoui en elle, dans une bulle de honte qu'elle tripotait les mauvais jours, juste pour voir si elle avait changé de forme. Jusque-là, ça n'avait jamais été le cas.

— Et le parc à mobile homes ? demanda-t-elle. Peut-être qu'il y vit toujours ?

Olympia lui avait fourni une description détaillée du mobile home d'Ansel, à l'intérieur comme à l'extérieur. Elle lui avait aussi parlé de son comportement étrange, de ses divagations paranoïaques. « Il se lançait toujours dans des grands discours sur l'univers. Les réalités multiples, des trucs comme ça. »

— C'est peu probable, répliqua Moretti. Votre témoin a bien dit qu'il devait aller à la fac, non ? Elle ne vous a rien livré de concret, Singh.

— Et s'il avait gardé les bijoux ?

— J'en doute.

L'atmosphère paraissait de plus en plus pesante à Saffy. Derrière la vitre, un vent vif d'automne courbait les arbres. Elle sentit le froid remonter le long de sa colonne.

— Bon, écoutez, reprit Moretti avec une sorte de tendresse insupportable, je sais ce que c'est, d'avoir envie que quelque chose soit vrai. Malheureusement, ça ne l'est pas pour autant. Et vous ne pouvez pas laisser vos convictions personnelles altérer votre jugement ou vous détourner d'autres pistes. Les choses sont différentes quand on est flic, OK ? Nos sentiments personnels ne doivent pas prendre le pas sur la raison. Parfois, le métier exige même qu'on les ignore. Vous voyez ce que je veux dire ?

•

La maison de Kristen avait tout d'un décor de cinéma. Elle était rustique, pleine de charme, avec de grandes fenêtres donnant sur les collines. Même du perron, Saffy percevait les effluves de bougies parfumées coûteuses. En ce samedi soir proche de Halloween, le soleil couchant baignait les cimes d'une lumière fantomatique. Saffy s'était maquillée avec les échantillons dont Kristen lui avait fait cadeau, que l'institut recevait gratuitement. Le fond de teint était toujours trop clair pour sa peau, mais elle n'osait pas le dire à son amie, de crainte de l'embarrasser.

— Hé, salut ! lança Kristen. Entre, je viens juste de mettre la pizza au four. J'espère que tu as très faim.

Saffy ôta ses chaussures pendant que son amie lui racontait les dernières nouvelles. Cette maison était au départ celle de Jake qui, six mois plus tôt, avait proposé à Kristen d'emménager avec lui. Il n'était pas difficile de voir les touches personnelles qu'elle avait apportées depuis. Petits cadres avec des inscriptions calligraphiées et phrases brodées sur des coussins : « Le rire est le meilleur des remèdes » ou « Il est 5 heures quelque part dans le monde ». Son tablier professionnel avait droit à sa propre patère dans l'entrée. Kristen était également obsédée par le désastre qui, d'après elle, suivrait le passage imminent à l'an 2000. Elle avait garni toutes les étagères de la maison de réserves de boîtes de conserve et de packs d'eau minérale.

— Ça ne t'embête pas si je me sers un verre ? demanda-t-elle, penaude, en tirant une demi-bouteille de chardonnay du frigo.

Saffy fit non de la tête. Moretti leur imposait des règles de conduite strictes : pas de drogues, même récréatives. Lorsqu'elle avait intégré la police de l'État, elle était totalement clean. Elle n'avait pas de casier, n'avait jamais été arrêtée. Il ne restait aucune trace de ses années de dérive.

— Ça va ? s'enquit Saffy quand elles s'installèrent sur le canapé.

— Oui, bien, répondit Kristen en tripotant le pied de son verre.

Un silence prolongé.

— Lila, reprit enfin Saffy.

Elle évoquait rarement avec Kristen la période durant laquelle elle avait erré dans les entrailles de cette ville impitoyable, entraînée dans la même spirale infernale que Lila. En cet instant, pourtant, elle aurait voulu lui parler de ce qu'elle avait ressenti quand les drogues circulaient dans ses veines, de ces journées entières où elle restait affalée sur un matelas crasseux. Lui expliquer qu'elle avait connu une vie semblable à celle de Lila et qu'elle s'en était sortie. Que Lila n'avait pas eu cette chance. Elle se contenta néanmoins de demander :

— Kristen, tu te souviens d'Ansel Packer ?

— Bien sûr. Il était tellement bizarre… Il a été transféré lui aussi quand Miss Gemma est tombée malade. Mais tu ne travailles pas sur l'affaire du braquage ?

— Plus maintenant. Moretti m'a fait affecter à cette enquête. La disparition de Lila.

— Elle t'apprécie, c'est évident.

— Je ne sais pas pourquoi elle…

— Oh, arrête, l'interrompit Kristen. Tu es la meilleure recrue qu'ils aient eue depuis des décennies. Et puis, ta vie est un roman, Saff. Une ado paumée reprend sa vie en main… On dirait l'héroïne d'une série télé, la pauvre petite orpheline hantée par son histoire. Sans compter que tu as retrouvé ce gosse disparu…

— Ansel Packer, la coupa Saffy. Tu te rappelles quelque chose de bizarre chez lui ? Ou d'inquiétant ?

— Je me souviens surtout de la façon qu'il avait de nous regarder. Comme s'il se demandait à quoi on pourrait bien lui servir.

— Rien d'autre, tu es sûre ?

— Oh, bon sang, Saff ! C'était qu'un gosse. Tu ne devrais pas ressasser tout ça, ce n'est pas sain.

Mais avait-elle le choix ? se demanda Saffy. Il fallait qu'elle retourne en arrière, pour établir des liens entre passé et présent. Entre ce qu'elle était alors et ce qu'elle était devenue.

— Tu sais, reprit Kristen, le menton tremblant. Pour une policière, tu n'es pas très observatrice…

Son sourire était extatique quand elle leva la main. Son annulaire gauche s'ornait d'un anneau serti de diamants.

Saffy n'aurait pu expliquer sa réaction, l'amertume qui lui laissait dans la bouche le goût aigre du lait qui a tourné. Elle fit un effort pour se ressaisir et afficher sur ses traits la joie de rigueur. Kristen poussa un petit cri d'excitation suraigu et, sa tristesse déjà envolée, Saffy l'attira dans ses bras. Elle se laissa envelopper par le parfum des cheveux de Kristen, bien consciente que celle-ci était sa seule famille, et que bientôt elle ne lui appartiendrait plus.

Elles bavardèrent jusque tard dans la soirée. Oublièrent le film et la pizza, qui brûla dans le four, emplissant la cuisine de fumée, ne leur laissant que quelques bouts de poivron noircis à grignoter. Elles s'endormirent sur le canapé comme autrefois, tête-bêche, le pied de Kristen niché sous l'épaule de Saffy.

Dans la nuit, celle-ci se réveilla, toujours en jean, la main coincée entre les coussins de la banquette. Son obsession ne l'avait pas quittée, et elle avait l'impression d'être revenue au bord du ruisseau, de percevoir les relents de décomposition dégagés par les dépouilles des écureuils. Kristen n'était plus là, Jake avait dû rentrer.

Alors qu'elle examinait les restes de la pizza calcinée, le verre de vin maculé de traces de doigts, elle se sentit nauséeuse.

De bonne heure le dimanche matin, les routes de campagne étaient désertes. Saffy baissa la vitre de sa voiture de patrouille et laissa la caresse de l'air froid soulager un début de migraine. Le soleil automnal brillait à travers les arbres, faisant danser des ombres sur le bitume.

Enfin, elle atteignit le parc à mobile homes.

« Le sien était à l'écart des autres, lui avait dit Olympia. Tout au fond. Dans un endroit où personne aurait dû se mettre, à mon avis. »

À un peu moins de deux kilomètres du lieu où les corps avaient été découverts, Saffy compta douze mobile homes, dont les contours se découpaient dans la brume matinale. Ils étaient disposés plus ou moins en forme de V. Elle entendit un petit chien japper, un bourdonnement de voix à la télé, une toux grasse. Elle descendit de voiture, puis passa tout doucement devant un rottweiler attaché à une chaîne, dont elle vit frémir la truffe quand le gravier crissa sous ses bottes.

Olympia avait raison. À la limite du site, il y avait une caravane isolée, installée à une quinzaine de mètres des autres, presque invisible dans un bosquet d'arbres au feuillage d'un rouge ardent. Saffy fit plusieurs fois le tour de l'emplacement, sa plaque à la main, toujours vêtue de son jean et de son haut fripé de la veille.

Pour finir, elle gravit les marches grinçantes devant la porte. S'éclaircit la gorge. Frappa.

Un homme d'une cinquantaine d'années lui ouvrit. Vêtu en tout et pour tout d'un caleçon déchiré, il avait le visage couvert de croûtes d'un junkie. Elle aperçut un poste de télé derrière lui, avec de la neige à l'écran, une table jonchée de bouteilles de bière vides, un chat famélique.

— Ouais ?

Durant un instant particulièrement pénible, Saffy inhala des odeurs de tabac froid et d'haleine fétide. Elle ne savait pas ce qu'elle avait espéré trouver. Une preuve de la vie qu'Ansel avait menée là, peut-être. Quelque chose. N'importe quoi. Et son échec lui paraissait soudain effrayant.

— Hé ! l'apostropha l'inconnu quand elle se détourna. Qu'est-ce que vous voulez ?

Elle s'enfuit.

Lorsqu'elle avait résolu l'affaire Hunter, le capitaine n'avait pas caché son enthousiasme. « Vous tenez quelqu'un de spécial », avait-il dit à Moretti en la félicitant. Mais Saffy n'avait pas eu l'impression de l'être. Elle aurait voulu demander à Moretti s'il se passerait la même chose pour toutes les affaires : dans un premier temps, l'euphorie étourdissante de la certitude, et ensuite la peur. Une peur sourde, qui ne vous lâchait plus. Une peur à laquelle, étrangement, on prenait goût. Il y avait quelque chose de vivant dans les cellules de Saffy, une créature qui se nourrissait du doute. Une force malsaine, qui avait poussé en elle comme un arbre dont les branches se tordent en cherchant à aller toujours plus haut. Elle l'avait d'abord menée au bord du gouffre, toutes ces années auparavant. Puis au poste de police où elle avait rencontré Moretti. Et, enfin, à ces mobile homes.

Quand elle s'engagea sur l'autoroute, son mal de tête était devenu lancinant. Elle écrasa la pédale d'accélérateur en essayant de faire le vide en elle, et lorsqu'elle atteignit les cent cinquante kilomètres-heure, elle ouvrit la bouche et poussa un hurlement jailli des plus noires profondeurs de son être.

•

Dans les jours qui suivirent, elle se laissa complètement déborder. L'affaire l'accaparait totalement. Cela faisait une semaine qu'ils avaient trouvé les corps, et elle ne se rappelait même plus à quand remontait son dernier vrai repas. À part un passage éclair au drive-in quelques jours plus tôt, elle n'avalait que du café et des barres de céréales et restait tard au bureau, ignorant les gargouillements de son estomac. Elle était rentrée chez elle seulement deux fois, le temps de prendre une douche et de fourrer quelques affaires dans un sac de toile.

Le capitaine n'en avait que pour son suspect, un SDF nommé Nicholas Richards, qui avait réussi à échapper à plusieurs accusations de trafic de stupéfiants. Il s'agissait peut-être d'une vendetta personnelle, en attendant, tous les hommes avaient reçu l'ordre de donner la priorité à cette piste. Sur le bureau de Saffy s'entassait tout un fatras de documents, de relevés d'appels et de dépositions de témoins. Mais ses soupçons la tenaillaient, impossibles à ignorer.

Le dossier d'Ansel Packer lui avait appris qu'il était allé à la Northern Vermont University, mais qu'il avait laissé tomber ses études juste avant d'obtenir son diplôme. Il avait fait une demande de bourse au cours du dernier semestre, pour laquelle un professeur, une certaine May Brown, lui avait rédigé une lettre de recommandation plutôt tiède. Saffy lui avait déjà laissé quatre messages sur son répondeur. Elle n'avait toujours aucune idée de l'endroit où pouvait être Ansel. Pour les impôts, il était domicilié à une adresse qui n'existait plus, celle d'un immeuble proche de l'université, démoli des années plus tôt. Il n'avait pas de casier. N'avait même pas écopé d'une amende pour excès de vitesse.

Lorsque Moretti passa près d'elle, Saffy dissimula ses papiers sous une boîte à archives. « Lâchez tout le reste, lui avait recommandé sa supérieure. Il nous faut plus d'éléments sur le suspect du capitaine. C'est un ordre. » Elle parlait déjà d'une arrestation. Nicholas Richards avait campé illégalement près de l'endroit où les corps avaient été ensevelis. Si le ranger qui l'avait vu pouvait aussi le situer sur place aux dates des trois disparitions, ils n'auraient plus qu'à l'interpeller. Moretti avait transmis ces informations avec un sourire suffisant qui avait suscité chez Saffy une frustration encore accentuée par son épuisement.

Alors, quand son téléphone sonna, quelques minutes avant que Moretti rentre chez elle, Saffy répondit sans se faire d'illusions.

— Saffron Singh.

— Allô ? Professeur Brown, je vous rappelle comme vous me l'avez demandé.

Saffy plaqua le combiné contre son oreille pour essayer de ne plus entendre les gros rires de ses collègues rassemblés dans la salle du fond. Par la vitre, elle les vit se frapper avec un préservatif rempli de mousse à raser, attendant sans doute le moment où il allait exploser. À quelques mètres d'elle, Moretti, penchée sur une pile de relevés d'appels, l'air concentré, appuyait un surligneur sur ses lèvres.

— Oui, merci, dit Saffy à voix basse dans le combiné. Vous avez écrit une lettre de recommandation pour accompagner la demande de bourse d'un étudiant nommé Ansel Packer. Vous vous en souvenez ?

— Ah, oui. Mais il ne l'a pas obtenue, finalement. Pour autant que je m'en souvienne, il était… Comment je pourrais formuler ça ? Un étudiant moyen persuadé de ne pas être reconnu à sa juste valeur. C'est une de ses camarades qui a décroché cette bourse, en fin de compte, et je crois qu'il ne l'a pas bien pris. Il a abandonné le cursus peu après.

— Auriez-vous d'autres informations à me communiquer sur lui ? la pressa Saffy. Savez-vous où il vit aujourd'hui ?

— Non, je l'ignore.

Le professeur Brown s'interrompit un instant.

— Avez-vous déjà parlé à sa petite amie ? reprit-elle. Celle qu'il avait à la fac. À l'époque, si je me rappelle bien, c'était sérieux entre eux. Elle l'attendait toujours à la sortie des cours. C'était une de mes étudiantes en physique, je crois. Jenny. Oui, c'est ça : Jenny Fisk. Elle faisait des études d'infirmière. Ou de psychologie, peut-être ? En tout cas, c'était une fille charmante. Vous devriez essayer de la joindre.

Quand Saffy raccrocha, elle se sentait revigorée, dopée à l'adrénaline. À son bureau, Moretti se leva, récupéra ses clés de voiture, puis enfila sa belle parka de marque.

— On dirait que vous avez du nouveau, fit-elle remarquer en étouffant un bâillement.

— Oh non, ce n'est rien, répondit Saffy.

Pour plus de sûreté, elle attendit pour se lancer dans ses recherches que la voiture de Moretti ait quitté le parking. Elle trouva quatre Jenny Fisk dans le système informatique, et trois Jennifer. Certaines étaient trop âgées, l'une était décédée et une autre purgeait une peine de prison pour possession de stupéfiants. Mais il y en avait une qui vivait dans une petite ville du Vermont, située à quelques kilomètres seulement de l'université où Ansel Packer avait étudié.

Saffy composa le numéro, consciente du tremblement de ses doigts, de l'excitation qui lui gonflait la poitrine.

— Allô ?

Une voix féminine. Saffy entendit de l'eau couler en arrière-fond.

— Bonsoir, vous êtes Jenny Fisk ?

— Qui est à l'appareil ?

— Saffron Singh, de la police de l'État de New York. Pourriez-vous m'accorder quelques minutes ? J'aurais des questions à vous poser.

— Pardon ? Qu'est-ce que… ?

— Je suis à la recherche d'un dénommé Ansel Packer.

Un silence. Saffy distingua le bourdonnement d'une télé à l'autre bout de la ligne et un bruit de pas lourds.

— C'est… c'est à quel propos ? reprit sa correspondante. Désolée, je… je ne peux pas vous parler maintenant.

— Y a-t-il un moment qui vous conviendrait mieux ?

— Eh bien, je… je serai à l'hôpital demain. Northeast Regional. Venez vers midi, si vous voulez.

Jenny raccrocha. Restée seule au poste, elle repensa à l'effet énergisant de la coke autrefois. Mais là, c'était une stimulation d'un tout autre ordre. Galvanisante.

•

Le service des urgences était baigné par la clarté blanche des néons. Lorsque Saffy présenta sa plaque à la fille de l'accueil, celle-ci ouvrit de grands yeux.

— Jenny Fisk ? répéta-t-elle, visiblement nerveuse. D'accord, je vais la prévenir. Vous pouvez vous asseoir pour l'attendre.

Saffy prit place sur l'une des chaises inconfortables dans le hall. Elle était rentrée chez elle la veille au soir, avait enfilé un pyjama et s'était allongée sur son lit, sans le défaire, jusqu'aux premières heures de la matinée. Tout en longeant le lac Champlain en direction du Vermont, elle avait avalé un café froid en s'efforçant de se calmer. Mais elle était guidée par cette même intuition qui l'avait conduite jusqu'au petit Hunter, et qui se manifestait par une fébrilité grandissante. Les ordres de Moretti avaient été on ne peut plus clairs : « Concentrez-vous sur le suspect du capitaine et laissez tomber tout le reste. Il faut qu'on puisse l'arrêter ou l'innocenter. » Saffy n'avait pas répondu à son pager de toute la matinée. Sa supérieure devait être furieuse. Pourtant, dans cet hôpital à trois heures de route du poste de police de Plattsburgh, elle s'en fichait ; elle était trop survoltée.

En ce vendredi matin, un calme relatif régnait aux urgences, où flottaient des odeurs de produits chimiques. Son pager vibra deux fois, puis trois. Saffy l'éteignit sans regarder le numéro.

— Bonjour.

Une femme en tunique et pantalon roses venait de déboucher du service de chirurgie et se tenait devant elle, l'air hésitant. Jenny Fisk avait des taches de rousseur sur les bras et de longs cheveux séparés par une raie au milieu et retenus par deux barrettes en forme de papillon. Saffy lui donna dans les vingt-cinq ans. Elle avait dû faire partie des plus jolies filles du lycée, devina-t-elle. Comme Kristen autrefois. Silhouette gracieuse et nombril à l'air. Son visage était symétrique, d'une beauté classique, passe-partout.

— Bonjour, dit Saffy, la main tendue. Merci d'avoir accepté de me rencontrer. Ça ne vous dérange pas qu'on aille dehors ?

Le déclic se produisit dans l'esprit de Saffy au moment de la poignée de main. Un chatoiement sur l'un des doigts de Jenny.

Une grosse améthyste, reconnaissable entre toutes.

La bague de Lila.

L'impression d'être sur le point d'élucider une affaire procurait un sentiment bien particulier. Un brusque afflux d'émotions, comme si une digue s'était rompue, qui montait à la tête.

Pourtant, alors qu'elle serrait la main de Jenny, Saffy n'éprouvait rien de tel. Elle était juste plongée dans ses souvenirs. Les lèvres gercées de Lila qui suçait cette pierre violette. « Beurk, avait dit Kristen un jour. Pourquoi tu la mets dans ta bouche comme ça ? »

Lila s'était contentée de hausser les épaules sous sa tignasse emmêlée. « J'aime bien le goût », avait-elle répondu, comme si ça expliquait tout. Le sourire de Lila, édenté et rêveur. Son doigt trop maigre pour l'anneau de cuivre.

— Pourquoi vouliez-vous me parler ? demanda Jenny.

Elle s'adossa au mur de brique près de l'entrée des urgences. Saffy avait arrêté de fumer quand elle s'était sevrée de tout le reste, pourtant elle accepta la cigarette que Jenny lui proposait, ne serait-ce que pour se donner une contenance. Jenny n'avait pas mis de veste, et ses bras nus s'étaient déjà couverts de chair de poule dans la fraîcheur automnale. Pour Saffy, tout était clair désormais – d'une clarté sidérale. Elle aurait pu en pleurer.

— Je m'intéresse à un homme que vous avez fréquenté. Ansel Packer.

Jenny se pencha pour allumer sa cigarette puis souffla la fumée du coin des lèvres.

— Qu'est-ce que vous lui voulez ?

— Vous savez où il est ?

Jenny plissa les yeux, comme si elle réfléchissait à la question, puis leva la main ornée de la bague.

— Vous… vous êtes mariés ? bredouilla Saffy.

— Fiancés.

Saffy en eut la gorge nouée. Comment avait-elle pu passer à côté de ça ? Elle n'avait pas imaginé, n'avait même pas envisagé, une telle hypothèse. Ces pas, pourtant, qu'elle avait entendus au téléphone la veille au soir.

— Vous êtes toujours… Désolée. Cette bague, c'est Ansel qui vous l'a offerte ?

Du pouce, Jenny effleura la pierre.

— Pourquoi ? C'est important ?

— Oui. Nous avons repris une vieille affaire.

— Vous n'avez pas l'air d'une policière.

Saffy n'avait pas non plus l'impression d'en être une. En cet instant, elle se sentait à nu, comme si elle avait révélé à Jenny quelque chose d'intime.

— Qu'est-ce qu'il a fait ? demanda cette dernière, avant de pousser un profond soupir tremblotant. Quelque chose de grave ?

Voilà, il était là, le signe que Saffy guettait, qui l'avait incitée à venir. Elle aurait voulu figer ce moment, le garder pour plus tard, comme preuve. Le regard soudain fuyant de Jenny. Le frémissement de sa lèvre. La façon dont elle avait prononcé les mots « quelque chose de grave », comme si elle connaissait déjà la réponse.

— Nous enquêtons sur une affaire d'homicide, expliqua Saffy d'une voix douce. Trois jeunes filles ont été assassinées dans l'État de New York.

Le silence qui suivit fut brutal, tendu. Les portes automatiques s'ouvrirent, puis se refermèrent. Jenny écrasa sa cigarette contre le mur, laissant une traînée noirâtre sur la brique. Puis elle plaça le mégot dans le creux de sa paume – elle n'était manifestement pas du genre à jeter des détritus sur le trottoir. En la voyant frissonner, Saffy se rendit compte, mais trop tard, que c'était terminé. Jenny s'était refermée comme une huître. Ses cheveux lui balayèrent la joue, formant un rideau protecteur, quand elle se détourna.

— Non, ne partez pas, lança Saffy. Je veux juste vous parler de…

— Vous vous trompez, marmonna Jenny en reculant vers les portes. Laissez-nous tranquilles, s'il vous plaît.

Un instant plus tard, elle avait disparu. Une ambulance passa dans un hurlement de sirène près de Saffy qui demeura seule un moment devant l'entrée de l'hôpital, la cendre de sa cigarette tombant sur le trottoir.

•

« C'était comment ? lui avait demandé Kristen un jour. Tu sais, avec Travis et ses copains ? »

Saffy n'aurait pu décrire ces années-là. Elle avait essayé, pourtant. Elle avait parlé à son amie des fêtes underground, des campements improvisés, des squats où pendaient des rideaux imprégnés d'une odeur de tabac froid. Sa bande et elle allaient de maison en maison, de fête en fête, indifférents à tout, guidés par leurs impulsions. Mais Saffy ne se sentait pas en danger au cœur de cette dérive imprudente ; après tout, ce n'était pas un problème, de s'autodétruire, quand on n'avait rien à perdre. Lorsqu'elle avait la nostalgie de cette époque, ce n'étaient pas les drogues qui lui manquaient, ni les trips qu'elles procuraient, toujours temporaires et décevants. Non, elle regrettait la liberté, l'insouciance, l'idée de jouer les funambules sur une corde tendue entre la vie et la mort sans se préoccuper de savoir de quel côté elle chuterait.

Elle y repensait en marchant jusqu'à sa voiture sur le parking de l'hôpital. Elle savait bien qu'elle devrait retourner au poste ; elle avait déjà manqué une demi-journée de travail. Mais alors que son pager, qu'elle avait rallumé, bipait sans relâche, elle eut l'impression de retrouver une part de son ancienne personnalité, celle qui n'obéissait qu'à ses désirs. Alors elle fourra le pager sous un sweatshirt dans son coffre puis tira de sa poche le papier sur lequel était griffonnée l'adresse.

À la sortie de l'autoroute, elle traversa une zone commerciale, avec des boutiques et des restaurants, puis s'engagea dans une banlieue où les habitations semblaient disséminées au petit bonheur la chance, comme des pièces de Monopoly lancées négligemment sur le plateau de jeu. Au fond, le Vermont ressemblait à l'État de New York, songea-t-elle, avec toutefois une touche de vernis en plus. Elle ralentit en approchant d'une maison de plain-pied à la façade écaillée, avec une véranda encombrée, puis se gara le long du trottoir.

Il était là.

Ansel.

Accroupi à l'extrémité de l'allée dans la lumière de la mi-journée, les yeux protégés par une paire de grosses lunettes en plastique. Il n'avait pas trop changé, même s'il s'était enrobé avec les années : il possédait toujours une beauté conventionnelle, lisse. Il était occupé à scier les pieds d'une vieille chaise, et le grondement de l'outil, qu'elle entendait par la vitre ouverte de sa voiture, lui parut agressif. Saffy le regarda manier la tronçonneuse qui projetait un nuage de poussière autour de sa tête. Si la bague de Lila lui avait fourni la preuve tangible dont elle avait besoin, elle pouvait désormais y ajouter un autre élément révélateur à ses yeux : la façon dont Ansel se tenait, comme s'il se croyait au-dessus de tout.

Un, deux, trois avec le renard.

Une, deux, Lila.

Durant un instant d'exaltation, elle envisagea de s'approcher. Oui, elle pourrait le faire. Elle marcherait vers lui, une main effleurant l'arme sur sa hanche.

Ansel plisserait les yeux. La reconnaîtrait.

« Saff », dirait-il. Cette fois, ce serait elle qui détiendrait le pouvoir. Ce serait d'elle qu'il faudrait avoir peur. « S'il te plaît, pardonne-moi. »

Mais elle ne s'approcha pas. Elle n'aurait qu'une chance et elle ne voulait pas la gâcher, c'était trop important. Elle avait besoin de Moretti, de sa confiance, de son expérience, de sa compétence agaçante. Elle quitta l'impasse sur les chapeaux de roue, en direction de la frontière du Vermont et du lac. Elle n'alluma pas la radio, préférant se laisser envelopper par le silence sur l'autoroute, savourant ce regain d'énergie que seul le travail pouvait offrir. Personne n'avait jamais réussi à faire naître en elle une sensation comparable.

Elle avait eu des aventures, aussi excitantes que brèves. Il y avait eu des garçons derrière des gradins et des hommes dans des bars sombres. Une relation avait cependant compté, avec Mikey Sullivan, un flic qu'elle avait rencontré à l'école de police. Elle avait toujours la nostalgie de l'odeur de sa peau après la douche, mélange d'after-shave et de shampooing. Alors que les terres agricoles cédaient la place aux montagnes derrière les vitres de la voiture, elle se remémora leur dernière nuit ensemble. Ils s'étaient mis au lit après un dîner de flemmards : spaghettis et bouteilles de Corona. Mikey avait glissé les doigts sous la ceinture du jean qu'elle portait. Il s'était allongé sur elle, comme d'habitude, l'haleine parfumée à la sauce tomate, les bras la maintenant prisonnière comme dans une cage. Quand il l'avait pénétrée, Saffy s'était soudain sentie envahie par une impression de vide immense – un gouffre ouvert en elle qu'il lui fallait combler de toute urgence. Elle avait alors pris la main de Mikey pour l'appuyer sur sa gorge.

« Serre », avait-elle ordonné.

Et, durant un bref instant, il avait obéi. Alors que sa vision se brouillait et que les murs de la chambre se mettaient à tanguer autour d'elle, elle avait entraperçu l'ombre de ce qu'elle poursuivait depuis toujours sans le savoir. Ça lui avait fait l'effet d'une bouffée d'oxygène, au moment même où elle cherchait désespérément son souffle. Il lui avait semblé qu'elle redevenait cette fille plus jeune, plus libre, qui attachait beaucoup moins d'importance à la survie. Et elle avait compris que cette sensation grisante de danger lui avait manqué.

Puis Mikey avait roulé sur le côté, haletant. Il avait allumé la lampe de chevet, révélant le dégoût sur ses traits. Après qu'il avait récupéré ses clés et quitté l'appartement en trombe, lui jetant à la figure l'évidence de son malaise, Saffy avait visualisé le monstre en elle. Une créature sauvage, affamée, n'aspirant qu'à l'annihilation.

Or elle avait entrevu une pulsion semblable chez Jenny Fisk : le désir de souffrir. Il n'y avait rien de plus effrayant quand on était une femme : savoir, au fond de soi, qu'on pouvait éprouver le plaisir sans la douleur, mais qu'il ne serait jamais aussi intense.

•

Quand elle atteignit enfin le poste, le soleil s'était couché et elle avait manqué une journée entière de travail. En rajustant son blazer avant d'entrer, elle eut l'impression d'être dans le même état d'esprit qu'à l'époque où elle sautait les cours au lycée : une attitude genre « rien à foutre », néanmoins teintée d'angoisse.

Une animation inattendue régnait à l'intérieur, où tous ses collègues semblaient pris de frénésie. Ils se turent en la voyant arriver avec sa chemise fripée, sortie du pantalon, et sa veste tachée de café. Saffy marcha droit vers le bureau du capitaine, dont elle ouvrit la porte sans même avoir frappé.

— Sergent… ?

La scène se matérialisa lentement devant ses yeux. Moretti tituba sur ses talons et dut poser une main sur le bureau en acajou pour rétablir son équilibre. Le capitaine et elle, qui s'étaient écartés d'un bond, se tenaient désormais à distance, rouges, manifestement gênés et ébranlés.

— Mais enfin, où étiez-vous passée ? lança Moretti.

— Je l'ai trouvé, annonça Saffy d'une voix mal assurée.

Elle sentait sa détermination vaciller. Jamais elle n'avait vu Moretti ainsi – gauche, embarrassée. Les images s'agencèrent peu à peu dans son esprit, donnant un sens à la scène : le glissement furtif de la main du capitaine au moment où elle avait fait irruption dans la pièce ; ses doigts qui avaient effleuré la poche arrière de Moretti.

— Ansel… Packer, bafouilla-t-elle. Je… je l'ai trouvé. Et sa fiancée porte la bague de Lila. Les bijoux, sergent. Il les a emportés.

Un silence s'ensuivit, pesant. Puis le capitaine prit la parole d'une voix grave, éraillée, tout en toisant Saffy de la tête aux pieds.

— Moretti, veuillez rappeler à l'ordre votre subordonnée.

— Attendez, s'empressa de dire Saffy. J'ai un indice. Une preuve, même…

— Écoutez, Singh, la coupa Moretti. Si vous aviez été présente à votre poste aujourd'hui ou si vous aviez répondu à mes appels, vous sauriez que nous avons procédé à une arrestation. Nicholas Richards sera déféré devant le juge demain matin en vue d'une mise en examen.

Le SDF. Le suspect du capitaine… Saffy se sentit soudain oppressée par la lumière vive du bureau. Sa vue se brouilla tandis que l'épuisement la rattrapait puis s'abattait de tout son poids sur ses épaules.

— Vous m'avez désobéi, ajouta Moretti. Mes instructions étaient claires, pourtant vous les avez ignorées. Kensington nous a fourni tous les éléments dont nous avions besoin.

— Désolée, mais j'ai découvert que…

— Il n'est pas question de vous, Singh, déclara sa supérieure. Ni de vos rancœurs d'enfance. Il est question du travail de policier. De la vérité, des faits et, au bout du compte, de l'intérêt du service.

— Alors, c'est ça ? riposta Saffy. Tout se résume à ça ? ajouta-t-elle en faisant un geste vers ses supérieurs toujours gênés. L'intérêt du service ?

Un silence pesant. Saffy n'avait jamais tenu tête à Moretti.

— Vous êtes mise à pied, Singh, lança le capitaine d'un air dédaigneux. Deux semaines sans solde.

Il sortit de la pièce, tandis que Moretti baissait les yeux vers la moquette usée. Saffy se taisait. Le contrecoup du choc causé par ce qu'elle avait vu – et interrompu – commençait seulement à se faire sentir, lui nouant les tripes. Que disait toujours sa supérieure, déjà ? « Les femmes représentent moins de dix pour cent des effectifs de police. Vous ne pouvez pas réussir sans accepter des sacrifices. »

Humiliée, elle sortit du bureau. Les autres flics ricanèrent lorsqu'elle quitta le poste pour retourner dans la nuit fraîche, certaine d'avoir découvert quelque chose qu'elle aurait déjà dû savoir.

•

Les cauchemars revinrent la hanter. La nuit, Saffy se réveillait en sursaut, trempée de sueur et tremblante, dans la chambre obscure où ses vêtements abandonnés en tas ressemblaient à des silhouettes de monstres. Pour se calmer, elle vidait le verre d'eau éventée posé sur sa table de chevet.

Parfois, elle rêvait du renard, un amas de chair décomposée, écœurant, qui rôdait à la périphérie de son champ de vision. Le plus souvent, cependant, c'était Lila qui lui apparaissait, immobile à la porte de son studio. Sous les traits de la fillette de onze ans avec son appareil dentaire, ou de l'adolescente avec son piercing dans le nez, ou encore d'un cadavre avec des touffes de cheveux encore accrochées sur le crâne. Mais le plus terrible, c'étaient les images de Lila adulte, toujours vivante.

Elle aurait eu vingt-six ans. Robe d'été jaune, un jardin verdoyant. Le 4 juillet. Lila aurait rayonné au milieu d'une foule d'amis installés sur des chaises en plastique dans la véranda. Elle aurait plaqué les mains sur son ventre arrondi, la bague violette scintillant à son doigt. Enceinte de trente-deux semaines. Fatiguée et impatiente, les nausées du matin ayant été remplacées par un mal de dos. Elle aurait eu faim, l'odeur de la sauce barbecue Hickory aurait fait gargouiller son ventre énorme, elle se serait sentie lasse, euphorique, inquiète et excitée. Puis le pâle fantôme de la lune, l'apparition fugace d'une luciole. Ses talons nus, s'enfonçant dans la terre meuble.

•

À la fin de ses deux semaines de mise à pied, Saffy se rendit seule dans un bar.

Elle s'était terrée dans son appartement pendant des jours. Elle avait tout de même pris le volant deux fois pour aller chez Ansel Packer et, de sa voiture, guetter le moindre signe de mouvement dans la maison. Ce n'était ni sain ni raisonnable, elle le savait. Mais son échec avec Moretti n'avait fait que raffermir sa détermination.

Elle jeta son dévolu sur l'homme au bout du comptoir. Il était représentant de commerce, déclara-t-il en cillant, ébahi par sa bonne fortune. Il ne resterait en ville que quelques jours.

— Et vous vendez quoi ? s'enquit Saffy.

— Des cannes à pêche, répondit-il.

Elle avait l'intention de dire qu'elle était serveuse, mais il ne lui posa pas la question. À la place, il demanda :

— Vous êtes arabe ?

Il avait une façon particulière de prononcer le mot « a-rabe ».

Lorsqu'ils arrivèrent chez elle, elle n'alluma pas. Elle ne voulait pas voir la pile de vaisselle sale dans l'évier ni dissiper les effets de la vodka tonic qui circulait dans ses veines. Elle entraîna le représentant de commerce jusqu'au canapé, le débarrassa de sa cravate, lui mordilla le cou. Ouvrit sa braguette pour libérer son sexe en érection, presque insignifiant dans la lueur du lampadaire derrière la fenêtre, puis le glissa dans sa bouche. La poussière des coussins la fit tousser, et elle se dit qu'elle méritait sans doute mieux. Durant une fraction de seconde, elle envisagea de mordre le représentant de commerce, mais elle décelait le désir dans le goût salé de sa peau. Alors elle se contorsionna pour repousser son jean, puis le chevaucha. Il grogna. Elle feignit de ronronner. Elle ne ressentait pas grand-chose, aussi accéléra-t-elle le rythme de ses va-et-vient, jusqu'au moment où il se mit à haleter en lui pinçant les mamelons, où il jouit en elle. *OK*, songea-t-elle. *OK*. Ça, au moins, c'était une explosion qu'elle avait voulue. Elle savait comment survivre dans les décombres.

•

Kristen et Jake se marièrent un dimanche d'avril, en plein air.

Saffy prit place devant l'autel avec trois amies de Kristen – des collègues de l'institut de beauté. Elle s'était offert pour l'occasion une robe violette soyeuse qui n'était pas vraiment dans ses moyens. Kristen, de dos devant elle, paraissait si délicate et fragile dans sa longue robe blanche qu'elle n'avait qu'une envie : la protéger de la brutalité du monde. À côté d'elle, Jake semblait avoir entrevu le paradis. Saffy devait bien le reconnaître : il faisait partie des gentils.

Elle avait été réintégrée au poste. L'hiver avait été long, lugubre, et la situation avait changé. Moretti se montrait distante envers elle. Elle lui prodiguait toujours des conseils à mi-voix lorsqu'elles arrivaient sur une scène de crime, continuait de lui apporter une tasse de café de temps en temps, mais Saffy percevait une froideur nouvelle en elle. Sa supérieure lui paraissait encore plus intouchable, plus incernable, plus inégalable que jamais et, la plupart du temps, elle devait prendre sur elle pour ne pas se laisser décourager par ce changement dans leurs relations.

La date du procès dans l'affaire des trois disparues approchait et personne n'ignorait dans le service que les choses se présentaient mal. Le SDF qu'ils avaient arrêté était depuis peu au centre d'une campagne de défense menée par une association qui avait rassemblé des fonds pour payer sa caution et les honoraires d'un ténor du barreau. Le capitaine, tellement sûr de son fait, ne s'y était pas préparé. Le dossier à charge n'était pas solide et les preuves l'étaient encore moins. Saffy savait bien qu'ils s'étaient tous trompés et que le jury s'en rendrait compte. Elle s'y était résignée et en concevait de la tristesse mais aussi une certaine satisfaction. Nicholas Richards était innocent, il sortirait libre.

Elle n'avait parlé à personne de ses virées, auxquelles elle songeait en cet instant, tandis que le voile de Kristen voltigeait au vent. De ces week-ends où elle se rendait dans le Vermont pour aller se garer devant la maison d'Ansel Packer et attendre le moment où quelque chose le trahirait. Elle l'avait vu décharger des provisions entassées à l'arrière de son pick-up, bricoler sur l'établi dans son garage, faire la vaisselle derrière la fenêtre de la cuisine. Il ne s'agissait pas d'une obsession pour elle, pas d'une dépendance non plus, même si ces heures de surveillance comblaient en partie le manque inhérent aux deux.

Ce n'était qu'une question de temps. Il ne pourrait pas cacher éternellement sa vraie personnalité, elle le savait. Il aurait beau s'efforcer d'avoir l'air le plus normal possible, la vérité finirait tôt ou tard par éclater.

— … dans la santé comme dans la maladie, disait Kristen.

Le vent se mit à souffler plus fort, et Saffy sentit ses bras se couvrir de chair de poule. Des nuages d'orage s'étaient amoncelés à l'horizon, au-dessus des montagnes, alors même que le soleil brillait toujours sur les invités de la noce. Elle pria pour que la pluie se rapproche.

Cette journée célébrait l'amour, mais Saffy n'avait jamais autant pensé au pouvoir. À la force obscure qui l'animait. Le pouvoir, c'était le cliquetis de sa plaque qu'elle posait sur le plan de travail à la cuisine. Le poids de l'arme sur sa hanche. Immobile devant l'autel, alors que le vent libérait de leurs épingles les mèches de son chignon, que les mariés s'embrassaient et que le tonnerre grondait au loin, elle s'interrogea sur sa boussole interne, cette aiguille censée la maintenir sur la bonne voie, l'empêcher de s'égarer, de retourner sur ses pas ou de renoncer. Et elle se rendit compte d'une réalité effrayante : il n'existait rien de tel. Il n'y avait que les choix qu'on faisait quotidiennement.

6 HEURES

Adieu à chaque fissure dans le mur. Adieu, livres de la bibliothèque. Adieu, radio. Adieu à la puanteur des toilettes et à la pellicule de crasse sur la cuvette. Adieu, dis-tu à l'éléphant au plafond.

Adieu, l'ami.

•

Tu tends les bras derrière toi.

Cliquetis des menottes qui se referment.

Shawna est derrière le groupe, tête baissée, les yeux fixés sur ses chaussures. Impossible d'accrocher son regard. Elle se tient voûtée entre deux matons qui te sont familiers, des hommes pâles au ventre mou. Ils sont tous là pour t'escorter jusqu'à la sortie. Un gardien grassouillet s'avance, ramasse le filet rouge contenant tes affaires et le passe à l'épaule. Tu as laissé ta Théorie sous le lit, comme convenu avec Shawna. Elle en fera des photocopies à Huntsville pour les envoyer aux chaînes d'informations, aux présentateurs de talk-shows, aux grandes maisons d'édition.

Vous avez tout, Packer ? demande le directeur, les traits marqués par une tristesse qui le vieillit.

Une pitié qui alourdit ses bajoues flasques. Tu y vois le souvenir des centaines d'autres détenus qu'il a accompagnés dans ce couloir de béton – les meurtriers et les pédophiles, les membres de gangs et les chauffards ivres, tous indifférenciés sur ce trajet de quinze mètres.

Oui, réponds-tu. Je suis prêt.

Alors qu'ils t'emmènent dans l'étroit couloir blanc, tu coules un dernier regard furtif à Shawna. Elle n'est pas autorisée à venir, mais tu essaies de lui transmettre le message avec tes yeux : On peut le faire. Elle est en nage, sa peau brille. Une larme unique, délicate, roule sur sa joue. Tu sais, après des années de pratique avec Jenny, comment te composer une expression susceptible de la réconforter. Tu sais quel sentiment elle est censée traduire : l'amour. Tu la plaques sur tes traits, puis tu l'offres à Shawna. Elle s'adoucit visiblement.

Quand tu entames la marche funeste dans ce couloir, les hommes dans les cages de chaque côté se taisent. C'est la tradition : un silence vide, dérangeant. Ça te fait quelque chose de voir ce défilé de visages solennels derrière les vitres sales. Cet adieu te paraît soudain triste, insensé – une épreuve qu'on t'impose à tort. Tu voudrais les rassurer, leur dire que tu as un plan. Tu n'es pas comme eux.

Tu franchis les portes sécurisées. Passes sous les portiques de détection de métaux. Traverses le sas à l'entrée.

Tu en as le souffle coupé.

Tu es dehors.

Toutes ces choses dont tu as perdu le souvenir. Les nuages, pareils à de grosses boules de barbe à papa dérivant mollement, comme léthargiques, à moitié endormis. La cage de promenade ne laissait passer que des rais de lumière à travers le toit, aussi avais-tu oublié la texture des éléments extérieurs, les détails. L'odeur du bitume brûlant. Des gaz d'échappement. Les arbres de l'autre côté du parking, immobiles dans la chaleur âcre, leurs feuilles vertes à peine soulevées par un souffle de brise. Tu avais aussi oublié la sensation du soleil sur ta peau, qui fait courir des picotements le long de tes bras, et tu t'arrêtes pour prendre une merveilleuse inspiration avant que le directeur t'oblige à avancer.

Le monde est vibrant. Magique. Bientôt, il sera de nouveau à toi.

•

Le fourgon est garé près du grillage.

Tu t'attendais à une foule d'agents pénitentiaires, à moitié abrutis et ivres de pouvoir. Or tu ne vois qu'une demi-douzaine d'hommes en costume, parmi lesquels tu reconnais le directeur adjoint. Ils sont flanqués de policiers envoyés par le ministère de la Justice : un petit troupeau d'hommes en treillis, armés de fusils d'assaut. Tu songes au revolver décrit par Shawna, le vieux Smith & Wesson de son mari, et tu sens ton estomac se contracter.

Tu t'approches du véhicule cerné de toutes parts, dont le moteur tourne déjà. Le directeur fait coulisser la porte, et durant une seconde qui te paraît interminable, tu es submergé par un sentiment de pure panique à la pensée de l'arme dissimulée sous le siège du chauffeur. Ton angoisse reflue légèrement quand on te pousse vers la vitre à l'avant – le siège juste derrière celui du chauffeur, comme te l'avait garanti Shawna. Des odeurs de vinyle et de bottes en caoutchouc imprègnent l'habitacle. Tu savais que des agents feraient le trajet avec toi, que des voitures blindées vous suivraient – un convoi policier –, mais tu n'avais pas imaginé trouver la situation aussi menaçante.

Crissement du gravier sous les pneus. Lorsque le fourgon s'ébranle sur le parking, tu relâches longuement ton souffle et tends les jambes sous le siège devant toi. Ta chaussure effleure quelque chose de dur. Du métal. Tu n'es pas rassuré pour autant. Tu revois le visage de Shawna, la rougeur embarrassée sur sa peau squameuse, et il te vient alors à l'esprit que le plan n'est pas parfait.

Que ce n'en est même pas un, à vrai dire.

Bientôt, vous atteindrez la rivière. Sur l'autoroute, vous longerez des habitations éparses, des terres desséchées, des étangs marécageux et de vieilles usines. Puis vous passerez devant le monument Sam Houston. Ce sera le signal.

Jusque-là, tu dois patienter. La vitre du chauffeur est entrouverte. L'air qui filtre par ces deux centimètres est chargé de la senteur d'avril. Fraîche, tentatrice. La promesse séduisante des parfums de l'été.

Elle te fait remonter le temps.

•

La troisième était arrivée tout de suite après la deuxième. C'était un test, cet été sans fin.

Tu t'étais rendu seul dans un bar, où tu avais commandé un Coca avant de parcourir la foule du regard. La déception te guettait. Tu te doutais bien que tu ne connaîtrais sans doute plus jamais ce soulagement stupéfiant, pourtant tu te sentais obligé d'essayer une dernière fois. Peu importait ce que ça signifiait – que l'apaisement soit possible seulement après la violence, et encore, pas toujours. Ça répondait moins à un choix qu'à une nécessité, te semblait-il : tu devais tout faire pour retrouver ce calme.

Un groupe punk jouait ce soir-là, poussant des cris stridents qui vidaient la tête, tandis que des corps en sueur se bousculaient dans la chaleur. Quand tu avais remarqué le sommet de son crâne, juste avant qu'elle se faufile par la porte latérale pour aller fumer une cigarette dehors, tu l'avais suivie et tu lui en avais demandé une. La troisième te paraissait vaguement familière, malgré ses cheveux teints en bleu et son anneau dans le nez, comme ceux des taureaux. Tu te souviens pas de moi ? avait-elle lancé. Son regard était interrogateur, empreint de moquerie et de défi. Tu avais hoché la tête. Et tu t'étais jeté sur elle.

La musique se déchaînait toujours dans le bar : une tempête de son assourdissante qui avait étouffé les râles de la fille. Tu avais espéré que le danger – la possibilité d'être surpris en flagrant délit, alors qu'elle hoquetait à quelques mètres seulement de la porte – aviverait tes sensations, mais non. La troisième n'était pas une bonne idée : elle avait résisté, t'avait expédié un coup de pied dans l'œil avec tant de force que tu en avais vu trente-six chandelles. Des piétinements, un cri perçant. À un certain moment, elle t'avait même cloué au mur.

Au bout du compte, cependant, tu étais plus costaud. Tu avais néanmoins dû serrer longtemps la ceinture autour de son cou. Tu avais ensuite traîné jusqu'à la voiture son corps toujours secoué de spasmes convulsifs en redoutant qu'on te voie. Par chance, personne n'avait rien remarqué.

Quand tu avais jeté des pelletées de terre sur sa forme inerte, inutile, tu ne ressentais qu'un vide immense, rageant. Elle était morte, mais tu étais toujours le même. Rien n'avait changé, rien ne comptait pour toi.

Dans la clarté maladive de la lune, tu avais examiné la bague que tu avais retirée de son doigt.

Tu l'avais reconnue, pour l'avoir vue chez Miss Gemma. Tu t'étais rappelé le rire moqueur de ces filles à travers la porte, après que tu leur avais offert les cookies. Il te semblait impossible que l'une d'elles soit étendue là, devant toi, que le monde te l'ait rendue de cette façon. Cette ironie du destin t'avait frappé comme une gifle assenée par un parent, et là, debout devant ces trois mortes, tu aurais voulu tout défaire.

Tu n'aurais jamais dû passer à l'acte. Tu étais malade, dévoyé. Surtout, et c'était le constat le plus dévastateur, tu n'étais pas différent.

Ta Théorie avait alors germé – une vérité dont tu avais la preuve sous les yeux, dans le reflet du clair de lune sur l'améthyste. Il est possible de commettre des infamies. Ce n'est pas difficile d'être malfaisant. Le mal n'est pas quelque chose qu'on peut montrer du doigt, toucher ou bannir. Le mal se cache, rusé et invisible, dans tous les recoins.

Après, tu avais titubé à travers les fourrés. Tu étais remonté en voiture, les mains agitées de tremblements frénétiques, les angles de la bague dans ta poche appuyant contre ta cuisse. Il était 4 heures du matin, et un torrent de larmes se déversait sur tes joues quand tu avais bifurqué vers l'autoroute. Résigné, tu avais pris la direction de l'hôpital.

Tu n'as jamais raconté à personne cette partie de l'histoire. Tu ne sais pas d'où t'est venue la pulsion. Peut-être du souvenir de cette fillette qui riait dans la lueur du téléviseur chez Miss Gemma. Ou peut-être du fait que tu ne retirais plus aucun plaisir de la violence. Et puisqu'elle ne t'apportait rien, tu ne comprenais pas pourquoi tu avais tué ces filles.

Tu avais laissé le moteur tourner devant les urgences. L'intérieur était vivement éclairé, intimidant et aseptisé. Tu t'étais avancé, dans un état second, dans la lumière crue. Tu te doutais de l'image que tu devais offrir, tremblant, couvert de terre, la boursouflure suppurante sous ton œil virant déjà au violacé.

Je peux vous aider ? avait demandé la femme à l'accueil.

La salle d'attente, déserte, sentait le latex et le désinfectant.

Je vous en prie, avais-tu chuchoté.

Oui ? Monsieur ?

Je vous en prie, je ne veux pas être comme ça.

La femme s'était levée. Elle portait une blouse couleur pastel, imprimée d'oursons souriants. Elle t'avait dévisagé, avec dans le regard cette même incompréhension teintée d'inquiétude que tu avais décelée chez tous ceux que tu avais rencontrés, travailleurs sociaux, parents adoptifs, enseignants soucieux. C'était à ce moment-là que tu avais eu une révélation : si quelqu'un avait pu faire quelque chose pour toi, tu aurais déjà reçu de l'aide depuis longtemps. La vérité singulière de ton existence s'était alors imposée à toi, impossible à ignorer, alors que tu reculais vers les portes coulissantes des urgences. Il n'était pas possible de te porter secours. Tu étais au-delà du salut. Tu ne serais jamais rien d'autre que toi-même.

•

Le vent te ramène à la réalité du présent. L'air qui s'insinue en sifflant par l'ouverture de la vitre te gifle le visage. Tu émerges de tes souvenirs pour t'apercevoir que vous avez déjà dépassé le lac, que le monument Sam Houston se profile au loin, dominant l'entrée de Huntsville. C'est le repère indiqué par Shawna. Plus le fourgon se rapproche, plus la statue te paraît immense – un géant de métal et de béton.

Le monde semble ralentir, s'enliser dans une sorte de mélasse. L'importance vitale du moment se fait de plus en plus pressante, se mue en stridence angoissée, et tes oreilles commencent à bourdonner tandis que le sang te martèle les tempes.

L'avenir s'ouvre devant toi. Ce sera effrayant de courir. Ce sera excitant, dangereux, difficile. À part assurer ta survie, tu n'as pas de plan. Tu te planqueras dans des conduits d'évacuation. Tu grimperas sur le toit des wagons. Et même si tu ne dois jamais revoir le Blue House, l'existence même de cet endroit t'incitera à aller de l'avant. Un rappel, un testament. Tu es capable d'être quelqu'un de meilleur. Tu es capable de continuer à vivre.

•

C'est maintenant.

Les secondes s'étirent à l'infini. Toutes ces semaines de planification et toutes ces années d'attente convergent vers cet intervalle de trois secondes cruciales. D'un mouvement brusque, tu te jettes en arrière autant que les menottes te le permettent, puis tu tends une jambe sous le siège du chauffeur. Ton pied effleure l'objet métallique.

Tu l'approches de toi.

Ce n'est pas un revolver. Ce n'est pas une arme. Ce sont les pinces de deux câbles de démarrage.

•

Et si j'étais coupable ?

Tu as posé la question à Shawna hier soir, le front appuyé contre la vitre couverte de traces.

De quoi ?

Tu sais bien. Tout ce qu'ils disent.

Pourquoi ? a-t-elle demandé. Pourquoi aurais-tu fait quelque chose d'aussi atroce ?

Je ne l'aurais jamais fait. Mais imagine un instant que ce soit vrai. Est-ce que tu m'aimerais toujours ?

Tu en étais sûr : tu avais entraîné Shawna assez loin, elle était désormais prête à envisager cette possibilité, elle avait seulement feint l'aveuglement jusqu'alors mais, au plus profond d'elle-même, elle connaissait la vérité. Par conséquent, tu avais pris son expression comme un coup de poing en pleine figure : une répulsion fascinée, à laquelle venait s'ajouter une suspicion inattendue. Tu avais pourtant été certain d'obtenir en réponse un rire trop sonore dissimulant mal son désir. Un oui empressé.

Je n'ai rien fait, bien sûr, avais-tu insisté.

Un long silence. Tu t'étais alors demandé, brièvement, si tu ne venais pas de te tirer une balle dans le pied. Si tout le travail accompli avec Shawna pouvait être réduit à néant par cette petite erreur. Tu avais bien essayé de faire marche arrière, mais elle ne te dévisageait déjà plus de la même façon.

Tout est dans ma Théorie, avais-tu ajouté, pour essayer de reprendre le contrôle. Tu verras, quand tu la liras. Le bien et le mal ne sont que des histoires qu'on se raconte, des récits qu'on a fabriqués de toutes pièces pour justifier notre existence. Personne n'est ni complètement mauvais ni complètement bon. Tout le monde mérite d'avoir une chance de continuer à vivre, tu ne crois pas ?

Sous la lumière des néons, d'un blanc aveuglant, la bouche de Shawna, cernée de boutons, ressemblait à un hématome.

Je, euh, je dois y aller, avait-elle dit en s'écartant. Je te donnerai la réponse demain matin.

•

Surpris par la brusquerie de ton mouvement, les gardes se sont raidis, ont saisi leurs armes et aboient des avertissements. Tu regardes fixement les câbles, mélange de métal rouillé et de fils à moitié dénudés.

Tu sais maintenant ce qui est arrivé.

Tes options ? Tu pourrais te fracasser le crâne contre la vitre. Balancer des coups de pied dans le siège du chauffeur. Te mettre à vociférer, formuler les exigences prévues. Ou essayer d'attraper les câbles malgré tes entraves. Mais la vérité s'impose, accablante : tu n'es qu'un homme, quatre-vingts kilos de chair et d'os, menotté à un siège en vinyle, entouré par cinq gardes armés ayant suivi un entraînement militaire. Tu as placé ta confiance en Shawna, une personne que tu as largement surestimée, qui t'apporte la preuve de la seule chose dont tu es certain à propos des femmes.

Elles t'abandonnent toujours.

LAVENDER
2002

Lavender parlait aux séquoias et, parfois, ils lui répondaient.

Il existait un langage spécial pour communiquer avec les arbres. Une entente à demi-mot. C'était le matin que le son était le plus distinct, quand la brume ondoyait entre leurs feuillages frémissants et que la senteur de la nuit, pareille à la fumée d'un feu, imprégnait encore leur écorce.

Si Lavender ne croyait pas en Dieu, elle croyait à l'œuvre du temps. Elle venait là tous les jours depuis vingt-trois ans, et les séquoias avaient assisté à son évolution. Ils l'avaient accueillie jeune fille, brisée et errant sans but dans son jean sale, et à présent ils apaisaient la personne entièrement différente qu'elle était devenue. Leur fragrance la ramenait toujours à la véranda derrière la ferme, à cette brise chargée du parfum des épicéas et des montagnes. Parfois, il lui semblait aussi sentir l'odeur du lait dans le souffle d'un bébé, évoquant une bouche minuscule, des petites mains qui s'agitaient dans l'air, et elle se mettait alors à prier, le front appuyé contre un tronc rugueux.

Ce matin-là, elle s'avança dans la grisaille de l'aube, passa près du bâtiment Spruce, puis devant Aspen, Magnolia et Fern. L'habitation principale, Sequoia, se dressait sur la colline. Une seule lumière brillait dans les profondeurs de la cuisine, où Sunshine préparait déjà le pain quotidien, pétrissant la pâte entre ses doigts abîmés et rougis. Lavender longea les cordes à linge, sur lesquelles les vêtements voltigeaient au vent tels des spectres blancs, puis l'écurie où les chevaux somnolaient dans les box. Quand elle pénétra dans la forêt, elle se concentra sur sa respiration en s'efforçant de la maîtriser comme elle l'avait appris dans les ateliers de groupe. La fraîcheur de l'air remonta dans ses sinus, réveillant son cerveau encore ensommeillé.

Arrivée dans la clairière, elle alla s'agenouiller au pied de l'arbre.

Sequoiadendron giganteum : un spécimen imposant, virtuellement intouchable. À peine eut-elle posé son front sur le bois crevassé qu'elle se sentit comme enveloppée par une immense bienveillance. L'arbre l'aimait en retour. Pour elle, ça n'allait pas de soi.

Ce jour-là, cependant, elle était venue avec des questions. Elle pensait à Johnny et à la ferme, à ses petits garçons, à une scène qui remontait désormais à des années mais dont le souvenir s'était inscrit dans la moelle même de ses os. Alors que la brise faisait bruire les feuilles, elle formula à mi-voix l'interrogation qu'elle avait soigneusement enfouie dans un coin de sa tête, avec l'impression de murmurer un secret :

« Qu'est-ce que j'ai fait ? »

L'arbre n'avait jamais de réponse à donner au désespoir. Lavender pressa sa bouche sur l'écorce et la sève lui picota les lèvres.

•

Lorsqu'elle revint dans la vallée, le soleil s'était levé, baignant les collines d'une lumière laiteuse. Gentle Valley s'ouvrait à ses pieds, majestueuse et luxuriante. Les potagers et les vergers occupaient les terres centrales, où les rangées de plantations formaient une sorte de chaos organisé. Les femmes étaient réveillées, de la fumée s'échappait de la cheminée du bâtiment principal, et Lavender distingua des rires qui s'élevaient au-dessus des bruits de vaisselle accompagnant la préparation du petit déjeuner.

Après les moments passés parmi les séquoias, elle se sentait souvent toute petite. Mortelle, fragile. C'était toujours décevant : le soleil finissait immanquablement par se lever et la vérité par lui revenir à l'esprit. Où qu'elle aille, cette fille de la ferme la suivait pas à pas, pareille à une ombre évanescente, avide d'apaisement.

Mais ce jour-là, elle aurait une réponse : elle irait à San Francisco. Ce jour-là, elle découvrirait ce que cette fille avait créé.

•

Harmony resta avec elle pendant qu'elle faisait ses bagages.

— C'est normal d'avoir le trac, lui dit-elle.

Elle s'exprimait avec cette douceur artificielle qu'elle réservait d'ordinaire aux séances de groupe. Lorsque

Harmony était ivre, elle devenait une personne complètement différente, dont la voix reprenait les inflexions de cet autre monde qu'elle avait laissé derrière elle. Des intonations suraiguës, un rire nasillard – rien à voir avec ce calme onctueux. Après de nombreux débats parmi les responsables de la communauté, elle avait finalement été élue animatrice de groupe, et elle semblait désormais avoir désespérément besoin de faire ses preuves.

— Tu es bien sûre que ça ne te dérange pas de conduire ? demanda Lavender pour la troisième fois.

Une question de pure forme. Harmony ne reculerait pas, elle le savait. Les femmes étaient tombées d'accord pour mettre le combi à la disposition de Lavender, et Harmony s'était arrangée avec une amie pour passer la nuit chez elle dans le Mission District. Il n'y avait que trois heures de route pour aller à San Francisco mais, depuis deux décennies, Lavender avait rarement quitté Gentle Valley, sauf pour accompagner Sunshine à Mendocino, où elles se rendaient en général à la quincaillerie, au marché de gros et à la banque.

Elle fourra un pochon de balsamine dans son sac. Harmony lui tendit une paire de chaussettes roulées en affichant une mine à la fois concentrée et compatissante.

La situation avait changé depuis que Lavender s'était confiée aux autres. La vérité avait jailli six mois plus tôt, lors d'une séance de thérapie collective qui s'était poursuivie jusque tard dans la nuit. Lavender leur avait raconté toute son histoire. Elle la gardait en elle depuis tant d'années qu'elle s'attendait à éprouver un sentiment de délivrance après l'avoir expulsée. Mais, jusque-là, il n'était résulté de sa confession qu'une douleur sourde au creux de son ventre, comme si elle avait avalé quelque chose d'empoisonné. Comme si un virus l'avait contaminée. Quand ses compagnes avaient suggéré ce voyage, Lavender avait regretté de s'être livrée ainsi. Bien sûr, elle leur était reconnaissante de lui apporter un tel soutien, d'unir leurs efforts pour la mener vers la guérison, mais sa gratitude n'avait pas allégé son angoisse. « Nous voulons t'aider à trouver ton centre, avait dit Harmony, suscitant des hochements de tête approbateurs chez toutes les autres participantes assises en cercle par terre. On ne peut pas être pleinement soi-même tant qu'on n'a pas affronté ce qui nous a brisé. » Même Juniper avait esquissé un sourire qui avait creusé les rides de son visage buriné. Alors Lavender n'avait pas protesté lorsqu'elles avaient engagé le détective privé, envoyé les e-mails, confirmé les réponses en son nom. « Le moment est venu, avait ajouté Harmony. Le moment est venu d'affronter tes démons. »

Lavender s'était tue, mais elle aurait voulu leur dire ce qu'elle avait appris à ce sujet : il n'y avait pas de démons, seulement des parts mutilées d'elle-même qu'elle avait dissimulées dans l'ombre.

•

Lavender avait découvert Gentle Valley vingt-trois ans plus tôt.

Elle était dans un car qui remontait la côte quand le panneau sur le bas-côté de la route avait attiré son regard : des mots peints au doigt, ornés de fleurs multicolores – une présentation à la fois naïve et chaleureuse. Il y avait quelque chose de typiquement féminin dans cette écriture cursive en rouge et en jaune, une sorte d'élan vital. Alors Lavender s'était levée pour aller demander au chauffeur de s'arrêter.

Elle avait vécu à San Diego de 1977 à 1979. Il y avait eu des chambres de motel baignées d'une lumière verdâtre, des campements sous des ponts autoroutiers et des hommes dont le sourire dévoilait les dents pourries, qui faisaient du stop pour aller dans le désert. Elle avait travaillé un moment dans un night-club près de l'autoroute, où elle se pavanait langoureusement sur une estrade en bikini doré et glanait les billets de un dollar tendus par des chauffeurs routiers qui lui disaient qu'elle ressemblait à Patty Hearst. Elle cherchait toujours Julie, sur chaque route, au détour de chaque virage. Parfois, elle croyait la reconnaître, quand elle apercevait au loin une femme qui riait derrière la vitre d'un bar ou entrevoyait l'image fugace d'une longue chevelure dans un pick-up qui passait en trombe. Elle n'avait jamais retrouvé son amie, mais sa quête lui avait permis d'aller de l'avant durant toutes ces années, avec une confiance dont elle était la première surprise : le monde lui semblait plus supportable en sachant que Julie y avait survécu la première.

Il y avait eu des hommes. Des hommes tatoués, des hommes à queue-de-cheval, des hommes au regard mort tout juste revenus du Viêtnam. Et, plus surprenant pour elle, il y avait eu également des femmes. En particulier une autre danseuse du club, aux doigts si doux lorsqu'ils se glissaient sous sa jupe. Elle avait passé quelques mois grisants avec cette fille, une étudiante en arts plastiques qui se produisait sur scène pour subvenir aux besoins de sa mère malade, aimait Led Zeppelin et avait mis des plantes vertes partout dans son appartement.

« Alors, c'est quoi ton histoire ? » avait-elle demandé un matin au lit, en caressant de son pouce la hanche nue de Lavender. Celle-ci savait que sa compagne attendait une réponse du genre : lesbienne, bisexuelle, ni l'une ni l'autre ou peut-être les deux. Mais elle s'était bornée à hausser les épaules. La plupart du temps, elle n'avait même pas l'impression d'être quelqu'un.

C'était son amante qui lui avait parlé des communautés. « Suis la route le long de la côte, et tu les trouveras. » La région grouillait de lieux de retraite comme Gentle Valley, dont les membres vivaient en autarcie – autant de havres qui promettaient le salut et la solidarité. Si Lavender n'était pas tombée sur l'une de celles qui avaient vite tourné au grand n'importe quoi ou à la secte, c'était uniquement par chance. Durant les vingt années écoulées, presque toutes les autres avaient implosé. Problèmes de leadership. D'ego masculin. Seul le hasard, un merveilleux hasard, avait voulu qu'elle s'arrête à Gentle Valley, une communauté de trente femmes à l'époque qui en comptait désormais soixante, fondée par deux psychologues, Juniper et Rose. Leur projet se réclamait vaguement de la deuxième vague féministe, prônant le démantèlement à petite échelle du patriarcat et de ses nombreuses déclinaisons, et mettait l'accent sur la thérapie comportementale pour traiter les traumatismes. Rose était morte depuis, mais Juniper organisait toujours des séances dans le bâtiment Sequoia. Les résidentes de Gentle Valley se nourrissaient uniquement de ce qu'elles cultivaient et tiraient leur subsistance des hamacs qu'elles tissaient à partir de matériaux naturels, puis vendaient à des magasins d'articles de bien-être dans tout le pays. Lavender adorait la devise de Gentle Valley, si inspirante : « Ouvre grand tes yeux et ton cœur ».

Il lui arrivait d'avoir la nostalgie des hommes. De leur côté bourru, indiscipliné. De temps à autre, Juniper en autorisait un – frère, fils ou mari – à séjourner dans la communauté, du moment qu'il était clair pour lui que les lieux appartenaient aux femmes. Durant ces périodes, l'atmosphère changeait, se chargeait de tension. Parfois, quand Lavender repensait à la question posée par la danseuse – « Alors, c'est quoi ton histoire ? » –, elle n'en appréciait que davantage son existence à Gentle Valley, où ça ne comptait pas.

Ce jour-là, vingt-trois ans auparavant, elle était descendue du car et s'était engagée sur la piste de gravier qui s'enfonçait dans la vallée. Quand elle avait vu pour la première fois le bâtiment Sequoia, sorte de monument brillant avec ses panneaux solaires sur le toit, elle s'était sentie submergée de lassitude mais aussi impressionnée par la perfection naturelle de l'endroit. Par les arbres gigantesques, pareils à des soldats montant la garde. Par l'odeur de l'herbe et des fleurs sauvages. Elle tenait d'une main le petit sac de toile contenant ses affaires et l'autre était plaquée sur son ventre. Son corps n'avait jamais recouvré sa forme initiale, et sa peau ridée, plissée, était un rappel permanent de ce qu'elle avait traversé. De ce qu'elle avait laissé derrière elle. Elle agrippait un pli de chair, la preuve d'une vie passée, en marchant dans la poussière.

•

Lavender boucla la ceinture de sécurité sur le siège avant du combi. Ses compagnes de thérapie étaient alignées au bord du chemin. Elles s'avancèrent à tour de rôle pour chuchoter des vers par les vitres ouvertes : Lemon avait choisi un poème de Rilke, Brooke récita du Yeats et Pony les paroles d'une chanson de Joni Mitchell. Confrontée à la perspective de retrouver le monde extérieur, Lavender les regarda d'un autre œil, en se disant qu'elles avaient une allure bien étrange, avec les vêtements qu'elles avaient confectionnés elles-mêmes et leur coupe en brosse identique révélant leur cuir chevelu (Juniper les encourageait à se dépouiller de leur féminité). Lorsque vint le tour de Sunshine, elle lui saisit la main pour lui placer une statuette dans la paume : le bouddha porte-bonheur qu'elle conservait sur sa table de chevet.

La journée était ensoleillée, l'air vif, le ciel dégagé. Un automne californien parfait. Alors que Harmony engageait le combi sur la longue piste de terre battue, Lavender examina la figurine de jade entre ses doigts. Elle lui parut petite, disgracieuse, mièvre. Elle la glissa dans la poche de son chemisier, avant de prendre une inspiration tremblante en suivant du doigt le bord de la chemise cartonnée posée sur ses genoux.

Elle n'avait pas besoin de l'ouvrir, sa seule présence la réconfortait dans l'air étouffant du véhicule. Cette chemise contenait des rapports qu'elle connaissait par cœur, des numéros de téléphone qu'elle avait recopiés machinalement, des tirages d'e-mails qu'elle avait étudiés dans le bureau du bâtiment Sequoia – tout un processus qui culminait à présent en une prise de conscience nauséeuse alors qu'elle tripotait le dossier.

Elle avait perdu le contrôle de la situation. Ce n'était pas ce qu'elle avait voulu. Elle avait laissé la gentillesse de ses compagnes l'emporter sur tout le reste, et à présent elle fonçait droit vers son cauchemar.

Restait ce nom. Quand elle l'avait entendu pour la première fois, elle avait compris qu'elle ne l'oublierait jamais.

Ellis Harrison.

•

« Quelle est la pire chose qui pourrait arriver ? avait demandé Harmony quand elle avait tenté de la convaincre d'engager un détective privé. Qu'est-ce que tu redoutes le plus ? »

Lavender aimait imaginer que ses enfants étaient heureux. Qu'ils avaient trouvé leur voie, qu'ils étaient bons et satisfaits de leur sort. Elle n'allait pas plus loin. Voilà pourquoi elle s'était plongée avec tant de détermination dans l'isolement de Gentle Valley : là, elle n'avait pas besoin de se poser de questions. Elle n'avait pas besoin de s'interroger sur les conséquences d'un choix qu'elle avait fait lorsqu'elle était quelqu'un d'autre, encore presque une enfant. Ni de réfléchir au nombre infini de réalités qu'elles avaient pu produire.

•

Le détective privé avait d'abord retrouvé P'tit Packer.

Une mission facile, grâce aux archives. Il avait été adopté en 1977, après quelques jours seulement passés à l'hôpital. À deux mois, il souffrait de malnutrition.

Quand Lavender fermait les yeux, elle le revoyait couché sur le plancher de la ferme en ce dernier jour, agitant furieusement ses petits membres.

Cheryl et Denny Harrison avaient rempli les formulaires requis, toujours disponibles dans les archives de l'État. Ils avaient donné un vrai prénom à P'tit Packer : Ellis. D'après le détective, il avait été élevé à New York mais n'y habitait plus. Chaque fois que Lavender tentait de se représenter l'homme de vingt-quatre ans qu'était devenu le bébé chétif, elle avait l'impression que son cœur allait s'arrêter de battre.

« Et Ansel ? » avait-elle demandé, hésitante.

Il avait vingt-neuf ans. D'après le détective, il vivait dans une petite ville du Vermont, avait étudié la philosophie et travaillait désormais dans un magasin de meubles. En apprenant qu'il avait fait des études, Lavender s'était sentie rayonner de fierté. La fac. Bien sûr. C'était un petit garçon si vif à l'époque… Harmony lui avait imprimé l'adresse sur une feuille de papier pliée que Lavender avait délibérément laissée tomber dans l'interstice poussiéreux derrière sa commode.

Durant les semaines suivantes, les femmes avaient passé toutes leurs séances de thérapie à discuter des options qui s'offraient à elle. Harmony l'avait pressée d'écrire à Ansel ; après tout, n'était-elle pas toujours en train de rédiger des lettres dans sa tête ? Mais cette perspective lui paraissait impossible. La seule idée de revoir ses enfants la perturbait tellement que ses compagnes devaient souvent abréger les séances pour lui permettre d'aller s'allonger.

Ansel, surtout. Ansel, lui, se souviendrait.

En fin de compte, elles avaient opté pour un compromis : Lavender se mettrait d'abord en relation avec un intermédiaire afin d'en savoir plus sans pour autant risquer de se détruire complètement.

« Chère Lavender, avait écrit Cheryl Harrison, en réponse à la lettre sur laquelle Harmony et elle avaient planché ensemble. Je suis heureuse que vous ayez décidé de prendre contact avec nous. J'inaugure une exposition de photos le mois prochain. Seriez-vous d'accord pour une rencontre à cette occasion ? Je ne sais pas ce que vous attendez, et je ne suis pas sûre de pouvoir vous aider, mais je serai ravie de parler avec vous. Si vous voulez venir à la galerie, mon assistante prendra les dispositions nécessaires. Chaleureusement, Cheryl. »

Quand le combi s'engagea sur l'autoroute, Lavender repensa à Johnny. Son fantôme était comme un petit diable qui chuchotait en permanence sur son épaule, même après toutes ces années. « Bon sang, Lav ! Quelle idée stupide ! »

Le détective avait noté l'information à la toute fin de son rapport, comme si ce n'était qu'un détail auquel il avait pensé après coup : Johnny était mort. Il n'était jamais retourné à la ferme, avait réussi à échapper aux services de protection de l'enfance et entamé un semblant de nouvelle vie dans une petite ville paumée à seulement une heure de route au sud. Quinze ans auparavant, alors qu'il conduisait ivre sur l'autoroute inter-États, il avait percuté un semi-remorque et péri dans l'explosion de sa voiture au moment de l'impact.

Chaque fois que Lavender songeait à lui, désormais, elle ne voyait que des flammes.

•

La ville apparut au loin. Harmony fredonnait une chanson qui passait à la radio alors que les gratte-ciel émergeaient du brouillard. Lavender serrait si fort le bouddha de Sunshine que sa forme s'était imprimée sur sa paume. Elle avait été tellement de personnes dans sa vie… Il lui semblait remarquable que la fille de la ferme ait pu acquérir une telle maturité. Elle avait appris à méditer. À faire le poirier. À préparer des tartes aux pommes pour soixante personnes. Elle s'était laissé envelopper comme dans un cocon par la chaleur de ses compagnes et le rythme des journées à Gentle Valley – les séances de thérapie, la poésie du soir, les après-midi dans le potager –, au point d'en avoir presque oublié la brutalité du monde extérieur. Elle avait cessé de lire le journal l'année précédente. Le 11 Septembre était trop douloureux, trop tragique. Alors que San Francisco se déployait devant elle sous un ciel plombé – un horizon miroitant, menaçant –, elle se sentit partir à la dérive, comme un corps en apesanteur tournoyant dans l'espace. Elle tenta de se raccrocher au souvenir de la fille qu'elle avait été à vingt et un ans, qui avait voyagé seule pendant des mois, les seins gorgés de lait, mais il lui semblait que cette personne-là appartenait à un tout autre univers. « Parfois, j'ai l'impression de muer, avait-elle dit un jour à Sunshine, la seule capable de la comprendre. D'être collée au sol, en train de chercher ma propre peau. »

Sunshine était arrivée enceinte à Gentle Valley, les mains couvertes de brûlures rouge vif et les lèvres scellées. Elle ne prononçait pas un mot. Lavender, qui vivait alors dans la communauté depuis près d'un an, avait reconnu quelque chose de viscéralement familier dans la façon dont Sunshine sursautait chaque fois qu'elle entendait un pas lourd.

Sa fille était née quelques mois plus tard. Lavender avait été désignée marraine sans qu'aucune parole soit échangée. Tandis que l'infirmière lui appliquait un gant de toilette humide sur le front, Sunshine, haletante, était restée muette comme toujours même lorsqu'il avait fallu trouver un prénom. Elle avait tendu le nourrisson à Lavender, qui avait ressenti un brusque élan d'amour, tellement intense et dévastateur qu'elle avait failli hurler. La plupart des résidentes de Gentle Valley s'étaient donné des noms de fleurs, d'arbres ou de couleurs. Mais c'était l'image d'une autre femme qui lui avait traversé l'esprit alors qu'elle regardait le nouveau-né rouge et fripé : celle à qui elle devait son salut. Qui lui avait permis d'être là, avec ce petit être dont le cœur minuscule battait entre ses mains.

« Minnie », avait-elle dit en se remémorant l'employée de la station-service quelques années auparavant. Sunshine avait approuvé d'un hochement de tête. « On va l'appeler Minnie. »

En tant que marraine, Lavender avait mis un point d'honneur à être présente dans la vie de sa filleule. Le bébé avait grandi, était devenu une fillette aux genoux écorchés, puis une adolescente renfrognée qui refusait de se couper les cheveux, et enfin une jeune femme qui, un matin, avait mis toutes ses affaires dans un sac et quitté la vallée. Après son départ, Lavender et Sunshine avaient passé des jours à arpenter les chemins forestiers, frissonnant dans la fraîcheur de l'air, écrasant les feuilles mortes sous leurs bottes.

Sunshine avait alors compris que le temps était pareil à un couteau déjà dans la plaie, n'attendant que le moment d'être remué. Alors que le combi ralentissait aux abords d'un quartier animé, Lavender caressa la statuette dans sa main moite en imaginant sa compagne sur le siège arrière. Sunshine secouerait la tête, le regard exprimant une question sans jugement, une interrogation sincère : « Pourquoi n'es-tu pas allée les rechercher ? »

•

— Prête ? demanda Harmony.

Elles étaient arrêtées devant le café où Lavender avait rendez-vous avec Cheryl. La galerie était située de l'autre côté de la rue. Le vernissage n'aurait lieu qu'une heure plus tard, pourtant l'atmosphère semblait déjà animée aux alentours.

— Pas vraiment, répondit Lavender.

— Tout ira bien, affirma Harmony, mais d'une voix tremblante, incertaine. Je t'attendrai au Deena, un peu plus loin. Tu es forte, Lavender. Incroyablement forte.

Lavender sentit l'impatience la gagner. Elle n'avait que faire des platitudes de Harmony. Elle saisit son sac à dos, vérifia ses dents dans le rétroviseur et ouvrit la portière. Elle avait l'impression d'avoir les cheveux gras, et une sueur nerveuse, glacée, avait mouillé sa chemise. Le gilet qu'elle avait apporté n'était pas assez épais pour la protéger de la brise iodée qui s'insinuait entre les bâtiments bas de couleurs vives. Sans un mot de plus, elle descendit du van, le cœur battant sous l'effet de l'adrénaline.

La ville était un monstre. Et elle, elle s'apprêtait à se jeter dans sa gueule.

•

Le café était un endroit manifestement à la mode, fréquenté par une clientèle de moins de trente ans. Des plantes grasses ornaient tous les rebords de fenêtre. Lorsque Lavender commanda un thé vert, elle vit la serveuse la détailler : cheveux coupés à ras, boucles d'oreilles en perles, sabots maculés de terre. Après avoir cafouillé avec la monnaie, Lavender ajouta un généreux pourboire puis balaya la salle du regard. Quelques tables étaient occupées par des jeunes branchés qui lisaient des livres ou bavardaient tranquillement. Elle avait la gorge douloureuse, nouée par l'appréhension et les regrets. Il n'y avait qu'une autre femme d'un certain âge, assise à une table d'angle.

Cheryl Harrison.

Quand celle-ci se leva pour lui faire signe, Lavender se rendit compte qu'elle était très grande. Près d'un mètre quatre-vingts. Elle avait rassemblé ses cheveux châtains sous un foulard élégant, laissant voir ses oreilles ornées de délicates créoles, et elle portait une robe ample, en satin, manifestement choisie pour la circonstance. Ses yeux bruns veloutés survolèrent la silhouette de Lavender qui prenait place sur le siège en face d'elle. Elle avait commandé un café noir, et son rouge à lèvres avait laissé l'empreinte d'un baiser sur le bord du mug.

— Vous êtes Lavender, je suppose, commença-t-elle en guise d'introduction.

Elle se rassit sur sa chaise, le dos bien droit, aussi impériale et racée qu'un chat. Cheryl devait avoir dans les soixante, soixante-cinq ans, mais la fermeté de sa peau donnait à Lavender l'impression de flotter dans la sienne. Son sourire ne creusait aucune ride sur son visage, il accentuait juste légèrement ses pattes-d'oie. Ses sandales à talons hauts révélaient des ongles d'orteil vernis de rouge, semblables à des petites cerises. Lorsqu'elle saisit son mug, Lavender remarqua une trace de peinture jaune sur le renflement de sa paume.

— Félicitations, déclara-t-elle, mal à l'aise. Pour l'exposition, je veux dire.

— Oh, merci. C'est fantastique, n'est-ce pas ? Quand il était encore de ce monde, Denny, mon mari, m'a encouragée à me lancer dans la photo. Je regrette seulement de ne pas l'avoir fait plus tôt.

La serveuse apporta la commande de Lavender : un mug vide, accompagné d'une théière à la forme alambiquée. Il y avait une certaine dureté chez Cheryl, pensa-t-elle, mais ce n'était pas pour autant de la méchanceté. Une forme de sagesse, plutôt. Une confiance en soi qui l'intimidait. Un an plus tôt, cette femme avait certainement vécu le 11 Septembre. Et pourtant, elle ne laissait rien transparaître du traumatisme.

En cet instant, elle l'observait, les yeux plissés, d'un air appréciateur.

— Est-ce qu'on a déjà fait votre portrait ? demanda-t-elle.

— Hein ? Je… euh, non, bredouilla Lavender.

— Oh, eh bien… Votre visage. Il raconte tellement de choses…

Ne sachant trop comment interpréter cette remarque, Lavender demeura silencieuse. En face d'elle, Cheryl jugea sans doute préférable de ne pas insister, car elle changea de position et rassembla les plis de sa jupe sur ses cuisses. Lavender eut soudain une vision parfaitement nette de son appartement : plafonds hauts, fenêtres ornées de dorures, œuvres d'art partout sur les murs. Un décor lumineux où rien n'était laissé au hasard. Un canapé moderne. Une table en chêne retapée, des souvenirs rapportés de pays étrangers voisinant avec des éditions originales de recueils de poésie. Le genre d'existence aisée que Lavender imaginait parfois pour elle-même, dans les moments où elle se laissait aller à des rêveries où tout aurait été différent depuis le début.

— Alors..., reprit Cheryl. Vous souhaitiez me parler, n'est-ce pas ?

— En fait, je... j'aurais voulu savoir à quoi a ressemblé sa vie.

— Je suis heureuse que vous vous soyez adressée à moi et pas... pas à Ellis.

— Il est au courant ?

— Il a toujours su qu'il avait été adopté, oui, répondit Cheryl. Mais il ignore tout de notre rencontre aujourd'hui. Je préférais ne pas le perturber.

Lavender sentit une boule se former dans sa gorge, importune.

— Est-ce qu'il est heureux ? questionna-t-elle.

— Oh oui, affirma Cheryl.

Un authentique sourire.

— J'ai rarement vu quelqu'un d'aussi heureux, ajouta-t-elle.

— Il a grandi à New York ?

— Oui, mais il vit maintenant dans le nord de l'État, expliqua Cheryl. Nous avions l'habitude de louer un chalet dans les Adirondacks tous les étés, pour ne pas le couper de ses racines, et Ellis a toujours adoré les montagnes. Il s'est installé là-bas après son bac. Il avait été accepté à l'université de New York mais, Denny et moi, on voyait bien que ça ne lui correspondait pas. Il aspirait à autre chose, quelque chose que la ville ne pouvait pas lui offrir, différent de ce qu'on attendait de lui. Il a rencontré Rachel au mois de juin de cette même année, et en août on a appris qu'elle était enceinte. La vie a une manière bien à elle de nous le faire savoir quand on y trouve sa place, n'est-ce pas ? Bref, ils ont ouvert un restaurant peu après. Ellis fait une pâte au levain à se damner.

Lavender avait de plus en plus l'impression d'étouffer. Elle regrettait d'avoir laissé Harmony la convaincre d'accepter cette rencontre. C'était trop. Trop écrasant.

— Alors, vous… vous êtes grand-mère ? balbutia-t-elle.

Cheryl hocha la tête, puis se pencha, dégageant les effluves d'un parfum coûteux, raffiné, floral.

— J'ai une idée, dit-elle. Pourquoi ne viendriez-vous pas voir l'exposition ? Ce sera une visite privée. Le vernissage n'a lieu que dans une heure, mais tout est déjà installé.

La proposition fit à Lavender l'effet d'une main tendue. Elle suivit Cheryl hors du café, abandonnant sur la table le thé auquel elle n'avait pas touché.

L'air était devenu lourd et le ciel avait viré au gris orageux. La rue était animée, bruyante, et Lavender se sentit soulagée lorsqu'elles atteignirent la devanture de la galerie.

Celle-ci se présentait comme une simple petite salle blanche. Quatre murs, et pas grand-chose d'autre. Un SDF était recroquevillé sur les marches du perron, mais Cheryl l'enjamba sans hésiter et entraîna Lavender à l'intérieur. Dans un coin, deux jeunes femmes en chemisier boutonné jusqu'au cou disposaient des bouteilles de vin et des verres sur une table recouverte d'une nappe amidonnée.

— J'ai intitulé cette série « *Racines* », déclara Cheryl en indiquant le mur du fond, sur lequel s'alignaient des photos encadrées. Je cherchais à montrer que nous sommes en permanence en train de nous réinventer, de nous créer de nouveaux foyers pour accompagner nos diverses évolutions. La famille représentée ici est à la fois stable et en mutation constante. Je voulais explorer ce paradoxe.

Lavender s'approcha de l'image au centre.

Impossible de s'y tromper.

C'était P'tit Packer, devenu adulte.

Ellis Harrison ne ressemblait en rien au bébé dont elle avait gardé le souvenir. Et pour cause, se dit-elle, il était si jeune à l'époque… Un nourrisson. Mais la photo, éclatante de couleurs, le prouvait sans le moindre doute : c'était bien son fils. Ellis se tenait devant un mur lambrissé peint dans une nuance de bleu vif. Il regardait droit vers l'objectif et il y avait une trace noirâtre sur sa joue. Du charbon, peut-être, ou de la graisse de cuisine. Ses taches de rousseur formaient des motifs qu'elle reconnaissait, en particulier la constellation de la Grande Ourse sur son nez, miroir parfait de celle qui ornait le sien. Il avait aussi hérité de ses yeux aux paupières tombantes et aux cils si clairs qu'ils paraissaient presque transparents. Elle comprit alors pourquoi Cheryl l'avait observée avec tant d'attention et de curiosité : la ressemblance entre Ellis et elle était frappante. De Johnny, il tenait seulement la forme de sa mâchoire.

Lavender ne voulait pas pleurer, mais la charge d'émotion de cette journée était telle qu'elle menaçait de la submerger.

La photo suivante montrait une petite fille d'environ six ans. Elle tendait une main vers Ellis et, de l'autre, montrait quelque chose sur le trottoir. Un pissenlit.

— Elle s'appelle Blue, déclara Cheryl derrière elle.

— Blue…, répéta Lavender en se retournant.

Cheryl leva les yeux au ciel.

— Son vrai prénom est Beatrice, mais les habitants du coin l'ont surnommée ainsi. C'est une enfant précoce, pleine d'empathie. Le mois dernier, ses parents ont trouvé un serpent blessé dans une boîte sous son lit. Elle le soignait.

Elle étouffa un petit rire.

— Et là, c'est leur restaurant, ajouta-t-elle. Le Blue House.

Les photos suivantes étaient prises à l'intérieur de l'établissement. L'une d'elles montrait Blue juchée sur le plan de travail de la cuisine pendant qu'une jolie brune, près d'elle, émincait des oignons. Sur une autre, Ellis et la même femme – son épouse, à l'évidence – étaient occupés à accomplir différentes tâches devant le piano de cuisson professionnel. L'objectif avait capturé l'extrémité d'une spatule, un filet de vapeur, unc poubelle débordant de spathes de maïs. Il y avait un cliché de Blue en train de boire à la paille un soda dans un gobelet en plastique. Un autre où elle faisait le pitre, assise sur une banquette, deux frites coincées dans les narines pour imiter un morse. Devant la dernière image, Lavender se sentit suffoquer. On y voyait Ellis et sa femme, installés à un long comptoir en acajou, avec la petite Blue entre eux. Ayant apparemment oublié l'appareil photo, ils avaient chacun une joue appuyée sur la tête de la fillette et, en se concentrant, Lavender pouvait presque sentir l'odeur de ses cheveux. Celle d'une enfant, sucrée, un peu poisseuse.

— S'il vous plaît, murmura soudain Cheryl.

Le cœur de Lavender cognait comme un fou.

— S'il vous plaît, répéta Cheryl. Promettez-moi de ne pas aller les voir. Ellis sait qui il est, il a sa vie, son univers… Il a toujours été heureux sans vous.

Elle se tenait devant ses œuvres, les bras croisés, le visage reflétant un mélange de sentiments que Lavender identifia sans peine pour les avoir elle-même éprouvés bien des années auparavant, envers le même enfant : amour, instinct protecteur, désespoir et esprit de sacrifice.

— OK, dit-elle dans un souffle.

Elle se détourna des photos, incapable de les regarder plus longtemps. Elle ne pouvait plus retenir ses larmes à présent.

— Je… je ferais mieux d'y aller, balbutia-t-elle. Merci, Cheryl. Merci de m'avoir montré tout ça.

— Vous ne voulez pas rester pour le vernissage ?

— Non, je ne préfère pas.

Lavender se dirigea vers la sortie. Le ciel s'était encore assombri en cette fin d'après-midi, prenant une teinte violet foncé. Avant d'atteindre la porte, elle se retourna.

— Une dernière chose. Mon autre fils, Ansel… Est-ce qu'Ellis sait ce qu'il est devenu ?

— Non, répondit Cheryl d'une voix douce. Il ignore l'existence de son frère. Nous ne l'avons vu qu'une fois. C'était à l'hôpital, quand nous sommes allés chercher Ellis. L'assistante sociale des soins intensifs néonatals m'a emmenée au service pédiatrique. Il était dans une petite chambre, assis sur un pouf, en train de lire un livre. Je l'ai regardé à travers la vitre, il avait l'air d'aller bien. Il paraissait en bonne santé.

— Vous avez une idée de ce qu'il lui est arrivé après ?

— Non. On nous a posé la question, bien sûr. Mais nous ne pouvions pas l'adopter.

Lavender fut prise de court par sa propre réaction. De l'envie. Inattendue, comme une gifle. Cheryl paraissait tellement à l'aise dans sa magnifique robe, à l'intérieur de cette salle à l'atmosphère raffinée où s'activaient ses assistantes… Elle était gracieuse. Pleine d'assurance. Suffisamment sûre de sa vision du monde pour jouer avec ses couleurs, transformer les ombres en lumière et les vides en pleins. Elle lui avait manifesté de la gentillesse même si elle n'avait aucune raison de le faire. Dans une autre vie, songea Lavender, tout ça aurait pu constituer son propre monde : les couleurs, le réconfort, l'absence de doutes. Elle aurait été une bonne mère. Heureuse.

— Vous l'avez laissé là-bas, alors ? demanda-t-elle.

Elle fut la première surprise par la note de reproche dans sa voix.

Le regard de Cheryl s'adoucit encore, comme si elle avait perçu l'essence même de la femme en face d'elle.

— Oh, Lavender… Ansel ne pouvait pas être notre enfant. C'était le vôtre.

•

L'obscurité.

La galerie recracha Lavender dans la rue. Elle tituba, les jambes flageolantes, le corps engourdi par le choc, tandis que les souvenirs affluaient, occultant tout le reste. Elle marcha jusqu'au moment où les bâtiments autour d'elle lui parurent différents, où la pensée des photos de Cheryl se perdit dans le chaos ambiant.

Quand elle atteignit enfin le front de mer, elle avança jusqu'à la bordure du trottoir, où l'eau venait lécher le ciment. Elle était soulagée par le calme relatif des lieux. Si elle se bouchait les oreilles et levait les yeux vers l'étendue du ciel nocturne où ne brillait aucune étoile, elle pouvait presque se croire revenue à Gentle Valley. Chez elle. Elle chancela, consciente du cœur de la ville qui palpitait autour d'elle.

Les images du passé la submergeaient. L'étouffaient. Ce matelas jauni, crasseux, sur lequel elle avait serré ses garçons contre elle. Le sang séché sous ses ongles. Elle percevait l'odeur des cheveux bouclés d'Ansel, raidis par la saleté, sentait sous ses doigts la peau collante de ses petites mains après une journée dans la cour. Elle voyait le bébé, bien calé sur le lit, un filet de salive formant un arc entre son menton et sa poitrine.

Ses cellules. Son âme même.

Elle glissa la main dans la poche de sa tunique en chanvre. Elle en avait cousu une semblable à l'intérieur de tous ses vêtements, spécifiquement dans ce but : accueillir le médaillon. Le porte-bonheur qu'elle avait donné à son fils avant de l'en priver par mégarde. Dans la faible luminosité, il semblait usé, hanté. Elle ne savait pas exactement pourquoi elle le gardait toujours sur elle. Elle ne pouvait pas plus envisager de le porter à son cou que de le ranger quelque part.

Au fil des ans, elle avait appris à apprécier certaines choses. Les soirées passées à bavarder avec une amie. Le plaisir de se retrouver dans une fête, de boire du whiskey au clair de lune. Le sexe aussi, y compris pendant quelques années avec une femme prénommée Joy. Et même la sensation de ses membres qu'elle étirait au réveil. Mais c'était désormais évident pour elle, et sa mémoire confirmait cette certitude dévastatrice : rien n'était comparable à l'amour d'une mère pour son enfant. C'était biologique. Un élan primaire, vital, impossible à bannir. Il avait continué de vivre en elle durant tout ce temps. Dans la moelle de ses os.

Elle demeura un moment sur place tandis que la nuit devenait de plus en plus noire. Son voyage était terminé. Elle avait commis une terrible erreur. On pouvait ouvrir le passé comme une boîte, le contempler avec des étoiles plein les yeux, mais il ne fallait surtout pas y pénétrer, c'était trop dangereux.

La baie déployait à ses pieds sa surface veloutée. Tous les instants précieux capturés par Cheryl défilèrent dans sa tête comme les images d'un film. Un jour, elle le savait, elle regretterait d'avoir fait ce voyage ou le pousserait plus loin, mais, pour le moment, elle était toujours sous le coup de son caractère étrange, brutal. Il lui paraissait tellement cruel de créer un être puis de l'abandonner, et de n'avoir qu'une poignée de clichés comme aperçus de son évolution.

•

Lorsque Harmony remonta dans le van, Lavender ne chercha pas à dissimuler son abattement. « Ramène-moi à la maison », dit-elle. Sa compagne ne lui demanda rien, ne reparla même pas de rester une nuit sur place comme elles l'avaient prévu. Alors qu'elles attendaient dans la file de voitures à l'entrée du pont, Lavender eut l'impression que le silence dans l'habitacle se chargeait d'une accusation. La pulsation de la ville lui parvenait à travers la vitre, et une pensée affligeante lui traversa soudain l'esprit : si elle voyait passer ses fils sur le trottoir, elle ne les reconnaîtrait ni l'un ni l'autre. Elle s'interrogea sur Ansel. À vingt-neuf ans, était-il marié ? Aimait-il son travail ? Avait-il des enfants ? Existait-il une dimension dans laquelle il avait encore besoin d'elle ?

Pour la première fois, elle s'autorisa à se poser la question. Que se serait-il passé si. Si elle était retournée à la ferme. Si elle avait repris la direction du nord, au lieu de parcourir cinq mille kilomètres vers l'ouest, si elle avait retrouvé ses enfants sur le plancher de la ferme, si elle les avait serrés contre elle en leur promettant de ne jamais les quitter. Blue aurait-elle vu le jour ? Et à quoi ressemblerait le monde si elle-même avait choisi d'assurer le salut de ses fils plutôt que le sien ?

•

Cher Ansel,

J'espère que tu es sensible à l'odeur des arbres. Ils ont un langage, tu sais. Si un jour tu as l'impression d'être perdu, parle tout bas à l'écorce.

Cher Ansel,

J'espère que le monde s'est montré bon envers toi. Et que tu t'es montré bon envers lui.

Cher Ansel,

Mon amour. Mon cœur. Mon petit garçon.

Je…

•

Retour au foyer. À l'odeur familière des feuilles mortes écrasées sur le sol. Du chêne humide, des cendres dans la cuisinière à bois du bâtiment Sequoia. Lorsque Lavender poussa la porte de sa chambre, son regard se posa sur la courtepointe à motifs toujours pliée au pied du lit, douce et accueillante, telle qu'elle l'avait laissée.

Le lendemain matin, les femmes lurent des vers de poésie. Juniper avait commandé des exemplaires d'un recueil de Mary Oliver que Lavender aimait tout particulièrement, et avait placé la photocopie d'une poésie sur chaque assiette du petit déjeuner. Harmony paraissait penaude. Quand elle posa une main sur l'épaule de Lavender pour lui signifier qu'elle était exemptée de la corvée de vaisselle, ses doigts tremblaient, comme si elle pensait avoir commis une erreur. Mais ce n'était pas sa faute. Lavender ne pouvait pas lui reprocher d'avoir eu cette idée. Et, après tout, elle était entrée de son plein gré dans cette galerie.

Après le dîner, Sunshine et elle allèrent se promener dans la vallée. Elles s'imprégnèrent des dernières lueurs du jour, des faibles stridulations des insectes, du bruissement des oiseaux dans leurs nids. Quand tous les feux de camp furent éteints, qu'il n'y eut plus de lumière nulle part et que la vallée fut gagnée par le sommeil, Sunshine suivit Lavender dans sa chambre. Sans allumer, elles se glissèrent tout habillées entre les draps. Lavender se mit à trembler sous l'effet de tout le chagrin accumulé lorsque Sunshine se pressa contre son dos et l'enveloppa tendrement, lui apportant le réconfort de son corps. Dans une autre vie, elle se serait peut-être retournée pour laisser sa langue exprimer son désir. Mais dans celle-là, Sunshine était seulement une bonne amie qui savait ce dont elle-même avait besoin : une étreinte, une présence, peau contre peau, douce comme une berceuse.

Une fois Sunshine endormie, Lavender se leva. Dans l'obscurité de la pièce, elle tira la chaise placée devant le bureau sous la fenêtre, puis y cala ses hanches douloureuses. Au clair de lune, la feuille de papier vierge devant elle semblait luminescente. Entre ses doigts, le stylo évoquait une dague brillante.

Cher Ansel, pensa-t-elle en posant la pointe sur la page. Cette lettre, elle allait l'écrire, mais elle savait déjà qu'elle ne l'enverrait jamais – encore un « que se serait-il passé si » à ajouter à une infinité d'autres.

Cher Ansel. Raconte-moi. Montre-moi. Laisse-moi voir ce que tu es devenu.

4 HEURES

Penchez-vous, ordonne le gardien. Baissez votre pantalon.

L'odeur est différente dans la nouvelle prison. Elle sent le mortier qui scelle les vieilles briques, le béton mouillé et la vapeur qui s'élève du bâtiment voisin, l'usine où les prisonniers de droit commun fabriquent des matelas bosselés pour les dortoirs des étudiants.

Baissez votre pantalon, répète l'homme.

Un coin de la feuille pliée, glissée sous la taille élastique, appuie contre ta hanche. La lettre de Blue. Tu tentes de la dissimuler dans ta main en tripotant ta ceinture, mais le papier blanc attire inévitablement l'attention. Les gardiens réagissent au quart de tour : en quelques secondes, tu te retrouves plaqué au sol, la joue pressée contre le ciment sale, le souffle coupé, le pantalon entortillé autour de tes pieds. Les hommes ricanent en dépliant la feuille, railleurs.

Qu'est-ce qu'on a là ?

Cher Ansel, commence l'un d'eux en adoptant une voix haut perchée pour imiter une femme. Ma réponse est oui. Je serai là, comme témoin. Je ne veux pas…

Tu batailles pour te relever puis, malgré la douleur qui fuse dans tes côtes, tu te contorsionnes docilement afin d'enlever ton caleçon. Ton pénis se recroqueville au milieu de tes poils, petit, fragile, vulnérable. L'un des gardiens examine ton rectum sous l'œil narquois de son collègue, qui lit toujours les phrases de Blue d'un ton moqueur.

Je ne veux pas te voir et je ne veux pas te parler…

Arrêtez, dis-tu. S'il vous plaît.

Il fait un geste, comme s'il avait l'intention de te rendre la lettre. Toujours nu, et à présent accroupi devant lui, tu tends la main. Il sourit, brandit la feuille en la tenant par un angle. Lentement, il la déchire en deux. Puis encore en deux, et encore, jusqu'à réduire les longues bandelettes blanches en confettis. Tu as l'impression que quelque chose en toi se désagrège en même temps que les mots, pourtant tu restes dans la même position. Tes genoux tremblent tandis que les fragments de l'écriture de Blue tourbillonnent gracieusement jusqu'au sol, pareils à des flocons de neige.

•

Les gardiens t'entraînent sans ménagement dans le couloir.

Non, je vous en prie…

Tu n'avais pas imaginé les supplier. Ils ne font que te tirer plus fort – un avertissement : Ne résistez pas. Tes jambes, ralenties par ton hésitation paniquée, peinent à se mouvoir, mais les hommes t'obligent à avancer quand même, ignorant la réticence de tes talons à se poser sur le sol.

En ce moment même, tu devrais atteindre la rivière. Entendre le grondement du courant sur les pierres lisses. Plonger un pied dans l'eau – un frisson –, puis l'autre. Tu imagines la sensation du froid glacial sur tes chevilles, comme un coup de fouet vivifiant.

L'onde de choc te rattrape et t'engloutit avant de refluer, te laissant en plein désarroi. Jusque-là, tu ne t'étais pas rendu compte à quel point tu y avais cru. Tu étais persuadé que tu réussirais à t'échapper, ou du moins que tu mourrais en essayant. Tu y as cru pendant si longtemps que la réalité te paraît à présent ridicule. Impossible.

Il n'y a pas de ciel. Pas d'herbe. Pas d'issue.

•

Tu es une empreinte digitale.

Celle d'un pouce appuyé sur un lecteur électronique. Aucun doute possible, c'est bien toi qui, du dos de la main, frottes tes yeux irrités par la poussière. C'est toi qu'on tire par la chaîne de tes menottes, toi qui portes une nouvelle tenue, blanche celle-là, dégageant inexplicablement une odeur de viande. C'est toi qui franchis à présent le seuil de cet endroit appelé la « Maison de la Mort ».

La cellule est petite. Dans le Quartier 12, les descriptions de ce lieu variaient, selon la perspective de celui qui en était revenu. En approchant de la porte, tu repères immédiatement la différence : celle de ton ancienne cellule à Polunsky, en acier, comportait une ouverture et une vitre. Ici, dans l'Unité Walls, il y a des barreaux.

Il aurait été facile d'établir un contact physique avec Shawna à travers ces barreaux. Mais elle ne travaille pas à la Maison de la Mort. Elle est toujours à Polunsky, où elle doit sûrement être en train d'escorter Jackson jusqu'à la douche, la chair de ses bras mous ballottant au rythme de sa démarche traînante dans le couloir gris. Tu te remémores son expression coupable et hébétée quand tu es sorti du Quartier 12 pour la dernière fois, sa façon de se tenir tandis qu'elle te regardait, impuissante, sachant qu'elle t'avait menti.

Il n'y avait pas d'arme. Il n'y en a jamais eu.

Que de temps perdu ! Tous ces moments volés, ces messages d'amour mièvres, ces frôlements – ils n'ont servi à rien. Shawna elle-même n'est rien, avec ses hanches larges, sa bouche cernée de plaques purulentes, ses balbutiements échappés de ses lèvres gercées. Shawna est faible. C'est bien une femme. Son avenir sera vide sans toi : elle continuera de faire ses rondes matinales, d'avaler la lavasse tenant lieu de café dont elle remplit sa vieille Thermos abîmée, de servir des repas à d'autres êtres malfaisants, et elle finira par oublier ces semaines durant lesquelles sa vie a failli prendre un sens, s'intégrer dans un dessein plus vaste. Pour un peu, tu la plaindrais.

Mais soudain, tu aperçois la pièce.

Juste une fraction de seconde avant que les gardiens te poussent dans la cellule. Cinq mètres plus loin dans le couloir, sur la droite, une porte est ouverte. Tu n'as que le temps d'apercevoir une petite partie de cet entre-deux. Une vision fugitive, de celles qui nourrissent l'imaginaire. La salle d'exécution. Ce bref coup d'œil te révèle les murs d'un vert menthe agressif. La vitre à demi masquée par un rideau. Les deux roues arrière du brancard.

Tu titubes au moment d'entrer dans la cellule tant tu regrettes d'avoir regardé. Cette pièce est comme le paradis, ou l'enfer, ou encore l'instant de la mort elle-même : un endroit qu'on ne devrait pas voir avant d'entendre l'appel de son nom.

•

Trois heures et cinquante-quatre minutes.

Le monde a dévié de son axe, tout est parti de travers. Assis au bord d'un autre lit, les mains fermement appuyées sur le matelas, tu tentes de comprendre comment tu es arrivé là.

Tu as eu des mois – des années, même – pour réfléchir à ce dénouement. Pourtant, durant tout ce temps, tu n'as jamais pensé que tu verrais peut-être réellement la Maison de la Mort. L'avenir finissait toujours par se distordre, par prendre une forme malléable et indiscernable. C'était un mystère impénétrable. Tu n'as pas une seule fois imaginé qu'il pourrait aboutir à une telle situation. Elle te semble trop étriquée, trop désespérée pour quelqu'un comme toi.

Tu te souviens de ce détenu à l'époque où tu étais à Polunsky, celui qui s'était arraché un œil et l'avait mangé. Tu identifies en toi une obscure pulsion semblable à ce qu'il a dû ressentir, un désir dont tu t'expliques mieux le sens cruel aujourd'hui. Le désespoir est voulu par le système, c'est le résultat d'un processus délibéré. C'est pour ça qu'on t'a fait attendre des années, puis des mois, et maintenant des heures et des minutes – qu'on a transformé ta vie entière en compte à rebours. C'est ça, le but : l'attente, la certitude de la fin, le refus de mourir.

•

Comment tu fais pour supporter ce boulot ?

Tu lui avais un jour posé la question pendant sa ronde de midi. Shawna paraissait fatiguée, des poches violacées avaient gonflé sous ses yeux. Nounours avait été emmené à l'Unité Walls dans la matinée. Il sanglotait quand les gardiens l'avaient escorté jusqu'au fourgon, il était secoué de spasmes, dévasté – cent dix kilos de désespoir absolu. Nounours, un Noir à la voix chantante qui évoquait Dieu. S'il y avait bien un prisonnier qui, pour toi, ne méritait pas de finir à la Maison de la Mort, c'était lui. Vingt ans plus tôt, il regardait la télé dans son salon lorsque des policiers avaient défoncé sa porte, munis d'un mandat à l'encontre de l'homme qui vivait à l'étage du dessus. Mais Nounours cachait une arme de poing sous les coussins du canapé. La pièce était sombre.

Ce jour-là, en signe de deuil, le silence régnait parmi les détenus dans le couloir. Le seul son était celui de tes murmures furieux à l'adresse de Shawna, qui enroulait nerveusement ses cheveux autour de ses doigts comme si elle cherchait un semblant de réconfort.

Comment tu fais pour te lever le matin ? avais-tu demandé, incapable de refréner la colère dans ta voix. Comment tu fais pour sortir de ton lit en sachant que tu bosses dans un tel système ?

Mon père a travaillé ici, avait-elle dit en haussant les épaules. Mon frère aussi.

Et tu ne penses jamais à ton rôle dans tout ça ? À quoi tu participes ?

Pas vraiment, avait-elle répondu, l'air indifférent.

Tu aurais voulu lui dire qu'elle était un engrenage dans une machine lamentable, que les prisons étaient aussi des entreprises cherchant à optimiser le profit, qui s'enrichissaient sur un tas de cadavres comme celui de Nounours. Tu regardais les informations. Tu lisais le journal. Ce n'était pas ton problème, en attendant il ne s'agissait pas d'un hasard pour toi si vous n'étiez que trois détenus blancs dans le Module A. Mais ça ne t'aurait pas dérangé plus que ça si tu n'avais pas été toi aussi pris dans cette même mécanique démente.

Tu avais dû résister à l'envie de pousser Shawna dans ses retranchements. Le jeu n'en valait pas la chandelle et tu avais trop besoin d'elle. Du dos de la main, elle avait essuyé la sueur sur son front, et vous aviez tous les deux écouté le silence dans le couloir ce jour-là, celui d'une poignée d'hommes dévastés par une réalité encore plus méprisable qu'eux.

•

Le nouveau directeur apparaît. Coupe en brosse, mâchoire carrée. Un regard qui te donne l'impression d'être un ver de terre écrabouillé sous la semelle de sa chaussure.

Avez-vous bien compris le déroulement de cette journée ?

Oui.

J'ai ici une copie des différents formulaires vous concernant, ainsi que l'inventaire de vos effets personnels et votre dossier médical. Avez-vous des questions ?

Non.

Il fait glisser les documents sous les barreaux. Tu ne peux pas parler. L'écho glaçant de sa première interrogation résonne toujours dans ta tête.

Savez-vous qui vous êtes ? demande-t-il.

Oui.

Savez-vous pourquoi vous êtes ici ?

Tu n'as pas d'autre choix que de répondre oui.

•

Dans un autre parloir.

Tina porte la même tenue que ce matin, qui te semble remonter à une éternité. En t'asseyant derrière la vitre, tu te rappelles tes certitudes, et même ta suffisance, lors de ce premier entretien de la journée, et tu prends la réalité en pleine figure. Impossible. Tu ne peux pas le croire.

Bonjour, Ansel, dit-elle dans le combiné. J'ai bien peur de ne pas avoir de bonnes nouvelles à vous annoncer.

Tu devines ce qui va suivre. Tu crispes la mâchoire jusqu'à en avoir mal aux dents. Tu n'as pas vraiment pensé à cette procédure. Après tout, tu n'étais pas censé en avoir besoin.

L'appel, précise-t-elle. La cour a décidé de ne pas le prendre en compte.

Comment ça ? Ils ne peuvent tout de même pas l'ignorer.

Si, ils en ont la possibilité. C'est déjà arrivé.

Mais vous ne leur avez pas dit ? Vous ne leur avez pas expliqué que j'étais… ?

Tu ne peux pas prononcer le mot. Innocent. Tina sait à quoi s'en tenir.

Vous ne leur avez pas dit que je ne voulais pas mourir ?

À peine la phrase a-t-elle jailli de tes lèvres que tu la regrettes. Elle te semble puérile, trop désespérée.

Nous avons déposé le recours, réplique Tina, éludant la question. Je suis désolée. Nous avons fait tout notre possible.

Tu la détestes pour ce mensonge. Cette femme élégante qui fait cliqueter sur la table ses ongles vernis – ils ressemblent à des petits bonbons – et pointe sa langue entre ses dents bien blanches. Une pensée s'impose alors à toi avec la force d'une révélation : Tina pense que tu mérites ce châtiment.

Je suis navrée, dit-elle. Je…

Tu ne la laisses pas finir. Tu soupèses le téléphone dans ta main, ramènes ton bras en arrière et le jettes contre la vitre, qui ne se brise pas. Le combiné rebondit contre le verre avec un claquement sonore, insatisfaisant. Tina ne bouge pas, ne tressaille même pas.

Les gardiens accourent, comme tu t'y attendais. Tu as beau ne leur opposer aucune résistance, ils te malmènent, te tirent les bras en arrière si fort que tu auras mal aux épaules demain. Demain… La dernière image que tu emportes de Tina, c'est celle de sa tête baissée – en signe de recueillement, de dédain ou d'indifférence, tu ne saurais le dire.

•

Une violente poussée, et tu es de retour dans ta cellule. La porte claque derrière toi. Tu t'allonges sur le lit bosselé, poses l'avant-bras sur tes yeux. Tu essaies de penser à Blue ; en général, c'est un réconfort. Mais ça ne fonctionne pas, sans doute à cause de cette pièce, nouvelle et inconnue. Quand tu te représentes Blue aujourd'hui, tu lis dans ses yeux la question familière.

Qu'est-ce qui s'est passé avec Jenny ? t'avait-elle demandé.

Tu entamais ta deuxième semaine au Blue House. C'était une belle journée, ensoleillée, humide et parfumée. Tu avais passé toute la matinée dans le jardin, à scier du bois, et un filet de sueur dégoulinait dans ton dos.

Ça ne marchait pas entre nous, c'est tout.

Pourquoi ? avait-elle insisté.

Elle te dévisageait d'un air interrogateur, une canette de Coca à la main.

Vivre en couple, ce n'est pas simple.

Tu l'aimes toujours ?

Tu t'étais essuyé le front avec ta manche en réfléchissant. Alors que Blue, innocente et perplexe, attendait ta réponse, tu avais soudain éprouvé un élan de tendresse. Pour elle, pour cet endroit. Pour la brise qui caressait ta peau salée.

Bien sûr que je l'aime toujours, avais-tu affirmé. Mais la meilleure partie de l'histoire ne se situe pas à la fin.

Tu avais alors décidé de tout reprendre depuis le début.

•

Tu avais vu Jenny pour la première fois par une belle soirée d'octobre.

Tu avais dix-sept ans, et tu venais de commencer le premier semestre à la Northern Vermont University. Ce jour-là, tu te tenais dans la cour intérieure et, comme d'habitude, tu ne savais pas trop quoi faire de ton corps. Tu avais décroché une bourse d'études. Le proviseur de ton lycée en avait pleuré quand il avait appris la nouvelle. Les autres jeunes ne t'avaient jamais beaucoup aimé, mais tu entretenais de bonnes relations avec les enseignants, les conseillers d'orientation, les assistantes sociales. Tu t'arrangeais toujours pour qu'ils se sentent utiles.

Tu avais adopté la même attitude avec les profs de la fac. Tu étais discret, travailleur, charmant quand il le fallait. Tu t'immergeais dans les cours et tu étudiais tard le soir, ignorant ton colocataire baraqué quand il rentrait ivre mort pour vomir. Tu évitais les filles de ta résidence et les autres étudiants à la cafétéria. Tu avais acheté au drugstore une paire de lunettes dont tu n'avais pas besoin. Tu t'étais ensuite examiné dans le miroir de la salle de bains en essayant de faire apparaître quelqu'un de nouveau.

Le reste de cet été abominable s'était écoulé comme dans un brouillard. Le bébé hurlait constamment dans ta tête, créant un bruit de fond permanent tandis que tu servais des glaces en écoutant la radio près de la caisse. Il n'y avait toujours aucune piste dans l'affaire des disparues. Dans les premiers temps, tu les emmenais partout avec toi : elles vivaient et mouraient dans ta mémoire quand tu faisais la queue à la cafétéria ou quand tu levais la main en cours de philosophie. Elles vivaient et mouraient dans l'ombre des arbres lorsque tu rentrais de la bibliothèque en pleine nuit. Tu te demandais si les autres s'en rendaient compte, si la présence de ces filles était visible sur toi ou si tu les conservais enfouies en toi, comme n'importe quel secret.

Tout avait changé quand tu avais posé les yeux sur elle.

Elle était assise sur la pelouse dans la cour intérieure baignée par la lumière dorée de cette fin d'automne. Elle portait un pantalon en nylon et de hautes chaussettes blanches. Ses copines l'avaient acclamée quand elle avait fait le pont, les mains fermement plantées dans l'herbe, le ventre levé vers le ciel. Tu l'avais regardée de loin. La courbe gracieuse de son corps ressemblait à un monument élevé à quelque chose de sacré.

À cet instant, tu t'étais fait une promesse. Désormais, tu serais quelqu'un de normal. Quelqu'un de bien. Tu rassemblerais tous tes souvenirs de cet été-là et tu les ensevelirais au plus profond de ce corps que tu ne contrôlais pas. L'image de son dos cambré te permettrait de faire disparaître ces filles, de les effacer. Tu t'offrirais tout entier à son sourire entendu, taquin, et à ses grands yeux de biche. Tu la laisserais voir en toi.

Ton cahier sous le bras, tu avais fait un premier pas vers elle. Tu la sentais investie d'un immense pouvoir : pas celui de t'inspirer un coup de foudre, mais la capacité de chasser les fantômes.

Ce serait elle. La dernière fille. La seule.

HAZEL

2011

La nuit précédant le grand changement, Hazel fut réveillée par la sensation d'avoir la poitrine comprimée. La douleur était intolérable, il lui semblait qu'un poing lui broyait le cœur. Elle se redressa dans son lit en étouffant un cri. En cette nuit de septembre, l'air conservait la chaleur humide de l'été, et elle haleta dans la chambre, les mains plaquées sur son buste, alors que la crise commençait à s'apaiser.

— Hazel ?

La tête sur l'oreiller, Luis cilla. La pièce n'était éclairée que par les voyants du babyphone qui grésillait sur la table de chevet. L'haleine de Luis empestait le dentifrice aigre et le poulet à l'ail qu'elle avait préparé pour le dîner. Aucun bruit ne leur parvenait du dehors, leur impasse était tranquille. Hazel s'était habituée à ce silence prodigieux, mais en des nuits comme celle-là, il prenait un caractère particulier. Comme s'il se moquait d'elle.

— Ce n'est rien, répondit-elle. Rendors-toi.

L'étau s'était déjà relâché. Sans laisser la moindre trace, pas même un dernier spasme. C'était une douleur qu'elle aurait pu imaginer, l'ultime manifestation d'un rêve juste avant qu'il s'évanouisse.

•

Hazel n'entendit pas son téléphone vibrer sur le plan de travail à la cuisine.

Alma, qui venait de rentrer de l'arrêt où le car scolaire l'avait déposée, chantonnait en délaçant ses chaussures, mais sa voix était étouffée par les cris de Mattie qui faisait un caprice dans sa chaise haute. Hazel s'accroupit pour essuyer avec du papier absorbant une flaque de compote de pommes sur le sol.

— Mattie, supplia-t-elle. S'il te plaît, mon cœur, mange ton goûter.

En réponse, le garçonnet hurla de plus belle, expédia sur le parquet une poignée de Cheerios imbibés de salive et abattit ses petits poings potelés sur le plateau en plastique. Alma ramassa quelques céréales humides qu'elle fourra dans sa bouche en souriant, sans cesser de fredonner la chansonnette censée l'aider à s'adapter au CP. Celle-ci était si entraînante que Hazel avait entendu Luis l'entonner le matin même pendant qu'il étalait de la mousse à raser sur sa mâchoire : « Nous aimons apprendre, nous aimons jouer, toute la journée, nous sommes les joyeux écoliers de Parkwood Day ! »

— Mamannnn, dit Alma d'une voix plaintive. Ton téléphone.

Hazel tendit l'oreille, essayant de percevoir le son derrière les braillements de Mattie. Quand elle finit par mettre la main sur son portable, posé côté écran dans une petite flaque d'eau près de la cuisinière, il vibrait toujours. « Jenny », lut-elle avant de décrocher.

— Salut.

Elle coinça le mobile entre son oreille et son épaule tout en soulevant Mattie par les aisselles. Satisfait de se retrouver par terre, il ramassa aussitôt une des chaussures abandonnées par Alma et approcha la semelle crasseuse de sa bouche baveuse.

— … le poste, disait Jenny.

— Hein ? Je ne t'entends pas…

— J'ai eu le poste, répéta sa sœur. Et j'ai sauté le pas, Hazel. J'ai quitté Ansel. Mais ça s'est mal passé, vraiment mal. Je n'ai pas eu le temps de faire ce qu'on avait prévu, toi et moi. Il a lu mon e-mail et il m'a réveillée tard dans la nuit. Je suis partie. J'ai pris une chambre d'hôtel, mais je n'ai rien emporté. Tu peux venir ?

Jenny sanglotait à l'autre bout de la ligne, tandis qu'une sirène distante hurlait en arrière-fond. Hazel baissa les yeux vers Alma, bien trop perspicace pour son âge, dont le petit visage de renard exprimait l'inquiétude. Elle glissa les doigts dans la chevelure soyeuse de la fillette et regarda par la fenêtre. Tout était tranquille dans le voisinage, comme d'habitude, sous un ciel dégagé d'un bleu automnal. Ce calme lui parut injuste, comme s'il la narguait.

Ce fut seulement après avoir élaboré un plan d'action avec sa sœur puis raccroché qu'elle se souvint de son réveil en pleine nuit. De la sensation de ce poing fantôme dans sa poitrine. À trente-neuf ans, elle venait de faire l'expérience de son premier Appel.

•

Personne n'aurait pu dire à Hazel qu'il n'y avait rien dans sa vie.

Il y avait des poupées Barbie, des livres cartonnés, du lait en poudre, des goûters d'enfants, des colliers de pâtes. Il y avait du riz au lait écrasé sur la moquette et du sucre sur ses mains dès les premières heures de la matinée. Il y avait aussi les caprices des enfants : un dans le rayon shampooings du supermarché, un autre dans le restaurant italien en ville, un autre encore pendant la fête d'anniversaire de mariage de ses parents. Dans les rares moments où elle trouvait le temps de réfléchir, elle tentait de se persuader qu'elle se délectait de l'agitation et du chaos inhérents à ce monde qu'elle s'était évertuée à créer avec tant de détermination.

Alors, lorsque sa sœur lui eut annoncé la nouvelle, Hazel s'assit à la table de la cuisine, le dos rond, tremblante, secouée. En un éclair, elle était redevenue la jeune fille qu'elle avait été : elle avait de nouveau dix-huit ans, et Jenny était comme le soleil le plus éclatant, le son le plus pur. Le refrain de ses années d'adolescence resurgissait soudain : « Réjouis-toi pour elle. » Mais dans sa tête, la phrase prenait une résonance plaintive et les mots étaient creux.

Quand Alma tendit la main vers elle, elle arborait l'air préoccupé d'une psychiatre en herbe. Elle caressa tendrement les cheveux de sa mère, la main couverte d'autocollants Winnie l'Ourson à moitié décollés.

•

Le changement s'était opéré lentement, de façon presque imperceptible. Pour Hazel, tout avait commencé le jour du mariage de Jenny.

Leurs parents avaient loué un chapiteau sur un terrain de golf offrant une vue partielle sur le lac Champlain. Il n'y avait qu'une trentaine d'invités, surtout des tantes, des cousins et les copines de lycée de Jenny. Hazel fréquentait alors Luis depuis seulement quelques mois, et elle craignait que leur amour, tout nouveau tout beau, ne soit ébranlé par la solennité d'un tel événement. Elle avait par conséquent décidé de ne pas l'inviter. Mais, alors qu'elle arrangeait le chignon de sa sœur, elle se languissait de lui. C'était le genre d'homme qui ne supportait ni les films tristes ni les films d'horreur. Le dimanche soir, il cuisinait les *tamales* dont sa mère lui avait donné la recette, en pétrissant lui-même la pâte.

C'était aussi la seule personne à qui Hazel avait confié le secret de Jenny.

Ansel n'avait pas décroché son diplôme à la fac. À la fin du dernier semestre, il ne s'était présenté à aucun de ses examens. Jenny avait parlé d'une bourse d'études qu'il n'avait pas obtenue, d'un professeur qui avait écrit une mauvaise lettre de recommandation. « Il est trop intelligent pour eux », avait-elle dit à sa sœur, qui avait entendu la voix d'Ansel derrière ces mots. Jenny avait menti à la cérémonie de remise des diplômes : pour justifier l'absence d'Ansel, qui boudait dans sa chambre, elle avait raconté à leurs parents que le département de philosophie organisait quelque chose de son côté. Depuis, il travaillait dans un magasin de meubles, où il ponçait des chaises et des tables fabriquées à la main, qu'il livrait ensuite à des familles aisées habitant près du lac Champlain et dans les Adirondacks. Il écrivait un livre, avait annoncé fièrement Jenny. Ça, au moins, c'était vrai. Hazel avait vu les pages empilées sur un bureau de fortune dans le garage quand elle leur avait rendu visite. Elle avait pourtant eu du mal à l'imaginer assis là, couchant ses pensées sur le papier. Il lui avait semblé qu'il s'agissait plus d'une mise en scène que d'une véritable occupation, qu'il cherchait ainsi à se rassurer sur ses capacités intellectuelles. Et puis, il y avait d'autres choses qu'elle avait remarquées, dans cette petite maison en location. Entre autres, la poubelle de recyclage, remplie de bouteilles de vin vides, un chardonnay bon marché auquel Ansel n'aurait jamais touché.

Avant la noce, dans la tente réservée à la future mariée, Hazel avait essayé de parler à sa sœur. Mais elle avait trop attendu : l'haleine de Jenny sentait déjà le champagne, et son regard était vitreux lorsqu'elle avait saisi le tube de rouge à lèvres tendu par sa sœur.

« Tu es bien sûre que c'est ce que tu veux ? lui avait néanmoins demandé Hazel.

— Ne dis pas n'importe quoi », avait rétorqué Jenny. Elle avait posé une main sur la joue de Hazel en un geste condescendant, la bague violette brillant toujours à son doigt. « Je sais ce que je fais. »

Pendant la réception, Ansel s'était montré tout à fait charmant. Il avait complimenté une de leurs tantes sur ses bijoux, plaisanté avec leur père au moment de couper le gâteau. Mais Hazel l'avait surpris à maintes reprises en train de poser un regard éteint sur les convives par-dessus l'épaule de Jenny. Son sourire s'évanouissait dès qu'il n'en avait plus besoin et il se tenait raide à côté de sa femme, affichant un bonheur superficiel. Après la cérémonie, Hazel s'était réfugiée aux toilettes, où elle s'était examinée dans la glace. Elle s'était rappelé la question qu'elle avait posée à Jenny, cette nuit-là dans leur chambre : « S'il n'éprouve rien, comment tu sais qu'il t'aime, alors ? » Dans sa robe en soie hideuse de demoiselle d'honneur, elle avait effleuré le grain de beauté sous son œil. Et soudain, à sa grande surprise, elle s'était réjouie de sa présence. Un jour, elle porterait une robe blanche elle aussi. Elle se tiendrait en face d'un homme bien différent, bienveillant, capable de ressentir et de manifester ses émotions, et elle n'aurait aucun doute sur son amour pour elle. Pour la première fois de sa vie, elle avait eu l'impression d'être plus solide que sa sœur. C'était un sentiment si nouveau, si étrange et grisant, qu'elle avait compris qu'elle ne pourrait plus s'en passer.

•

Elle se gara derrière le studio de danse, sur sa place réservée près des bennes à ordures. Luis était rentré tôt pour s'occuper des enfants. Au journal, il travaillait depuis quelques semaines pour la rubrique « Spectacles et Loisirs », et son emploi du temps était moins chargé. Hazel, qui avait laissé un plat de macaronis au fromage sur le plan de travail, savait qu'il autoriserait les petits à les inonder de ketchup.

À travers les voilages transparents du studio, elle vit les élèves du Niveau 4 entamer une série de sauts dans leur justaucorps vert sapin. Elle garda la tête baissée en se frayant un passage parmi les parents rassemblés à l'accueil, occupés à bavarder ou à coudre des rubans sur des chaussons pendant qu'ils attendaient leur progéniture. Sara, derrière son bureau, était penchée sur une pile de documents. Quand les élèves ne réussissaient pas leur évaluation trimestrielle, quand les factures pour les costumes étaient envoyées et que les listes d'élèves retenus pour les spectacles étaient affichées, c'était elle qui recevait les doléances, les menaces en l'air. Si une maman apprêtée lui disait : « Je vous jure que je vais la retirer de chez vous », Sara se contentait de lui opposer un sourire innocent, comme pour répondre : « Allez-y, ne vous gênez pas. »

— J'aurais besoin que tu me rendes service, lui annonça Hazel. C'est une urgence.

— C'est ta sœur, c'est ça ? s'enquit Sara. Elle a enfin quitté le psychopathe ?

Hazel grimaça à ce mot. Il lui semblait soudain que la situation de sa sœur relevait de l'intime. C'était l'aspect le plus sombre de la vie de Jenny, pas un sujet sur lequel on pouvait plaisanter.

— Elle a eu cette place d'infirmière au Texas, expliqua-t-elle néanmoins. Elle prend l'avion mercredi. Est-ce que tu peux garder le fort toute seule jusque-là ? Tu feras le compte de tes heures supplémentaires, bien sûr.

Le studio était toujours animé. Mais à un certain stade, une fois le planning des cours établi, les frais d'inscription payés et les différents intervenants recrutés pour les spectacles de la saison, tout se mettait en place comme dans une chorégraphie bien réglée. En vérité, si Hazel se sentait contrariée, c'était pour une autre raison : elle allait manquer son mardi soir. Le mardi,

Luis prenait en charge le bain et le coucher. Le mardi, elle renvoyait Sara tôt et verrouillait la porte d'entrée. Tout au plaisir de se retrouver seule dans la salle de danse haute de plafond, elle mettait ses CD préférés de Bach et commençait par s'échauffer à la barre. Puis elle laissait son corps s'exprimer. S'étirait, bondissait, se jetait sur le tapis de danse. Durant cette heure tous les mardis, elle n'avait plus d'enfants se plaignant de maux de ventre, expédiant des brocolis par terre ou réclamant un dessert à grands cris. Elle n'avait plus de factures à régler, plus de remboursements de l'emprunt contracté pour décrocher un diplôme de gestion dont elle n'avait probablement jamais eu besoin. Il n'y avait que ses muscles, fiables et exaltés.

Lorsqu'elle avait acheté le studio, avec l'aide de ses parents et une grosse partie de l'héritage de Luis, il était délabré. Luis et elle s'étaient chargés eux-mêmes de l'essentiel des travaux : ils avaient érigé des cloisons, recouvert le sol en ciment d'un tapis souple en PVC, et même loué un bulldozer pour aménager un parking. Hazel n'était pas encore enceinte d'Alma, et elle passait ses soirées avec Luis dans la salle inachevée, à boire des bières au milieu de leurs outils.

À l'époque, elle pensait rarement à Jenny. Elle se souvenait à présent de cette période avec une sorte de tendresse : juste quelques mois durant lesquels elles ne ressentaient pas l'absence de l'autre, où elles s'étaient parlé au téléphone en ne faisant qu'effleurer la surface des choses.

Sans doute les meilleurs mois de sa vie.

« Quand est-ce qu'on va pouvoir le voir, ce studio ? la harcelait sa mère. – Bientôt, lui assurait Jenny.

Dès que tout sera terminé. » Le jour où ses parents étaient enfin venus lui rendre visite, au volant du monospace qu'ils avaient déjà quand elle était au lycée, Hazel, ravie, les avait accueillis à l'entrée du vaste espace vide. Ils lui avaient paru petits et mal fagotés dans les glaces tapissant l'un des murs. Ils avaient contemplé le comptoir d'accueil en acajou, les plafonniers, la chaîne hi-fi toute neuve et le grand vestiaire. Le visage de sa mère exprimait une admiration extatique. Une immense fierté. C'était exactement de cette façon-là qu'elle regardait Jenny autrefois.

•

Hazel quitta le studio dans la lumière rose pâle du couchant. Elle ouvrit la vitre de sa voiture pour laisser s'engouffrer l'air automnal avant de s'engager sur l'autoroute.

« Je ne sais pas quoi faire le soir, lui avait avoué Jenny au téléphone la semaine précédente. Je bois beaucoup trop de tisane. » Elle avait craché ces mots comme si les tasses de camomille étaient responsables de ses tremblements nerveux, du chaos de ses pensées. « Et Tricia, qu'est-ce qu'elle en pense ? » avait demandé Hazel. La marraine de Jenny aux AA était sobre depuis près de vingt ans. Hazel ne l'avait jamais rencontrée, mais elle savait que les deux femmes se retrouvaient tous les matins dans le café en face de l'hôpital. C'était elle qui avait poussé Jenny à appeler sa sœur, à se livrer à ces confessions nocturnes. Parfois, Hazel entendait sa voix en arrière-fond lorsque Jenny pleurait à l'autre bout de la ligne. « J'ai toujours voulu avoir des gosses, lui avait dit Jenny durant une longue conversation entrecoupée de reniflements. Sauf que je ne m'imaginais pas capable de tenir neuf mois sans boire. » Ansel avait déclaré se sentir partagé sur la paternité, lui qui paraissait clairement rebuté par l'énergie débordante des enfants de sa belle-sœur. De toute façon, cette dernière ne parvenait pas à se le représenter dans le rôle de père. Quant à Jenny, elle éludait le sujet d'un haussement d'épaules. Mais c'était seulement maintenant que Hazel mesurait toute l'étendue de son renoncement.

Elle n'avait pas de conseils à donner à sa sœur. Elle ne pouvait pas lui parler des contes de fées qu'elle chuchotait le soir à Alma, baignée par la lueur de la veilleuse, ni de l'émotion qui la submergeait devant le berceau où Mattie faisait la sieste, quand elle voyait battre ses cils délicats. Jenny adorait sa nièce et son neveu, mais Hazel avait aussi lu de l'envie dans son regard. Et elle était mortifiée par le plaisir qu'elle en retirait : enfin, sa sœur connaissait à son tour ce sentiment.

Elle longea de vastes champs, des centres commerciaux. La lumière du crépuscule vira au bleu foncé satiné.

•

Jenny se tenait devant les pâtisseries. Le café fermait, les chaises étaient déjà empilées et une serveuse passait la serpillière dans la salle. La vitrine des desserts, encore illuminée, projetait des reflets dorés sur la tenue d'infirmière de Jenny. Celle-ci avait le visage bouffi et sa queue-de-cheval s'était à moitié défaite après un service particulièrement agité. À part leurs cheveux châtains, ondulés, qu'elles portaient toujours à la même longueur, elles n'avaient plus grand-chose en commun, se dit Hazel. Sa sœur avait grossi depuis quelques années, et elle se sentit coupable de l'avoir remarqué. Jenny s'était élargie au niveau du bassin, signe qu'elle évoluait inexorablement vers la maturité. Pour la première fois de sa vie, Hazel ne se voyait plus quand elle la regardait. Jamais un inconnu ne s'arrêterait pour demander : « Vous êtes jumelles ? » Cette pensée laissa un goût amer dans sa bouche déjà desséchée après le trajet sur l'autoroute.

Jenny se détourna.

— Ah, tu es là.

Hazel la prit dans ses bras. Au moins, la senteur de Jenny était toujours bien présente, sous l'odeur de café dans la salle : shampooing fruité, cigarettes, lessive générique.

•

— On devrait peut-être revenir plus tard, dit Jenny, assise sur le siège passager.

Hazel venait d'arrêter la voiture le long du trottoir. La maison massive, de plain-pied, avait un air menaçant. C'était le dernier jour de Jenny à l'hôpital, et Ansel était censé être encore au travail. Mais alors qu'elle se garait et qu'une chanson de Rihanna passait à la radio, Hazel avait senti l'appréhension la gagner en découvrant le pick-up blanc de son beau-frère stationné sur le côté de la bâtisse.

— On a la liste, répliqua-t-elle sans conviction.

Elles en avaient parlé pendant des mois. Elles chargeraient la voiture en l'absence d'Ansel, iraient tout déposer à l'hôtel et reviendraient lui annoncer la nouvelle juste avant le décollage de l'avion. Mais elles n'avaient pas prévu qu'une querelle éclaterait au beau milieu de la nuit, à cause de l'e-mail de Jenny qu'il avait affiché sur l'ordinateur installé dans un coin du salon, et dont l'écran poussiéreux était désormais fendillé.

— Allez, viens, reprit Hazel. On n'en aura pas pour longtemps.

Elle descendit de voiture. Les mains moites, elle tenta de réprimer sa peur et de se tenir un peu plus droite tandis qu'elle précédait Jenny jusqu'à la porte. L'odeur à l'intérieur la frappa aussitôt. Elle s'était gravée dans sa mémoire lors de ses visites des années auparavant : draps sales, ordures restées trop longtemps dans leur sac en plastique. Vieille moquette, mobilier bon marché.

— Ohé ! cria-t-elle.

Ansel était assis sur le canapé en cuir éraflé. Il avait son téléphone portable à la main, comme s'il attendait un appel, ou peut-être juste ce moment. Hazel, qui ne l'avait pas revu depuis presque deux ans, fut étonnée par le changement. Il avait toujours été séduisant – un trophée que Jenny exhibait volontiers à l'occasion de cocktails professionnels, rougissant quand les autres infirmières, jalouses, chuchotaient entre elles. Mais il vieillissait. La gravité avait fait son œuvre, son ventre débordait de son jean, formant une petite bedaine, et son teint était jaunâtre. Derrière ses lunettes sales, son visage s'était empâté, et la peau se relâchait sous son menton. Pour la première fois, Hazel fut capable de l'imaginer lorsqu'il serait âgé. Bourru, noueux. Complètement dépourvu de charme.

Un sourire grimaçant creusa ses joues mal rasées. Hazel recula instinctivement, saisie d'une peur inexplicable.

— Oh, dit-il en se recomposant aussitôt une façade de calme.

Apparemment, il l'avait prise pour Jenny.

— Bonjour, Hazel. Je ne savais pas que tu devais venir.

Il se leva. Durant une seconde terrifiante, Hazel crut qu'il allait s'approcher pour l'étreindre. Elle se raidit, tandis qu'un autre sentiment s'insinuait en elle : la culpabilité. Lors de ce bref instant, elle avait eu un aperçu de la réalité complexe dans laquelle sa sœur avait vécu – la dureté latente, les incertitudes glaçantes. Elle-même n'en connaissait que la surface, et c'était un choc de découvrir ce qu'il y avait en dessous.

Ansel la dépassa pour s'approcher de Jenny, qui semblait pétrifiée sur le seuil, devant la porte ouverte, béante comme la gueule d'un monstre.

— Qu'est-ce que tu fous, bordel ? lança-t-il.

— On est juste venues prendre quelques affaires, intervint Hazel. Jenny, tu peux me montrer où est la valise ?

Lorsqu'elle eut récupéré le bagage dans le placard, Ansel se mit à rôder autour d'elle. Les mains fourrées dans ses poches tachées de peinture, il paraissait presque amusé. Les deux sœurs s'empressèrent de rassembler les affaires inscrites sur la liste, fourrant tout pêle-mêle dans la valise : soutiens-gorge, chemisiers, chaussures. Une boîte contenant des souvenirs de lycée, une paire de boucles d'oreilles qui avait autrefois appartenu à leur grand-mère. Jenny laisserait ses poêles et ses casseroles en fonte, les draps qu'elle avait choisis des années plus tôt, assortis à la moquette à poil long, les produits pour les cheveux dans le placard de la salle de bains. Hazel ajouta une brassée de robes toujours sur leurs cintres, tout en écoutant la respiration sifflante d'Ansel à côté d'elle. Trop près.

— Tu vois, Jenny, tu me donnes raison, répétait-il de plus en plus fort.

Hazel accompagna sa sœur dans la chambre, intime et laide. L'atmosphère était électrique. Jenny, les épaules secouées par un sanglot contenu, ajouta quelques T-shirts dans la valise.

— C'est exactement ce que j'explique dans ma Théorie, insista Ansel.

Après avoir pris la valise des mains crispées de sa sœur, Hazel la traîna vers l'entrée et fit signe à Jenny de la suivre.

— Comme disait Sartre, la nature même de la souffrance liée à l'amour rend le concept impossible. Rien n'est jamais parfait à cent pour cent, pas vrai ?

— Je… je suis désolée, croassa Jenny.

— C'est ironique, non ? dit-il, avec un petit rire cassant. L'amour ne peut pas exister comme quelque chose de pur, le mal réussira toujours à s'y infiltrer.

— Viens, Jenny, la pressa Hazel.

Elle ne voulait plus écouter les divagations pseudo-philosophiques d'Ansel, qui lui semblaient délirantes.

— Je suis désolée, répéta Jenny dans la véranda, la morve lui coulant du nez. Je suis désolée.

Chancelante, elle descendit les marches.

Enfin, les deux sœurs se retrouvèrent sur le trottoir. Hazel avançait à pas lourds, luttant contre la panique, et, lorsqu'elle fut certaine que Jenny était bien derrière elle, elle se mit à courir.

Ansel, resté dans la véranda, paraissait sur le point d'exploser tant il était tendu. Sitôt les portières de la voiture refermées, Jenny éclata en sanglots.

— Ne regarde pas, lui conseilla Hazel. Ne regarde pas, d'accord ?

Alors que Jenny se cachait le visage derrière ses mains, Hazel jeta un ultime coup d'œil hésitant en direction d'Ansel. Totalement immobile, il avait le visage convulsé d'une fureur sans borne. On aurait dit un prédateur, une créature inhumaine. Elle démarra, le regard fixé sur le rétroviseur, les jambes tremblant si fort que la voiture brouta. Elle savait qu'elle se souviendrait toujours de lui ainsi : une silhouette menaçante, celle d'un homme bouillant de colère devant chez lui, qui diminuait peu à peu jusqu'à se réduire à presque rien, une tête d'épingle, et disparaître. Reléguée dans le passé. Les mains sur le volant, elle eut alors une pensée naïve, réconfortante : elle ne reverrait jamais Ansel Packer.

•

La chambre d'hôtel était impersonnelle, avec des lits jumeaux soigneusement faits. Elle rappela à Hazel leur jeunesse, quand ils partaient en famille dans des villes peu touristiques et par conséquent abordables, comme Cleveland ou Pittsburgh, et qu'ils partageaient tous la même chambre, Jenny et elle dans un lit, leurs parents dans l'autre. Ils passaient alors leurs journées dans les musées, où les deux sœurs jouaient au jeu des 7 familles par terre pendant que leurs parents photographiaient des œuvres d'art auxquelles ils ne comprenaient rien.

En l'occurrence, Hazel trouva apaisant l'anonymat de la pièce, des abat-jour en tissu plissé, des savonnettes emballées dans du plastique. Jenny sortit de la salle de bains vêtue d'un pantalon de jogging et d'un fin T-shirt en coton, une serviette enroulée autour de la tête. Dehors, il faisait nuit, des portières claquaient sur le parking, des valises roulaient sur le gravier. Un enfant cria, et Hazel eut un pincement au cœur en songeant à son fils et à sa fille.

— On appelle le room-service ? suggéra-t-elle en lançant une carte à sa sœur.

— Ansel ne voulait jamais faire ça, se plaignit Jenny en feuilletant le menu plastifié. Il disait que c'était trop cher. Quand on partait en voyage, on s'arrêtait toujours au McDo. Oh, regarde, ils ont des pâtes à la sauce Alfredo.

Elles passèrent une commande extravagante : linguines Alfredo, salade César, purée de pommes de terre et fondant au chocolat en dessert. L'air semblait vibrer dans la chambre tandis qu'elles attendaient, comme si elles avaient survécu à un tremblement de terre dont l'onde de choc se propageait encore. Jenny, assise sur le lit, confirma son vol sur l'ordinateur de Hazel, écrivit un e-mail à son nouveau propriétaire et loua une voiture à l'aéroport de Houston. Elle enverrait les papiers du divorce plus tard, dans une enveloppe adressée à un avocat. Elle pensait à cette séparation depuis des années, avoua-t-elle à sa sœur, mais il avait fallu qu'elle décroche un nouveau poste pour franchir le pas. En même temps, elle ne parvenait pas encore à y croire, ça ne lui paraissait pas réel.

Quand leur commande arriva, elles s'assirent par terre, en tailleur, entre les deux lits. Le monticule de purée avait une forme vaguement phallique et, lorsque Jenny le fit remarquer, elles pouffèrent toutes les deux. L'atmosphère pesante de la soirée s'allégea enfin.

Jenny se jeta sur son repas.

— Tu crois qu'il appellera ? demanda-t-elle, les lèvres luisantes de graisse. Avant que je change de numéro ?

— S'il le fait, ne réponds pas.

— D'accord.

Un silence.

— Ça n'a pas toujours été comme ça, reprit Jenny. Lui et moi, on a eu de bons moments quand j'ai commencé à aller aux réunions des AA. D'ailleurs, c'est lui qui en avait eu l'idée. Je sais que tu as pu avoir cette impression aujourd'hui, mais je t'assure, Ansel ne m'a jamais fait de mal. Pas physiquement, du moins.

— C'est quoi au juste, cette philosophie de bazar ?

— Comment ça ?

— Eh bien, sa « théorie » ou je ne sais quoi. J'ai cru entendre un étudiant de première année, qui se veut brillant mais qui ne l'est pas tant que ça.

Jenny lâcha un petit rire sarcastique.

— Difficile à dire, je n'en ai lu que des extraits. En fait, ça ressemble plus à une liste de questions qu'à un livre. Et, oui, je suis d'accord avec toi, aucune de ses idées n'est particulièrement novatrice ni intéressante. Mais je crois qu'il est à la recherche de sens, et ça, pour moi, c'est admirable. Il essaie de déterminer qui il est, de justifier son existence. Est-ce qu'on n'en est pas tous là, au fond ?

Elle piqua une feuille de laitue avec sa fourchette.

— Il y a tant de choses qu'il a gardées pour lui..., poursuivit-elle. Ses parents, son enfance. Chaque fois que je l'interrogeais, il se fermait et ne m'adressait plus la parole pendant des jours. J'avais arrêté de boire depuis un bon moment quand, un matin au réveil, je me suis rendu compte que je vivais avec un quasi-inconnu. Est-ce que je t'ai... est-ce que je t'ai déjà parlé de la policière ?

Hazel fit non de la tête. Les pâtes, denses et huileuses, commençaient à lui peser sur l'estomac.

— C'est vieux, ça remonte à des années, précisa Jenny, qui posa sa fourchette et remonta ses genoux contre sa poitrine. À l'époque, j'étais toujours en formation à l'hôpital, on n'était même pas encore mariés. Cette femme m'a appelée, elle avait trouvé mon numéro. Elle est venue me voir à l'hôpital, m'a montré sa plaque et m'a demandé si j'acceptais de répondre à des questions. Au début, j'avais du mal à croire qu'elle soit flic, elle semblait trop jeune. Elle voulait m'interroger sur Ansel. Je ne suis pas près d'oublier son prénom, parce que je ne l'avais encore jamais entendu : Saffron. Bref, je l'ai revue depuis, Hazel, ce que je n'ai jamais dit à Ansel. Tous les trois ou quatre mois, elle reparaît, garée au volant de sa voiture dans notre rue. Comme si elle nous surveillait. Je l'ai encore aperçue il y a quelques semaines.

— Qu'est-ce qu'elle cherchait ? s'enquit Hazel. Elle te l'a expliqué ?

Jenny la gratifia d'un sourire factice qu'elle reconnut. C'était celui qu'elle adressait autrefois aux filles moins populaires qu'elle dans les vestiaires ou à leur mère quand elle lui mentait. Un signal d'alarme se déclencha dans sa tête.

— C'était trop dingue, Hazel. Inimaginable.

— Quoi ?

— Je ne peux même pas le dire. Ça paraissait si… je ne sais pas. J'ai découvert l'affaire sur Internet, quand j'ai cherché son nom. Elle enquêtait sur des homicides. Trois filles, qui avaient été tuées dans l'État de New York avant même que je rencontre Ansel. À l'époque, il était encore au lycée. Ridicule, hein ?

Dans la faible lumière verdâtre, Jenny retroussa les lèvres en un semblant de sourire. Hazel devina qu'elle aussi repensait au visage d'Ansel le soir même. Ce mot, « homicide », était comme une lame fendant l'air entre elles. Hazel ne pensait même pas l'avoir jamais prononcé à voix haute. La réalité qu'il recouvrait lui paraissait trop dérangeante.

— Mais comment peux-tu en être sûre ? demanda-t-elle. Je veux dire, comment sais-tu qu'il n'a rien fait ?

L'expression de sa sœur s'assombrit si brusquement qu'elle regretta sa question.

— Oh, bon sang ! s'exclama Jenny. C'est tellement typique…

— Quoi ?

Jenny laissa échapper un petit rire qui sonnait faux.

— Sérieux, Hazel, reprit-elle d'un ton incrédule, presque amusé. Tu te régales.

— Je ne comprends rien à ce que tu racontes, répliqua Hazel, le rouge aux joues.

— Tu t'amuses bien, là, pas vrai ? Comme chaque fois que tu peux me mettre en position de faiblesse.

— Ce n'est pas juste, Jenny.

— Tiens donc ! Ansel n'aurait jamais pu faire un truc pareil, mais toi, tu serais trop contente que mon mari ait assassiné des gens, hein ? Du coup, tu serais tellement mieux que moi…

— Jenny, arrête. S'il te plaît.

— Je me rappelle encore comment tu me regardais, avant. Comment tu regardais Ansel et tout ce que j'avais.

De la main, Jenny indiqua les draps amidonnés de l'hôtel et les assiettes penchées où la graisse s'était figée.

— Je sais qu'une part de toi se réjouit de me voir dans cette situation, poursuivit-elle.

— C'est faux, se défendit Hazel, piteuse.

— T'as gagné, Hazel, OK ? T'as eu tout ce que tu voulais.

Les paroles de Jenny résonnèrent entre elles. Un poison. Hazel, qui se sentait engluée dans sa propre mesquinerie, ne put retenir ses larmes. Jenny leva les yeux au ciel, puis alluma la télévision et s'arrêta sur une rediffusion de *Real Housewives*. Elles ne se regardèrent plus, ne s'adressèrent plus la parole. Elles passèrent une heure ainsi, avant que Hazel remarque que Jenny s'était avachie contre le lit, la tête sur la poitrine. Elle s'était endormie.

•

Hazel empila discrètement les assiettes, ouvrit la porte et les déposa par terre dans le couloir. L'air n'avait pas la même odeur à l'extérieur de la chambre étouffante. De fait, il semblait aseptisé. Elle inspira à plusieurs reprises, soulagée, avant de coincer une serviette dans l'encadrement pour empêcher le battant de se refermer.

La situation ne lui avait jamais paru plus évidente ni plus embarrassante : elle était protégée, privilégiée, ignorante par défaut. Luis se moquait souvent d'elle à ce propos : « Pour vous, les Blanches, la vie est facile. » Impossible pour elle d'imaginer que la violence contenue dans ce mot, « homicide », puisse toucher sa propre sœur. Des choses comme ça ne se produisaient pas à Burlington. Elle n'avait jamais remis en question sa vision du bien et du mal, de la justice et de l'injustice. Elle avait voté pour Obama. Mais, pour la première fois de sa vie, elle était confrontée à quelque chose de vraiment effrayant. Et elle voulait se montrer courageuse.

Les idées embrouillées, elle s'assit sur la moquette râpeuse du couloir, jeta un coup d'œil aux longues rangées de portes identiques de part et d'autre, puis tira son portable de sa poche. La connexion wifi de l'hôtel était lente, et elle dut patienter pendant que le moteur de recherche patinait.

Saffron Singh apparut tout de suite. Le premier résultat pour « Saffron+police+New York » était un article de l'*Adirondack Daily Enterprise* : UNE ENQUÊTRICE DE LA POLICE DE L'ÉTAT DE NEW YORK PROMUE AU GRADE DE CAPITAINE. Il était accompagné d'une photo montrant une femme au visage délicat et anguleux, coiffée d'une casquette de style militaire, qui se tenait toute droite sur une estrade. Elle paraissait compétente, maîtresse d'elle-même. Hazel navigua sur le site de la police de l'État, où elle trouva facilement les coordonnées professionnelles de Saffron Singh. Un numéro de téléphone figurait sous l'adresse e-mail.

Elle le composa.

La première sonnerie lui fit l'effet d'un plongeon dans une eau glacée. Brutale, choquante. Quand on décrocha, elle écarta brusquement le téléphone de sa joue, manquant le faire tomber. Des grésillements s'élevèrent sur la ligne. Puis une respiration.

— Capitaine Singh à l'appareil.

Une décharge d'adrénaline. Hazel se sentit complètement idiote.

— Allô ? reprit la voix. Il y a quelqu'un ?

Hazel coupa la communication. Dans le silence qui suivit, elle n'entendit plus que son souffle saccadé. De tout cœur, elle espérait que la policière ne ferait pas de recherches sur son numéro et n'essaierait pas de la rappeler. Elle était encore sous le choc de la question que Jenny avait refusé de se poser. Elle savait désormais que celle-ci ne la quitterait plus. Le doute s'était logé dans son esprit, et elle ne voyait pas comment l'éclaircir ni le chasser. Mais elle ne voulait même pas y penser. C'était trop odieux. Et surtout, impossible à prouver.

Alors, les doigts tremblants, elle réafficha l'écran d'accueil de son téléphone. Compta quatre inspirations. Luis répondit au bout de trois sonneries. Il s'était endormi. La douceur de sa voix grave, éraillée, lui tira des larmes.

•

Une activité intense régnait dans l'aéroport. Jenny s'était habillée et maquillée en prévision du voyage, et avait enfilé des bottes à petits talons. Une fois rentrée dans leur chambre d'hôtel, Hazel n'avait pas fermé l'œil de la nuit, les ronflements légers de Jenny se mêlant dans sa tête aux accusations qu'elle lui avait lancées. Au matin, elle s'attendait à essuyer de nouveau les foudres de sa sœur, à réentendre ces vérités blessantes, mais Jenny s'était contentée de fredonner en passant une brosse dans ses cheveux emmêlés.

Elles avancèrent ensemble vers le contrôle de sécurité.

— Bon, eh bien, ça y est, c'est le grand départ, déclara Jenny, arrêtée devant une boutique qui vendait des sacs à dos de luxe.

Des flots de voyageurs se bousculaient autour d'elles.

— Ne pleure pas, Hazel, reprit-elle en levant les yeux au ciel. Tu commences à ressembler à maman.

Quand elles s'enlacèrent, Hazel tituba. « C'est toi la plus forte de nous deux, avait-elle envie de dire. La plus courageuse. » Mais elle ne put que murmurer dans la chevelure de sa sœur :

— Je suis désolée.

Au moment où elles s'écartaient l'une de l'autre, Hazel sentit son pull s'accrocher à quelque chose. Les deux sœurs considérèrent le fil coincé dans la bague de Jenny.

— C'est un signe, j'imagine, plaisanta cette dernière.

Elle ôta la bague et la posa dans la paume ouverte de Hazel.

— Tu ne veux pas la garder ? s'étonna cette dernière.

— Non, prends-la, d'accord ? répliqua Jenny. Il est temps pour moi de commencer une nouvelle vie. Je ne veux pas m'encombrer de souvenirs.

En glissant le bijou dans sa poche, Hazel fut étonnée par son poids. Elle se demanda comment sa sœur avait pu le porter toutes ces années.

— OK, je te ferai signe quand je serai arrivée.

Hazel regarda Jenny disparaître dans la foule. Elle ne s'était jamais sentie, de toute sa vie, aussi éloignée de sa sœur. Dans l'avion, Jenny commanderait un Sprite avec une tranche de citron, feuilletterait un magazine people en cornant la page de l'horoscope. Hazel connaissait bien sa sœur – les détails, les habitudes, les petites manies. Mais ça ne faisait pas tout. Durant les jours, semaines et années à venir, Jenny évoluerait. Elle vivrait dans une ville que Hazel n'avait jamais vue, sous un soleil éclatant que Hazel n'avait jamais senti sur sa peau, créerait une nouvelle version de cette moitié de leur tout, se réinventerait. Et, pendant ce temps, songea Hazel, immobile sur le lino dans le terminal brillant et bondé, elle-même serait toujours là, tenaillée par ce besoin familier de suivre l'exemple de sa sœur, de rester à la hauteur, ou même de la surpasser. Inchangée.

Il faisait sombre dans le parking souterrain. Assise au volant de sa voiture, Hazel examina la bague, un objet venu d'un univers différent. Améthyste et cuivre. Il n'avait pas sa place dans ce monde-là. Avant de rentrer, Hazel ouvrit la boîte à gants et y fourra le bijou. Elle n'y toucherait plus et finirait par l'oublier, comme s'il n'avait jamais existé.

•

— Vous en êtes sûre ? lui demanda la femme deux heures plus tard. Je coupe tout ?

— Tout, oui, répondit Hazel.

Elle était assise dans un des fauteuils pivotants du salon de coiffure le plus chic de Burlington. Ses vêtements sentaient toujours l'amidon, comme les draps de la chambre d'hôtel. Quand elle avait prévenu Luis par SMS qu'elle serait en retard, il lui avait envoyé en réponse une photo de la bouche ouverte d'Alma, montrant un trou sanglant à l'endroit où sa première dent était tombée.

La coiffeuse mania ses ciseaux, puis lui tendit une mèche épaisse.

— Regardez-moi ça !

Elle tenait la longue queue-de-cheval terne de Hazel, toujours maintenue par son élastique. Avec trois centimètres de cheveux sur la tête – « On dirait Emma Watson ! » s'exclama la coiffeuse –, Hazel trouva qu'elle ressemblait à un jeune garçon. Ou à une nymphe, une de ces créatures féeriques dans les contes d'Alma. Un peu, oui, à Emma Watson. Captivée par son reflet, elle essaya d'imaginer qu'elle avait toujours vécu sous les traits de cette inconnue, toujours eu en face d'elle ce visage fin qui ne lui était pas familier. Elle leva une main de sous sa blouse pour toucher le grain de beauté en forme de larme sur sa joue. Il paraissait plus gros qu'avant. Pourtant, elle ne le voyait plus comme un défaut, plutôt comme un signe distinctif, un élément qui la définissait. Ce changement de perspective lui inspira un sentiment délicieux, proche de l'euphorie. Dans le miroir, sa jumelle ouvrit la bouche pour laisser échapper un rire qui lui fit l'effet d'un éveil, d'une invitation – du salut.

2 HEURES

Plus que deux heures et quatre minutes.

Jenny répétait souvent que rien n'arrive sans raison, et toi, tu te moquais d'elle en disant que c'était un cliché. Si rien n'arrive sans raison, comment expliquer la guerre ? Le cancer ? Les fusillades dans les lycées ? Jenny se bornait à secouer la tête, pleine de sagesse et mélancolique, résignée à défendre ses convictions. Il y a forcément un but, affirmait-elle. La souffrance pour la souffrance n'est pas dans la nature humaine. Les hommes y trouveront toujours un sens.

Quel optimisme ! disais-tu.

Ce n'est pas de l'optimisme, répliquait-elle. Juste une question de survie.

•

Il y a un gardien posté devant ta cellule. Il étouffe une toux grasse dans son coude. Tu sais pourquoi il est là : la surveillance a repris. Il passera devant ta cellule toutes les dix minutes pour s'assurer que tu n'essaies pas de te suicider. Tu n'en as aucune envie, pourtant tu le ferais si tu en avais la possibilité ; au moins, ce serait le moyen de reprendre le contrôle de la situation. Mais on t'a fouillé, et il n'y a rien. Pas de lacet à enrouler autour de ton cou. Pas de tesson de verre avec lequel t'ouvrir les poignets. Aucun sens à trouver à cette longue attente cruelle.

•

Ansel ?

L'aumônier est arrivé. Il a fourré sous son bras un filet rouge provenant de Polunsky. Son crâne chauve est luisant de sueur. Du lit où tu t'es allongé, il te paraît plus grand qu'il ne l'a jamais été. Il tire une chaise métallique sur le ciment, puis s'assied près des barreaux qui vous séparent. L'Unité Walls emploie son propre aumônier à plein temps, mais tu as demandé à voir celui de Polunsky. Tu te plaisais à l'imaginer sur l'autoroute, au volant d'un vieux break, les vitres ouvertes, écoutant une chanson à la radio.

Le directeur m'a donné ça, dit-il en te tendant le filet. C'est l'agent Billings qui le lui a remis.

Tu reconnais immédiatement la forme. Ta Théorie. Ça fait seulement deux heures que tu es arrivé à l'Unité Walls. Autant dire que Shawna n'a pas eu le temps d'aller à Huntsville en faire des photocopies, ni de les envoyer à des éditeurs, et encore moins d'aller en déposer un exemplaire à la chaîne de télé locale. Quand tu retires les cahiers du sac, la réalité s'impose à toi, oppressante. Le désespoir t'envahit, lentement, comme une plaie qui se rouvre et suppure.

Ta Théorie – ton legs – n'ira nulle part.

Que Shawna se soit défilée au dernier moment, c'est une chose. Au fond, tu t'y attendais plus ou moins de sa part. Mais ça – te faire parvenir ta Théorie de cette manière –, c'est pour toi d'une cruauté sans nom. Tu n'as ni le temps ni les ressources nécessaires pour l'expédier toi-même, et Shawna le sait. De toute façon, sans son aide, ça ne servirait à rien. L'ironie, brutale, te laisse un goût amer dans la bouche. Ce que tu as fait est mal mais ne suffit pas à te garantir l'attention que ton évasion était censée attirer. Tu pourrais peut-être t'arranger avec un gardien pour qu'il livre ta Théorie au monde extérieur, c'est vrai, mais à ce stade, c'est inutile.

Personne ne s'y intéressera.

•

Pourquoi écrire autant ?

Shawna t'avait posé cette question un jour, au début. Tu étais assis par terre, au milieu de tes cahiers, les mains tachées d'encre noire.

C'est le seul moyen d'accéder à l'éternité, avais-tu répondu. Comme ça, je laisse quelque chose derrière moi.

Quoi ? Qu'est-ce que vous voulez laisser au juste ? avait-elle demandé.

J'en sais rien, avais-tu répliqué, agacé. Mes pensées. Mes convictions. C'est important de savoir qu'on ne se réduit pas à un corps, non ? Qu'il existe une part de soi capable de survivre à la mort.

Elle avait haussé les épaules avant de répondre : À mon avis, les autres en ont déjà laissé bien assez comme ça.

•

Tu renvoies l'aumônier, puis tu disposes les pages de ta Théorie en cercle sur le sol, où elles forment comme un sourire grimaçant. Assis en tailleur au milieu, tu examines la preuve de ton génie. Elle te paraît presque dérisoire aujourd'hui – des idées griffonnées à la va-vite, déstructurées. Juste des notes en vue d'une œuvre plus importante, plus aboutie. Un brouillon.

Voilà, c'est fini. Ta Théorie disparaîtra après ta mort, au mieux reléguée au fond d'un tiroir dans un bureau quelque part, au pire jetée dans une benne à ordures. Une vie de réflexions, d'heures passées à écrire, condamnée à l'oubli. Ton regard s'arrête au hasard sur une des feuilles. Tu lis : La morale n'est pas immuable. Elle n'est pas fixe. Un changement est toujours possible. Il te semble inconcevable qu'on puisse être privé d'une chose aussi fondamentale que la possibilité.

Et le Blue House, alors ?

Tu commences par murmurer les mots tout doucement. Les pages sur le sol ne bougent pas, ne frémissent pas, elles se bornent à te dévisager. Alors tu les répètes plus fort. Les murs les répercutent.

Et le Blue House, alors ?

Même si ça se termine ici, même si personne n'écoute, il y a toujours le Blue House. Le Blue House, c'est ta Théorie qui se confirme. La preuve que tu peux repousser tes limites, comme tout le monde. Que tu es complexe. Tu es bien plus que le méchant de l'histoire.

•

Le Blue House a émergé au plus fort de l'été. Presque un an après le départ de Jenny pour le Texas. Tu dépérissais, seul dans le Vermont. Jenny n'était plus là et tes journées se succédaient, toutes de grisaille et de silence. Tu mangeais des saucisses tous les soirs, à même la boîte, sans prendre la peine de les réchauffer. Après le dîner, tu emportais les meubles préférés de Jenny dans le garage, où tu les mettais en pièces avec une tronçonneuse.

La lettre était arrivée au courrier un matin de juin. Tu avais déchiré maladroitement l'enveloppe, la porte-moustiquaire toujours ouverte derrière toi. Puis tu avais survolé du regard la feuille de papier réglé, intrigué par l'écriture ronde. Il n'y avait que quelques phrases :

> Cher Ansel,
>
> Je m'appelle Blue Harrison. Avant que mon père soit adopté dans un hôpital près d'Essex, dans l'État de New York, il vivait avec son frère aîné. Je crois que c'est vous.

Tu avais titubé jusqu'à la cuisine, où tu avais laissé tomber la lettre sur la table en chêne couverte de rayures. Tu t'étais alors dit que l'univers était à la fois impitoyable et merveilleux. Plein de mépris et clément. Ce n'était pas pour te punir que P'tit Packer hurlait depuis des années. Non, comme tous les bébés, il criait pour te faire comprendre quelque chose.

Le week-end suivant, tu étais parti pour le Blue House. Tu avais déjà livré des meubles dans les alentours de la ville de Tupper Lake, mais le trajet cette fois-là t'avait paru exaltant, chargé de sens. Le ciel se déployait au-dessus du lac, l'eau d'un bleu lustré miroitait sous le soleil. La maison abritant le restaurant était située un peu en retrait de la rive, sur un petit lopin de terre. Elle semblait te faire signe, t'inviter à approcher.

La clochette sur la porte avait tinté quand tu étais entré.

Tu l'avais aussitôt identifiée : Blue Harrison était assise à une table dans un coin de la salle, le dos rond, ne sachant pas trop comment se tenir – l'image même d'une adolescente de seize ans tandis qu'elle tripotait une paille en plastique. Cette vision, qui avait touché en toi quelque chose de viscéral, t'avait fait l'effet d'un choc. Avant de poser les yeux sur Blue Harrison, tu ne t'étais pas rendu compte à quel point le son était omniprésent en toi. Or le silence régnait désormais dans le recoin le plus sombre de ta tête, là où le bébé hurlait depuis des années. Le soulagement était si intense qu'il t'avait presque privé de tes moyens.

Blue Harrison ressemblait à ta mère.

Mais quand elle avait levé la tête, c'était P'tit Packer que tu avais vu. Calme à présent, adorable, il cillait comme pour dire : Tu m'as retrouvé. Enfin.

SAFFY
2012

Saffy savait comment résoudre un mystère.

Elle connaissait les étapes. Ce picotement particulier, ce fourmillement incessant au bout des doigts pendant la traque et jusqu'à la capture, la poussée d'adrénaline et son reflux. Elle savait comment détricoter chaque fragment d'information, tirer de minuscules fils jusqu'à ce que l'ensemble se dénoue. Un mystère, c'était un écheveau à démêler et à étudier, une science exacte et sans équivoque. Mais certaines affaires évoluaient au-delà de cette dimension, vers quelque chose de plus tordu, de plus complexe. Les plus terribles se transformaient en une sorte de monstre. Et d'autres encore devenaient cannibales, se dévorant de l'intérieur jusqu'à ce qu'il ne reste qu'une carcasse.

•

Sur l'estrade, Saffy faisait face à la foule. Ses mains ne tremblaient pas. La salle de réunion, éclairée par des rampes au néon, était bondée. Les policiers en uniforme, assis sur des chaises en plastique, s'agitaient bruyamment, et les enquêteurs en civil étaient négligemment adossés au mur du fond. Le lieutenant Kensington, appuyé contre l'encadrement de la porte, était resté sur le seuil de la pièce, comme s'il se ménageait la possibilité de fuir.

Elle s'éclaircit la gorge, rejeta les épaules en arrière et prit la parole d'une voix forte :

— Comme vous êtes nombreux à le savoir, une date nous a été communiquée pour le nouveau procès de Lawson…

Une pause, le temps de laisser le silence s'instaurer.

— Il se tiendra lundi dans deux semaines, poursuivit-elle. Compte tenu du retentissement médiatique qu'a connu cette affaire, le bureau du procureur a sollicité notre aide ; on nous demande de consacrer tous nos efforts à ce dossier. Alors, jusqu'à cette date, vous allez respirer Lawson, dormir Lawson et chier Lawson.

Elle avait toute leur attention à présent. Il n'en fallait vraiment pas beaucoup : il suffisait de reproduire leurs accents machos, quitte à en rajouter dans le registre bourru. Durant les mois qui avaient suivi sa promotion au grade de capitaine, elle avait veillé à ponctuer ses ordres de ce style de formules, parce qu'elle avait besoin de leur confiance. Alors elle avait répété différentes versions de ce même discours pendant dix ans – six au grade de sergent, quatre à celui de lieutenant –, et aujourd'hui qu'elle était à presque quarante ans la première femme capitaine de toute l'histoire de la police de l'État, elle savait que, pour les diriger, elle devait parler comme eux.

— Sergent Caldwell ? Vous nous faites un briefing ?

Toujours adossée au mur, Corinne Caldwell, les bras croisés sur son blouson en cuir, s'exprima de sa voix calme, posée, légèrement éraillée :

— Marjorie Lawson a été assassinée il y a deux ans dans sa cuisine. Frappée à l'arrière du crâne avec une poêle à frire. Son mari, Greg Lawson, garçon boucher chez Painter & Sons, était le seul suspect, et tout portait à croire que c'était lui le coupable. Mais, à cause d'une fuite dans notre service, la défense a demandé l'annulation du procès pour vice de procédure.

À ces mots, Saffy gratifia d'un regard appuyé le lieutenant Kensington, qui contemplait ses belles chaussures italiennes. Quelques mois plus tôt, un soir où il avait trop bu dans le bar du quartier fréquenté par les forces de l'ordre, Kensington avait parlé à un juré de la culpabilité évidente de Lawson, et aujourd'hui c'était Saffy qui payait le prix de sa négligence. Ce cafouillage lui avait été légué par leur ancien capitaine, qui avait lui-même été poussé à prendre sa retraite pour la même raison. Par conséquent, ils allaient devoir trouver de nouvelles preuves, un autre angle d'investigation. Autant dire, rebâtir un dossier à partir d'un tas de gravats.

— Merci, sergent, dit-elle. Lewis et Taminsky, je veux que vous vous concentriez sur les témoins. Interrogez-les encore une fois et n'hésitez pas à les bousculer au besoin. Hartford, allez rendre visite aux proches de la victime. Tâchez d'en apprendre plus sur le couple Lawson. Benny et Mugs, vous revoyez tous les éléments de la Scientifique. Et vous, Kensington, vous gérez les relations avec l'assistant du procureur et les avocats. La charge de la preuve incombe à l'accusation et, durant les deux semaines qu'il nous reste, nous ferons tout notre possible pour étayer le dossier. Allez, au boulot !

Alors que les effectifs se dispersaient, Saffy se tourna vers le tableau d'affichage. Elle avait déjà mémorisé les photos, mais une scène de crime avait toujours des informations à livrer. Quand une affaire traînait en longueur, quand toutes les pistes avaient été exploitées sans donner de résultat, Saffy en revenait aux premières constatations – en l'occurrence, Marjorie Lawson étendue par terre dans sa cuisine, une flaque de sang sous la tête s'élargissant sur le carrelage immaculé. La lumière du four était allumée, le pain de maïs à l'intérieur ressemblait à une bûchette noircie et la fumée avait envahi la pièce.

— Capitaine ?

C'était Corinne, la seule enquêtrice de son équipe et la meilleure du lot. La première policière recrutée par Saffy lorsqu'elle avait été nommée lieutenant après le départ de Moretti pour Atlanta. Sous sa direction, Corinne avait résolu des dizaines d'homicides. Elle s'était également servie de l'influence de son beau-père auprès du commissaire pour aider Saffy à obtenir le grade de capitaine. Elle s'approcha de sa démarche décontractée, arborant comme d'habitude une queue-de-cheval basse. Dotée d'un esprit subtil et d'un grand sens pratique, elle possédait aussi un humour caustique qui avait souvent allégé la tension des longues nuits de travail.

— On a foiré, déclara Saffy, toujours devant les photos.

— Vous n'y êtes pour rien, souligna Corinne.

— Vous savez bien que ça ne compte pas…

Saffy soupira. Corinne ne la contredit pas.

La journée s'écoula au ralenti. Saffy réexamina les dépositions des témoins avec Lewis et Taminsky, remplit les formulaires d'attestation d'heures supplémentaires et, tout en avalant un burrito décongelé, donna l'autorisation d'emprunter une fourgonnette de surveillance pour une opération antidrogue. Lorsque le soleil d'été se coucha, la plupart des membres de son équipe étaient rentrés chez eux ou partis sur le terrain, et le poste était tranquille. Saffy n'ignorait pas qu'elle aurait intérêt à se reposer avant de revenir le lendemain – un samedi, censé pourtant être son seul jour de congé –, mais dans la chaleur humide de ce début de soirée, elle sentait renaître une démangeaison familière.

Elle aurait dû s'abstenir, elle le savait. Ce n'était pas sain. Pas vraiment raisonnable non plus. Mais elle était seule, il n'y avait personne pour la voir ni la juger. Cela faisait des mois qu'elle cédait à cette impulsion. La dernière fois remontait à une soirée pluvieuse d'avril.

Elle tira le classeur de rangement de sous son bureau. La chemise était exactement à l'endroit où elle l'avait laissée, avec les autres affaires non résolues, oubliées depuis longtemps. Elle n'en avait pas parlé à son équipe. C'était son secret le mieux gardé, le rappel d'un échec qui lui faisait honte.

Jusque-là, les disparues de 1990 ne lui avaient rien révélé de plus. Pourtant, Saffy coinça leur dossier sous son bras avant de s'engager dans le parking désert. Les trois filles s'invitaient toujours dans des moments tels que celui-là, quand elle se sentait bloquée ou frustrée, quand elle se retrouvait au fond d'une impasse comme dans l'affaire Lawson. Izzy, Angela et Lila s'échappaient de ce dossier en chuchotant entre elles. Elles apparaissaient sur la banquette arrière de sa Ford Explorer banalisée ou derrière un suspect dans la salle d'interrogatoire, se rappelant à son souvenir, l'incitant à poursuivre les investigations. Saffy était désormais capitaine de police, mais elle avait été une adolescente elle aussi. Chaque mystère était une histoire et, parfois, pour voir l'ensemble, il fallait retourner tout au début.

•

Izzy lui rendit visite ce soir-là. Un spectre dans un rêve. Izzy, telle qu'elle aurait pu être. Installée dans une véranda au lever du soleil. La quarantaine, lunettes aux verres sales, une vieille chemise en flanelle. Une tasse de café sur une table en verre. Ses doigts écalant un œuf dur. Son vernis écaillé, de couleur vive, tranchant sur le blanc. L'œuf sans sa coquille, vulnérable, aussi délicat qu'un nouveau-né.

•

Dès son réveil, le lendemain matin, Saffy prit une décision.

Le jour naissant derrière sa fenêtre avait un petit air de juin, et ses draps imprégnés de sueur dégageaient une odeur aigre. Elle les passerait à la machine. Son téléphone bipa. Elle avait reçu un SMS.

« Je réétudie les dépositions dans le dossier Lawson ce matin, avait écrit Corinne. Des recommandations ? »

Saffy se frotta les yeux avant de rédiger une courte réponse.

« Concentrez-vous sur les témoins de la défense, cherchez des failles. Appelez le lieutenant si vous avez besoin d'aide. Je suis en congé aujourd'hui. »

Le soleil brillait quand elle prit le volant, les idées encore embrumées, la climatisation soufflant un air vicié qui empestait le plastique. Elle déballa une barre de céréales en s'engageant sur l'autoroute, où des vagues de chaleur commençaient à faire onduler les lignes jaunes sur l'asphalte.

Depuis treize ans qu'elle empruntait cet itinéraire, Saffy en connaissait tous les virages. Elle traversa la frontière de l'État pour entrer dans le Vermont, puis laissa le lac Champlain derrière elle tandis que les champs cédaient la place à des centres commerciaux. En même temps qu'elle accélérait sur la route déserte, elle récupéra le paquet de cigarettes rangé dans la boîte à gants. En principe, elle ne fumait plus depuis son adolescence mais, lors de ces trajets, elle s'autorisait toutes les cigarettes dont elle avait envie. Puisqu'elle se sentait déjà coupable d'avoir enfreint ses propres règles, autant ne pas se refuser ce petit plaisir.

Elle n'attendait rien d'Ansel Packer. Elle ne l'avait jamais abordé, ne lui avait jamais signalé sa présence. Sa motivation n'était ni logique ni fondée ; elle voulait juste le voir. Le regarder. Quand de vieilles maisons délabrées succédèrent aux centres commerciaux, elle expédia d'une chiquenaude la cendre de sa cigarette par la vitre et se représenta son obsession comme un manège rouillé et ancien, tournant inlassablement.

Lorsqu'elle arriva devant la petite maison jaune, la matinée s'était transformée en magnifique journée d'été. Saffy se gara le long du trottoir. Elle ouvrit son calepin, prit une profonde inspiration et examina les lieux.

Tout semblait différent maintenant que Jenny était partie. L'herbe était trop haute, les plantes en pot avaient crevé, des chaussures d'homme boueuses traînaient dans la véranda. C'était seulement après sa troisième visite au cours des neuf mois écoulés que Saffy avait appelé l'hôpital pour se renseigner. « Au Texas, lui avait dit la standardiste. Elle a décroché un nouveau poste là-bas. »

Jenny était partie.

Saffy ne lui avait parlé que cette fois-là devant les urgences, treize ans plus tôt. Au souvenir de cet interrogatoire bâclé et de sa maladresse, elle éprouvait une sorte de tendresse pour la policière plus jeune qu'elle était alors : une enquêtrice en herbe, pleine d'espoir, dénuée de tact. Durant la décennie suivante, lors de ses jours de congé et des week-ends où elle n'avait rien d'autre à faire, elle avait vu Jenny changer peu à peu. Elle avait vu les bouteilles de vin qui débordaient de la poubelle de recyclage, les émissions de télé-réalité à plein volume, la façon dont le couple passait ses soirées, elle dans le salon, lui dans le garage. Elle avait vu un jour la sœur de Jenny – leur ressemblance était troublante – arriver avec deux enfants. Plus tard, Jenny avait éclaté de rire en installant le petit garçon dans son siège auto.

La maison avait désormais un air abandonné, même si le pick-up d'Ansel était garé en diagonale dans l'allée. Les guirlandes lumineuses s'étaient décrochées du toit de la véranda et pendaient sur la rambarde, les rideaux imprimés de cerises ne tombaient plus droit derrière la fenêtre de la cuisine. Dépitée, Saffy remit le contact. Elle n'aurait pas dû venir. Il n'y avait rien là. Elle aurait voulu pleurer, tant elle se sentait inutile. Elle allait faire demi-tour, se forcer à rentrer, quand elle entendit le grincement de la porte-moustiquaire.

Ansel apparut, chaussé de lourdes bottes de travail. Son jean était éclaboussé de plâtre. Il portait un T-shirt élimé, jauni sous les aisselles, tendu par sa bedaine. Ses cheveux se clairsemaient, ses lunettes à monture en corne reposaient sur son nez luisant de sueur. Saffy se redressa sur son siège, intriguée, lorsqu'il se hissa dans la cabine de son pick-up.

Elle attendit un instant, le laissa reculer dans l'allée. Elle regrettait de ne pas avoir de chewing-gums sous la main ; les cigarettes lui avaient irrité la gorge.

S'il y avait bien une chose qu'elle avait apprise dans son métier, c'était que les hommes comme Ansel ne toléraient pas la vulnérabilité. Elle leur était insupportable.

•

Il existait des schémas, bien sûr. Des tendances, des similitudes, des profils établis par le FBI. Ils avaient permis à Saffy et à ses enquêteurs d'identifier de nombreux suspects : le prof de gym qui s'occupait trop des filles timides, le violeur qui fréquentait tous les hôtels de ville où se tenaient des conférences de presse pour entendre le récit de ses crimes, encore et encore, l'ex-marine qui avait frappé sa première femme, puis la deuxième, et tué la troisième. Mais Saffy attribuait ses succès à une certitude : pour chaque criminel qui correspondait à un stéréotype, on en trouvait des dizaines d'autres qui y échappaient. Chaque cerveau était différent dans sa déviance, et la souffrance prenait des formes aussi variées que mystérieuses. Il fallait par conséquent chercher le déclencheur, l'endroit où la douleur s'était logée et la plaie infectée, le point faible qui poussait à la violence certains individus endurcis. Mais si cette plongée dans la complexité psychologique du suspect pour essayer de le comprendre était nécessaire, Saffy la voyait également comme une démarche établissant avec lui une intimité dérangeante. Et même parfois, comme une sorte d'amour retors.

•

Depuis plus de dix ans qu'elle filait Ansel Packer, elle ne l'avait jamais vu quitter sa petite ville du Vermont. Elle l'avait suivi jusqu'au supermarché, jusqu'au magasin de meubles où il travaillait, jusqu'au bar au bout de la rue. Une fois, elle l'avait même espionné pendant un barbecue chez des voisins, où il était resté assis à une table de pique-nique en buvant une bière pendant que Jenny bavardait avec ses amis.

Ce jour-là, elle guetta en vain un clignotant ou un feu arrière qui s'allumait. Ansel continuait de rouler. Il se dirigeait vers le nord. Il longea le lac Champlain, franchit la frontière de l'État de New York, passa devant la maison de Miss Gemma et continua en direction du lac Placid. Lorsqu'il sortit enfin de l'autoroute, des heures s'étaient écoulées et Saffy avait l'impression que sa vessie allait exploser. Ils se retrouvaient sur un territoire qui dépendait de sa juridiction, dans une petite ville que Saffy connaissait de nom : Tupper Lake.

« Pour une fois que tu t'accordes un week-end ! avait plaisanté Kristen au téléphone quelques soirs plus tôt. Alors, quels sont tes projets, capitaine ? » Elle avait invité Saffy à venir voir son fils jouer au foot le matin même, un match qui comptait pour le championnat, et Saffy l'avait manqué sans donner d'explications. Elle songea au samedi qu'elle aurait dû passer : quartiers d'orange à la mi-temps, un tas de camions en plastique sur une couverture de pique-nique, un arrêt pour manger une glace sur le trajet du retour.

Au lieu de quoi, elle était là, derrière Ansel Packer qui traversait Tupper Lake en direction du nord. Il s'arrêta brièvement dans une station-service, puis se gara devant une maison peinte en bleu vif. Quand il descendit du véhicule, Saffy examina les lieux.

Il s'agissait d'un restaurant. Un menu plastifié était affiché à la fenêtre, et une petite enseigne en fer forgé, toute rouillée, à peine lisible, était accrochée au-dessus de la porte.

Le Blue House.

Il était presque midi et Saffy avait terriblement envie de faire pipi. Elle avait beau se dire que ce n'était pas une bonne idée, elle savait déjà qu'elle allait le suivre à l'intérieur. Elle avait construit sa carrière sur une conviction qui lui avait donné raison encore et encore : tout le monde a des secrets. Tout le monde dissimule quelque chose.

Elle aussi, d'ailleurs. Elle voyait une psychologue depuis quelque temps, une dénommée Laurie qui travaillait au premier étage d'un vieil immeuble de bureaux. Dans son cabinet, il y avait toujours une boîte de mouchoirs sur la table basse et une collection apaisante de plantes vertes sur le rebord de la fenêtre. Toutes deux parlaient surtout du travail de Saffy, des horreurs qu'elle voyait tous les jours, des femmes battues à mort dans leur lit, des enfants affamés et enchaînés dans des caves, des innombrables overdoses. Souvent, Saffy tentait de changer de sujet, mentionnait les travaux de rénovation qu'elle avait entrepris chez elle – avec l'aide de Kristen, elle avait récemment enlevé tous les placards de son ancienne cuisine –, ou encore ses aventures sentimentales avec des hommes qui ne faisaient que passer dans sa vie, parce qu'ils ne parvenaient pas à éveiller son intérêt. Elle avait raconté à Laurie qu'elle avait constitué un classeur de recettes typiques du Rajasthan, comme le *laal maas* ou le *dal batti*, qu'elle avait passé des heures à chercher sur Google, et qu'elle commandait les ingrédients qu'on lui livrait par la poste. Mais Laurie trouvait toujours le moyen de revenir au travail. Aux atrocités du quotidien. « Qu'est-ce qui vous attire dans ce métier ? lui demandait-elle souvent, le front plissé, pleine de bonnes intentions. Quelle part de votre enfant intérieure se sent chez elle dans le traumatisme ? »

Saffy devait souvent prendre sur elle pour ne pas lever les yeux au ciel. Elle avait déjà envisagé d'arrêter les consultations, mais elle voulait donner l'exemple à ses jeunes enquêteurs, des hommes qui se cachaient derrière la virilité stéréotypée du métier de policier et échangeaient sans conviction des blagues gays en chiquant leur tabac. Elle était capitaine à présent. Elle se savait observée de près.

Alors qu'elle regardait Ansel gravir les marches à l'entrée du Blue House, elle se rappela la question de la psychologue et son air entendu, exaspérant, tandis qu'elle penchait la tête en attendant la réponse : « Que pouvez-vous me dire sur votre enfant intérieure ? »

Bon, songea-t-elle alors qu'Ansel s'approchait de la porte. *Qu'est-ce que j'ai à dire sur elle ?*

Saffy avait parfois la nostalgie de cette petite fille bien réveillée la nuit sur le lit du haut, qui n'avait alors qu'un désir : que sa mère revienne d'entre les morts. Elle s'était interrogée si souvent sur son père qu'il avait pris une sorte de dimension mythique, trop abstraite pour être appréhendée. Pourtant, malgré son chagrin, les choses étaient plus faciles à l'époque chez Miss Gemma, quand elle savait exactement ce qu'elle voulait et que ce souhait simple guidait son existence.

Mais cette période-là était révolue. Elle avait surmonté ce manque, l'avait oublié pendant son adolescence rebelle et le début de l'âge adulte. Elle l'avait remplacé par des rapports rédigés à 3 heures du matin, par des interrogatoires prolongés jusqu'à faire pleurer les suspects et des heures de route juste pour aller rencontrer un témoin. Elle reporta son attention sur Ansel, qui pénétrait dans le restaurant, en se demandant quels étaient les rêves auxquels, lui, il avait renoncé, et surtout, quels étaient ceux auxquels il se raccrochait encore.

•

L'intérieur du Blue House était aussi lumineux et accueillant que délabré et fatigué. Il s'agissait de toute évidence d'un établissement familial qui avait connu des jours meilleurs. Quand Saffy poussa la porte, un tintement de clochette annonça son arrivée, déclenchant chez elle un bref élan de panique. Que faisait-elle là ? Elle aurait été mieux avisée de rentrer et d'aller directement chez Kristen partager une pizza dans le jardin, une tradition après les matchs de foot.

En même temps, il lui semblait nécessaire, et même étonnamment légitime, d'aller jusqu'au bout de sa démarche.

— Bonjour ! Je vous sers quelque chose ?

La femme à l'accueil lui souriait chaleureusement. Ses cheveux frisaient derrière un bandeau élastique et son tablier était taché de ketchup et de graisse. Saffy lui donna dans les trente-cinq ans. Un badge était épinglé de travers sur son tablier : Rachel.

— Un thé glacé, s'il vous plaît, répondit-elle en faisant un geste vers le bar.

Elle s'efforçait de s'exprimer de façon naturelle, pas comme une policière en service, même si elle avait parfois du mal à faire la différence.

— Vous pouvez m'indiquer les toilettes ? ajouta-t-elle.

Lorsque Rachel lui montra une porte au fond de la salle, Saffy balaya rapidement les lieux du regard à la recherche d'Ansel. Il était installé à une table près de la fenêtre, sur une chaise branlante, en face d'une jeune fille. Une adolescente aux cheveux tressés et ramenés sur une épaule. Elle paraissait timide, nerveuse.

Une fois dans la cabine, Saffy verrouilla la porte en s'efforçant de se calmer. Une terreur nouvelle s'était emparée d'elle. Assise sur la cuvette, sa culotte aux genoux, elle plaqua ses paumes sur son visage, assaillie par des relents de Javel, d'urine et de graillon. Elle se sentait idiote, paranoïaque. Mais alors qu'elle se lavait les mains, l'image s'imposa de nouveau à elle : le désir dans le regard d'Ansel. Cette fille était jeune. Trop jeune.

Quand elle revint dans la salle, un verre de thé glacé l'attendait, posé sur le comptoir. Une petite flaque de condensation s'était déjà formée sur le revêtement en vinyle écaillé.

— Vous souhaitez manger quelque chose ?

La langue pâteuse, Saffy fit non de la tête, puis suivit du regard Rachel qui disparaissait en cuisine. La porte qui se refermait derrière elle lui révéla alors la photo accrochée au battant. Un portrait encadré, de bonne qualité, entouré de fleurs séchées et de messages rédigés à la main. Le cliché montrait un homme souriant, debout devant un mur bleu – dans cette même maison, à l'évidence –, avec une petite fille calée sur la hanche, qui avait passé les bras autour de son cou. En le regardant, Saffy éprouva une profonde sensation de malaise. Ce n'était pas son nom, Ellis Harrison, qui la troublait. Ni les dates, 1977-2003, indiquant qu'il était mort à l'âge de vingt-six ans. Ni même la petite fille, manifestement une version plus jeune de l'adolescente assise dans le coin. Non, c'était la forme de son visage. Son sourire. Il ressemblait beaucoup à Ansel Packer.

— En fait, dit-elle en voyant Rachel revenir, je prendrais bien un sandwich au thon.

Elle se força à l'avaler en tendant l'oreille. Assise au bar, elle tournait le dos à la table d'Ansel, mais elle saisit quelques bribes de conversation : « … menace de saisie… Je ne sais pas ce qu'on va faire… », racontait la jeune fille.

— Vous êtes ouverts depuis quand ? demanda Saffy à Rachel qui lui apportait la note dans un vieux porte-addition en plastique.

— Mon mari et moi, on a acheté la maison en 1997. On est en activité depuis.

De la tête, Saffy indiqua le mémorial sur la porte de la cuisine.

— Vous gérez le restaurant toute seule ?

Rachel s'accouda au comptoir, laissant transparaître son épuisement.

— Je ne suis pas seule. Ma fille m'aide.

Elles tournèrent toutes les deux la tête vers l'adolescente. Ansel passait distraitement la main dans ses cheveux clairsemés. Sa jeune interlocutrice, le rouge aux joues, faisait tourner une paille en plastique dans les restes de glaçons au fond de son gobelet de Coca. Une peur incontrôlable noua la gorge de Saffy. « Cours ! eut-elle envie de lui crier. Fuis cet homme. »

— Elle a quel âge ? se contenta-t-elle de demander.

— Blue a seize ans, répondit Rachel, dont le visage s'éclaira. Même si elle est persuadée d'en avoir trente.

Saffy laissa un billet de vingt dollars sur le bar, prit congé et sortit, les jambes cotonneuses. Le soleil cognait impitoyablement sur le bitume. Ansel et cette fille…

Seize ans.

L'âge qu'il aimait.

•

C'était un accident, ce qui était arrivé à ces filles en 1990. Un moment de folie, ou un acte soigneusement planifié, ou encore l'œuvre d'un tueur en série de passage en ville. Le meurtrier ? Un père de famille, qui sait ? un oncle, un frère dévoyé. Ou peut-être Ansel Packer. À un certain stade, le « pourquoi » avait cessé de compter, au profit du « qui ». L'absence de réponse était brutale, d'une cruauté inutile. Des années de réflexion et d'observation, et ensuite l'oubli, inévitable. À un certain stade, elles étaient toutes devenues Marjorie Lawson étendue sur le sol, réclamant la justice.

•

Le lundi matin au poste, la salle commune bruissait d'activité. Le lieutenant Kensington, dans son costume impeccable, les cheveux lissés en arrière, toqua gaiement à la porte du bureau de Saffy. Son alliance luisait à son annulaire. Sa femme avait toujours détesté Saffy, sans doute parce que leurs collègues adoraient répandre des rumeurs au sujet du capitaine et de son subordonné, des rivaux travaillant côte à côte. Saffy les ignorait tout en s'efforçant de refouler son exaspération. Pour elle, Kensington était un connard, et un policier médiocre, qui misait tout sur son charisme.

— L'assistant du proc nous demande où nous en sommes, annonça-t-il en se balançant d'avant en arrière.

— Nulle part, déclara Saffy.

— Je peux faire quelque chose ? questionna-t-il, la voix dégoulinante d'empathie.

Malgré elle, Saffy admira le culot de cet homme qui lui proposait son aide comme si ce n'était pas lui qui avait créé le problème. À l'époque, il n'avait dû son salut qu'à son oncle, capitaine de longue date dans un autre service et respecté de tous. Si Saffy avait fait la même erreur que lui, elle aurait été virée sur-le-champ.

— Allez me chercher Corinne, dit-elle.

Elle avait peaufiné cette intonation particulière, à la fois aimable et dédaigneuse. Elle mettait un point d'honneur à rester calme au travail, contrairement à son prédécesseur, qui avait un jour fracassé une vitre de voiture à coups de poing.

Deux jours s'étaient écoulés depuis qu'elle avait suivi Ansel jusqu'au Blue House, et les images la hantaient, minant sa concentration. Alors même qu'elle dirigeait le débriefing matinal, répondait à des questions diverses et assignait différentes tâches à son équipe, elle revoyait Ansel et l'adolescente assis calmement à cette table. Il lui avait semblé déceler entre eux la tension d'un premier rendez-vous, ce qui ne laissait pas de la déconcerter compte tenu de la présence de la mère derrière le comptoir. Elle en avait perdu le sommeil, à force de repenser à la façon dont Blue avait regardé Ansel, comme si elle attendait quelque chose de lui. Au fond, Saffy ne savait pas à quoi elle avait assisté exactement.

Lorsque Corinne passa la tête dans l'entrebâillement de la porte, Saffy, qui sentait poindre un mal de tête, se massait les tempes. Sa subordonnée insistait toujours pour qu'on l'appelle par son prénom, s'épargnant ainsi pas mal de railleries de la part de ses collègues, gênés par les sonorités trop féminines.

— Asseyez-vous, lui dit Saffy.

— J'ai réétudié le dossier de la défense, expliqua Corinne, avant de soupirer. Ça ne se présente pas bien, capitaine. Si le bureau du proc n'a pas réussi à obtenir de nouvelles dépositions de témoins, je ne crois pas qu'on puisse y arriver nous non plus.

— On passe à côté de quelque chose, j'en suis certaine.

— Sûrement, confirma Corinne. Auquel cas, ça doit être enterré profond.

Saffy entendait les braillements et les gros rires des hommes dans la salle commune, comme toujours. La situation avait probablement été différente pour Corinne au NYPD, d'où Saffy l'avait débauchée. En tant que Noire, elle avait dû se sentir moins isolée dans le Bronx. Parfois, Saffy se demandait si elle regrettait d'être venue travailler sous ses ordres. Elle-même avait conscience depuis longtemps des contradictions de son métier, des privilèges que sa plaque lui conférait, du fait que les prisons étaient remplies presque entièrement de Noirs et de basanés. Elle avait souvent été blessée par les remarques des ignorants, les bien comme les mal intentionnés, et elle savait ce que ça signifiait, d'avoir une arme sur la hanche. La présence de Corinne allégeait sa solitude.

— À ce stade, on pourrait creuser du côté de la préméditation, suggéra Corinne. Tous ces appels que Marjorie a passés à la police, les incidents domestiques… Bien sûr, on a toujours la possibilité de pousser les choses plus loin dans ce sens. Mais l'accusation sait qu'on n'a rien de solide.

Saffy se représenta le visage de Greg Lawson. Pâle, rondouillard, boursouflé par l'alcool. Un être malfaisant de plus qui, la tête basse, allait se présenter devant un jury. C'était cet aspect-là du métier qui lui pesait le plus, désormais. Pas les cadavres, ni les disparitions d'enfants, ni l'épidémie d'opiacés. Non, c'était ça : des hommes comme Lawson, qui s'imaginaient que leur existence même les plaçait au-dessus de la loi. Des hommes qui avaient tout reçu, tout gâché et qui continuaient d'exiger plus.

— Ça va, capitaine ? s'enquit Corinne en se levant pour partir.

Certains soirs, après le travail, elles allaient toutes les deux au snack proche de l'autoroute s'offrir une part de cheesecake et un café – ce même snack d'où Angela avait disparu. Elles bavardaient, envisageaient la possibilité de découvrir de nouveaux suspects, ressassaient de vieilles intuitions. Les dossiers d'Izzy, Angela et Lila étaient toujours ouverts, même si personne n'y avait touché depuis des années. Saffy avait résumé l'affaire à Corinne dans les grandes lignes, lui présentant Ansel Packer comme un suspect possible. Le seul, à vrai dire, puisque les autres pistes n'avaient rien donné.

— En fait, j'aurais besoin de votre aide pour autre chose, répondit Saffy. Fermez la porte, s'il vous plaît.

•

L'appartement de Saffy lui parut particulièrement vide ce soir-là. Elle se débarrassa d'un coup de pied de ses chaussures, puis rangea sa plaque et son arme dans le placard de l'entrée. Le silence était oppressant. Dans la lumière déclinante du crépuscule, son salon paraissait spartiate, sans vie, et les meubles n'étaient que des ombres. Elle se laissa tomber sur le canapé, tira son téléphone de sa poche et consulta ses e-mails.

La lueur de l'écran éclaira son visage tandis qu'elle rafraîchissait la page.

Rien.

« Cette femme a bien dit que ça pourrait prendre un certain temps », lui avait rappelé Kristen pour la rassurer. L'agence, c'était son idée ; elle en avait parlé pour la première fois quand elles avaient toutes les deux ouvert le carton de housses de coussin qu'elles avaient fait venir d'Inde. Saffy avait entrepris des rénovations avec l'aide de son amie, dont elle admirait le sens des couleurs. Quelques années plus tôt, lorsqu'elle avait commencé à se renseigner sur la culture indienne – religion et art, géographie et traditions culinaires, autant de connaissances que son père aurait pu lui transmettre –, elle avait commandé à un artiste du Rajasthan un tableau de Jaipur. Elle l'avait accroché au mur dans sa chambre et sa présence la réconfortait quand elle le regardait avant de s'endormir.

Le peu qu'elle savait de son père, elle le tenait de sa mère : il avait intégré le même cursus de sociologie qu'elle à l'université du Vermont, il venait de Jaipur et y était retourné avant sa naissance. Shaurya Singh. Quelque temps auparavant, Saffy avait fait une rapide recherche sur ce nom, pour découvrir que des centaines d'hommes le portaient. On pouvait le traduire approximativement par « courage », avait-elle lu, et elle se plaisait à imaginer cette force circulant en elle.

Plus angoissée qu'elle ne voulait l'admettre, elle rafraîchit de nouveau sa messagerie. D'après l'agence, il fallait parfois des mois, voire des années, pour localiser un parent biologiquc. Saffy ignorait si sa mère avait informé son amant de sa grossesse, et si c'était la raison pour laquelle il était parti, ou s'il n'avait jamais été au courant. Elle s'attendait plus ou moins à recevoir de mauvaises nouvelles mais, jusque-là, elle n'avait rien appris. Depuis six semaines, elle faisait défiler ses e-mails tous les matins à la première heure, espérant voir apparaître le nom de l'agence. En vain.

Elle envisagea de se préparer à manger, peut-être une pizza surgelée, d'ôter sa tenue de travail froissée, de se peigner. Au lieu de quoi, elle envoya un SMS à Corinne, qui devait être rentrée chez elle, en train de dîner, de regarder la télé ou de faire un jogging dans les champs derrière la ferme familiale de sa femme.

« Du nouveau ? »

Elle attendit.

•

— Ils sont apparentés, déclara Corinne, hors d'haleine, l'après-midi suivant. Ansel Packer et les Harrison.

Elles s'étaient réfugiées dans leur bar préféré, où le café de Saffy refroidissait dans un mug jaune taché. L'atmosphère au poste, où tout le monde était sur le pied de guerre, attendant ses instructions, lui avait paru trop oppressante.

— Ansel n'a pas de famille, répliqua-t-elle.

Corinne haussa les sourcils. Toutes les fois où elles s'étaient assises dans ce même box pour évoquer de vieilles affaires quand elles avaient besoin de se changer les idées, échafauder des hypothèses ou réexaminer des mobiles, Saffy avait décrit Ansel comme un suspect. Rien de plus. Mais l'instinct de Corinne était quasiment infaillible, raison pour laquelle Saffy l'avait recrutée.

Son regard perçant allait bien au-delà de ce qu'exigeait son travail : elle était capable de voir l'essence même d'une personne. « C'est un détecteur de mensonges sur pattes », avait plaisanté Melissa, la femme de Corinne, quand, à la fin de l'automne, elle avait organisé une soirée autour d'un feu de camp dans sa propriété familiale. Saffy n'avait pas parlé à Corinne de la maison de Miss Gemma, ni des week-ends où elle partait camper dans le Vermont depuis une dizaine d'années, mais elle n'aurait pas été surprise si sa subordonnée l'avait déjà appris d'une manière ou d'une autre.

— Rachel Harrison était mariée à Ellis Harrison, expliqua Corinne. Ils ont acheté le restaurant et eu une petite fille, Blue, quand ils étaient très jeunes. Il est mort en 2003. Cancer. J'ai trouvé ses dossiers scolaires, il a fréquenté un lycée privé. Un conseiller d'orientation avait noté qu'Ellis avait été adopté, alors j'ai appelé les archives du comté. Et devinez qui avait un frère aîné ?

— Le bébé…, murmura Saffy.

— Ellis et Ansel ont été abandonnés par leurs parents dans une ferme à la sortie de la ville d'Essex. Tenez, voilà l'adresse.

Corinne fit glisser un papier sur la table. Saffy l'empocha rapidement.

— Mais pourquoi Ansel est-il allé là-bas ? lança-t-elle. Au Blue House ?

— C'est ce que j'ai du mal à comprendre, répondit Corinne. Blue s'apprête à entrer en première au lycée de Tupper Lake. Rachel gère le restaurant. Elles n'ont que deux employés, un cuisinier et un plongeur. Leur situation financière est catastrophique. Elles ont un énorme emprunt sur le dos, et il semblerait que la banque les ait menacées d'une saisie.

— Elles lui auraient demandé de l'aide, alors ? De l'argent ?

— Possible.

Corinne haussa les épaules.

— Mais je n'ai pas l'impression qu'il roule sur l'or, ajouta-t-elle.

Saffy pressa deux doigts sur l'arête de son nez en essayant de relâcher la pression qu'elle sentait monter en elle.

— Ça, Blue ne le sait peut-être pas. Peut-être que c'est elle qui l'a invité, pour lui parler de leurs problèmes. Mais comment a-t-elle appris son existence ? Et pourquoi maintenant ?

— Cette dernière question, je pourrais vous la retourner, capitaine.

Dans le regard de Corinne, Saffy décela de la pitié. Elle jeta un coup d'œil par la fenêtre, au parking désert sous un soleil de plomb.

— Pourquoi cette affaire ? insista Corinne. Qu'est-ce qu'on fait ici, alors que le procès de Lawson approche ?

— J'ai une intuition.

Dans un coin de sa tête, Saffy imagina Moretti levant les yeux au ciel. Combien de fois son ancienne supérieure le lui avait-elle répété ? « Une intuition ne compte pas tant qu'elle n'est pas corroborée par un fait. »

— Les intuitions ne…

— Je sais, l'interrompit Saffy. Mais j'ai besoin d'en apprendre plus, Corinne. Ne me lâchez pas sur ce coup-là.

Corinne avala une gorgée de café, puis haussa les épaules.

— En tout cas, pour faire autant de route, Packer doit avoir de bonnes raisons, déclara-t-elle. Vous avez peut-être vu juste. Il y a peut-être quelque chose là-dessous.

La serveuse leur apporta l'addition. Elle était jeune, dans les vingt ans, et le haut de sa poitrine était parsemé de taches de rousseur. Saffy se demanda si quelqu'un dans ce restaurant se souvenait encore d'Angela Meyer, si on la mentionnait parfois dans la conversation ou si elle avait totalement disparu de la mémoire collective du lieu. Et elle se rendit compte, à sa grande surprise, que pour la première fois depuis bien longtemps, elle se sentait méfiante, circonspecte. Effrayée.

•

Lorsque Saffy se représentait Angela, elle la voyait sur une plage, en Californie ou à Miami. Ciel bleu au-dessus d'un balcon. Angela serait devenue agente immobilière ou visiteuse médicale, et serait propriétaire d'un petit appartement sur la côte. Elle aurait passé ses dimanches à se faire des masques pour le visage, elle aurait appris à préparer du risotto, elle se serait lassée, tout comme Saffy, de la plupart des hommes qu'elle fréquentait. Saffy l'imaginait souvent debout sur ce balcon dans son pyjama en soie préféré, savourant sa solitude tandis que le soleil se couchait au-dessus des vagues moutonnantes.

•

Sept jours avant le procès de Lawson, Saffy retourna au Blue House.

C'était une matinée de semaine. Seule Corinne savait où elle se rendait. Quand Saffy lui avait promis de faire vite, sa subordonnée l'avait gratifiée d'un regard soucieux. Elle avait bien conscience qu'il s'agissait pour elle d'une stratégie d'évitement, mais elle n'en pouvait plus de l'affaire Lawson. Elle avait besoin de se concentrer sur autre chose, n'importe quoi. Lorsque Rachel lui servit ses œufs au plat, accompagnés de pancakes, Saffy remarqua les ampoules sur ses doigts. Elle avait dû se brûler en cuisine.

— Ravie de vous revoir, dit Rachel en s'essuyant les mains sur son tablier.

Une chaîne hi-fi dans un coin diffusait des standards du rock. Saffy balaya la salle du regard : dix tables étaient dressées, entourées de quatre chaises chacune, prêtes à recevoir des clients. Mais elle était la seule. Le Blue House avait tout du foyer traditionnel de la classe moyenne : une demeure ayant un jour reflété les aspirations de ses propriétaires, mais à présent légèrement négligée. Le rez-de-chaussée avait été réaménagé de façon à accueillir une cuisine professionnelle et, au fond, un escalier menait à l'étage, où se trouvaient sans doute les pièces de vie, devina Saffy. Au moment où elle crevait le jaune d'œuf avec sa fourchette, un rire grave s'éleva à l'extérieur.

Par la fenêtre, elle vit Blue gravir les marches de la véranda. Elle transportait une caisse à outils apparemment trop lourde pour elle. Les cheveux rassemblés en une queue-de-cheval lâche, elle portait un T-shirt sur lequel étaient inscrits les mots « *Tupper Lake*

Track & Field », un short en jean ultracourt et des tongs qui claquaient.

Un homme la suivait, dont le rire lui parvenait toujours.

Ansel.

Saffy connut un instant d'incrédulité totale. Une immense stupeur, suivie par une profonde incompréhension. Elle cilla. Ansel n'était pas censé être là. Il aurait dû se trouver dans le Vermont et mener son existence habituelle, travailler dans le magasin de meubles, dormir dans les draps laissés par Jenny. Alors pourquoi était-il là, en train de tirer un mètre de sa poche pour mesurer la balustrade abîmée ? Il récupéra le crayon logé derrière son oreille, puis s'adressa à Blue. Saffy n'entendit pas les mots, juste le ton général de leur échange, détendu, insouciant.

La vieille peur familière avait resurgi en elle.

— Tout va bien ?

Rachel jeta un coup d'œil à l'assiette intacte devant Saffy.

— Vous faites des travaux ? demanda cette dernière, comme si de rien n'était, en plantant le côté de sa fourchette dans les pancakes.

— Plus ou moins, répondit Rachel. Ces dernières années n'ont pas été faciles et un ami est venu nous aider. On pourra bientôt recevoir à nouveau nos clients en terrasse.

— Et votre fille donne aussi un coup de main ?

Un sourire poli. Une lueur de suspicion.

— D'où êtes-vous, déjà ? s'enquit Rachel en posant la cafetière sur la table.

— D'Essex, répondit Saffy trop vite. Je suis venue randonner dans le coin.

— Pour ça, c'est sûr, vous êtes au bon endroit.

Alors que Rachel se lançait dans la description des sentiers les plus connus dans la région, Saffy opina du chef tout en prêtant l'oreille aux bruits extérieurs. Les rires de Blue et d'Ansel résonnaient de temps à autre à travers la vitre.

— Je reviendrai bientôt, promit-elle en réglant l'addition.

Rachel hocha la tête, puis laissa son regard s'attarder sur elle un peu plus longtemps que nécessaire avant d'emporter l'assiette sur laquelle les jaunes d'œufs avaient coagulé.

•

Tupper Lake était une jolie petite ville qui ressemblait beaucoup à la demi-douzaine d'autres disséminées autour du lac Placid. Saffy la traversa lentement, étudiant les vieilles rues pittoresques. Quelques pontons affaissés s'avançaient au-dessus des eaux du lac, d'un vert trouble. Elle repéra une bibliothèque au toit pentu, un établissement scolaire qui faisait collège et lycée, un musée, un McDo, une station-service Stewart. Une ancienne piste de ski, avec un télésiège abandonné. Un motel modeste. La vue du véhicule garé sur le parking lui causa un choc.

Un pick-up blanc boueux.

Ansel séjournait dans la région.

Le mystère s'épaississait encore, se dit-elle, avant de pousser la climatisation à fond et de détacher de son cou quelques mèches collées par la sueur. Tupper Lake était un élément de l'histoire qui l'obsédait depuis des années : celle d'Ansel, de Lila et aussi la sienne – ce chaos inextricable au cœur de sa vie.

•

« Qu'est-ce que vous voulez, Saffron ? » lui avait demandé Laurie pendant leur séance de la semaine précédente.

La question était simple, directe. Pourtant, Saffy avait pâli tandis que Laurie l'observait par-dessus ses lunettes posées bas sur son nez. Des tableaux de paysages étaient accrochés sur le mur derrière son bureau : vastes étendues de champs et étangs marécageux. Elles discutaient de Phillip, un pilote que Saffy avait fréquenté l'année précédente. Elle avait rompu quand les choses étaient devenues sérieuses et qu'il avait commencé à manifester son mécontentement si elle recevait un appel du poste après le dîner.

« Vous aspirez à la réussite professionnelle, avait repris Laurie, brisant le silence qui s'éternisait. Ça, c'est évident. Mais je m'intéresse à ce qui se cache derrière cette aspiration. Un besoin de reconnaissance ? D'admiration ? D'amour ?

— Je ne manque pas d'amour dans ma vie », avait riposté Saffy. Et c'était vrai : elle avait Kristen et les garçons, qui se jetaient dans ses bras quand elle leur rendait visite le soir en semaine avec des donuts. Elle avait des hommes comme Phillip, ou Brian, ou encore Ramón, de l'unité antiterroriste, qu'elle voyait de temps en temps et qui faisaient ses quatre volontés. Elle avait

Corinne et son équipe d'enquêteurs, les longues nuits passées avec eux à plancher sur des affaires. Tous les aspects sordides du travail de policier lui semblaient supportables à travers le filtre de l'histoire d'amour qu'elle entretenait avec la vérité. Sauf que ce concept, la vérité, lui paraissait de plus en plus insaisissable. Quel intérêt de la chercher si elle ne finissait pas par l'emporter ? Saffy avait pourtant l'impression que tout avait commencé de façon simple : elle voulait arrêter les méchants et les envoyer derrière les barreaux. Mais ça, ce n'était pas de l'amour. C'était un noyau dur, une boule de colère – la part d'elle qu'elle connaissait le plus intimement.

Laurie l'avait dévisagée si longtemps que Saffy avait fini par s'agiter sur son siège, tandis qu'une douleur sourde lui nouait la gorge. Elle n'avait plus dit un mot. En pleine séance, elle s'était levée et elle était partie.

•

La ferme se situait à une quinzaine de kilomètres d'Essex. Dans un coin reculé, rural, sauvage. Le GPS de Saffy la guida vers une piste de terre battue. Creusée de nids-de-poule, jonchée de branches mortes et de matériaux de construction abandonnés, elle était bordée d'arbres formant une voûte de feuillage au-dessus. Lorsque Saffy approcha enfin d'une clairière, la voix de synthèse lui annonça qu'elle était arrivée à destination.

La propriété était abandonnée depuis longtemps, à l'évidence. Saffy découvrit devant elle les vestiges d'une maison qui, manifestement, s'était à moitié effondrée sur elle-même. Il y avait encore des traces de peinture jaune sur ce qui restait des murs extérieurs. En s'approchant, Saffy songea que l'endroit avait dû être joli autrefois : la véranda derrière était toujours debout, quoique affaissée, offrant une belle vue sur les montagnes. La ferme avait été visitée par des squatteurs ou par des adolescents qui cherchaient un endroit où faire la fête. C'était le genre de site que l'ancienne bande de Travis aurait adoré – désert, un peu effrayant, susceptible d'être saccagé sans risque. Les planches condamnant certaines fenêtres étaient couvertes de graffitis, et des détritus étaient éparpillés dans le champ en pente au-delà des ruines.

Saffy s'avança, la brise emportant le bruit de ses pas. Quand elle s'approcha de la bâtisse, elle crut l'entendre soupirer et se sentit mal à l'aise. Les lieux étaient chargés d'une énergie fantomatique, troublante.

Les marches à l'entrée craquèrent sous son poids. Du seuil, elle vit à l'intérieur quelques meubles cassés par des humains ou des animaux. Des ordures s'entassaient dans la cheminée. Les vitres avaient été brisées et les éclats de verre sur les encadrements filtraient la lumière du soleil.

Elle ne voulait pas les imaginer là. Deux petits garçons qui jouaient sur le plancher. Un enfant, un bébé. Sans mère ni père pour s'occuper d'eux, les aimer. Saffy savait ce qu'il en était de l'abandon, du malheur, de la solitude. Elle connaissait aussi la violence, après avoir passé toute une vie à la traquer, et n'ignorait rien de sa capacité à salir, souiller à jamais. La violence laissait toujours son empreinte.

•

Lorsque Saffy retourna enfin au poste, dans l'après-midi, elle fut surprise par l'atmosphère tendue qui y régnait. Les policiers étaient tous penchés sur leurs dossiers, étrangement calmes et silencieux. Depuis des semaines, ils mettaient à plein volume un mélange épouvantable de musique country et de rap – Tim McGraw et Flo Rida –, mais tout était tranquille à présent. Au moment où Saffy passait devant Jamie, à l'accueil, celle-ci l'interpella :

— Capitaine ? Le commissaire est là. Corinne l'a installé dans la salle de réunion.

C'était un homme à la forte carrure, originaire d'Albany, que Saffy n'avait rencontré que deux fois. Lorsqu'elle avait résolu une affaire de viols en série qui avait été le cauchemar de Moretti pendant des années, il était venu en personne lui serrer la main, se faire prendre en photo avec elle, la féliciter. Et lorsque tout était parti en vrille avec Kensington et l'affaire Lawson, l'État l'avait envoyé suggérer à l'ancien capitaine de prendre une retraite anticipée.

Mais s'il s'était déplacé ce jour-là, ce n'était certainement pas pour lui adresser des félicitations, songea Saffy. Elle se sentait déjà abattue quand elle se dirigea vers la salle. Le commissaire, assis dans un fauteuil en face de Corinne, tenait un gobelet d'eau qui semblait minuscule dans sa grosse main. Lewis et Taminsky étaient là aussi, l'air piteux. Ils paraissaient particulièrement débraillés ce jour-là, avec leurs chemises sorties de leurs pantalons.

— Capitaine Singh.

Le visiteur se leva. Depuis le temps, Saffy avait peaufiné l'art de la poignée de main : dos droit, geste direct, pression ferme.

— Le sergent Caldwell m'expliquait où vous en étiez dans l'affaire Lawson.

Corinne leva les yeux d'un air contrit.

— Vous allez poursuivre vos investigations jusqu'au nouveau procès, n'est-ce pas ? L'assistant du procureur s'est mis en rapport avec notre bureau. Il n'est pas content.

— Bien sûr que nous allons continuer, monsieur, répondit Saffy.

La sévérité du regard qu'il posait sur elle la fit rougir.

— Je suis curieux de savoir ce que vous allez découvrir, reprit le commissaire. Cette affaire a déjà fait couler beaucoup d'encre, et notre image en a souffert. Nous avons misé sur vous, Singh. Ça me déplairait beaucoup que toute cette histoire d'initiative sur la mixité aboutisse à un échec à cause d'un dossier mal géré.

« Initiative sur la mixité ». C'était la première fois que Saffy entendait l'expression. Certes, la brigade criminelle n'avait pas eu de capitaine aussi jeune depuis des années, et elle était la première femme à avoir décroché ce titre – une femme de couleur, qui plus est –, mais elle devait avant tout son ascension à ses résultats. Quand elle avait été nommée lieutenant, elle pouvait se targuer d'avoir le plus haut taux d'élucidation de tout l'État.

Et pourtant, elle était décontenancée par l'attitude du commissaire. Après avoir passé en revue le dossier et énoncé de nouvelles mises en garde voilées, il prit enfin congé. Lorsqu'il quitta la pièce, Saffy eut l'impression que la pression s'allégeait enfin. Pour autant, elle se sentait toujours tourmentée par une angoisse sourde, diffuse, comme un bruit parasite constant, impossible à ignorer.

•

La maison de Kristen était encore plus belle en été. Immense, de style Craftsman, elle dominait un groupe de bungalows de vacances et possédait un jardin qui donnait directement sur les berges du lac Champlain. Saffy entra sans frapper et se laissa guider dans le couloir par les rires des garçons.

— C'est moi qui ferai le ninja ! brailla l'un d'eux, tandis que l'autre poussait des cris de joie.

— Toi, t'as une tête de déterrée, déclara Kristen en la voyant.

Elle tendit à Saffy un verre de chardonnay. Dans la cuisine rénovée depuis peu, toutes les surfaces brillaient. Jake salua la nouvelle venue d'un signe de tête tout en surveillant la sauce tomate qui chauffait dans une casserole. Des Lego traînaient à ses pieds.

— Sale journée ? demanda Kristen.

Saffy lui en fit un compte rendu succinct. L'affaire Lawson, le commissaire, son attitude condescendante et ses menaces. Elle ne mentionna pas l'initiative sur la mixité, pensant que Kristen ne comprendrait pas. Cette dernière l'écouta avec attention, en faisant cliqueter ses ongles manucurés sur le plan de travail tandis que les garçons – cinq et huit ans à présent – entraient et sortaient en trombe, poursuivant le chien de la maison, un caniche nain pure race.

— Tu sais, ajouta Saffy, je me demande parfois si ce boulot sert à quelque chose, ou si je vais passer le restant de ma vie à me noyer dans toutes ces conneries de bureaucratie et de politique interne.

— Tu as toujours voulu faire plus que ton travail de flic, déclara son amie. Qu'est-ce que tu répètes tout le temps ? Il faut changer le système de l'intérieur. Eh bien, tu y es, non ? Tu es à l'intérieur, Saffy.

Mais Kristen avait beau essayer de la réconforter, Saffy sentit son humeur s'assombrir encore. Ça lui arrivait quelquefois quand elle songeait à la vie de son amie. Ou lorsqu'elle montait lire une histoire pour endormir les garçons qui, les cheveux encore humides après leur bain, se blottissaient contre elle dans leurs pyjamas imprimés de voitures. Pour autant, elle n'était pas jalouse. Elle ne pouvait imaginer avoir des enfants, elle n'avait jamais éprouvé ce désir dont lui avait parlé Kristen, ce besoin vital d'avoir un bébé. Elle devait cependant admettre que la chaleur de ce foyer familial ne la laissait pas indifférente. Cette douceur. La main de Jake qui ébouriffait les cheveux de ses fils, l'odeur du basilic qui flottait dans l'air… Alors que les paroles de son amie résonnaient encore dans sa tête, le sentiment de vide dans son existence lui parut insupportable, dévastateur. Elle se demanda s'il finirait par la tuer. Les paroles de Laurie lui revinrent, prenant une résonance cruelle dans cette cuisine immaculée. « Qu'est-ce que vous voulez ? »

•

Et puis, il y avait Lila. Une ombre dans le sillage lumineux de Kristen. Lila ne les aurait jamais rejointes là, dans la cuisine de Kristen. Elle aurait vécu dans son propre cocon, à quelques kilomètres seulement ou peut-être dans une autre ville de la région. Jamais loin de ses racines. Chez elle aussi, il y aurait eu des provisions dans le placard, des poubelles débordantes, des fenêtres maculées de traces de doigts. Saffy la voyait installée sur un canapé fatigué, devant la télé dont le son était coupé, en train de déboutonner son chemisier pour allaiter son bébé. Sa maison ordinaire l'aurait bercée de ses bruits apaisants tandis que le camion des éboueurs passait dans la rue. Un mardi normal. Lila serait devenue une femme, une mère, penchée vers son nourrisson pour humer son odeur laiteuse. Une adulte, transfigurée.

•

Quatre jours avant le procès, Saffy fut accostée par Kensington sur le parking. Il y avait deux semaines qu'elle avait découvert le Blue House, et même si son équipe avait travaillé d'arrache-pied, l'affaire Lawson n'avait pas progressé d'un pouce. Sans compter que deux de ses hommes avaient été surpris en train de dealer de l'herbe derrière la Bullseye Tavern, et qu'elle avait été obligée de les virer. Alors qu'elle sortait du poste dans la belle lumière du crépuscule estival, Saffy songea que c'était le genre de soirée qu'elle aurait autrefois passée avec sa bande près de la rivière, à boire des bières et à fumer des joints en regardant les lignes des cannes à pêche plantées sur la berge s'enfoncer dans l'eau.

— Capitaine ? lança soudain Kensington derrière elle, de sa grosse voix familière.

Saffy s'efforça de réprimer son agacement. L'un des atouts de Kensington en tant qu'enquêteur était sa capacité à se fondre n'importe où. Mais elle avait toujours été étonnée par sa médiocrité, et aussi par la façon dont il parvenait à compenser son absence de résultats par un sourire charmeur ou une manière bien particulière d'assener des tapes dans le dos du commissaire, comme s'ils s'étaient connus dans une fraternité étudiante.

— Vous auriez une minute ? demanda-t-il.

— Bien sûr.

Saffy posa sa tasse de café sur le toit de sa voiture, croisa les bras et attendit.

— Je voulais vous dire, je suis…

Il s'interrompit.

— Allez-y, lieutenant, crachez le morceau.

— Je suis désolé.

Saffy l'étudia. Mâchoire carrée, joues creuses dans la lumière déclinante. C'était tellement typique de sa part de la jeter en pâture aux loups et de venir ensuite implorer sa clémence.

— Je n'ai jamais voulu vous mettre dans cette position, capitaine. Au sujet de l'enquête, je… j'ai fait une grosse erreur. Je me suis montré négligent. Je suis navré.

— Merci de le reconnaître.

— Je vous offre une bière ? proposa-t-il d'un air penaud. Ça fait longtemps qu'on n'a pas pris un verre. Le Lion's Head ne devrait pas encore être trop bondé à cette heure-ci.

— Rentrez plutôt chez vous, répliqua Saffy.

Elle en avait plus qu'assez. De Kensington, de leur métier, de la ville. Et même de sa propre incapacité à apprécier la beauté du ciel crépusculaire au-dessus du parking, qui s'évanouissait déjà, tant elle se sentait à bout.

Ce fut seulement plus tard, quand elle arriva chez elle, que le déclic se fit dans sa tête. Cette expression de repentance forcée sur le visage de Kensington, elle l'avait déjà vue. Sur Ansel Packer, quand il était entré dans sa chambre chez Miss Gemma. « Allez, Saff… dis-moi que tu me pardonnes. »

Ce soir-là, elle rêva du Blue House. Elle s'avançait pieds nus dans le restaurant sur le sol glissant. Pourpre. Du sang. Rachel tenait une cafetière, les yeux picorés comme l'avaient été ceux du renard, la peau décomposée. Blue était assise en tailleur sur la terrasse délabrée, en face de Lila, bien vivante. Elles riaient toutes les deux en tressant des couronnes de marguerites. Aussitôt après, Lila était morte, et Blue regardait Saffy, dévastée, en serrant contre elle les ossements.

•

Plus que deux jours avant le nouveau procès. Saffy tournait dans son bureau comme un lion en cage, sa messagerie débordait d'e-mails, le manque de sommeil se faisait sentir par vagues. La visite du commissaire avait semé un vent de panique au poste, déclenchant des rumeurs de licenciements. Les policiers étaient stressés, à cran, démoralisés. Lorsque le téléphone de Saffy bipa, elle consulta machinalement l'écran, s'attendant à voir un autre spam envoyé par le magasin de meubles préféré de Kristen. Mais le nom de l'expéditeur lui sauta aux yeux.

C'était l'agence.

« Nous sommes au regret de vous informer… »

Ses idées s'embrouillèrent.

« Nous avons localisé votre père, Shaurya Singh. »

« Décédé en 2004. »

Les murs autour d'elle tanguaient. Saffy se leva, chancelante, et sortit dans la salle commune. Corinne l'appela – « Capitaine ? Vous vous sentez bien ? » –, mais elle l'entendit à peine. Elle ne parvenait plus à respirer. Alors que le parking se matérialisait devant ses yeux et que le couchant enflammait le ciel, elle sut soudain où elle devait aller.

Là où tout avait commencé.

•

Le Blue House était un fanal dans la nuit. Derrière les fenêtres, le restaurant était brillamment éclairé, comme une scène de théâtre sans rideau. De son poste d'observation le long du trottoir, phares éteints, Saffy voyait Blue et Rachel s'activer derrière le bar. Ansel y était assis, la main refermée sur une bouteille de bière.

Elle les contempla, le cœur serré. Un papillon de nuit s'était posé sur son pare-brise. Dans la salle, Blue essuyait le comptoir. Rachel leva un verre de vin vers la lumière. Ansel, voûté sur son tabouret, croisa les bras. Saffy avait l'impression de voir des parents et leur fille faire la fermeture un samedi soir. Ils semblaient à l'aise entre eux. Comme les membres d'une famille.

La pensée qui lui vint alors lui fendit le cœur. Et s'il n'y avait rien de sinistre dans tout ça ? Si la situation était beaucoup plus simple qu'elle ne l'avait cru ? Au fond, Ansel voulait peut-être juste la même chose qu'elle : savoir, enfin, où était sa place.

Elle songea de nouveau au message de l'agence. Son père était décédé. La seule photo qu'elle ait jamais vue de lui avait disparu après la mort de sa mère. Elle aurait tellement aimé l'avoir encore… Il y avait tant de questions qui resteraient à jamais un mystère pour elle. La maison d'enfance de son père, le dieu auquel il avait adressé des prières, son pantalon préféré. La nuance exacte de ses yeux, les inflexions de sa voix… Avec lui, c'était aussi une part d'elle-même qu'elle avait perdue.

Alors que Blue mimait quelque chose avec ses mains, Ansel éclata de rire, la tête rejetée en arrière. Leur bonheur était palpable.

Elle les détesta.

•

Elle se réveilla dans sa voiture au petit jour. Des lambeaux de brume dérivaient au-dessus du lac et des nuées d'insectes voltigeaient déjà dans la chaleur de juillet. Elle n'avait pas eu l'intention de rester et ne se souvenait même pas d'avoir piqué du nez. La fatigue des semaines écoulées l'avait rattrapée sans qu'elle s'en aperçoive. Elle se rappelait le pick-up d'Ansel quittant l'allée, les lumières du restaurant s'éteignant les unes après les autres, la silhouette de Blue se déplaçant derrière le rideau à la fenêtre de l'étage. Elle avait la bouche pâteuse, les cils collés par le mascara qu'elle avait appliqué avant d'aller au bureau la veille. Un élancement douloureux fusa dans son dos.

Il était tôt, à peine 7 heures. Saffy démarra et, sans trop savoir pourquoi, prit la direction des montagnes.

Il n'y avait personne à l'entrée du sentier de Cathedral Rock, l'un de ceux mentionnés par Rachel. Saffy n'avait jamais compris l'attrait de la randonnée, mais il s'agissait d'un des itinéraires les plus connus des Adirondacks, célèbre pour ses points de vue à couper le souffle depuis la tour d'observation au sommet. Saffy récupéra son sac, dans lequel se trouvaient une bouteille d'eau minérale et les barres protéinées qu'elle gardait toujours sur elle en prévision de longues nuits au poste. Elle portait un jean et des chaussures plates, confortables, qui ne tardèrent pas à se couvrir de poussière.

Elle gravit le chemin sinueux en même temps que le soleil s'élevait dans le ciel, la réveillant en douceur. Elle marcha longtemps, sans se soucier de l'heure – elle avait éteint son téléphone pour économiser la batterie –, jusqu'au moment où les muscles de ses cuisses devinrent douloureux, où la sueur trempa son pantalon au niveau des reins. Après avoir émergé du couvert des arbres, elle suivit une crête dominant d'autres massifs plus bas, exposés, vulnérables.

La tour d'observation était une haute construction aérienne, tout en légèreté. Les Adirondacks s'étendaient aux alentours, déployant leurs pentes d'un beau vert vif estival. Saffy grimpa jusqu'à la plate-forme et s'approcha du garde-fou pour admirer le panorama, laissant le vent lui emmêler les cheveux, sécher la transpiration qui dégoulinait dans son dos.

Elle n'arrêtait pas de penser à cette fille, Blue. Elle lui inspirait un sentiment diffus mais persistant. De l'envie, comprit-elle soudain, alors que le vent agitait les arbres minuscules au loin. Ce n'était pas donné à tout le monde de pouvoir inviter un homme comme Ansel dans son univers. De s'ouvrir aussi librement aux autres. De toute sa vie, songea-t-elle, émerveillée par ce paysage presque trop beau, elle-même n'avait jamais éprouvé une telle confiance. Elle savait depuis son enfance que tout le monde a une part d'ombre et que certains la contrôlent mieux que d'autres. Mais rares étaient ceux qui se considéraient comme mauvais, et c'était ça le plus effrayant. La nature humaine était parfois d'autant plus hideuse qu'elle voulait à toute force se faire passer pour bonne.

Lorsqu'elle redescendit, le soleil cognait dur. Son ventre gargouillait et elle avait pris un coup de soleil sur les épaules. Elle ralluma son téléphone, pour découvrir qu'elle avait sept messages vocaux de Corinne.

« Capitaine, rappelez-moi. »

« C'est Lawson. »

« Il est mort. »

•

Suicide, expliqua Corinne. Il s'était servi d'un drap pour se pendre dans sa cellule. C'était le directeur de la prison qui l'avait découvert.

Alors qu'elle traversait en trombe Tupper Lake, Saffy laissa libre cours à sa colère et à sa frustration. Au fond, elle n'était même pas surprise : les hommes comme Lawson trouvaient toujours une échappatoire. Combien de fois avait-elle été confrontée à une telle situation ? Ces hommes-là parvenaient à exploiter les failles d'un système qui les favorisait. Même après avoir commis les crimes les plus violents, ils estimaient légitime de revendiquer leur liberté, sans se soucier de l'image qu'ils renvoyaient. Arrêtée à un feu rouge, Saffy se représenta Marjorie, les cheveux collés par le sang sur le carrelage de la cuisine enfumée. Puis elle visualisa Lawson, se balançant au-dessus de sa couchette en prison.

Le cycle était impitoyable. Impossible à arrêter. Saffy effectua un demi-tour au milieu de la route en se remémorant ce qu'elle avait dit un jour à Kristen : elle voulait changer le système de l'intérieur. Or elle était bel et bien à l'intérieur, désormais, penchée sur un microscope, observant le virus qui dévorait tout.

•

En entrant dans le restaurant, Saffy découvrit Blue seule derrière le comptoir. Elle tapotait sur son téléphone en buvant un verre d'eau, manifestement tout juste revenue d'un jogging : figure rouge, en nage. Elle tressaillit au son de la clochette sur la porte, puis saisit un menu.

— Vous serez combien ? demanda-t-elle.

— Il n'y a que moi.

Saffy s'installa sur un tabouret au bar, puis observa la jeune fille en face d'elle. Cheveux blond vénitien rassemblés en une queue-de-cheval mouillée de transpiration, taches de boue sur les mollets. Des traits qui rappelaient ceux d'Ansel, en particulier la ligne du nez, les yeux de chat…

— Police de l'État de New York, déclara enfin Saffy – un aveu. Vous voulez bien aller chercher votre mère, s'il vous plaît ?

Lorsque Rachel émergea de la cuisine puis, manifestement inquiète, passa un bras protecteur autour des épaules de sa fille, Saffy s'était entre-temps laissé gagner par le doute. Elle savait que sa démarche n'était pas professionnelle. Ni rationnelle, même si elle n'avait rien d'illégal. Mais quand Blue se mordit la lèvre en face d'elle, gagnée par la nervosité, elle la revit dans son rêve serrer contre elle un tas d'ossements.

— Pouvez-vous me parler de votre relation avec Ansel Packer ? demanda-t-elle.

— Pourquoi ? Qu'est-ce qui se passe ? répliqua Rachel.

— S'il vous plaît, c'est important, insista Saffy. Que fait-il ici ?

— C'est mon oncle, expliqua Blue. Le frère de mon père. On ne savait même pas qu'il existait avant que ma grand-mère le mentionne par mégarde le mois dernier. Papa est mort sans savoir qu'il avait un parent biologique, alors j'ai voulu prendre contact avec lui. Je pensais que c'était important de le connaître.

— Qu'attendez-vous de lui ? questionna Saffy.

— Rien, répondit Blue lentement. Il nous aide à reconstruire la véranda de derrière. Il est… il est de la famille.

Saffy sentit sa paranoïa refluer. Au moins, elle s'expliquait mieux la présence d'Ansel au Blue House. Mais ça ne signifiait pas que le danger était écarté. Elle songea au drap enroulé autour du cou de Lawson, à son visage bleui, contusionné.

Toute l'histoire jaillit alors, avec un luxe de détails superflus. Saffy leur parla des corps, de la façon dont les restes des disparues s'étaient dispersés dans le sol, comme si elles avaient essayé de s'échapper. Elle leur parla aussi de la bague de Jenny. Et même du cadavre du renard sur ses draps. L'expression de Rachel se durcit tandis que celle de Blue s'altérait, reflétant un désespoir grandissant. Lorsque Saffy eut terminé son récit, il y eut un long silence douloureux. Dans cette atmosphère pesante, elle sentit naître en elle le regret d'en avoir trop dit.

— Je ne comprends pas, murmura enfin Rachel. Pourquoi n'est-il pas en prison ? Pourquoi n'a-t-il pas été arrêté ?

Il vint à l'esprit de Saffy qu'il existait bien des façons d'infliger la souffrance, pas forcément physiques. Une machine à glace vrombissait au loin.

— La version courte, c'est que les preuves étaient insuffisantes, répondit-elle. Écoutez, si je vous ai donné toutes ces informations, c'est pour votre sécurité. S'il vous plaît, prenez vos distances avec lui.

Saffy les quitta sur ces mots, après avoir laissé son numéro de téléphone à Rachel. « N'hésitez pas à m'appeler au besoin. » Avant de sortir, elle mémorisa leurs silhouettes figées derrière le bar – deux femmes blessées, mais pas mortellement – et sut qu'elle avait pris la bonne décision. Durant toutes ces années, elle avait observé Ansel en essayant d'évaluer sa souffrance, de la comparer à la sienne. Or, il avait apparemment trouvé le moyen d'enterrer le passé, et il était temps pour elle de commencer à creuser aussi.

•

Ce soir-là, elle se rendit au poste. À 2 heures du matin, le bâtiment était complètement désert. Elle se fraya un passage parmi les ordinateurs en veille jusqu'à son bureau plongé dans l'obscurité. Sans allumer, elle chercha son fauteuil, puis s'y assit, aussitôt apaisée par le sentiment d'être à sa place, en position d'autorité. Ce n'était pas professionnel, ce qu'elle avait fait. Mais si elle ne parvenait pas à changer quoi que ce soit dans son métier – ce métier qui avait pris le pas sur tout le reste dans sa vie, qui oscillait entre cauchemar et extase –, elle pouvait au moins faire bouger les choses ailleurs. La tension accumulée en elle se relâcha d'un coup, tandis que la question de la psychologue résonnait dans sa tête. « Qu'est-ce que vous voulez ? »

Elle voulait être quelqu'un de bien. Elle leva les yeux vers le plafond, des larmes brûlantes lui sillonnant les joues, et pria pour que s'efforcer d'être une bonne personne suffise à le devenir.

•

Il n'y aurait pas de nouveau procès. En ce lundi qu'ils avaient passé tant de temps à préparer, Saffy donna un jour de congé à ses enquêteurs. Au lieu de se présenter au poste, de répondre aux nombreux appels du bureau du commissaire, de l'avocat de Lawson et des journalistes toujours à l'affût d'informations, Saffy se rendit au cimetière.

La tombe de sa mère n'était pas entretenue. Saffy avait apporté des fleurs, mais elle le regretta : elles paraissaient trop colorées, trop vivantes et gaies pour la stèle grise moussue. Alors qu'elle se baissait pour les placer devant le nom gravé dans le granite, elle réentendit distinctement sa mère lui dire : « Tu verras, Saffy. L'amour, le vrai, te consumera vivante. »

Rachel avait appelé. Sa voix tremblait légèrement, mais son intonation était ferme. Elle avait chassé Ansel du Blue House. Son pick-up avait disparu de Tupper Lake. « Où est-il allé ? » avait demandé Saffy. Rachel avait répondu qu'elle l'ignorait. Il faudrait en rester là, avait alors songé Saffy. Cette obsession la maintenait captive depuis trop longtemps. Le dossier demeurerait ouvert – à jamais un mystère.

En attendant, elle savait que sa mère avait eu raison : il y avait eu une certaine forme d'amour dans sa quête. Le genre d'amour qui poussait à harceler son objet, à le traquer. Qui vous faisait sursauter comme un bruit dans la nuit. Toujours agenouillée devant la sépulture, le front appuyé contre la pierre rugueuse, Saffy avait l'impression de se défaire de son ancienne peau. De toucher au cœur même de son être. D'établir le lien entre ce qu'elle avait été et ce qu'elle était. Quelle merveille et quel fardeau, cette évolution incessante !

1 HEURE

Votre témoin est là, annonce l'aumônier.

Cinquante-six minutes. La peur te vide la tête. Une sorte de torpeur s'est emparée de toi, mais ces mots allègent la pression. Tout s'éclaire, tes muscles se réveillent, émergent de leur engourdissement.

Blue, dis-tu. Elle est venue.

Elle est plus âgée aujourd'hui. Elle ne veut pas te voir, ni te parler. Tu ne poseras les yeux sur elle que lorsqu'elle apparaîtra dans le box des témoins. Sept ans ont passé depuis cet été au Blue House. Elle a dû changer, mais peu importe. Pour toi, elle aura toujours seize ans. Elle sera toujours cette adolescente à l'accueil du restaurant, les pouces logés dans les passants de son jean.

•

Il n'y a pas eu d'événement majeur. Pas de révélation fracassante. Quand tu te remémores le Blue House aujourd'hui, tu es frappé par une pensée dévastatrice : là-bas, il n'y avait que le réconfort.

Il n'y avait que Blue et toi dans les hautes herbes. Elle t'avait interrogé sur ton travail, sur l'école, sur tes plats préférés quand tu étais petit. Elle t'avait parlé de son père, un homme que tu avais appris à connaître à travers des souvenirs rapportés durant ces quelques semaines radieuses. Tu n'arrivais pas à croire que cette fille soit issue du bébé sur le plancher de la ferme, de la tragédie qui t'avait poursuivi toutes ces années. Sur ses traits, tu avais trouvé l'absolution.

La vie était facile, au Blue House. Tu restais assis au bar pendant que Rachel et Blue faisaient la fermeture, et tu leur racontais des histoires sur tes familles d'accueil, sur Jenny, sur le livre que tu écrivais. Ta Théorie. Blue te servait une part de tarte maison, les pommes fondaient délicieusement sur ta langue.

La vérité te paraît toute bête, dans l'ombre de ce qui t'attend ce soir. Tellement simple que ça te fend le cœur. Tu n'avais aucune idée, avant le Blue House, de ce que tu pouvais devenir. Ce n'était pour toi qu'une aspiration indéfinissable, insaisissable. Ça n'avait pourtant rien de compliqué.

Au Blue House, tu étais libre.

•

On t'apporte à présent ton dernier repas.

Tu es assis par terre, le dos appuyé contre l'encadrement du lit, le plateau calé sur tes jambes : une côte de porc grasse, une portion de purée de pommes de terre, un cube de Jell-O vert vif. Tu coupes ta viande avec le côté de ta fourchette. Tu as droit au même menu que les prisonniers de droit commun dans l'Unité Walls.

Rien de spécial. Le tristement célèbre « dernier repas du condamné » n'existe plus, il a été supprimé il y a des années quand les demandes sont devenues trop excentriques et qu'un nouveau directeur a été nommé. La viande se scinde facilement. Tu en piques un morceau et tu le portes à ta bouche. Il a un goût de caoutchouc, salé, irréel. Tu l'avales en l'imaginant descendre dans ton estomac, puis dans tes intestins, où il se dissoudra lentement en même temps que les fragments de la photo. Mais la nourriture que tu manges maintenant n'aura pas le temps d'être évacuée, elle se décomposera en même temps que ta chair et tes organes, à l'intérieur d'un cercueil en cèdre premier prix payé par l'État, à un mètre cinquante sous terre dans un emplacement anonyme du cimetière au bout de la route.

Un haut-le-cœur. Tu te rends compte que c'est déjà fini. Tu n'as même pas profité de l'ultime bouchée.

•

L'aumônier revient. Il s'assied devant ta cellule, à califourchon sur une chaise, comme un prof essayant d'être cool. Il tient un exemplaire de la Bible relié de cuir, dont il caresse la couverture du pouce, encore et encore.

Je peux faire passer un message à Blue, déclare-t-il. Souhaitez-vous lui dire quelque chose ?

Tu n'as rien de plus à lui dire. Blue a déjà vu la preuve de ton humanité. D'un condensé de ta Théorie. Il existe en toi une galaxie de possibilités, un univers de promesses.

Comment peuvent-ils faire ça ? demandes-tu.

L'aumônier grimace. Piteux.

Comment peuvent-ils le supporter, mon père ?

Je ne sais pas.

Cette fille, mon père. Blue. Elle est la preuve vivante que je peux être quelqu'un de normal. Une bonne personne.

Bien sûr, réplique l'aumônier. Tout le monde en est capable. Ce n'est pas la question.

Tu as du mal à regarder cet homme bedonnant. Grassouillet, faible. Tu voudrais tendre le bras à travers les barreaux, attraper à pleines mains la chair molle de son visage. Pour les avoir mis en pratique, tu connais les moyens de prendre le contrôle. Tu pourrais le plonger dans l'embarras. Te montrer plus intelligent que lui. Ou te jeter contre les barreaux, l'intimider par ta force physique. Mais ces options requièrent trop d'énergie. Il te reste quarante-quatre minutes à vivre, et le jeu ne te paraît pas en valoir la chandelle.

La vraie question pour nous, c'est de savoir comment affronter ce que vous avez fait, reprend l'aumônier. Comment demander pardon.

Le pardon est illusoire. C'est comme un carré de soleil chaud sur la moquette. Tu aimerais te lover à l'intérieur pour y puiser du réconfort, mais tu as bien conscience qu'il ne te changera pas, ne te ramènera pas en arrière.

•

Jenny vient alors te rendre visite. Un fantôme. La plus douce des accusations.

Elle n'existe plus aujourd'hui qu'à travers des détails minuscules, le souvenir de petites habitudes, d'une vie quotidienne ordinaire avant cet endroit. Un pincement au cœur, à la pensée de cette vieille maison. Des draps en flanelle que Jenny avait choisis dans le grand magasin, des rideaux brodés au-dessus de l'évier. De la moquette beige qui ne semblait jamais propre, du téléviseur poussiéreux sur son pied. Tu te représentes Jenny franchissant le seuil dans sa blouse d'infirmière, tapant des pieds pour faire tomber le sel de ses bottes d'hiver.

Chéri ? appelle-t-elle. Je suis rentrée.

La présence de Jenny. Son odeur. Shampooing fruité, haleine chargée de la gueule de bois. Tu te souviens de la manière qu'elle avait de te taquiner, les mains sur tes joues. Tu as le droit d'avoir des émotions, disait-elle en riant, des mots qui avaient toujours le don de t'exaspérer. Mais si tu pouvais revenir en arrière, tu plaquerais toi aussi tes mains sur elle et tu savourerais la chaleur de ses paumes sur ton visage – Jenny, la seule personne qui ait jamais osé s'interposer entre le monde et toi.

S'il te plaît, supplierais-tu. Je voudrais ressentir quelque chose. N'importe quoi.

Montre-moi juste comment on fait.

•

Tu vois clairement le lien à présent, à la lumière de la mémoire. Celui qui unit le Blue House et Jenny.

Les Harrison t'ont chassé un dimanche matin. Blue et Rachel se tenaient sur le parking du restaurant, les bras croisés, dégageant une impression de malaise palpable. Ne reviens pas, avaient-elles décrété. On ne veut plus de toi ici. Tu avais entendu ces mots à d'innombrables reprises au cours de ta vie mais, dans la bouche de ces femmes, ils prenaient une résonance différente. Le Blue

House t'avait rendu plus gai, plus doux. Il t'avait prouvé tant de choses. Enfin, tu faisais partie d'une famille.

La voix de Rachel était cependant déterminée. Tu n'avais aucune idée de ce qu'elles avaient appris ni de la façon dont elles l'avaient découvert, tu savais juste que c'était inconcevable.

Quand tu avais grimpé dans ton pick-up puis quitté le parking, le bout de tes doigts te démangeait furieusement. Tout se brouillait dans ton esprit. Alors que tu regardais Blue et Rachel disparaître dans le rétroviseur, leur expression s'était gravée pour toujours dans ton esprit : elles avaient peur de toi.

Tu avais roulé jusqu'au Texas. Il t'avait fallu quatre jours pour y arriver. Tu n'imaginais pas rentrer dans le Vermont ; tu ne pouvais même pas envisager de retourner au motel. Tu avais tout laissé dans cette petite chambre humide, tes vêtements et ton argent, ton rasoir et ta brosse à dents, la photo que Blue t'avait donnée du restaurant, prise un matin où le ciel était couvert. Tu avais conduit la tête vide, seulement habité par la colère, en te demandant combien de blessures ton corps serait encore capable d'endurer. Le désespoir était comme un parasite.

Tu n'avais qu'une certitude, et c'était Jenny. Sa forme. Son odeur. Son souffle aigre sur l'oreiller au petit matin. Tu avais besoin d'elle comme tu avais besoin de l'oxygène que tu respirais. Quelle naïveté de ta part, quelle bêtise, d'avoir cru que le Blue House pourrait la remplacer !

Alors tu avais dormi sur le plateau de ton pick-up. Tu t'étais agité dans ton sommeil durant chaque nuit venteuse, jusqu'à ce que l'air devienne chaud et humide, jusqu'à ce que les arbres bordant l'autoroute cèdent la place à de vastes plaines désertiques.

Jenny avait bloqué ton numéro. Elle n'avait appelé qu'une fois depuis son départ dix mois plus tôt, pour s'assurer que tu avais bien signé les papiers du divorce. À l'autre bout de la ligne, tu avais entendu le souffle bruyant de son avocat dans la pièce.

Quand tu avais enfin atteint Houston, tu avais pris une chambre dans un motel minable et cherché une bibliothèque. Sur un ordinateur placé entre des piles d'ouvrages qui sentaient le renfermé, tu avais tapé son nom. La photo de son profil sur Facebook s'était affichée aussitôt : elle portait une paire de lunettes de soleil en plastique, et tu avais remarqué avec surprise que le galbe de ses épaules bronzées s'était accentué. Elle avait été taguée quelques jours plus tôt sur un autre cliché où l'on voyait trois femmes sur un parking. « Dernier jour de travail pour Bethany ! » disait la légende. Une partie d'un panneau derrière elles montrait les quatre premières lettres du nom de l'hôpital. Google te l'avait révélé : il se situait dans la banlieue. Pas loin de ton motel. Ton cœur cognait dans ta poitrine. Ton corps avait momentanément repris une forme familière.

L'espoir, comme un coup de poignard.

Le lendemain matin, tu avais patiemment attendu dans ton pick-up garé près de l'entrée des urgences. Tu avais découvert sur Facebook que Jenny s'était coupé les cheveux, qu'elle avait opté pour un carré élégant, mais tu n'avais pas imaginé qu'il lui irait si bien. Il affinait son visage, allongeait sa silhouette. Jenny était superbe. Elle tenait une tasse de café dans une main et son téléphone dans l'autre. Quand elle avait éclaté de rire, le son t'était parvenu à travers le pare-brise. Peut-être les choses auraient-elles été différentes si tu avais agi tout de suite, si tu lui avais parlé au grand jour au milieu des allées et venues devant le bâtiment. Mais tu étais trop intrigué.

Au fil des heures, ton histoire s'était développée alors que tu étouffais dans la chaleur de l'habitacle. Tu voulais réparer les dégâts, vous accorder une seconde chance. Tu voulais rentrer dans cette maison aux rideaux ornés de cerises, recommencer à passer des soirées tous les deux vautrés sur le canapé. Lorsque Jenny était ressortie, le soleil rosissait au-dessus de l'asphalte, et elle était accompagnée d'un homme. Il portait une tenue médicale bleu ciel et une barbe naissante ombrait sa mâchoire anguleuse. Il s'était penché vers Jenny pour lui déposer un baiser sur la joue.

Une bouffée de rage, aveuglante.

Après de longs adieux entre eux qui t'avaient rendu malade, l'homme était parti en voiture de son côté, et toi, tu avais suivi Jenny, d'abord dans des rues bordées d'imposantes demeures tarabiscotées, puis jusqu'à un quartier plus modeste. Elle s'était arrêtée devant un immeuble moderne, anonyme, semblable à ses voisins. Tous peints dans des tons pastel, ils évoquaient des crayons de couleur alignés. Jenny avait gravi le perron en cherchant ses clés dans son sac – celui dont tu gardais le souvenir, une pochette en similicuir écaillé. À l'intérieur, tu le savais, il y avait des reçus de carte bancaire froissés et des tubes de baume à lèvres, avec des miettes collées aux bouchons.

L'appartement s'était éclairé. La nuit était tombée comme un rideau de scène et, durant ces quelques minutes avant que tu descendes de voiture, tout t'était revenu à l'esprit d'un bloc. Le pouce de l'homme caressant la joue de Jenny, la blessure, le besoin, la honte – un maelstrom vertigineux, écœurant.

Tu avais tourné la poignée de la porte. Verrouillée.

Alors tu avais donné des coups de pied jusqu'à ce qu'elle s'ouvre à la volée, plus violemment que tu ne l'avais prévu. Ce point donnerait plus tard lieu à un débat au tribunal, le ministère public ayant retenu l'intrusion par effraction pour renforcer la qualification d'homicide, ce qui te rendait éligible à la peine capitale.

Mais en cet instant, il n'y avait que Jenny. Elle se tenait dans sa cuisine en marbre, le dos à la cuisinière. L'appartement était immaculé. Elle avait acheté une de ces machines à expresso à la mode, qui trônait sur le plan de travail en granite, et il y avait des fleurs fraîches dans un vase près du rebord de la fenêtre. L'eau chauffait dans la bouilloire sur le gaz tandis que les enceintes diffusaient un de ses vieux titres préférés de Sheryl Crow. Une chanson à l'image de Jenny, simple, pleine d'attentes, sentimentale. Et soudain, la situation avait basculé. Elle n'était plus seulement Jenny, elle les incarnait toutes à tes yeux – toutes les femmes qui t'avaient abandonné.

Ansel, avait-elle dit. Tremblante. Effrayée. Quand tu avais défoncé la porte, elle s'était jetée sur un couteau de cuisine, brillant, solide, trop gros pour ses mains fines.

Ce n'était pas ce que tu avais imaginé.

Jenny, aurais-tu voulu l'implorer. Jenny, c'est moi. Tu voulais la Jenny que tu avais choisie pour sa patience et le réconfort qu'elle t'apportait, celle qui se retournait au lit pour appuyer ses lèvres sur ton omoplate. Celle qui avait cru en toi. Qui t'avait offert une vie qui valait la peine d'être vécue.

Sauf qu'il n'y avait que de la terreur, dans cette cuisine.

Il y avait eu une fraction de seconde durant laquelle les choses auraient pu se passer différemment. Qui sait ? peut-être y avait-il eu des millions de fractions de seconde où tout aurait pu changer – si le couteau n'avait pas lui entre ses doigts, si, si, si… Même quand tu t'étais rué sur elle et qu'elle avait levé les mains en un geste de défense qui ressemblait à une reddition, tu aspirais encore à ces innombrables autres vies possibles.

Mais ce n'était qu'une fille. Et tu n'étais que toi.

•

Trente et une minutes.

Tu te tiens dans un coin de ta cellule, raide comme un piquet. L'aumônier est parti et tu écrases le bout de ton nez contre le mur. Frais, rugueux. Ton corps te paraît étrangement sensible au toucher, comme s'il était possédé par la fièvre.

Personne ne semble s'en soucier. Personne ne semble comprendre le pouvoir de l'intention. De tous les faits qui t'ont conduit ici, c'est pour toi le plus important : ce qui s'est passé cette nuit-là t'a été dicté par ta nature profonde. Tu n'avais rien planifié ni fantasmé, tu as juste répondu à cette force qui fait de toi ce que tu es. Ça devrait compter, la distance entre ton désir et tes actes. Tu voulais aimer Jenny, ou du moins apprendre à le faire. Tu ne voulais pas la tuer.

HAZEL

2012

Il n'y avait pas eu d'Appel.

Pas de brusque frisson glacé dans le dos.

Quand c'était arrivé, Hazel triait le linge propre devant la télé dont le son était coupé. Occupée à plier ses vieux soutiens-gorge, l'uniforme scolaire d'Alma et les caleçons de Luis, elle n'avait strictement rien ressenti. Pas de douleur fulgurante, pas d'inquiétude soudaine. Elle avait rassemblé les chaussettes de Mattie en petits paquets colorés, tout en regardant les publicités se succéder à l'écran. Pour un vélo d'appartement, pour une éponge qui se nettoyait toute seule, pour une assurance auto.

•

Le lendemain matin, elle était accroupie dehors, les mains dans les asclépiades, quand Luis apparut dans la véranda de derrière. Il portait son survêtement du samedi et agitait son téléphone vers elle.

— Hazel ! cria-t-il. Ta mère a déjà appelé au moins six fois.

La peur s'empara d'elle, viscérale, instinctive. Sa mère ne téléphonait jamais plus d'une fois. Si on ne lui répondait pas, elle laissait en général un message enjoué. Ses parents vieillissaient. L'un d'eux avait-il fait une chute ? Hazel rappela sa mère en essuyant avec son avant-bras son front mouillé de sueur. Le déclic à l'autre bout de la ligne fut suivi par le bruit d'un sanglot ravalé.

— Maman ? dit Hazel, l'estomac noué. Qu'est-ce qu'il y a ?

— Oh, ma chérie… C'est Jenny. Elle… elle est morte.

Un voile noir devant les yeux.

— Elle était dans son appartement et… un couteau de cuisine…

Hazel ne reconnut pas sa propre voix quand un hurlement s'échappa de sa gorge – l'expression d'une douleur intolérable qui sommeillait au plus profond de son être, dont elle ignorait l'existence jusque-là. Luis, impuissant, demeura près d'elle tandis qu'elle se laissait tomber sur le plancher de la véranda. La voix de sa mère lui parvenait toujours, à peine audible, du téléphone qu'elle avait jeté par terre et qui avait atterri à trois mètres d'elle. Elle se concentra sur une toile d'araignée tissée au pied d'un fauteuil, soyeuse et translucide. Une mouche solitaire était emmaillotée au centre, immobile.

Le temps s'étira, ralentit sa course, puis la suspendit. L'après-midi remplaça le matin, mais Hazel n'en avait conscience que par intermittence, durant quelques minutes irréelles qui lui nouaient la gorge au point de l'étouffer. Elle entendit Luis au téléphone :

« Le corps… », disait-il à son beau-père. Puis : « Une arrestation. » Les heures se succédaient, vides de sens.

La seule personne qu'elle aurait voulu joindre pour lui annoncer la nouvelle, c'était Jenny elle-même. Sa sœur l'aurait saluée d'un ton guilleret, elle était devenue tellement plus gaie depuis quelques mois qu'elle était au Texas. « J'ai rencontré quelqu'un, lui avait-elle raconté, tout heureuse. Un infirmier en chirurgie, adorable. Il me mitonne de bons petits plats, on regarde la télé ensemble… Je te le présenterai quand tu viendras. » Hazel prévoyait de lui rendre visite à Thanksgiving. Elle avait déjà réservé ses billets d'avion. L'image des oreilles de sa sœur, si délicates, lui traversa l'esprit. Et aussi celle de ses ongles rongés.

•

Le chagrin était un puits sans fond. Une porte ouverte sur le néant. Une marche si interminable que Hazel n'avait même plus conscience de ses jambes. Une explosion de soleil aveuglant. Un déferlement de souvenirs : des sandales sur le trottoir, une sieste sur une banquette arrière, des pieds aux ongles fraîchement vernis appuyés sur le carrelage de la salle de bains. Le chagrin était une forme de solitude aussi vaste que le monde.

•

Quatre jours plus tard, Hazel se tenait dans la cuisine de ses parents, encombrée de toutes sortes de plats. Des voix lui parvenaient du salon. L'après-midi s'était transformé en soirée lugubre, et pour elle, la réception post-enterrement était noyée dans ce même brouillard qui semblait avoir tout recouvert depuis la mort de Jenny. Une pellicule de blanc sur un étang.

Elle n'avait pas voulu s'habiller en noir. Alors elle avait fouillé sa penderie, jusqu'au moment où elle avait retrouvé la robe en coton qu'elle avait reçue autrefois en cadeau lors de ce Noël particulier – gris chiné pour elle, vert olive pour Jenny. La cérémonie lui avait paru impersonnelle, presque offensante tant elle n'avait rien de mémorable. Assise près de ses parents sur le premier banc dans cette église où ils n'avaient sans doute pas mis les pieds plus de deux fois, elle avait écouté un prêtre évoquer à demi-mot la merveilleuse personnalité de Jenny. Elle avait ensuite dûment suivi la procession jusqu'au cimetière, où le cercueil avait été mis en terre tandis qu'un orage menaçait d'éclater au-dessus d'eux. Des heures plus tard, elle serrait toujours le programme de la cérémonie dans sa paume humide – une simple feuille de papier pliée, avec la photo de sa sœur imprimée dans des tons de gris, où l'on voyait Jenny assise sur le canapé du salon, les mains sous le menton, arborant un sourire lumineux, confiant. À son doigt, cette affreuse bague qui semblait faire de l'œil à l'objectif.

— On peut s'en aller, si tu veux, proposa Luis.

Une main posée sur son épaule, il lui tendit un autre gobelet de café.

Autour d'eux, les voisins dissimulaient à peine leur curiosité. Si les oncles et les tantes avaient enlacé Hazel de leurs bras grêles en lui murmurant leurs condoléances, la plupart des personnes présentes étaient venues uniquement pour le spectacle. Hazel se doutait bien que, pour les collègues de son père ou les femmes qui faisaient de l'aquagym avec sa mère, c'était la chose la plus terrible et la plus intéressante qui se soit produite dans leur impasse. Ils avaient tous défilé devant Hazel, sur la réserve, pour murmurer : « C'est une perte immense. » Mais la formule semblait creuse, vide de sens. Comme si elle avait égaré son téléphone, oublié sur la banquette arrière d'un taxi.

— Bientôt, répondit-elle. Laisse-moi encore quelques minutes.

Dans le brouhaha feutré des conversations, personne ne remarqua qu'elle s'éclipsait par la porte d'entrée.

Ses oreilles bourdonnèrent dans le silence soudain du monde extérieur. Elle monta dans sa voiture, garée de l'autre côté de la rue parce qu'il n'y avait plus de place dans l'allée. Le quartier était plongé dans la pénombre. De son siège, elle regarda la maison éclairée. On aurait dit un écran de télé diffusant un film triste. Elle ne mit pas le contact, se bornant à savourer quelques instants le soulagement procuré par la solitude. Puis elle se pencha pour ouvrir la boîte à gants.

Elle était toujours là, aussi lourde que dans son souvenir. Cette maudite bague.

Dix mois plus tôt seulement, elle avait déposé Jenny à l'aéroport. C'était la dernière fois qu'elle l'avait vue. Alors qu'elle tenait le bijou dans sa paume, une bouffée de rage l'assaillit, en même temps qu'un souvenir lui revenait, oublié depuis longtemps : Ansel, le jour où il avait offert ce bijou à Jenny. Ansel, dehors au clair de lune, en train de creuser.

Serrant dans ses doigts la pierre qui semblait l'inciter à agir, elle descendit de voiture et ouvrit le portail du jardin familial. L'érable était là, tel qu'elle l'avait toujours connu, avec ses branches déployées comme des bras promettant le réconfort. Elle en fit le tour à plusieurs reprises. Toutes ces années plus tôt, elle avait vu de la fenêtre de sa chambre Ansel manier la pelle de leur père. Elle avait réussi à convaincre l'adolescente qu'elle était alors qu'il s'agissait seulement d'un rêve, mais ce soir-là, postée au pied de l'arbre, elle sentait qu'il était crucial de retrouver l'endroit.

Elle s'accroupit pour mieux étudier le sol. Plus alerte qu'elle ne l'était depuis des jours, elle finit par repérer une zone où l'herbe était moins dense, la terre presque dénudée. En allant chercher la pelle de son père dans le garage, elle savait qu'elle n'avait pas rêvé.

Lorsque le fer de la pelle percuta la petite boîte, Hazel avait les ongles noirs de terre. Elle alluma la lampe de son téléphone et la dirigea vers le trou. Elle avait exposé la vieille boîte à bijoux de Jenny, un objet en plastique, sans valeur sentimentale, où elle avait sans doute rangé des bricoles qui n'avaient pas dû lui manquer. Hazel l'essuya avant de la dissimuler sous sa robe et de rentrer discrètement dans la maison. Tête basse, elle se dirigea vers l'escalier.

Ses parents avaient récemment fait des travaux de rénovation et transformé l'ancienne chambre de leurs filles en salle de sport. Pourtant, en poussant la porte, Hazel s'attendait encore plus ou moins à voir ses chaussons de danse accrochés au mur et les produits de maquillage de Jenny entassés sur sa coiffeuse. Au lieu de quoi, elle découvrit des appareils de musculation et des haltères brillants que son père n'avait sans doute jamais utilisés. Un tapis de course trônait au milieu de la pièce, des DVD d'entraînement s'alignaient sous le téléviseur éteint. Dans un coin de la pièce, Hazel distingua les creux dans la moquette laissés par les pieds du lit de sa sœur.

Elle s'assit au bord du tapis de course et passa la main sur la bande de roulement. Elle laissa une vague de chagrin la submerger, puis refluer. Comme quand elles étaient petites et jouaient dans l'eau sur la côte de Nantucket. « Lorsque tu vois une vague, il faut faire un choix, lui avait expliqué Jenny. Ou tu nages contre elle, ou tu la laisses te ramener, te mettre en sûreté. »

La boîte était posée sur ses genoux. Elle l'essuya encore une fois, faisant tomber de la terre sur la moquette, puis souleva le couvercle. Le contenu ne lui inspira aucun sentiment de familiarité. Ni de nostalgie. Les bijoux à l'intérieur n'appartenaient pas à sa sœur. Hazel ne les avait jamais vus. Une barrette ornée de perles et un petit bracelet également en perles.

La déception s'abattit sur elle. Mais elle se dit que Luis saurait peut-être quoi faire – pour les babioles, le trou dans le sol, les questions sans réponse. Elle-même ne pouvait que déplorer l'injustice de la situation. Son inexorabilité.

C'était désormais son histoire. Ce malheur qui avait frappé Jenny bouleversait sa vie à elle aussi, et elle le réécrirait jusqu'à la fin de ses jours, tenterait de le définir, le remodèlerait, le jetterait contre le mur. Il lui faudrait des années pour apprendre à vivre dans un monde où sa sœur n'était plus. Et encore, était-ce seulement possible ? L'ampleur de ce qu'elle avait perdu lui paraissait démesurée. Elle n'avait même pas encore vraiment pris en compte Ansel, elle avait jusque-là repoussé sa colère chaque fois qu'elle la sentait affleurer, trop immergée qu'elle était dans le désespoir. Ça lui paraissait complètement fou, et même presque risible, qu'une seule personne, un homme aussi banal qu'Ansel, ait pu ouvrir un tel gouffre dans son existence.

Elle ferma les yeux pour ne plus voir le tapis de course. Elle pria, encore et encore, pour faire l'expérience d'un Appel, mais ne lui parvinrent en réponse que les bruits assourdis de la réception au rez-de-chaussée et l'écho de sa respiration saccadée. Désormais, il n'y aurait plus d'Appel, ou au contraire il y en aurait en permanence, selon la façon dont elle voyait les choses. Elle n'était plus la moitié d'un tout, elle était devenue un tout à elle seule. Un Appel ne relevait pas de la magie, ni de la télépathie, ni d'une forme de communication inexplicable entre jumeaux. Jenny était morte, mais le lien entre elles demeurait aussi fondamental et insaisissable que dans le ventre maternel. Cellulaire. Infini. C'était le lien de la mémoire.

SAFFY

2012

Lorsque Saffy apprit la nouvelle, elle visualisa la clavicule de Jenny. Revit le creux de sa gorge s'accentuer quand elle avait inhalé la fumée de sa cigarette. Se rappela son expression, des années plus tôt – comme si elle savait déjà, d'une façon ou d'une autre, comment tout ça allait finir.

Corinne l'appela tard un jeudi. Saffy était assise sur le canapé de son salon, devant la table basse couverte de dossiers. Depuis le suicide de Lawson, le travail ne cessait de s'accumuler : encore des morts par overdose le long de la frontière, un cadavre dont ils avaient hérité d'un autre service… Peu importait que l'affaire qui lui tenait tant à cœur ait abouti à une impasse. Le lendemain de la date prévue pour le procès de Lawson, Saffy s'était acheté un café extra-long et avait repris sa place au poste.

Elle décrocha le téléphone en essuyant des miettes de pop-corn logées dans les plis de son T-shirt.

— Bonjour, capitaine, dit Corinne d'une voix posée. Vous devriez vous asseoir.

— Allez-y, je vous écoute.

— Jenny Fisk, dont vous m'avez parlé. La brigade criminelle de Houston a découvert son corps il y a quelques jours. Multiples blessures à l'arme blanche. L'ex-mari a été entendu, mais il n'y avait pas assez d'éléments contre lui pour l'arrêter. C'est votre homme, capitaine. Ansel Packer.

Saffy grimaça. L'odeur du pop-corn brûlé lui paraissait soudain écœurante, chimique et répugnante.

— Désolée, reprit Corinne. Je sais que ce n'est pas le moment de…

— Merci, sergent.

Saffy raccrocha.

Une semaine plus tôt, elle avait dormi devant le Blue House. Une semaine plus tôt, elle avait dit à Blue et à Rachel des choses qu'elle n'avait jamais révélées à personne. Elle en avait conçu du soulagement, et même une sorte de fierté réconfortante. Grâce à elle, Blue, une jeune fille du même âge que les autres victimes, était bien vivante. Mais Jenny était morte. Cette pensée suscita en elle la culpabilité, puis l'horreur.

En fin de compte, elle n'avait sauvé personne.

•

La femme se présenta à sa porte le lendemain soir.

Saffy préparait une marinade pour les escalopes de poulet que Kristen lui avait apportées. Une légère brume crépusculaire entrait par la fenêtre. Les stridulations des cigales se faisaient toujours entendre. Saffy s'essuya les mains avec du papier absorbant puis, en chaussettes, se dirigea vers la porte.

La visiteuse avait les cheveux courts et un gros grain de beauté sur la joue. Son visage lui fit penser à une plaie ouverte, à vif. Saffy la reconnut sur-le-champ, pour avoir vu aux informations la photo souriante de Jenny Fisk et lu l'avis de décès publié dans le journal de Burlington : « Ses parents et sa sœur jumelle ont la douleur de vous faire part… »

— Désolée de vous déranger chez vous, déclara la femme. Je m'appelle Hazel Fisk et je… hum, j'ai découvert quelque chose. C'est le sergent Caldwell qui m'a conseillé de m'adresser à vous. Elle m'a dit que ça vous intéresserait.

Saffy conduisit Hazel dans le salon, où les derniers rayons du couchant illuminaient le tapis. Au moment d'entrer dans la pièce, elle fut frappée par une pensée : cette femme était l'image en négatif de sa sœur. Un même visage, mais marqué par le chagrin.

Hazel prit dans sa besace un sac en plastique qu'elle lui tendit en lui expliquant de quoi il s'agissait. Saffy en sortit une boîte et l'ouvrit en veillant à ne pas y laisser d'empreintes. La vue de son contenu fit naître en elle une étrange mélancolie. Elle aurait dû se sentir soulagée. Satisfaite. Elle ne s'était pas trompée. Mais devant les objets exposés, elle n'éprouvait qu'une peine immense – un sentiment qui s'accentua encore quand elle découvrit au fond du plastique la bague violette de Lila. Elle paraissait si petite, si dérisoire…

— Cette bague, Ansel l'avait offerte à Jenny le soir où je l'ai aperçu dans le jardin, en train de creuser, raconta Hazel. Elle a un lien avec les autres bijoux, n'est-ce pas ?

Saffy faillit lui dire la vérité sur ces babioles, sur ce qu'elles signifiaient. Elle comprenait maintenant ce qui s'était passé : après avoir donné la bague à Jenny, Ansel s'était rendu compte qu'il s'était incriminé. Il avait gardé des souvenirs qui le reliaient aux disparues, alors il devait s'en débarrasser. À moins qu'il n'ait obéi à une autre motivation psychologique complexe sur laquelle elle n'avait même pas envie de s'interroger. Peu importait. La honte la rendait muette.

Elle avait toujours su. Elle avait observé Jenny pendant des années, l'avait vue se mettre du rouge à lèvres dans sa voiture ou décharger les provisions rangées dans le coffre. Elle avait toujours su de quoi Ansel était capable, mais elle n'avait rien fait d'autre que regarder. Comment aurait-elle pu avouer à Hazel l'ampleur de son échec ? Il lui semblait déjà déceler un reproche sur les traits de cette femme dévastée. Toutes deux avaient conscience des erreurs qu'elle avait commises – une vérité inexprimable.

Elle raccompagna Hazel jusqu'à sa voiture, la remercia et s'engagea à faire tout son possible pour Jenny. Alors que les phares de la voiture s'éloignaient, Saffy resta un moment immobile dans l'allée, au-dessus de laquelle voltigeait une nuée d'insectes nocturnes. Les implications de cette visite l'accablaient. Elle ressentait l'effet paralysant du « que se serait-il passé si ». Que se serait-il passé si elle n'avait pas suivi Ansel ? Si elle ne s'en était pas mêlée, si elle l'avait laissé retourner au Blue House ? Et s'il n'avait eu que des intentions louables en allant chez les Harrison ? Et si – et cette pensée, qui risquait de détruire son univers, lui était intolérable –, et si elle avait fait d'Ansel un monstre, parce qu'elle avait besoin qu'il le soit ?

•

Les filles lui apparaissaient toujours, de temps à autre. Elles étaient plus âgées à présent et avaient développé leur personnalité. Elles étaient mères, voyageuses, passionnées de pâtisserie. Fans d'émissions de télé-réalité trash, supportrices des Mets, championnes de flipper féminin au niveau régional. Elles adoraient la randonnée et les brunchs du dimanche, le karaoké et les glaces, se masturbaient le matin et organisaient des fêtes mémorables pour Halloween.

Les possibilités – le nombre infini de vies qu'elles n'avaient pas vécues – la hantaient. Souvent, Saffy imaginait Lila en train de caresser son gros ventre, enceinte pour la troisième fois, espérant une fille. Une fille serait plus vulnérable mais aussi plus riche de possibilités. « Imagine, semblait-elle lui dire, au plus profond de son subconscient. Imagine tout ce qu'une fille peut devenir. »

•

Quand les phares eurent disparu derrière la fenêtre, Saffy rangea le poulet dans le frigo et se servit un bol de céréales. La boîte apportée par Hazel était encore sur le plan de travail, impossible à ignorer. Saffy alluma son ordinateur, dont l'écran s'éclaira comme un fanal dans la cuisine de plus en plus sombre. Il y avait un vol pour Houston en début de matinée ; elle réserva sur-le-champ son billet, puis appela sa collègue sur place, Andrea Rollins.

Celle-ci était l'une des douze membres du groupe qui s'était formé après la parution d'un article intitulé : « *Femmes en bleu – La féminisation des effectifs de la police* ». Saffy avait posé à côté des onze autres pour une photo embarrassante qui avait eu droit à une double page sur papier glacé. Au cours des mois qui avaient suivi la publication, elles avaient entamé une correspondance par e-mail, dans laquelle elles s'épanchaient, se plaignaient de leur travail, échangeaient des hypothèses que personne d'autre ne voulait entendre. Andrea Rollins était une enquêtrice chevronnée à la brigade criminelle de Houston.

— Bonjour, capitaine Singh, dit-elle, avant de soupirer dans le combiné. Si vous m'appelez pour l'affaire Fisk, ça ne se présente pas bien.

— Qui l'a trouvée ?

— Une voisine curieuse, quelques heures seulement après sa mort. La porte de l'appartement était ouverte. La voisine a vu un pick-up blanc garé dans la rue et les caméras de surveillance nous ont révélé le numéro d'immatriculation. Mais le temps qu'on localise Ansel Packer, il avait déjà soigneusement nettoyé les sièges de son véhicule et traversé la moitié de l'État.

— Vous n'avez pas pu le placer en garde en vue ?

— On n'avait pas assez d'éléments. L'arme du crime est introuvable. Il a pu la jeter n'importe où. On a effectué des relevés d'empreintes chez la victime, mais il avait essuyé les poignées de porte, tout. On lui a fait peur, et je ne crois pas qu'il quittera l'État. Quoi qu'il en soit, on a placé sa chambre de motel sous surveillance.

— Bon, écoutez, je serai là demain. Packer est suspect dans une de mes vieilles affaires et je viens de découvrir de nouveaux indices.

Rollins relâcha longuement son souffle.

— Je vais en parler à mon supérieur, d'accord ? Pour voir ce qu'on peut faire.

— En attendant, envoyez-moi votre dossier, lui demanda Saffy. Il me faut des aveux.

•

Andrea Rollins l'attendait près du carrousel à bagages. C'était une femme élégante aux cheveux bouclés, pas maquillée, dont la fatigue se devinait à sa posture voûtée. Quand elle s'engagea sur l'autoroute texane écrasée de soleil, toutes sirènes hurlantes, elle récapitula la situation. Ansel Packer s'était muré dans le silence. Impossible de le faire parler. Son supérieur était sceptique, mais il avait tout de même accepté de convoquer le suspect et de laisser Saffy l'interroger pendant une heure.

Celle-ci regardait défiler derrière la vitre les plaines arides, la végétation desséchée et rabougrie. Un souvenir lui était revenu plus tôt ce matin-là : les deux cookies à l'avoine et aux raisins secs chez Miss Gemma. Elle revoyait clairement la scène, les biscuits effrités, blanchis, dans la paume de Kristen. Ansel avait dû croire qu'ils lui permettraient de se racheter, de réparer le mal qu'il avait fait. Elle y songeait encore lorsque Rollins la guida dans le service et lui présenta son supérieur. Elle y pensait aussi en assurant à ce dernier que la police de New York n'interférerait pas dans leur enquête, qu'Ansel Packer restait leur suspect, qu'elle voulait seulement obtenir des aveux pour les victimes et leurs familles. Elle avait toujours en tête l'image de ces cookies quand elle se dirigea vers la salle d'interrogatoire.

Pour elle, ils constituaient la preuve qu'Ansel Packer était capable d'éprouver des remords. La confirmation que les voies du cerveau sont impénétrables.

•

Dans la salle d'interrogatoire, une pièce grise, anonyme, Ansel était assis à la table, les bras ballants. Du seuil, Saffy perçut les relents aigres de son haleine. Il était là depuis plus de trois heures, durant lesquelles les enquêteurs avaient veillé à ne lui laisser aucun répit. On lui avait attribué une chaise en métal bancale, et un bourdonnement ininterrompu, réglé à une fréquence agaçante, s'échappait d'un haut-parleur. Il avait dû répondre à une succession interminable de questions humiliantes. Affronter tour à tour le Gentil Flic et le Méchant Flic. D'après Rollins, il n'avait réclamé que de l'eau, n'était allé aux toilettes qu'une fois. Il n'avait manifestement aucune envie de parler. Saffy avait cru qu'il clamerait son innocence, s'insurgerait contre l'injustice de la situation. Apparemment, il l'avait fait dans un premier temps, affirmant même qu'il n'avait pas besoin d'avocat. Mais il était fatigué à présent. Épuisé, même, à en juger par ses yeux larmoyants. Elle qui avait pensé éprouver de la colère ou de la haine en le voyant ne ressentit qu'une profonde pitié.

Elle s'approcha de la chaise en face de lui, puis rajusta sa veste avant de poser les mains sur le dossier métallique froid – un subtil réconfort pour elle, en même temps qu'un signe de détermination. Le visage d'Ansel était totalement inexpressif. De toute évidence, il ne la reconnaissait pas.

— Bien, dit-elle. Si nous parlions de Jenny ?

Elle aurait voulu qu'il se rebelle, ricane ou se moque d'elle. Qu'il cherche à inverser les rôles, à la convaincre de sa supériorité intellectuelle. Elle mourait d'envie de le défier. « Prouve-le-moi. Prouve-moi que tu en valais la peine. » Mais il ne lui opposait qu'un silence obstiné, terriblement décevant. Elle songea à ces séries télé, addictives et trompeuses, où des avocats tirés à quatre épingles tournent autour d'hommes séduisants. Des génies du mal qui préméditent des actes horribles pour le plaisir, des esprits brillants qui dissimulent leur intelligence sans égale derrière des visages anguleux. C'était presque pathétique, cette distance avec la réalité. Ansel n'avait rien d'un génie du mal. Il ne paraissait même pas particulièrement intelligent. De l'autre côté de la table, le psychopathe qu'elle avait traqué toutes ces années avait juste l'air d'un quidam ordinaire, quelconque, vieillissant, apathique et bouffi. Certains individus tuaient sous le coup de la colère. D'autres, sous l'influence de la haine, de l'humiliation ou d'une déviance sexuelle. Le profil d'Ansel n'était ni exceptionnel ni déroutant. C'était même sans doute le moins subtil – juste un mélange trouble, confus, de tous les autres. Un petit homme fade qui tuait parce qu'il en avait envie.

— Vous êtes qui ? demanda-t-il.

— Police de l'État de New York, répondit Saffy.

Elle lui montra sa plaque, le laissa l'examiner.

— Pourquoi êtes-vous là ?

— À votre avis ? répliqua-t-elle.

— Je peux m'en aller quand je veux.

— Exact, déclara Saffy. Mais j'ai apporté quelque chose qui devrait vous intéresser.

Elle plaça sa mallette sur ses genoux et posa la main sur le fermoir.

— Vous jouez avec moi, c'est ça ?

— Je n'ai pas fait tout ce chemin pour jouer, rétorqua-t-elle. Pourquoi ne voulez-vous pas me parler de Jenny ? C'était une bonne épouse, me semble-t-il.

Ansel baissa les yeux vers ses mains – un simulacre de tristesse. Il se dominait toujours. Sa colère était enfouie au plus profond, songea Saffy. Elle allait devoir creuser.

— Une épouse formidable, confirma-t-il.

— Jusqu'à ce qu'elle vous quitte.

— Nous nous sommes quittés d'un commun accord, rectifia-t-il. On lui avait offert un poste au Texas. Je lui ai conseillé de l'accepter.

— Ce n'est pas ce que nous a dit sa sœur.

Un petit reniflement de mépris.

— Hazel a toujours été jalouse, déclara-t-il.

— Jalouse de quoi ?

— De notre couple, de tout ce qu'on avait. Vous devez bien comprendre une chose : je n'aurais jamais fait de mal à Jenny.

— Je comprends, oui. Jenny était la seule pour vous. La seule que vous ayez jamais aimée.

— Exact.

— Pourtant, il y a eu d'autres filles.

Elle le laissa digérer la remarque.

— Blue Harrison, reprit-elle posément.

Une soudaine crispation. Il croisa les bras.

— Comment êtes-vous au courant ?

— Je me suis arrêtée déjeuner au Blue House, répondit-elle. Je connais Rachel, et aussi Blue. Je sais que vous avez séjourné à Tupper Lake, dans ce motel.

— Elles avaient besoin d'aide. Le restaurant est en difficulté. J'ai réparé leur véranda.

— Ce que j'ai du mal à m'expliquer, c'est ce que vous attendiez d'elles.

— C'est ma famille.

— Et ? C'est tout ?

— Oui, c'est tout.

Elle vit un éclair de lucidité passer dans le regard las d'Ansel.

— C'était vous, hein ? lâcha-t-il dans un souffle. C'est à cause de vous qu'elles m'ont chassé. Qu'est-ce que vous leur avez raconté ?

— Vous ne lui avez pas fait de mal, poursuivit Saffy, ignorant la question. Vous ne vous en êtes pas pris à Blue.

— Pourquoi je lui aurais fait du mal ?

— Elle est du même âge.

Ansel plissa les paupières, accentuant les rides au coin de ses yeux.

— J'ai cherché ces filles longtemps, vous savez, reprit-elle. Izzy, Angela, Lila. Elles avaient votre âge à l'époque. Vous vous souvenez de Lila, j'imagine. Vous vous rappelez, elle chantait toujours la chanson du générique de cette sitcom, *Jeffersons*...

L'incompréhension se peignit sur les traits d'Ansel tandis qu'il la dévisageait, se demandant manifestement qui elle était.

— Ah… tu ne me reconnais pas, hein ?

Le téléphone de Saffy était posé sur la table entre eux, déjà prêt et programmé. Quand elle appuya sur Play, les premières mesures du morceau s'élevèrent – une explosion de vie entre les murs de béton. Mélancoliques, tout en légèreté. Alors que la voix éraillée de Nina Simone emplissait la pièce jusque dans ses moindres recoins, Saffy guetta le changement chez Ansel. Le saxophone se lamenta, bafouilla. *I put a spell on you.* Ansel cilla rapidement, l'air concentré. Captivé.

— On était jeunes, tous les deux, dit Saffy. Onze ou douze ans.

La précision fit mouche. En proie à une agitation visible, Ansel remua sur sa chaise comme s'il voulait se lever, ou fuir, et Saffy comprit qu'elle avait visé juste. Quelle que soit l'épaisseur de la carapace d'Ansel, elle avait réussi à la percer.

— Il y a d'abord eu le renard, poursuivit-elle. Ces animaux, chez Miss Gemma, au bord du ruisseau. Tu pourrais m'en parler, Ansel ? Dis-moi ce que tu as ressenti quand tu les as tués.

— Rien.

— Ah bon ? Ça paraît injuste, non ? Je pensais que ça faisait du bien de tuer. Que c'était une délivrance. Un soulagement. Sinon, quel intérêt ?

— Ça ne fait rien. Rien du tout.

Le rythme de la chanson accéléra, jusqu'à atteindre son apothéose, sensuelle et troublante. Saffy plongea la main dans sa mallette.

— Tu sais ce que c'est, je suppose.

D'abord, la barrette. Ensuite, le bracelet. Il y avait un peu de terre coincée dans l'attache de la barrette et entre les perles du bracelet. Un voile de sueur luisait sur le front d'Ansel, qui étudia les objets comme un archéologue examine ses trouvailles.

— Je suis curieuse, Ansel. Pourquoi les avoir emportés ? À quoi te servaient-ils ?

— Je ne vois pas de quoi…

— Non, attends, ne réponds pas. Laisse-moi te rafraîchir la mémoire. Cette année-là, tu as fêté Noël avec la famille de Jenny. Tu avais… quoi, dix-sept ans ? Dix-huit ? Hazel m'a tout raconté. Leurs parents t'ont offert des cadeaux, même si Jenny t'avait assuré qu'ils ne le feraient pas, et tu t'es senti tout petit, pauvre, insignifiant. Sans aucune confiance en toi. Tu conservais ces babioles depuis des mois, parce qu'elles te rappelaient ce moment où tu avais enfin eu l'impression d'être fort, important. Tu as donné la bague à Jenny pour essayer de retrouver un peu de ce sentiment. Mais ensuite, tu as pris conscience de ton imprudence. Tu t'étais incriminé. Si quelqu'un reconnaissait ce bijou, tu serais dans une merde noire. Alors tu t'es relevé dans la nuit pour aller enterrer le reste dans le jardin.

— Tu ne comprends pas.

— Qu'est-ce que je ne comprends pas ?

— Je lui ai offert cette bague parce qu'elle était magnifique. Je voulais qu'elle la porte.

— En attendant, ces objets, tu les as volés aux filles quand tu as enterré les corps dans les bois. Ils t'ont permis de revivre la scène. Tu…

— Non, dit-il d'une voix plus forte. Non, arrête.

— Ça te permettait de prendre ton pied, pas vrai ? Ça t'excitait. Tu…

— Stop !

Un cri semblable à un aboiement. Ansel avait la respiration saccadée.

— Ça ne m'a jamais excité.

Ce fut comme un coup de tonnerre. Le rempart derrière lequel il se retranchait s'était fissuré, et un frisson le parcourut tout entier. C'était le signe que Saffy avait appris à identifier après des années dans des salles d'interrogatoire semblables : ses fondations étaient ébranlées. Encore une pression, et il s'effondrerait.

— Alors pourquoi ? insista-t-elle. Pourquoi avoir emporté ces babioles ?

Il tendit la main vers le bracelet, les doigts tremblants. Ce fut plus fort que lui, il glissa le délicat rang de perles à son poignet.

— Elles étaient censées me protéger.

— Tu as tué ces filles pour la même raison que tu as tué Jenny. Parce que tu te sentais négligeable.

— Non, répliqua-t-il, remarquablement calme. Tu te trompes. Je ne sais pas pourquoi je les ai tuées. Je ne sais pas, pour aucune d'entre elles.

Il caressait doucement les perles tout en parlant, comme s'il était en transe. Sa voix avait pris des accents enfantins. La trame se forma, les détails affluèrent. Le dictaphone commença à enregistrer.

Ansel Packer passa aux aveux.

•

En écoutant le récit d'Ansel, Saffy avait l'impression de voir Jenny rentrer chez elle et se préparer pour la soirée dont elle aurait dû profiter.

Elle était sûrement fatiguée. Elle aurait posé son sac à main sur le comptoir de la cuisine, éclairé l'appartement, mis un album de Sheryl Crow et monté le son. Personne ne serait venu, le couteau serait resté à sa place, dans le bloc en bois. Jenny aurait réchauffé des restes au micro-ondes et aurait mangé debout au comptoir.

Ensuite, elle se serait fait couler un bain chaud. Y aurait ajouté quelques gouttes d'huile d'eucalyptus. Après avoir enlevé sa tenue d'infirmière, elle se serait allongée dans la baignoire et aurait laissé ses muscles se détendre. Puis elle se serait enfoncée entièrement sous la surface, s'immergeant dans l'eau comme on glisse dans le sommeil. Ses battements de cœur auraient résonné entre les parois en émail. Ce silence – merveilleux. Ces instants – un miracle. Le temps se serait arrêté.

•

Les enquêteurs envahirent la pièce. Ils obligèrent Ansel à se lever, puis le menottèrent sans ménagement. Les bras ramenés dans le dos, il paraissait vidé, faible, vaguement contrit.

Saffy se remémora ce moment chez Miss Gemma où elle avait gravi l'escalier du sous-sol devant lui. Elle se rappela sa proximité, le bruit de ses pas derrière elle, la façon dont son propre cœur s'était emballé, l'amenant au bord de la nausée. Elle avait aspiré à cette sensation de danger. L'amour, lui avait-on dit, est à la fois excitant et redoutable. Une menace à laquelle on prend goût, contre toute logique. L'amour, c'était un bruit de pas sur les marches d'escalier derrière elle ou des mains refermées sur sa gorge. Pourtant, elle avait aussi découvert qu'il n'était pas forcément entaché de douleur. Elle songea à Kristen et à ses enfants s'amusant dans la piscine au fond du jardin ou reprenant en chœur une chanson pop qu'elle ne connaissait pas. Elle songea à Corinne et à sa femme, se tenant fièrement par la main lors du pot de Noël au poste. Durant toute sa vie, elle avait été obsédée par la souffrance : ce qu'elle signifiait, pourquoi elle persistait… Elle avait passé des années à traquer la violence gratuite, ne serait-ce que pour se prouver que celle-ci ne la touchait pas. Quelle désillusion ! Quel gâchis ! Elle venait enfin de résoudre ce mystère qui la hantait, de trouver l'endroit où la souffrance d'Ansel s'était cristallisée, pour s'apercevoir qu'elle était pareille à celle de tout un chacun. La seule différence, c'était ce qu'il avait choisi d'en faire.

— Saffy ? Attends.

Dans la bouche d'Ansel, le diminutif sonnait comme une plainte.

— Ça t'arrive de penser qu'il existe peut-être un univers parallèle ? demanda-t-il d'une voix brisée, désespérée. Un monde où on aurait tous les deux des vies différentes ? Où on aurait fait des choix différents ?

— J'y pense tout le temps, répondit Saffy dans un souffle. Mais il n'y a que ce monde, Ansel. Rien d'autre.

Les gardiens l'entraînèrent dans le couloir.

Seule dans la salle silencieuse, impersonnelle et vide, Saffy n'éprouvait qu'une déception immense. Aucune trace d'euphorie. De triomphalisme. Il lui était impossible d'imaginer les vies qu'elle aurait pu vivre sans penser aussi à celles qu'elle aurait pu sauver. Alors elle décida de ne plus les prendre en compte. Elle oublierait la tentation d'une réalité parallèle. Seule existait celle-là, singulière, imparfaite et éphémère. Il lui faudrait faire avec.

LAVENDER
2019

Le médaillon était vieux, abîmé, teinté d'orange par la rouille. Lorsque Lavender l'effleura dans la poche de son pull, la forme familière du métal sous la pulpe de son pouce la rassura. Ce jour-là, pour une fois, elle le voyait moins comme une accusation que comme une possibilité. Ou juste comme un souvenir du passé.

— Lait et sucre ? demanda la jeune fille debout près de la table, une cafetière à la main.

Elle lui faisait penser à un poème. Tous ses gestes gracieux étaient comme autant de mots qui s'enchaînaient pour former la plus belle des phrases. Son existence même semblait fragile, comme si l'immensité de l'univers risquait à tout moment de l'engloutir à nouveau.

Blue, une fille aux joues parsemées de taches de rousseur. Blue, un nom lumineux. Blue, un sentiment qui n'était pas tout à fait du chagrin, plutôt une douce mélancolie.

•

Le restaurant était un endroit spécial, Lavender l'avait senti dès qu'elle était entrée. Il se distinguait par un côté accueillant, une impression d'énergie stimulante. Depuis des années, elle entendait Harmony parler des auras, et elle avait toujours considéré ses discours comme des absurdités hippies. Pourtant, alors qu'elle remuait un sucre dans sa tasse, les doigts agités de tressaillements nerveux, l'idée ne lui paraissait plus si déraisonnable : le Blue House semblait irradier une chaude lumière diffuse.

Elle but une gorgée de café, dont elle apprécia le juste degré d'amertume, tandis que Blue dénouait son tablier et le suspendait au dossier de la chaise branlante en face d'elle. Lavender avait imaginé cette scène tant de fois qu'il lui semblait presque l'avoir déjà vécue, même si le visage de Blue était resté flou dans ses rêveries – un mélange des photos d'elle qu'elle avait vues, des portraits d'Ellis et des souvenirs d'elle-même au même âge. Vingt-trois ans. Ce n'était plus une adolescente, mais pas encore vraiment une femme. Lavender l'avait dévisagée ouvertement quand Blue était venue la chercher à l'aéroport d'Albany, puis lui avait coulé des regards furtifs pendant qu'elles bavardaient sur le trajet vers le nord de l'État. Blue était à la fois telle qu'elle l'avait imaginée et complètement différente. Alors qu'elle-même avait une silhouette émaciée et inélégante, Blue était ronde et avenante. Lèvres pleines, pommettes hautes. Elle portait un jean moulant, coupé aux genoux, et avait tressé ses cheveux en une longue natte qui pendait sur son épaule. Ses doigts s'ornaient d'une multitude de bagues en argent comme celles vendues par les marchands de rue ou dans les friperies, et un petit colibri était tatoué à l'intérieur de son poignet. Lavender savait déjà, grâce aux clichés qu'elle lui avait envoyés, que sa petite-fille avait hérité la couleur de ses cheveux, une nuance de blond vénitien qui devenait presque translucide au soleil. Pour autant, la voir en chair et en os lui avait fait l'effet d'un coup de poing dans l'estomac. Et tandis que la voiture serpentait sur la route de montagne puis traversait Tupper Lake, elle s'était sentie submergée par l'émotion.

Blue était à présent assise en face d'elle à table, bien réelle, si proche que Lavender distinguait chacun de ses longs cils. Ce fut plus fort qu'elle, elle fondit en larmes. Une libération, comme un orage d'été qui éclate enfin.

•

Tout avait commencé par une lettre.

La première était arrivée un an plus tôt. Lavender et Sunshine venaient de s'installer dans le bâtiment Magnolia, l'unité familiale dotée de la cuisine la mieux équipée de Gentle Valley. Les autres femmes étaient toutes tombées d'accord pour dire que Sunshine était la mieux placée pour profiter de la belle gazinière étincelante. Sunshine, avec ses mains rougies et abîmées, que Lavender caressait souvent lorsque sa compagne dormait. Sunshine, qui en disait plus long qu'avec des mots lorsqu'elle ajoutait un soupçon de cannelle dans une fournée de muffins aux graines de lin. Sunshine, qui avait posé sa paume sur la hanche de Lavender quand celle-ci avait reçu le courrier, lui apportant instinctivement le réconfort de sa présence.

Chère Lavender,

Je m'appelle Blue Harrison. Vous ne me connaissez pas, mais...

Blue expliquait avoir obtenu l'adresse par sa grand-mère Cheryl, qui la lui avait transmise à contrecœur après une conversation sur les origines d'Ellis. Elle proposait à Lavender de se mettre en rapport avec elle si celle-ci le souhaitait. Elle avait inscrit un numéro de téléphone et une adresse e-mail en bas de la page.

Lavender avait glissé la lettre sous son oreiller, où elle l'avait laissée pendant presque un mois. Il y avait une ligne fixe dans le bâtiment Séquoia, mais elle ne se sentait pas à l'aise au téléphone, elle manquait trop de pratique. Sunshine allumait parfois son ordinateur avant de se coucher, et elles regardaient toutes les deux les photos que Minnie postait. La fille de Sunshine avait ouvert une boulangerie à Mendocino, et elle avait un bébé. Mais Internet restait pour Lavender un territoire inconnu et difficile d'accès.

Alors elle avait fini par s'asseoir devant une feuille de papier et son stylo-feutre préféré, en songeant à toutes ces années durant lesquelles elle avait rédigé des lettres dans sa tête.

Comme si elle s'exerçait en prévision de ce moment.

Elle avait parlé de Gentle Valley. Du soleil levant, orange au-dessus des collines, du romarin qui s'épanouissait dans le potager de Sunshine. De ce voyage qu'elles avaient fait toutes les deux jusqu'au Grand

Canyon. De la première fois où elle était montée dans un avion, des falaises d'argile rouge qui sinuaient comme les méandres d'une rivière. En retour, Blue lui avait raconté des anecdotes chaleureuses, vivantes. Après plusieurs mois d'une correspondance nourrie, Lavender était parvenue à se représenter le visage barbu d'Ellis et même la courbe de ses épaules tandis qu'il s'activait au son de la radio dans la cuisine du Blue House.

C'était elle qui avait abordé le sujet. Elle avait glissé la question au milieu d'un paragraphe, si discrètement qu'elle était facile à ignorer. Le seul fait de coucher les mots sur le papier avait réveillé en elle la vieille culpabilité familière.

« Sais-tu quelque chose à propos de mon autre fils, Ansel ? »

La réponse de Blue avait mis des semaines à arriver. Le jour où elle l'avait reçue, Lavender avait compris que sa petite-fille s'efforçait avec beaucoup de douceur de la ménager. « Ansel a passé du temps au Blue House il y a sept ans, avait-elle écrit. Si tu es sûre de le vouloir, je pourrai t'en dire plus. Mais je te préviens, c'est douloureux. »

Pour Lavender, il y avait bien plus en jeu que de la curiosité. Elle savait que la vérité lui apporterait l'apaisement, même si elle devait en souffrir. Elle n'avait jamais jusque-là cherché à obtenir des informations sur son aîné. C'était un signe. Ses blessures avaient cicatrisé. Elle avait trouvé la stabilité. Elle était prête.

« Tu ne devrais pas l'apprendre par une lettre, lui avait répondu Blue lorsqu'elle lui avait demandé des précisions. Voilà ce que je te propose : pourquoi ne viendrais-tu pas passer quelques jours au Blue House ? »

Les femmes de Gentle Valley avaient accueilli l'idée avec enthousiasme et, sans hésiter, avaient réuni les fonds nécessaires.

Alors Lavender avait fait le voyage et, à présent, elle dévorait des yeux sa petite-fille qui lui parlait de sa voix aux inflexions chantantes. Si naturelle, si extravertie. Blue dénoua sa tresse et passa les doigts dans ses cheveux, lui envoyant une bouffée de son parfum léger, en même temps qu'elle lui décrivait son appartement à Brooklyn, le restaurant dans lequel elle travaillait, ses activités de bénévole dans un refuge pour animaux. Lavender hochait la tête de temps à autre, abasourdie. « J'ai créé cette personne », pensait-elle en regardant voltiger les mains de la jeune femme en face d'elle. Une telle grâce lui paraissait presque miraculeuse. Comme les premières pousses vertes après un long hiver gris.

•

Après le dîner, elles allèrent s'asseoir dans la véranda. Des guirlandes lumineuses avaient été accrochées au toit en bois, et un souffle de brise apportait le parfum des fleurs dans l'air humide. À l'intérieur, le lave-vaisselle tournait. Rachel s'était retirée dans sa chambre après leur avoir chaleureusement souhaité une bonne nuit. Lavender avait découvert en elle une femme à la fois généreuse, réservée et infiniment patiente vis-à-vis de la curiosité manifestée par sa fille.

— Ça te fait bizarre d'être ici ? demanda Blue.

Assise sur une chaise en plastique, Lavender se pencha en avant, le regard fixé sur le jardin plongé dans l'obscurité.

— C'est plus facile que je ne l'avais imaginé, répondit-elle.

— Il m'arrive de sentir encore la présence de papa.

— Je crois que je la sens aussi.

C'était vrai. Lavender avait l'impression d'apercevoir Ellis, parfois – des visions aussi fugaces qu'insolites. Il était dans les photos encadrées des sommets des Adirondacks, dans le bleu lumineux de la peinture sur la façade de la maison. Dans le dessin délicat de la joue de Blue.

— Ansel est venu ici, alors ? questionna-t-elle. Il vous a trouvées ?

Les mots parurent se figer dans l'air entre elles.

— En fait, c'est moi qui l'ai trouvé, révéla Blue en tripotant ses ongles recouverts d'un vernis pervenche écaillé. Je l'ai invité.

— Je suis prête, ma chérie. Tu peux tout me dire.

— D'accord, mais avant, je voudrais que tu saches une chose : j'ai été très heureuse de le rencontrer. Et je crois qu'il s'est senti bien ici. Il nous a aidées à faire des travaux dans la maison sans rien exiger en retour. Le soir, on fermait le restaurant tous les trois, avec maman, et on bavardait jusque tard dans la nuit. La vie était plus facile avec lui. C'était un peu comme si mon père était revenu. Aujourd'hui, quand je pense à ce qu'il a fait, à ce qu'il est, je ne peux pas le croire.

— Vas-y, je t'écoute, la pressa Lavender.

L'angoisse se peignit sur les traits de Blue. Un mélange de tristesse et de douleur, comme si elle lui demandait pardon d'avance.

— Je suis désolée, murmura-t-elle. Tellement désolée de te dire ça.

•

La nuit était une plaie à vif. Pourtant, le cœur continuait de battre. Les arbres bruissaient, se lamentant en chœur.

•

Lavender sombra dans un sommeil agité. Elle rêva par intermittence de femmes qu'elle ne connaissait pas – des silhouettes au loin, nues et hurlantes. En bas, le frigo professionnel gargouillait comme un ventre affamé. Les paroles de Blue résonnaient toujours à ses oreilles, elle avait l'impression de les voir flotter tels de petits spectres menaçants au-dessus de ce lit qui ne lui était pas familier. Sa petite-fille lui avait résumé l'histoire sans vraiment donner de détails, pourtant son caractère monstrueux la hantait.

Ça dépassait son entendement. Elle ne pouvait concevoir que le petit garçon d'autrefois ait pu faire ces choses dont Blue avait parlé. Ni l'imaginer seul dans une cellule de prison, en train de compter les jours qu'il lui restait à vivre. Le mot même n'avait aucun sens pour elle. Exécution. L'homme qu'était devenu son fils ne pouvait pas être plus éloigné d'elle.

N'y tenant plus, elle sortit tout doucement dans le couloir. Il était encore tôt, le jour ne s'était pas levé. La porte de la chambre de Blue était entrouverte et la lumière de la lune éclairait sa forme entre les draps. Elle avait l'air si paisible dans son sommeil, si jeune…

« Accordez-vous un moment chaque jour, avait dit Harmony lors d'une séance de thérapie de groupe. Rien qu'un moment, durant lequel vous êtes déchargées de toute responsabilité. »

Y a-t-il un seuil critique de responsabilité au-delà duquel on s'écroule ? s'était demandé Lavender.

Lorsqu'elle se laissa glisser le long du mur à côté de la chambre de Blue, ses genoux craquèrent. Il y avait des êtres capables de regarder l'horreur sans détourner les yeux et de continuer à aller de l'avant. Certains le faisaient par choix. Mais Lavender ne pouvait pas se permettre de l'affronter. Du couloir, elle entendait la respiration de Blue, calme et régulière, pareille au flux et au reflux d'une marée. Il lui vint alors à l'esprit que la maternité laissait la place à l'improvisation. Il n'existait pas de règles pour la définir, pas de trame avec un début, un milieu et une fin. La maternité pouvait être aussi simple que ça : une femme et sa petite-fille, la chair de sa chair, respirant à l'unisson au plus noir de la nuit.

•

Le reste de son séjour s'écoula d'autant plus rapidement que chaque journée apportait son lot de nouveautés. Les deux femmes firent de grandes balades autour du lac, bras dessus bras dessous, en admirant les arbres. Blue montra à Lavender sa collection de petits trésors : un gland parfaitement rond, une figurine de mouton en verre soufflé, une boucle d'oreille cassée, ornée d'un minuscule diamant, qu'elle avait trouvée à Central Park. Dans ces objets, Lavender voyait la douceur de sa petite-fille et aussi son étrange pureté. Blue lui promit d'aller lui rendre visite bientôt à Gentle Valley où, lui assura Lavender, elle aurait droit aux fabuleux roulés à la cannelle de Sunshine. Elles firent également quelques selfies, prenant la pose devant le téléphone de Blue tendu à bout de bras, tempe contre tempe, souriantes toutes les deux, avec les montagnes en toile de fond.

Le dernier soir, Rachel les rejoignit au bar pour un whiskey. Fatiguée, un peu éméchée, et tout étourdie à force de rire, Lavender prit la parole. Blue et Rachel, juchées sur des tabourets au comptoir, l'écoutèrent attentivement. Alors qu'elle leur confiait tout ce dont elle se souvenait – les moments les plus merveilleux comme les plus terribles, les bonheurs et les douleurs déchirantes –, Lavender eut l'impression que son fardeau s'allégeait un peu. C'était le cadeau des jeunes, songea-t-elle. Ils avaient la force d'en prendre une partie sur leurs épaules.

— Ansel avait cette drôle d'idée..., commença Blue après que sa mère fut allée se coucher.

Son verre vide à la main, Lavender s'adossa au comptoir en acajou.

— Il en parlait souvent, poursuivit sa petite-fille. De tous ces autres univers où on existait peut-être en ayant fait des choix différents. De l'infini des possibilités, ou quelque chose comme ça. J'y pense encore parfois. Je me demande ce qui se serait passé si je n'avais pas essayé de le trouver. Si je ne l'avais pas invité ici.

— Je me pose les mêmes questions, déclara Lavender.

Et c'était vrai. Elle ne se torturait plus au sujet de la ferme, ni de la Californie, ni des décisions qu'elle avait prises pour assurer son salut. Elles avaient été nécessaires. Mais elle ne cesserait sans doute jamais de s'interroger sur les centaines ou les milliers de lettres qu'elle avait rédigées dans sa tête. *Cher Ansel.* Que se serait-il passé si elle en avait envoyé ne serait-ce qu'une ? Aurait-elle pu changer les choses ? Son enfant avait-il simplement eu besoin de sa mère ?

— Elle aura lieu quand ? demanda-t-elle. L'exécution, je veux dire.

— Le mois prochain, répondit Blue. On est restés en contact. Il m'a demandé d'y assister.

— Tu iras ?

— Je pense, oui.

Blue balaya du regard la salle autour d'elle, les tables nettoyées, les chaises. Elle semblait plongée dans ses réflexions.

— Je lui ai écrit la semaine dernière, pour lui dire que je serais là, ajouta-t-elle.

— Pourquoi avoir accepté ?

— Je n'ai connu que le bon côté de lui, expliqua Blue. La personne qu'il aurait pu être. Ces autres univers dont il parlait… je veux leur rendre hommage, j'imagine.

— C'est généreux de ta part.

Blue haussa les épaules.

— Il est de la famille. Il faut que quelqu'un y aille, je crois.

— Attends, je… je suis désolée, l'interrompit Lavender, qui suffoquait soudain. Ne m'en dis pas plus. Je ne veux pas connaître la date. Je ne veux pas passer mon temps à attendre.

Elle glissa les doigts dans la poche de son pull. Il était là, comme toujours, ce disque de métal qui ne pesait presque rien. Dans la pâle lumière du jour, le vieux médaillon abîmé avait l'air d'un bijou de pacotille. Dans quelques heures, songea-t-elle, elle serait de retour à Gentle Valley. Elle laisserait le tumulte en elle s'apaiser, puis s'effacer. Elle reprendrait le rythme de ses journées avec Sunshine et ne demanderait plus de détails à Blue. Elle ferait la seule chose possible pour assurer sa survie : elle refuserait d'assumer.

— Tu veux bien emporter ça ?

Blue prit le médaillon et passa la chaîne autour de son cou. En voyant les maillons luire sur sa gorge, Lavender eut l'impression de remonter le cours du temps. De regarder dans le miroir une version d'elle plus jeune, radieuse, lumineuse. Une femme qui n'avait pas encore été brisée.

— Il ne sera pas seul ? demanda-t-elle.

— Non, je te le promets, lui assura Blue.

Lavender sut alors que la clémence existait en ce monde. Qu'une telle bienveillance était à même de réparer toutes les horreurs qu'elle-même avait vécues ou provoquées. Ce serait tragique, inhumain, songea-t-elle, si nous étions définis seulement par ce que nous laissons derrière nous.

18 MINUTES

Chaque seconde est aussi longue qu'une année. Chaque seconde est un échec et une bouée de sauvetage. Chaque seconde est perdue.

•

Aujourd'hui, quand tu repenses à tes aveux, tu n'éprouves qu'une profonde incrédulité. Tu n'arrives pas à croire que tu aies pu formuler toutes ces choses à voix haute.

Ton avocate a bien tenté de plaider l'aveu sous contrainte, mais pour toi, cette confession relevait plutôt d'un besoin physiologique. De la nécessité d'évacuer quelque chose. Saffron Singh était un pont te reliant au passé. Quand elle a sorti le bracelet en perles du sachet de mise sous scellés, quand elle a fait glisser la barrette sur la table, elle t'a ramené loin en arrière. À ces nuits passées à creuser dans la forêt. À ces filles. Pendant des mois, à l'époque, tu avais gardé ces bijoux avec toi, dans tes poches ou sur le tableau de bord de ta voiture. Le jour où tu avais offert la bague à Jenny – sans réfléchir, sur une impulsion –, tu avais paniqué après coup et enterré le reste. Alors ça t'a fait un choc de les revoir, étalés comme des cadavres sur la table.

Et cette chanson. Un de tes vieux morceaux préférés. Elle t'a remis en mémoire l'image d'un renard à moitié décomposé. Par une étrange ironie du sort, c'est à cause de l'enfant en toi que tu es ici.

C'est pour lui que tu as raconté toute l'histoire. Il était avec toi dans la salle d'interrogatoire, ce garçon de onze ans aux grands yeux tristes. Alors tu as parlé pour le rendre heureux. Pour le libérer. Et la conscience de sceller ainsi ton destin a fait naître en toi une sorte de douleur exquise. Il n'y aurait pas de délivrance.

•

Tu as demandé à l'aumônier de ne pas revenir. Tu ne supportes pas l'idée de passer les seize dernières minutes de ta vie à regarder son visage mou, empreint de bienveillance et de commisération. De toute façon, tu le reverras dans la salle d'exécution. Assis sur ton lit, tu te penches pour ramasser ta Théorie posée par terre. Puis tu rassembles une à une les pages de ton manuscrit salies par la poussière, mais il conserve un aspect inachevé entre tes mains. Une série de digressions décousues.

Tu voulais parler du bien et du mal. Tu voulais parler de toutes les nuances de la morale. Tu voulais parler, et tu voulais que quelqu'un t'écoute. Tu repenses aux détenus restés à Polunsky – à leurs parties d'échecs pleines d'espoir, aux photos qu'ils choyaient comme des trésors, à leurs sanglots et à leurs gémissements dans la nuit. L'embarras te submerge. Ta Théorie était censée faire de toi un homme différent. Spécial, meilleur, plus grand.

Là encore, l'ironie te frappe brusquement, cinglante. Si tu crois aux univers parallèles, tu es obligé de considérer d'autres choix possibles.

Tu as dix-sept ans, tu es au volant, et tu vois apparaître la première fille au bout d'une longue allée. Une colombe dans la lumière de tes phares. Tu freines, ouvres la portière. Tu veux que je te dépose quelque part ? Après t'être garé le long du trottoir, tu attends pour repartir qu'elle soit en sécurité chez elle. Tu as dix-sept ans, tu es assis dans ce snack, devant une tasse de café, en essayant de trouver le courage d'aller demander à la serveuse son numéro de téléphone. Tu as dix-sept ans, dans la foule du concert. Quand la dernière fille te propose une cigarette, tu l'acceptes. Tu la fumes jusqu'au filtre. Tu rentres chez toi.

•

Douze minutes. Les murs se resserrent, se referment sur toi. Tu ramènes tes genoux contre ta poitrine et, faiblement, tu commences à prier. Tu n'as jamais cru en Dieu, pourtant tu t'adresses à Lui aujourd'hui, sans réelle conviction, dans une ultime tentative. Mon Dieu, si vous êtes là, mon Dieu, si vous m'entendez, mon Dieu…

•

Tu te souviens d'une pluie de météorites. Tu étais jeune, tu avais peut-être trois ans. Les yeux grands ouverts, fixés sur le ciel, tu sentais l'herbe épaisse sous la couverture en laine. Le souffle tiède de ta mère te caressait le cou, comme dans un rêve. Elle t'avait enlacé tandis que les points brillants filaient au-dessus de vous. C'est au moins un réconfort pour toi de savoir qu'il y a eu une époque où tu étais assez petit pour tenir tout entier entre les bras d'une personne – où tout n'était que pousses de blé tendre et émerveillement tandis que le monde poursuivait sa course.

•

Tu te mets à pleurer.

En silence, sans y penser. Tu pleures comme si c'était la dernière chose que tu feras jamais, ce qui est peut-être le cas. Tu pleures jusqu'au moment où tu te perds, où les sanglots te submergent et te vident de ta substance, t'accordant un bref répit. Tu pleures à la pensée de ta Théorie. De la personne que tu étais quand tu t'es réveillé ce matin. De toutes ces inspirations que tu ne prendras pas, de tous ces matins où tu ne seras pas ébloui par la lumière du soleil, de ces longues balades en voiture sur les routes de montagne dont tu ne profiteras pas, de la douce brûlure du whiskey qui ne descendra pas dans ta gorge. Tu as vécu quarante-six ans, tout ça pour en arriver là.

Une fois la crise passée, tu te redresses. Tu t'essuies les yeux. Tu te mouches en soufflant la morve sur le sol, où elle forme une petite flaque luisante. Même si tu refuses de regarder l'horloge murale, tu as conscience des secondes qui s'égrènent et s'échappent de ta cellule. Ces secondes. Tu voudrais t'accrocher à chacune d'entre elles, les retenir, éprouver la texture même de ta vie tandis qu'elle te glisse entre les doigts.

•

Tu es surpris – mais sans l'être, au fond – par le bruit des pas qui s'élève à l'entrée du couloir.

C'est maintenant.

Tu éprouves vaguement le désir de résister. De donner des coups de pied, de hurler le nom de toutes les choses que tu vas perdre, mais l'effort requis te semble trop éreintant, trop douloureux, et surtout, inutile. Dans le couloir, les pas se font plus sonores. C'est l'équipe chargée de te sangler sur le brancard. Six agents pénitentiaires expérimentés doivent venir te chercher. Ils seront bientôt là. Tu savais, bien sûr, que cet instant arriverait, mais tu ne t'attendais pas à ce qu'il te paraisse aussi banal : juste quelques secondes de plus à ajouter aux millions qui constituent ta petite existence insignifiante.

Les pas se rapprochent. Ils rythment la marche du destin, qui va t'emporter.

Tu redresses la tête.

LAVENDER

AUJOURD'HUI

Lavender est penchée sur le bac à lessive. Elle a mal aux jambes à force d'être agenouillée par terre. En ce début d'après-midi, le ciel s'éclaircit au-dessus du bâtiment Sequoia. À l'intérieur, les femmes font la vaisselle du déjeuner, entrechoquent poêles et casseroles en se chamaillant. Au loin, Lavender aperçoit les pics montagneux dans la brume teintée de jaune pâle par la lumière du jour. Au pied de la colline, Sunshine, coiffée d'un large chapeau de paille, s'active dans le potager. Lavender a soixante-trois ans, et elle ne croit pas au bonheur, en tout cas pas au bonheur pur et absolu. Mais elle croit en l'avenir, et elle le voit déployé devant elle, sur cette pente luxuriante où l'herbe ondule. Sunshine se baisse pour récolter une courgette. Son corps ressemble à une carte dont elle connaît chaque faille et chaque crête.

Le son est d'abord léger, à peine audible. Lavender se redresse en se demandant si elle l'a imaginé. Elle s'étire en essayant d'en localiser l'origine. Oui, là-bas.

Un gémissement, un halètement. Un animal à l'agonie dans les bois. Elle se fige, les bras dégoulinant d'eau savonneuse. Le gémissement devient plus sonore.

Un être souffre.

Elle incline la tête.

Tend l'oreille.

SAFFY

AUJOURD'HUI

Saffy sort de la douche. Le miroir est embué mais, même à travers la condensation, elle se rend compte que la signification de la soirée à venir pèse lourd sur ses épaules. Sa tenue funéraire est étalée sur le lit, pareille à une personne accablée de fatigue qui se serait allongée tout habillée. Saffy a porté cette robe noire lors de centaines d'enterrements, les cheveux rassemblés en un chignon strict. Mais ce soir, elle lui paraît trop austère, trop solennelle.

Elle se demande ce que fait Ansel en ce moment même. Est-il en train de manger son dernier repas ? Contemple-t-il fixement un plafond anonyme ? Elle espère qu'il fait froid dans sa cellule, que ses pensées le hantent et, bien sûr, qu'il regrette. Qu'il a peur. Alors que le soleil se couche derrière les stores, elle se réjouit que le Texas soit si loin et qu'Ansel soit bientôt ailleurs, ou peut-être nulle part.

•

Le téléphone bipe alors qu'elle se sèche les cheveux. Un SMS de Blue Harrison.

« Je suis arrivée, a-t-elle écrit. C'est pour bientôt. »

Saffy passe encore de temps à autre au Blue House. Elle commande un sandwich au thon et bavarde avec Rachel au bar. Lorsque Ansel lui a écrit pour l'inviter à l'exécution, Blue l'a appelée au poste : « Je vais accepter, je crois, a-t-elle dit dans un souffle. Je veux être présente. » Si, sur le coup, Saffy n'a pas trop compris pourquoi elle lui téléphonait, le tremblement de sa voix lui a paru révélateur : la jeune femme lui demandait sa permission. Une forme d'approbation. Elle s'est alors souvenue d'Ansel enfant, vulnérable et instable, brisé mais pas détruit, qui avait encore la liberté de ses choix. Il avait fait le mal, et il allait le payer de sa vie, mais Saffy avait bien conscience, tout comme Blue, qu'il ne se réduisait pas à ses crimes.

« Alors, vous devriez y aller », a-t-elle déclaré. Elle entendait en arrière-fond le bourdonnement d'une machine à expresso.

« Vous m'accompagnerez ? » a demandé Blue.

La réponse lui est venue facilement. Non.

•

La veillée a lieu dans le parc près du lycée.

Quand Saffy arrive, la nuit est tombée, recouvrant tout d'une obscurité veloutée, et elle ne voit que le scintillement des bougies plus loin sur la pelouse. Elle se dirige vers les silhouettes regroupées. Elles ne sont pas si nombreuses. Il y a peut-être une vingtaine de personnes qui se tiennent la tête basse. Saffy a renoncé à sa robe noire, lui préférant une longue jupe bleue ornée de marguerites. Elle aperçoit Kristen un peu à l'écart, les bras croisés pour se protéger de la fraîcheur d'avril. Lorsqu'elle la rejoint, Saffy sent ses orteils glisser dans ses sandales mouillées par l'herbe humide.

— Tu es venue, finalement, dit Kristen.

— On t'a apporté ça, capitaine.

Le fils aîné de Kristen lui tend un bouquet de lys. Il a quinze ans aujourd'hui, c'est un adolescent dégingandé et gauche. Saffy le remercie et prend les fleurs, dont l'emballage en cellophane crisse entre ses doigts.

Des photos agrandies d'Izzy, Angela et Lila ont été disposées au milieu d'un océan de fleurs. Saffy reconnaît certains des visages éclairés par les bougies placées autour de la fontaine : les parents d'Izzy sont là, de même que sa sœur et son frère cadet. Celui-ci, âgé de cinq ans au moment des faits, serre aujourd'hui un bébé dans ses bras. La mère d'Angela, blottie parmi eux, gratifie Saffy d'un petit salut de la main. Elle est voûtée, flétrie. Vingt ans se sont écoulés depuis la découverte des corps, vingt-neuf depuis la disparition des filles, et pourtant une caméra de télé filme la veillée. Quelques journalistes sont venus, déterminés à exploiter le sujet. Saffy a le sentiment dérangeant que les médias ne se seraient pas déplacés juste pour les victimes. D'ailleurs, il n'y aurait sans doute pas de veillée non plus juste pour elles. Si on leur accorde de l'attention, c'est seulement à cause d'Ansel, de la fascination que les hommes comme lui exercent sur l'opinion publique.

Quand elle prend la bougie que Kristen lui offre, la cire en train de fondre coule sur ses doigts.

Il est presque l'heure. À mille cinq cents kilomètres de là, la justice va être rendue. Mais n'est-elle pas censée apporter plus ? se demande Saffy. La justice devrait être un ancrage, une réponse. Comment une telle idée a-t-elle pu s'insinuer dans la psyché humaine ? songe-t-elle. Et comment elle-même a-t-elle pu croire qu'il était possible de définir une notion aussi abstraite ? De la traduire par un châtiment ? Cette justice-là ne donne pas le sentiment d'obtenir réparation. Ne procure même pas de satisfaction. Alors qu'elle inspire à fond l'air des montagnes, Saffy imagine l'aiguille de la seringue s'enfonçant dans le bras d'Ansel. Dans la veine bleue saillante. Ça lui paraît tellement inutile. Tellement aberrant. Le système les a tous trahis.

•

— Viens à la maison ce soir, Saffy, lui propose Kristen alors que la foule se disperse. Tu ne devrais pas rester seule.

Son fils est déjà dans la voiture, occupé à régler les rétroviseurs. Il a encore trente heures de conduite accompagnée à faire avant de pouvoir passer son permis. Les boucles d'oreilles de Kristen luisent à la lueur du plafonnier. C'est un souvenir que Saffy lui a rapporté de son voyage au Rajasthan l'année précédente : des gouttes d'or à pampilles, incrustées de turquoises assorties à la couleur de ses yeux.

— Impossible, répond Saffy. J'ai trop de boulot.

Kristen lui sourit, chaleureuse, un peu moqueuse. Saffy repense à tout ce qu'elles ont vécu ensemble, au long chemin parcouru, aux épreuves qu'elles ont surmontées.

— Le frein, mon chéri, dit Kristen à son fils en se glissant sur le siège passager.

Sa voix, aussi douce qu'une berceuse, résonne dans la nuit.

•

Il est tard lorsque Saffy arrive au poste en ce vendredi. Seule Corinne est encore là, penchée sous la clarté de sa lampe de bureau.

— Capitaine ? s'étonne-t-elle. Qu'est-ce que vous faites ici ?

Corinne jette un coup d'œil à l'horloge. Elle sait ce qui doit se passer ce soir. Elle a toujours été observatrice, méticuleuse. Une fois par mois, Saffy les invite à dîner, Melissa et elle, et elles bavardent toutes les trois dans sa cuisine où flottent les bonnes odeurs d'un saumon au four ou d'une pizza faite maison. La femme de Corinne ne boit plus de vin ; elles ont eu recours à une FIV pour essayer d'avoir un bébé. Saffy se félicite aujourd'hui d'avoir des pattes-d'oie et des rides autour de sa bouche. « Vous voyez ? voudrait-elle dire à Corinne. On n'a pas besoin de tout avoir dans la vie. Il s'agit juste de déterminer ce qui nous suffit. »

Pour un peu, elle se laisserait tomber sur la chaise en face de sa collègue et poserait la tête sur son bureau. Pour un peu, elle lui avouerait qu'elle ne peut pas rentrer chez elle, dans cet appartement désert. La plupart des soirs, elle apprécie sa solitude, mais aujourd'hui c'est un privilège qui lui paraît vide. « Pourquoi n'essayez-vous pas de rencontrer quelqu'un ? Vous êtes encore jeune, et jolie. » La femme de Kensington, avec ses faux diamants aux oreilles, avait paru sincère en lui disant ça. Saffy lui avait souri poliment en se demandant ce qu'elle pourrait bien avoir à y gagner.

Tout ce dont elle a besoin se trouve ici. Une bonne empoignade avec les faits. La seule qui compte.

— L'affaire Jackson, dit-elle à Corinne, tandis qu'un picotement familier lui parcourt la nuque.

Les dossiers s'accumulent sur son bureau, où ils forment des piles branlantes. Une pagaille qui la rappelle à l'ordre. Chaque fois qu'elle se carre dans son fauteuil à roulettes en secouant la souris pour réveiller l'écran de son ordinateur, la lumière blanche du moniteur est réconfortante, même si elle semble lui adresser un reproche.

L'affaire Jackson attend, s'impatiente.

Sur la photo agrafée en haut du rapport, Tanisha Jackson sourit. Elle a quatorze ans, ses nattes sont retenues par des élastiques ornés de perles violettes. Elle se tient dans un jardin mal entretenu. Derrière elle, on aperçoit des mains tendues vers des assiettes en carton. Tanisha a disparu depuis six jours. Les enquêteurs ont déjà quelques pistes : un de ses professeurs au collège dont l'alibi n'est pas convaincant, un homme bizarre avec une cicatrice sur la joue qui a été vu en ville. Il va falloir maintenant tamiser les indices jusqu'à ce que la vérité apparaisse, brillante comme une pépite. Saffy examine les taches de rousseur sur les joues de Tanisha. Elle est persuadée que l'adolescente est toujours en vie. Qu'on peut se remettre d'un traumatisme, que cette épreuve ne conduit pas forcément à la dévastation.

Que toutes les disparues ne sont pas destinées à devenir une de ces filles-là.

Les minutes s'étirent, se multiplient, deviennent des heures. Saffy prend des notes, cherche des informations, des éléments. Elle est encore à son bureau quand le jour se lève. Elle y restera jusqu'à mettre la main sur quelque chose. Elle ne bougera pas.

HAZEL

AUJOURD'HUI

Hazel se tient au bord de la piscine du motel. Des chaises de jardin en plastique renversées sont éparpillées tout autour du bassin vide, dont le fond est jonché de feuilles mortes.

Sa mère apparaît, la clé de sa chambre à la main. Elle a mis une tenue spéciale pour l'occasion : un tailleur-pantalon sorti tout droit des années 1980, dont la veste à épaulettes paraît trop large pour sa frêle silhouette, et des escarpins noirs à petits talons. Elle fait le tour de la piscine et, quand elle se rapproche, Hazel se sent légèrement oppressée. À cause de l'humidité dans l'air, peut-être, ou de l'image de ce tailleur qui ne lui va pas, ou de la façon dont les yeux de sa mère s'écarquillent lorsqu'ils croisent les siens. Animés d'une lueur d'espoir qui se mue presque aussitôt en déception. Durant cette fraction de seconde, elle a vu ses deux filles. Et Hazel n'est jamais la bonne.

Une berline beige s'arrête sur le parking, puis une femme coiffée comme un caniche s'avance vers elles.

« Linda », se présente-t-elle en leur tendant une main à la manucure parfaite, trop brillante. Linda est la représentante du service d'aide aux victimes qui dépend du ministère de la Justice pénale du Texas. C'est elle qui les conduira à la prison, mais d'abord, elles ont des documents à passer en revue.

Pendant des mois, la mère de Hazel a feint l'excitation. « Je ne dormirai pas tant que je ne l'aurai pas vu crever. » Sept ans se sont écoulés depuis la mort de Jenny. Leur père a été emporté par une crise cardiaque à peine six mois plus tard, et aujourd'hui elle parle toujours de lui et de Jenny comme d'un tout, comme s'ils étaient ensemble par choix et avaient simplement décidé d'aller vivre ailleurs. « Ils seront contents de l'apprendre », a-t-elle murmuré à l'énoncé du verdict dans la salle d'audience. Mais il ne reste plus rien en elle de cette attitude bravache lorsque Linda les fait asseoir à une table tachée de ronds d'humidité, sur laquelle elle étale ses papiers. Hazel a l'impression qu'un simple coup de vent suffirait à balayer sa mère.

Linda détaille chaque page avec soin. Description du crime commis par le meurtrier – « Comme si on pouvait oublier ! » manque de cracher Hazel. Du déroulement de la procédure d'exécution. Elle leur donne le programme, comme si elles allaient assister à une représentation théâtrale. Ansel a invité deux témoins : son avocate et une femme dont Hazel n'avait jamais entendu le nom, Beatrice Harrison.

« À quoi ça rime ? » voudrait-elle demander. Officiellement, ce qui va se passer aujourd'hui, c'est pour elle, pour Jenny, pour leur famille. Pour obtenir une obscure forme de réparation. Pourtant, Hazel a le sentiment que la situation est inversée. Presque comme si c'était un cadeau fait à Ansel.

C'est lui qui monopolise l'attention. Qui a droit aux médias, aux discours, à cette procédure soigneusement réglementée. Dans l'esprit de Hazel, un véritable châtiment serait différent. Elle le voit comme un effacement interminable dans la solitude. Une condamnation à perpétuité dans une prison, où il aurait pourri année après année, jusqu'à oublier son nom. Une crise cardiaque ou une glissade dans les douches – le genre de mort banale qu'il mérite. Au lieu de quoi, on en fait une espèce de victime sacrificielle. On lui offre un statut de martyr. Hazel se sent coupable, il lui semble être complice du processus. Quand elle regarde les informations du soir, elle voit le défilé incessant de Noirs abattus par la police qui les avait interpellés à cause d'un feu de stop cassé, ou envoyés derrière les barreaux pour possession d'un sachet d'herbe, et elle tente de parler à ses enfants de l'iniquité, de la discrimination institutionnelle, de l'histoire empoisonnée de la justice dans leur pays. Elle fabrique des pancartes et défile dans les rues de Burlington en scandant des revendications à l'égalité. Elle répète les slogans à Alma, même si elle sait que c'est un privilège de pouvoir se tenir devant les caméras. Tout comme c'en est un de pouvoir prononcer ses dernières paroles dans un micro, devant témoins. Ansel a droit au titre pompeux de « tueur en série », une expression qui semble susciter une sorte de fascination étrange, primitive. Livres, documentaires et sites malsains sur Internet abondent sur le sujet. Des foules de femmes sont captivées.

Alors que Hazel aide sa mère à monter dans la voiture de Linda, qui sent les biscuits secs et le désodorisant, elle se sent totalement démunie. La peur se recroqueville au fond de son ventre comme un animal qui s'assoupit.

•

Le bâtiment de brique rouge est impressionnant. Colonial, majestueux. Hazel trouve qu'il ressemble à un tribunal ou à un lycée dans une banlieue huppée. Elle soutient sa mère pour la guider vers l'entrée imposante.

Elles sont accueillies par un groupe de personnes à la mine sombre. L'équipe de soutien psychologique, l'équipe d'intervention d'urgence – autant de termes qui ne font qu'effleurer la conscience de Hazel. Le directeur est un homme corpulent, large d'épaules, à la main moite.

— Votre voyage s'est bien passé ? demande-t-il.

Hazel n'a pas de réponse à lui donner. Il lui indique d'un geste le casier où elle doit déposer ses chaussures. Le béton est froid sous ses pieds nus. La prison sent le linoléum, la poussière et le métal. Une fois les contrôles de sécurité effectués, Hazel et sa mère, dont le chignon est auréolé de frisottis, sont escortées dans un couloir – un triste défilé – jusqu'à la salle de réunion. À l'intérieur, des chaises de bureau de couleur vive entourent une table en bois.

— De l'eau ? propose le directeur. Un café, peut-être ?

Hazel décline l'offre d'un mouvement de tête. Le directeur s'en va, les laissant toutes les deux seules dans la pièce silencieuse, où chaque inspiration tremblante de sa mère semble amplifiée. « Ça va aller, voudrait-elle lui dire pour la rassurer. Tout ira mieux quand ce sera fini. » Mais de telles promesses sonneraient faux, alors elle se contente d'écouter le grésillement des rampes fluorescentes au-dessus de leurs têtes. Les bruits de la prison sont assourdis par la lourde porte en acier. Elle distingue la faible rumeur des hommes enfermés. Une exclamation lointaine, un rire rocailleux. Elle patiente.

•

Alma s'est réveillée tôt ce matin, pour lui dire au revoir avant qu'elle prenne l'avion. Elle est descendue pieds nus, en pyjama, et s'est juchée sur un tabouret de l'îlot central pendant que Hazel préparait du café à emporter dans la voiture. Ses joues gardaient encore l'empreinte de l'oreiller et ses cheveux bruns étaient rassemblés en un chignon flou d'où s'échappaient des mèches qui lui tombaient sur les épaules. Elle a quatorze ans aujourd'hui, elle porte des bagues dentaires brillantes et n'arrête pas de tripoter les bretelles du soutien-gorge d'adolescente dont elle n'a pas besoin. Le matin, avant de partir à l'école, elle passe une vingtaine de minutes dans la salle de bains à batailler pour essayer de se donner une apparence qui n'est pas la sienne. Quand elle rit, elle dissimule sa bouche derrière sa main, embarrassée.

« Ça va aller, maman ? a-t-elle demandé en lui tendant le bol de sucre.

— Oui, ma puce, tout ira bien.

— Tante Jenny serait fière. » Alma a rougi, gênée par son sentimentalisme. « Elle serait fière de toi, de ton courage. »

Hazel lui a caressé la joue.

Elle ne sait pas si Jenny serait fière d'elle. Dans une version de l'univers, le sourire de Jenny est sarcastique. « Du Hazel tout craché, dit-elle en levant les yeux au ciel, sa mimique fétiche. Il faut toujours que tu ramènes tout à toi. » Dans une autre, Jenny est soulagée de voir sa sœur ici, dans cette prison – son sosie, le double qui la remplace. Dans une autre encore, Jenny est toujours vivante, et elles font toutes les deux la queue dans un café pour passer leur commande. Quand Jenny se retourne pour lui demander ce qu'elle veut, Hazel a l'impression de découvrir une nouvelle personne.

•

Le directeur revient dans la salle de réunion, suivi par deux hommes en chemise et pantalon. Ils prennent place au fond de la pièce, puis hochent la tête en guise de salutation. Ils portent des badges plastifiés au bout d'un cordon passé autour de leur cou.

Des journalistes.

Hazel n'aime pas les journalistes. Dans les semaines qui ont suivi les aveux d'Ansel, ils ont garé leurs camionnettes devant chez elle et traîné sur sa pelouse. Ils sont allés voir Luis sur son lieu de travail, se sont présentés au studio de danse et même à la crèche de Mattie, caméra à l'épaule. La fois où ils l'ont coincée à la sortie de l'aire de jeux, Hazel a perdu son sang-froid.

« Allez-vous-en ! a-t-elle hurlé, tandis que les autres mères entraînaient leurs bambins à l'écart. Je vous en prie, laissez-nous tranquilles. »

Ça n'a jamais été pour Jenny. Elle ne les intéresse pas. Des hommes qui tuent leur ex-femme, c'est courant.

Ça concerne les autres filles.

À cause, bien sûr, du pourquoi. C'est la raison pour laquelle les journalistes continuent de la harceler, lui brandissant des micros sous le nez, et d'accorder de la place à Ansel dans les quotidiens. Il est captivant. Fascinant. Un phénomène national. C'est choquant – « intrigant », lui a dit quelqu'un un jour – de pouvoir faire le mal de façon aussi imprévisible. Pourquoi a-t-il tué ces filles adolescent, puis plus personne jusqu'à Jenny, vingt ans plus tard ? Pourquoi ces filles-là ? Et pourquoi à ce moment précis ?

Hazel ne peut imaginer de question moins pertinente. Bien sûr, elle plaint ces malheureuses filles et leur famille. Mais l'attention portée à Ansel, et à cette grande interrogation, la déroute complètement. Quel intérêt de chercher à savoir ce qu'il a ressenti ? Qu'il ait souffert n'entre pas en ligne de compte pour elle. Peu importe pourquoi il a tué ces filles, ou Jenny. Hazel est convaincue que certains êtres sont mauvais, point final. Il y a des millions d'hommes dans le monde qui ont envie de faire du mal aux femmes. Mais l'opinion publique semble penser qu'Ansel Packer est extraordinaire, parce qu'il est passé à l'acte.

•

L'éclairage des toilettes est d'un vert fluorescent.

Hazel se penche au-dessus du lavabo, la respiration sifflante. Elle relâche son souffle, attend que la panique reflue. Les murs se stabilisent. C'était une erreur, pense-t-elle. Elle n'aurait pas dû venir se réfugier ici. Aujourd'hui, le miroir ne sera pas tendre.

Quand elle finit par détacher son regard de la cuvette en émail, elle se retrouve en face de son reflet. Toujours les mêmes cheveux courts, le même grain de beauté. Mais elle ne sera plus jamais seulement elle-même. Jenny se révèle dans le dessin de sa mâchoire. Se cache dans le pli de sa paupière, s'attarde dans le creux au-dessus de sa lèvre supérieure.

Quelqu'un tire la chasse d'eau dans une cabine. Hazel émerge de sa transe, recule et se cogne contre le distributeur de papier essuie-mains. Lorsque la porte de la cabine s'ouvre en grinçant, une fille apparaît dans l'embrasure. Elle dévisage Hazel d'un air dérouté. Le silence se prolonge, devient embarrassant.

— Désolée, je..., bredouille-t-elle enfin. C'est juste que... vous lui ressemblez beaucoup.

— Pardon ?

L'inconnue esquisse un geste vers Hazel, comme pour lui serrer la main, mais elle laisse pendre son bras entre elles. Hazel aperçoit le tatouage d'un petit oiseau à l'intérieur de son poignet. Les cheveux blond cuivré, elle doit avoir dans les vingt-cinq ans, et elle est manifestement troublée, même si une lueur de curiosité brille dans ses yeux.

— Je... je m'appelle Blue, reprend-elle. Je suis vraiment navrée, j'aurais dû m'en douter. Il m'a dit que Jenny avait une sœur jumelle, alors j'aurais dû...

— Vous connaissiez ma sœur ? s'enquiert Hazel.

Blue fait non de la tête.

— Je ne l'ai jamais rencontrée.

À cet instant seulement, Hazel est frappée par la couleur de ses yeux. La même que ceux d'Ansel : vert clair, couleur de la mousse au début de l'été.

— Vous êtes le témoin d'Ansel, c'est ça ? demande-t-elle. Vous ne… vous ne pouvez pas être sa fille.

— Non, non, je suis sa nièce.

— Il n'a pas de famille.

— Il avait un frère, déclare Blue. Mon père.

Hazel repense à ce Noël-là, tant d'années auparavant. À l'expression d'Ansel qui s'était adoucie quand il avait parlé de son petit frère. Depuis, elle avait supposé qu'il s'agissait d'une façade, d'un masque qu'il s'était composé pour s'attirer la compassion. Lorsque Blue s'avance vers le lavabo voisin, fait couler l'eau et appuie sur le distributeur de savon, Hazel voit un air de famille avec Ansel dans la courbure de ses épaules. L'arête de son nez. Tout ce qu'elle a un jour considéré comme une vérité lui paraît tellement fragile aujourd'hui…

— Pourquoi êtes-vous là ? demande-t-elle. Pourquoi avoir fait le déplacement pour quelqu'un comme lui ?

— Franchement, je ne sais pas trop.

La voix de Blue se brise.

— Je crois que… que les gens mauvais souffrent, eux aussi.

Elle se lave les mains. Le bruit de l'eau qui coule se répercute dans les toilettes caverneuses. Dans le regard de la jeune femme, Hazel lit de la souffrance. Une souffrance différente de la sienne, mais bien présente.

Sans rien ajouter, Blue la suit des yeux dans le miroir quand elle s'éloigne, tout en caressant de ses doigts savonneux le vieux médaillon rouillé qui repose sur sa poitrine.

•

Lorsque Hazel imagine la mort, elle se représente un long sommeil. Elle l'a souhaitée plus d'une fois. Elle ne croit ni au paradis ni à l'enfer, et elle en vient à le regretter, car la foi aurait rendu les choses plus faciles. Alors qu'elle s'engage dans le couloir, après avoir abandonné Blue devant le miroir, elle songe à quel point c'est idiot. Et absurde. Une mort comme celle-là – aseptisée, réglementée, observée – n'est rien d'autre qu'une mort. Hazel ne voit pas en quoi elle sert de châtiment. L'inanité de la situation la frappe avec tant de force qu'elle titube. Ça n'a aucun sens.

De retour dans la salle de réunion, elle rejoint sa mère en train de boire un gobelet d'eau. Le directeur, qui va et vient près de la porte, leur indique de la tête la sortie. Les journalistes rassemblent leur matériel et Hazel saisit la main menue de sa mère.

— On peut y aller ? demande le directeur.

•

Le souvenir lui revient au moment où elle fait un premier pas réticent. Alors que Hazel s'engage dans le couloir à la suite du cortège, le cœur battant à tout rompre, l'énormité de ce qui est en train de se produire la ramène loin en arrière.

« Viens, Hazel ! l'encourage Jenny. Je t'assure, la vue vaut le coup. »

Elles ont huit ans. Hazel se tient près de la clôture au fond du jardin, les yeux levés vers sa sœur assise à califourchon sur une des plus hautes branches de l'érable. Elles ne sont pas censées y grimper, leur mère a dit que c'était trop dangereux. De dessous, Hazel voit les pieds nus de sa sœur, noircis par l'asphalte sur lequel elles ont joué. Jenny se penche, la main tendue. Comment ne pas lui faire confiance ? Elle est si sûre d'elle… La peur au ventre, Hazel commence par donner un coup de pied dans le tronc, puis laisse Jenny l'agripper par le poignet pour l'aider à se hisser dans l'arbre. Une fois installée elle aussi sur la branche, les jambes pendantes, elle savoure l'ivresse de sa témérité.

« Regarde ! » s'exclame Jenny, rayonnante.

À travers le feuillage tacheté de lumière, Hazel voit le voisinage se déployer autour d'elles : les jardins environnants, les clôtures et les toits, les fenêtres brillantes des maisons. L'horizon est vaste et, pour la première fois, lui paraît sans limites. Jenny semble savoir ce qu'elle lui a offert, parce qu'elle lui tapote l'épaule d'un air entendu.

« On voit tout d'ici, dit-elle. Tout, du début à la fin. »

•

La salle des témoins évoque un petit théâtre. La fenêtre est munie de barreaux, les rideaux beiges sont fermés. Il n'y a pas de chaises. Hazel guide sa mère à l'intérieur et elles vont se placer au centre de la pièce, où elles restent immobiles, ne sachant pas trop comment se tenir, tandis que les journalistes s'alignent respectueusement derrière. Hazel perçoit un faible bruit de l'autre côté du rideau. Murmures, pas traînants. Le goutte-à-goutte d'une poche d'intraveineuse. Le bip persistant d'un moniteur cardiaque.

Puis Jenny arrive. Quand le rideau s'ouvre, révélant la scène, Jenny est là.

Sa présence est comme une odeur fugace. Comme un scintillement. Elle est dans l'oxygène qui remplit les poumons de Hazel, dans la crispation de son poing fermé. Alors qu'elle regarde la salle d'exécution, Jenny lui adresse un clin d'œil depuis son reflet dans la vitre. C'est le miracle de la sororité, Hazel le sait. De l'amour lui-même. La mort est cruelle, inévitable et éternelle, mais ce n'est pas la fin. Jenny vit dans toutes les pièces où entre Hazel. Elle est à la fois nulle part et partout, elle existe là où l'emmène sa sœur.

0

C'est maintenant.

Alors que les pas résonnent dans le couloir, tu portes une main à ta joue. Barbe naissante, os saillant. Tu tentes de mémoriser la courbe de ta mâchoire, la forme de ce corps dans lequel tu as vécu toute ta vie. Tu n'arrives pas à savoir si tu le hais ou s'il te manquera une fois qu'il aura disparu.

•

Les agents pénitentiaires t'attendent devant ta cellule. Ils sont six, anonymes, en plus de l'aumônier, du directeur de la Maison de la Mort et d'un représentant chauve du ministère de la Justice. Quand ce dernier prend la parole, sa voix est assourdie, lointaine, tu as l'impression de l'entendre sous l'eau. On te menotte à travers les barreaux.

Ton cœur est un bâton de dynamite, en attente de l'explosion. Les gardiens déverrouillent la porte et te font signe d'avancer.

Un pied, puis l'autre. Tu franchis le seuil.

Le trajet de ta cellule à la salle d'exécution est cruellement court. Moins de cinq mètres. Tu comptes tes pas, entouré d'une escorte comme si tu étais le président des États-Unis. Chaque seconde s'étire à l'infini.

Tu te retrouves dans la pièce bien trop vite.

Elle est exactement comme tu l'imaginais. Murs de brique peints dans une nuance de vert menthe écœurante. L'odeur à l'intérieur est nouvelle pour toi : matériel médical, relents piquants de produits chimiques. Un brancard occupe le centre de l'espace, muni de sangles sur les côtés pour chacun de tes membres. On dirait un instrument de torture médiéval. Un micro au bout d'un fil pend du plafond.

Quelle folie ! penses-tu. Quelle aberration ! Les autorités ont dépensé de l'argent pour acheter ce qui n'est au fond qu'une table et la placer dans cette salle. Douze personnes se sont réveillées ce matin, ont enfilé leur uniforme et pris le volant pour aller accomplir cette tâche démentielle. Les citoyens de ton pays paient des impôts pour maintenir cette procédure et fournir les trois produits qui circuleront dans l'intraveineuse. Tes voisins – le facteur, l'employé de l'épicerie de ton quartier, la mère célibataire de l'autre côté de la rue – financent le gouvernement pour lui permettre de te tuer exactement de cette manière.

On ne te laisse pas de temps. On te pousse brutalement, et tu n'as pas le loisir de réfléchir que, déjà, tes jambes traîtresses te propulsent sur le brancard. S'ensuit un tourbillon d'activité quand les agents fixent tes sangles. Leurs mouvements sont ceux d'une chorégraphie bien réglée.

Lorsque c'est terminé, tu contemples le plafond, les bras en croix comme un gosse qui s'est laissé tomber dans la neige pour faire l'ange. Il n'y a pas de fissures dans ce plafond-là. Pas de taches non plus. Ton éléphant te manque.

•

Un souvenir. Tu as neuf ans. Tu es assis par terre dans le salon chez Miss Gemma, les doigts enfouis dans l'épaisse moquette marron, une bible sur les genoux. Vous formez un cercle avec les autres pensionnaires. Une des grandes, une jolie fille, lit la Première Épître de Paul aux Corinthiens, et tu regardes ses lèvres bouger sans écouter les mots.

Que sait-on de la crucifixion de Jésus ? demande Miss Gemma.

Elle a les paupières tombantes, ses cheveux teints forment un halo autour de sa tête et elle tripote la fine croix qui repose sur sa poitrine constellée de taches brunes.

La crucifixion nous aide à comprendre la souffrance du Christ, dit-elle. Et son amour aussi.

•

L'eau de toilette que porte le directeur t'agresse, elle semble planer sur la pièce comme un nuage toxique. Il vérifie les sangles sur le brancard. Les membres de l'équipe médicale s'affairent autour de toi d'un air concentré, indifférents à ton inconfort. L'aumônier est le seul à s'approcher de toi. Il a compris que tu ne veux pas parler, de toute évidence, parce qu'il reste là, à côté de ta jambe, comme un chien près de son maître.

Tu détournes les yeux au moment où les aiguilles des intraveineuses percent ta peau. Une dans chaque bras. Tu sens la petite piqûre, tu entends le liquide glouglouter dans la poche. Quand l'assistante ajuste le dispositif, tu perçois son odeur particulière – pas un parfum ni un déodorant, plutôt celle de l'air qui imprègne sa maison. Effluves de savon au concombre, peut-être, auxquels vient s'ajouter un soupçon de renfermé. Un de ses cheveux est tombé sur ta tunique, juste sous ton aisselle – délicat, féminin, léger –, et ton souffle le soulève.

Leurs noms te traversent soudain l'esprit, à ta grande surprise. Tu penses rarement à ces filles comme à des personnes séparées, pourtant elles sont bel et bien distinctes en cet instant. Distinctes et prêtes à te demander des comptes. Izzy. Angela. Lila. Jenny.

Vous êtes bien installé ? demande la technicienne.

Non, tu réponds.

C'est à cause de l'intraveineuse ?

Non.

Elle sort de la pièce.

•

Un son derrière les rideaux. Des piétinements, des murmures.

Les témoins.

Avant que tu puisses te préparer, les rideaux s'écartent, et tu n'es plus seul.

•

À travers la vitre, tu vois la mère de Jenny apparaître sur la droite.

Elle a vieilli, son dos s'est courbé. Même pendant le procès, même à l'énoncé du verdict, elle n'a jamais eu l'air aussi dévastée. Par-dessus le col de sa veste de tailleur, son visage est ravagé, des larmes coulent sur ses joues parcheminées. Tu le comprends à son expression : elle pleure pour Jenny, mais pas seulement. Elle te connaît depuis presque trente ans, et tu lis la pitié sur ses traits de femme brisée. Elle pleure aussi pour toi.

Hazel se tient à côté d'elle, toute raide. Elle te regarde intensément, sans crainte ni hésitation. Tu te rappelles les coups d'œil furtifs qu'elle te lançait autrefois de l'autre côté du salon, le désir que tu lui inspirais. Aujourd'hui, elle ne sourit pas. Ne verse pas une larme. Elle fixe son regard chargé de reproches sur ton corps réduit à l'impuissance. Troublé, tu te rends compte que c'était exactement ainsi que Jenny te regardait. De ton brancard positionné de biais, Hazel te paraît tout aussi implacable que l'était sa sœur. Tout aussi déconcertante. Ton bras tressaille sous la sangle, une réaction instinctive qui est en soi une torture. Tu voudrais toucher Hazel une dernière fois.

Et soudain, elle est là. Derrière la vitre, sur la gauche.

Blue s'immobilise près de Tina. Ses cheveux blond vénitien, rejetés en arrière, lui dégagent le cou. Sa silhouette anguleuse s'est arrondie, est devenue adulte. Elle te fait penser à une soirée d'été. À une promenade au crépuscule dans des champs de graminées. À des mains douces repoussant des mèches tombées devant tes yeux. À la vue de son nez constellé de taches de rousseur, tu entends la voix de ta mère, plus distinctement que jamais.

•

Les secondes s'égrènent. Tu croises par mégarde ton reflet sur la vitre. Il est transparent, il te révèle la foule de visages derrière. Tu es déjà en train de disparaître. Un fantôme. Tes joues te semblent creuses, tes lunettes trop grosses pour ton visage. Tu es horrifié de constater que, durant ces derniers instants, tu ne ressembles qu'à toi-même, ni plus ni moins.

Une certitude s'impose alors à toi. Après tous ces actes méprisables dont tu t'es rendu coupable, c'est dans les deux dernières minutes de ta vie que tu en as enfin la preuve. Tu ne ressens pas l'amour de la même façon que les autres. Chez toi, c'est un sentiment terne, tiède, sans rien d'ardent ni de déchirant. Pourtant, il y a une place pour toi dans la catégorie de l'humain. Forcément. L'humanité peut se débarrasser de toi, mais elle ne peut pas le nier. Ton cœur bat. Tes paumes sont couvertes de sueur. Ton corps a des besoins, des désirs. Ça te semble parfaitement clair maintenant, tu as laissé passer ta chance. Le bien existe, le mal aussi, et la contradiction réside en chacun de nous. Le bien, c'est ce qui mérite d'être gardé en mémoire. C'est ce qui donne un sens à tout ça. Cette chose insaisissable que tu as toujours cherchée.

•

Elle se manifeste d'abord par un fourmillement à peine perceptible. Une petite boule qui se forme au fond de ta gorge. Quelque chose de fragile, comme un oiseau, est piégé dans ton corps, battant désespérément des ailes.

La peur.

Tu la ravales.

•

Vous avez une dernière déclaration à faire ? demande le directeur.

L'équipe médicale et l'aumônier sont tous partis à présent. Tu supposes qu'ils attendent quelque part derrière le miroir sans tain couvert de traces. La pièce te semble plus grande maintenant que vous n'êtes plus que deux.

Le micro au plafond descend vers toi. Tu n'as rien préparé. Dix secondes s'écoulent, horriblement lentes. Pour une fois, il n'est plus question de jouer à des petits jeux. Il n'y a plus de rapports de force à établir, plus personne à manipuler ni à intimider. Tu as passé ta vie à feindre, à reproduire les paroles, les pensées ou les réactions attendues dans telles ou telles circonstances, mais tu es fatigué. Et puis, le micro est trop loin du brancard. Tu te contorsionnes sous tes sangles pour essayer de t'en rapprocher.

Je promets de devenir meilleur, dis-tu d'une voix forte, empreinte de contrition. Donnez-moi encore une chance, une seule.

Pas de réponse. Seulement les témoins qui détournent les yeux derrière la vitre. En cet instant, tu regrettes que personne ne soit là pour te toucher, te tenir la main… Ton corps tout entier frissonne, cherchant à se raccrocher à quelque chose de plus fort que les larmes.

Le directeur ôte ses lunettes.

C'est le signal tristement célèbre.

Maintenant.

•

Tu pries. Dans ta prochaine vie, tu espères être réincarné en quelque chose de plus doux, quelque chose qui comprend ce manque inné qui fait de quelqu'un une personne à part entière. Une créature gracieuse. Un colibri. Une colombe.

•

Ils ont juré que tu ne sentirais rien. Que ça ne ferait pas mal. Mais cette peur elle-même est une douleur. Fulgurante, viscérale. Ça fait mal, ces produits chimiques qui se répandent dans tes veines, tes membres qui se contractent sous les sangles.

Non, tu supplies.

Une panique effroyable, tandis que le poison envahit ton corps.

Non, je vous en prie. Pas ça.

•

Hors de cette pièce, le monde ne s'est pas arrêté. Le soleil bas se teinte de rose. Les herbes hautes ondulent dans les champs à perte de vue. L'air sent l'épicéa et la rivière, le sel et les hortensias. Tu vois tout, dans un éclair d'omniscience : la planète tout entière, qui continue de tourner, indifférente, chatoyante, stupéfiante et cruelle. Elle t'adresse un clin d'œil fugace, avant de poursuivre sa course.

•

Alors que tu commences à ne plus sentir tes mains, que ta vue se trouble, quelque chose semble s'échapper de toi. Une masse. Elle monte de ta poitrine, s'élève dans l'air et stagne au-dessus de la pièce floue. Tu voudrais tendre le bras pour la toucher, mais tu es immobilisé. La masse, c'est ta part d'ombre, celle que tu as suivie. Durant cette ultime demi-seconde, la toute fin de ton être, tu prends la mesure à la fois de la tragédie et de la clémence. Tu regardes bien en face ce tourbillon furieux. Séparé de toi, il semble si dérisoire. Inoffensif.

Pendant un laps de temps infime, triomphant, tu existes sans lui, tu es lumineux, rempli d'énergie. Débordant d'amour. C'est cette sensation-là qu'il t'a toujours manqué, tu le sais. Alors que tout se brouille, elle te comble : ta vie est merveilleuse et singulière.

Une dernière expiration tremblante, un dernier souffle.

Une chute dans le vide, terrible. Vertigineuse, dévastatrice. Flamboyante, glorieuse.

Enfin.

AILLEURS

Dans un autre monde, elles dorment. Elles mettent la table ou font leur jogging dans un parc, regardent le journal télévisé ou aident leurs enfants à faire les devoirs, travaillent tard, promènent le chien, retirent des touffes de cheveux coincées dans la bonde de la douche. Dans un autre monde, c'est une soirée normale pour Izzy, Angela, Lila et Jenny. Sauf qu'elles ne vivent pas dans cet autre monde, ni dans celui-là.

•

Voilà comment Izzy Sanchez aimerait qu'on se souvienne d'elle :

Elle est à bord du voilier de son grand-père, étendue de tout son long sur une serviette violette. Dans le ciel de Tampa brille un soleil de bande dessinée. Sa sœur Selena s'est enduite d'huile bronzante parfumée à la noix de coco, qui s'accumule dans le creux de son nombril. Les doigts d'Izzy sont collants, ses ongles jaunis par l'orange qu'elle vient d'éplucher. Elle jette les écorces par-dessus bord, les regarde flotter dans le sillage du bateau. « Un lamantin ! » crie son petit frère. Leur mère le retient par le buste pour l'empêcher de tomber dans l'eau : « *Ten cuidado, pequeño.* » Les os des hanches d'Izzy saillent sous sa culotte de maillot de bain, ses doigts sentent l'agrume et la lotion solaire.

Personne, cependant, ne se souvient d'elle comme ça, à part Selena. Et encore, seulement quand elle s'oblige à surmonter l'horreur. En général, Izzy – la vraie Izzy – reste invisible, dissimulée dans l'ombre de ce qui lui est arrivé. La tragédie, c'est qu'elle est morte, mais aussi qu'elle appartient désormais à cet homme mauvais, qui lui a fait du mal. Il y a des millions d'autres moments qu'Izzy a vécus, mais il les a engloutis un par un, jusqu'à ce qu'elle n'existe plus dans la plupart des mémoires qu'à travers sa terreur, sa souffrance, la brutalité des faits lors de ces quelques secondes terribles.

Où qu'elle soit aujourd'hui, Izzy aimerait dire : « Avant tout ça, j'ai attrapé un coup de soleil sur les épaules. Quand j'ai pelé, j'ai arraché les bouts de peau et je les ai jetés dans le lavabo. Avant la peur, il y a bien d'autres choses que j'ai ressenties. »

« J'ai mangé une orange sous le soleil. Laissez-moi vous en décrire le goût. »

•

Angela Meyer aurait visité vingt-sept pays. Son préféré aurait été l'Italie, beaucoup moins exotique que la Malaisie, le Botswana ou l'Uruguay, mais dont elle aurait adoré le cœur séculaire, ancré fièrement dans la tradition. Elle aurait foulé les pavés de Florence, Sienne et Sorrente, léché des cuillères en plastique de *gelato*, laissé le vin lui monter à la tête. Elle aurait emmené sa mère en vacances sur la côte amalfitaine. Elles auraient commandé des pâtes *alle vongole* sur le balcon de leur chambre d'hôtel en bord de mer, la brise leur apportant le parfum des citronniers et des embruns.

À la fin de son séjour, Angela aurait gratifié les femmes de chambre d'un pourboire de vingt pour cent. Celles-ci, des adolescentes de la région, auraient dépensé les billets en shots de tequila dans la boîte de nuit de l'autre côté de la rue, sans penser à elle, mais seulement à la chaleur ambiante, à leurs jeunes corps en sueur, aux jeux de lumière et au rythme de la musique qui faisaient tout oublier.

•

Le troisième enfant de Lila aurait été une fille. Enfin.

Ses parents l'auraient appelée Grace.

Elle n'existe pas, bien sûr, mais si elle avait vu le jour, Grace serait devenue directrice du zoo de Columbus. Elle aurait géré huit cents employés, dix mille animaux et un site de deux cents hectares.

Sa pensionnaire préférée aurait été la panthère des neiges : un animal svelte, majestueux, avec un épais pelage blanc tacheté de noir. Un soir étouffant de juin, après la fermeture au public, Grace se serait retrouvée seule devant les enclos des félins, les soigneurs étant déjà rentrés chez eux. Elle aurait décidé d'admirer une dernière fois la panthère avant d'aller se coucher. Elle se serait postée à l'entrée de la haute cage, captivée par l'élégance du fauve, dont les immenses yeux dorés auraient plongé dans les siens. Une invitation. Elle aurait déverrouillé la grille, le cœur battant plus vite – un avertissement – alors qu'elle avançait tout doucement à l'intérieur. Deux pas. Encore deux. La panthère l'aurait regardée s'adosser au mur puis se laisser glisser jusqu'au sol, babines retroussées comme si elle souriait. Puis elle aurait marché lentement vers Grace, aurait reniflé sa main tendue, lui soufflant au visage son haleine à l'odeur de viande crue et, après s'être étirée, aurait lové son long corps sous son aisselle, contre ses côtes. Elles auraient dormi ensemble.

À l'aube, Grace se serait réveillée la bouche pleine de poils, la grosse tête de la panthère posée sur son genou. Et de penser : *Il y a tant de douceur dans ce monde. Tant de tendresse, tant de clémence.*

•

Il y aurait eu 6 552 bébés. En dix-huit ans, 6 552 minuscules cœurs auraient battu dans le cocon liquide du ventre maternel. Parmi eux, 204 seraient nés bleus, avant d'être ranimés. 81 seraient morts. Mais, à leur arrivée au monde, 6 471 nourrissons auraient avalé leur première goulée d'oxygène en gigotant entre les mains de Jenny.

Elle n'aurait été pour eux qu'une tache floue. Leurs yeux tout neufs, encore aveugles, n'auraient pas vu son visage. Mais 6 471 nouveau-nés auraient fait l'expérience de la compétence de ses gestes, de la douceur apaisante de ses paumes gantées, de la délicatesse de son toucher alors qu'elle vérifiait leurs constantes et les essuyait. Ils auraient entendu sa voix, susurrant les mêmes mots chaque fois qu'elle les plaçait dans les bras moites de leur mère.

« Bienvenue, petit ange, aurait-elle chuchoté à chaque oreille minuscule, ourlée comme un coquillage. Tu verras, il fait bon vivre ici. »

REMERCIEMENTS

Je dédie ce roman à mon agente littéraire, Dana Murphy. S'il existe, c'est grâce à son esprit profondément généreux. Dana a cru en mon travail dans les moments de peur et de doute existentiel. Elle m'a fait bénéficier de conseils avisés, énoncés d'une voix ferme, d'une honnêteté nécessaire et d'une compréhension touchante de l'objectif que je poursuivais dans ce texte. Je me félicite d'avoir trouvé en elle mon âme sœur artistique de même qu'une amie chère et précieuse.

Mon éditrice, Jessica Williams, m'a offert un foyer créatif chaleureux. Jessica a plongé tout de suite son regard dans le cœur de ce livre, en a extrait les meilleures parties et les a mises en lumière. Je lui suis reconnaissante, ainsi qu'à Julia Elliott, d'avoir fait du travail éditorial sur mon roman une expérience dynamique, plaisante et infiniment gratifiante.

Merci à Liate Stehlik pour son soutien, à Brittani Hilles et aux attachés de presse de William Morrow pour leur dévouement, et à l'équipe commerciale de HarperCollins pour son enthousiasme débordant. Merci à Jessica Rozler, responsable de la publication, à Andrea Monagle, correctrice, et à Neha Patel, relectrice, pour sa sensibilité. Tous mes remerciements également à Dylan Simburger, pour l'aide précise qu'il m'a apportée dans des recherches détaillées. Toute ma gratitude aussi aux charmantes dames du Book Group, et à Jenny Meyer pour avoir donné une nouvelle vie à ce roman à l'étranger. Merci à Darian Lanzetta, Austin Denesuk, Dana Spector et au reste de l'équipe chez CAA. Merci à Francesca Main et à Phoenix Books d'avoir fourni à ce texte un foyer aimant au Royaume-Uni.

Je suis éternellement redevable à Michelle Brower, qui m'a offert une carrière d'agente littéraire, un métier dont j'ignorais avoir besoin. Il a considérablement enrichi mon univers. Merci à mes collègues chez Aevitas Creative Management, et à mes clients pour m'avoir confié leurs manuscrits.

Merci à mon groupe d'écriture inimitable ici à Seattle : Kim Fu, Danielle Mohlman et Lucy Tan, merci de m'avoir écoutée devant une tasse de café pendant toutes ces années. Merci à Caitlin Flynn pour son amitié sans faille et sa passion pour tout ce qui touche au crime. Merci à Mary Rourke et à Janet Charbonnier, pour m'avoir offert une échappatoire et une source de réconfort au Acorn Street Shop (et aussi beaucoup de pelotes de laine). Merci à Dominick Scavelli et à Janelle Chandler pour leur aide en coulisses.

Toute ma reconnaissance à la foule d'amis qui m'ont portée tout au long de ce chemin, particulièrement sinueux : Jenessa Abrams, Carla Bruce-Eddings, Al Guillen, Maggie Honig, Abi Inman, Zack Knoll, Ida Knox, Ellen Kobori, Danielle Lazarin, Emily

McDermott, Kaitlyn Lundeby Miller, Karthika Raja et bien d'autres. Vous vous reconnaîtrez.

Je n'en serais pas là sans ma chère famille. Merci à Arielle Kukafka, David Kukafka, Laurel Kukafka et Joshua Kukafka. Merci à Avi Rocklin, Talia et Zach Zalesne. Merci à Shannon Duffy, Pete et Maddy Weiland, Lisa et Aiden Kaye et à toute l'équipe au grand complet. Je vous aime tant, tous.

Merci à Tory Kamen, c'est l'évidence même. À Hannah Neff, l'aînée, pour toujours. À Remy-Bear, le plus jeune de la portée, le plus adorable des petits garçons, une source constante de bonheur. Merci à Liam Weiland, mon amour, pour cette vie étonnante.

Cet ouvrage a été composé et mis en page
par Nord Compo à Villeneuve-d'Ascq

Imprimé en France par
CPI Brodard & Taupin
en août 2024
N° d'impression : 3058407

#lisez engagé !
www.lisez.com
Pour plus d'information :
Imprimé sur du papier issu de forêts gérées durablement.

Pocket – 92 avenue de France, 75013 PARIS

S33789/03